KB058663

정현정 대본집 **1**

로맨스는 별책부록

정 현 정 대 본 집

로앤스는 별책부록

1

RHK
알에이치코리아

〈로맨스는 별책부록〉 대본집을 출간하며

평범한 사람들의 작고 소소한 이야기를 쓰고 싶었다.
맹물에 밥을 말아 김치 한 조각 얹어먹는 소박한 밥상 같은 그런 드라마를.
'사건'이 궁금한 드라마가 아니라 '사람'이 보고 싶어
다음 회를 기다리는 그런 드라마를.
책을 만드는 사람들이면 어떨까, 생각했고 취재를 시작했다.
세상에 이렇게 맑고 순한 사람들이 단지 책을 만들겠다는 생각으로
살고 있다는 것에 위로를 받았지만 드라마로 만들기는 어렵겠다는 생각도 들었다.
화려한 다른 드라마들이 많은데 이렇게 심심한 드라마를 봐줄까? 걱정이 됐다.
그만둘까도 생각해봤지만 이제 막 머릿속에서 몽글몽글 움직이기 시작한
등장인물들이 내 마음에서 나가주지 않았다.

대본을 쓰면서 많이 배웠다.
단이에게는 열정과 도전을,
은호에게는 사람을 대하는 진실된 마음을,
재민에게는 사람냄새 나는 따뜻함을,
유선에게는 일과 사람을 동시에 생각하는 균형감각을,
지홍에게는 시를 사랑하는 순수함을,
영아에게는 솔직함을.
해린과 서준에게 정 들었고, 훈과 지율의 성장을 응원했다.

예쁘게 웃던 송이와 잘 섞이던 광수와 승진에게도 자꾸 눈길이 갔다.
드라마가 끝난 지금도 '도서출판 겨루'라는 이상한 회사에 모인
그 이상한 사람들이 보고 싶다.

어떤 사람들에게는 이상한 드라마였을 것이다.
싸울 만한 일에 크게 싸우지 않았고, 화낼 만한 일에 그다지 화내지 않았고,
멋있을 수 있는 순간에도 그저 그랬을 것이다. 나쁜 사람들도 없었지만
완벽하게 좋은 사람들도 없었고 조금쯤은 이상한 사람들만 잔뜩 나오는
그런 드라마였을 것이다.
그럼에도 그런 인물들에 공감해주고, 은호와 단이의 로맨스를 응원해주고,
책 만드는 일에 대해 관심을 가져준 분들이 있어서
대본을 쓰는 내내 많은 힘이 되었다.
이렇게 작고 소박한 드라마가 사랑받을 수 있어서 기뻤다.

다정한 우리 배우들과 열심을 다해 만들어준 스탭들에게 고맙다.
그리고 좁은 작업실에서 함께 대본을 썼던 보조작가 다연과 정인, 한결에게
사랑한다고 전하고 싶다.

—정현정

용어 정리

S	Scene. 장면이라는 의미로, 동일 시간 동일 장소에서 이뤄지는 행동, 대사가 하나의 씬으로 구성된다.
E	Effect. 효과음. 주로 화면 밖에서의 소리를 장면에 넣을 때 사용한다.
F.I.	Fade In. 페이드인. 어두웠던 화면이 서서히 밝아지는 기법.
F.O.	Fade Out. 페이드아웃. 화면이 서서히 어두워지는 기법.
OL	Overlap. 오버랩. 현재 화면이 흐릿하게 사라지면서 다음 화면이 서서히 등장해 겹치게 하는 기법. 소리나 장면이 맞물린다.
인서트	Insert. 화면 삽입. 무언가에 집중시키거나 자세히 설명하기 위한 장면을 삽입하는 것으로 특정 부분을 확대하는 클로즈업을 통해 이뤄지는 경우가 많다.
플래시백	Flash Back. 과거에 나왔던 씬을 불러오는 것. 주로 회상하는 장면이나 인과를 설명하기 위해 넣는다.
프레임아웃	Frame Out. 피사체가 카메라 화각 바깥으로 벗어나는 것.
화이트아웃	White Out. 장면이 사라지면서 흰색 화면으로 전환하는 장면 전환 방법.
몽타주	각기 다른 시간과 장소의 컷들을 이어붙인 장면.

차 례 ♥

많은 사람을 만났다

많은 책을 읽었다

한 사람

너

제대로 읽고 싶은 책

시간

산책

차tea

우정

소통

사랑

다시 너라는 책을 펼친다

로맨스는 별책부록

── 새아버지는 나를 싫어하지 않았다. 나와 엄마에게 잘하려고 애썼다. 말하자면 문제는 나한테 있었다. 한번 아버지가 없었던 사람은 죽을 때까지 아버지를 가질 수 없다. 나는 그에게 한번도 아버지라 부르지 않았다. 축구가 끝나면 나는 갈 곳이 없었고, 혼자 어둑한 운동장에 남아 있곤 했다. 혼자 앉아 있기에는 운동장이 지나치게 넓었고, 해가 져버린 겨울밤은 추웠다. 그런 내게 갈 곳이 생겼다. 날마다 새로운 책을 들고 강단이에게 갔다.

── 바람에 날리는 강단이의 면사포를 잡은 걸 후회했다. 그냥 날리게 두어야 했다. 어딘가로 사라져버려서 손을 쓸 수 없게. 그랬다면 뭐가 달라졌을까. 그녀의 아픈 시간들이 줄고, 행복한 시간들이 늘어났을까.
내가 그때 그녀를 원했는지 아닌지는 알 수가 없다. 다만 그녀를 잃었다고 생각했고, 괴로웠던 것 같다. 그렇지만 내 인생에 반항심을 느낀 것은 아니었다. 어차피 내가 무언가를 소유하고 있는 동안에는 한번도 마음이 편치 않았기 때문에. 내게는 이미 떠난 것을 그리워하는 것이 자연스러운 일이었다.

— 별것도 아닌 그날이 이따금씩 떠오른다. 함께 나란히 앉아 있던 벤치와 벤치로 불어온 신선한 바람, 나눠 끼고 있던 이어폰, 그 이어폰을 통해 흘러나오던 니나 시몬의 목소리, 그 소리를 따라 흐르던 너의 낮은 허밍까지... 누군가가 내게 다시 한 번 되돌아가고 싶은 날이 있냐고 물으면 나는 별 것도 아닌 그날을 선택할 것 같다. 그리고는 얌전히 무릎 위에 놓여 있던 너의 손을 잡지 않을까.

— 강단이가 첫 월급 선물로 사준 패딩은 내 손등을 덮을 정도로 큰 사이즈였다. 아직 한창 자랄 나이라는 어처구니없는 이유가 덧붙었다. 여전히 나를 어린아이로 보는 것 같아 잔뜩 부어서 이미 평균은 한참 전에 넘은 키인데 얼마나 더 크길 바라냐고 툴툴거렸지만, 나는 금방 그 패딩을 좋아하게 됐다. 겨울 내내 그 패딩을 입고 다녔다. 따뜻해서, 강단이를 닮아서, 우리가 함께 좋아하는 까만색이어서.

── 우리는 함께 엘리베이터에 갇혔다. 불이 꺼졌고 캄캄해졌다. 그렇게 완벽한 어둠은 처음이라서 나는 두려워 숨도 못 쉴 지경이었다. 그때 은호가 내 이름을 불렀다. 어둠 속에서 내 손을 잡았다.

"여길 나가면 바다에 가자!"

잡은 손을 놓지 않고 밖으로 나왔더니 초승달이 예쁘게 떠 있었다. 은호는 말했다. 우리가 혼자 갇히지 않고 함께여서 다행이었다고. 서로를 찾아 헤매지 않아도 되었으니까. 방학이 되자 우리는 함께 바다로 갔다. 한동안 은호와 엘리베이터를 탈 때 마다 다시 한 번 엘리베이터가 멈추고 둘만 남게 되는 상상을 하곤 했다. 어둠 속에서 은호의 손을 잡는 것이 좋았기 때문에.

── 열심히 쓰다가 갑자기 모든 문장을 지워버리고, 다시 천천히 쓰다가 조급해진다. 어떤 날은 희망을 가졌다가 어떤 날은 이 글은 쓰레기가 될 거라는 절망에 빠진다. 책상 앞에서 일어나고, 넘어지는 일을 계속 반복한다. 이렇게 하다 보면 더 잘 쓸 수 있을까. 헤매는 시간이 점점 길어진다.

엉망이 된 작업실에 강단이가 왔다. 오래전에 물이 말라버린 가습기를 꺼내놓고, 냉장고를 채우고, 엉망인 주방을 치우며 잔소리를 늘어놓는다. 나는 조용히 오디오의 볼륨을 줄이고 그 잔소리를 음악처럼 들으며 눈을 감았다. 한 달 만에 듣는 사람의 목소리였다.

— 집으로 돌아오는 버스 안에서 잠이 든 강단이의 손을 잡았다. 그리고 손바닥을 펼쳐 입을 맞췄다.

— 만만하게 싸울 사람이 내겐 은호뿐이었다. 은호와는 싸워도 헤어지지 않으니까.

— 그들은 내 순수함이나 진심을 믿지 않을 것이고 나는 그 약속을 지키지 못할지도 모른다.

— 이것이 내가 그녀를 사랑해야 하는 방식이다. 두려움 없이, 계산 없이, 내일 따위는 생각지도 않고. 그리고 시간이 흐른 후에도 후회 없이.

— 무언가 푹, 하고 마음을 찔렀다. 그것이 무엇인지 몰랐다. 돌이켜 보니 사랑이었다.

— 내가 너와 연인이 된다면 어느 오후에 함께 서울의 오래된 동네로 나갈 것이다. 그동안 함께 모은 저금통을 털어 서로에게 줄 선물을 살 것이다. 나는 너를 위해 따뜻한 머플러를 사고, 너는 나를 위해 은으로 된 작은 귀고리를 살 것이다. 어쩌면 우리가 함께 있으니 다른 선물은

필요하지 않다고 말하며 서로를 향해 웃을 것이다. 그렇게 도시를 산책하다 큰 서점으로 갈지도 모른다. 각자가 좋아하는 책을 고르기 위해 잠깐 헤어져 책의 숲을 거닐다가 다시 만나면 그리운 눈으로 서로를 바라볼 것이다. 길 밖이 보이는 창을 가진 카페에서 마주 앉아 책을 읽고 네가 화장실을 간 사이 너의 밑줄을 눈으로 훑어볼 것이다. 그리고 우리가 함께 사는 집으로 돌아오면 눈이 내리는 창밖을 보며 우리가 처음 만난 날을 떠올릴 것이다. 그 먼 길을 돌아 내게로 온 네가 기적이라고 말할 것이다. 그리고 잠이 든 너의 이마, 너의 콧날, 너의 볼을 조심스럽게 만져볼 것이다. 그렇게 날마다 우리는.

일러두기

- 이 책은 정현정 작가의 대본 집필 형식을 최대한 살려 편집했습니다.

- 대사는 어감을 살리는 데 비중을 두어, 한글 맞춤법 규정과 맞지 않는 부분
  이라도 유지하였습니다.

- 대사의 강약과 호흡을 표현하기 위한 줄 바꿈은 작가의 집필 형식 그대로
  슬래시 한 개, 혹은 두 개로 표시되어 있습니다.

- 대사 중간의 말줄임표는 대사 사이 호흡의 길이를 표현하기 위한 것으로,
  온점 두개, 세 개, 네 개 등으로 다양하게 표시되어 있습니다.

- 씬 넘버 뒤의 M은 아침, D는 낮, N은 밤을 의미합니다.

- 이 책에는 무삭제 대본을 담았습니다. 따라서 방송되지 않은 부분이 포함
  되어 있거나 방송과 다를 수 있습니다.

1부

아는 누나,
강단이!

S#1. 어느 결혼식장 주차장 (D)

‑ 12년 전. 스몰웨딩 전문으로 하는 작은 건물, 주차장을 들어서는 은호의 차. 내리는 은호. 건물 올려다보며, 어색한지 백미러 보며 넥타이 만져보거나.

S#2. 결혼식장 (D)

‑ 들어서는 은호. 턱시도 입고 친구들에게 축하인사를 받고 있는 동민*을 보는데.

동 민   (은호 발견하고) 어, 은호야. 여기. (오라는 손짓)

은 호   (웃으며 다가가서) 축하해, 형.

동 민   (친구들에게 소개하는) 내 제자. / 내가 과외해서 대학 갔잖아. 단이 소개로. 우리 단이 아는 동생.

은 호   (눈으로 동민의 친구들에게 인사하는데)

동 민   오늘 피아노. (쳐줄 거다, 하고. 은호에게) 실수하지 마. 형, 인생 최고의 날이니까. (웃다가, 친구들에게) 근데, 너네 얘 몰라? 엄청 유

•   말 많고, 허세, 가벼운 성격.

19

병한 인터넷 소설 작가,

은 호   (OL, 얼른) 형! (말하지 말라고)

동 민   모르는구나? (은호에게) 너 아직 덜 떴다. 분발해야겠어. (은호 어
        깨에 손 올려 감싸며 다른 쪽으로 걸어가며) 내가 입장할 땐 피아
        노 안 쳐도 돼. 난 따로 준비한 게 있거든. 기대해도 좋을 거야.

        － 문득 단이와 동민의 웨딩사진들 세워져 있는 것을 보는 은호. 마음
        이 복잡한데..

동 민   (시선 따라가며 보다가) 예쁘지?

은 호   뭐.. 별로.

동 민   실물은 더 예뻐. 놀랄 거다.

S#3. 신부대기실 (D)

        － 웨딩드레스를 입은 단이, 친구들의 축하를 받으며 사진을 찍고 있
        다. 입구에서 그 모습을 한참 지켜보는 은호. 단이가 문득 시선을
        돌리다가 은호를 발견하고.. 작게 웃어 보인다. 은호, 다가오지 않고
        그 자리에서 단이 따뜻하게 보며.. 작게 "예뻐!" 라고 말한다. 눈으로
        응? 하는 단이. 은호, 다시 작게. "못 들었으면 말구." 혼잣말처럼 하
        고 가버린다. 은호 사라진 쪽으로 고개 돌아가는 단이.

S#4. 결혼식장* (D)

        － 피아노 앞에 서는 은호. 손가락으로 건반 튕겨보다가.. 자세 잡고 앉

* 단이는 엄마만 있습니다. (큰아버지는 단이랑 같이 입장하려고 입구에 서 있는 거라서 엄마가 휘청- 하는
  씬에서는 엄마 혼자 혼주석에 앉아 있는 걸로)

는다. 사람들 들어와 앉고, 사회자 "지금부터 홍동민 군과 강단이
양의 결혼식을 시작하겠습니다" 하는 소리 들리고. 차분히 피아노
앞에 앉은 은호. 동민이 입장하는 것을 본다. 트로트에 가까운 노래
울려 퍼지면서 깨방정 춤을 추면서 등장하는 동민. '저런 사람이 뭐
가 좋다구' 하는 얼굴로 한심하게 보는 은호.

사회자　　다음은 신부 입장이 있겠습니다.

－ 심호흡하고 피아노 건반 위에 손을 올리는 은호. 예식홀 입구가 열
린다. 은호, 웨딩마치 치기 시작한다. 아름다운 은호의 손가락이 건
반 위를 한참 오가고.. 은호는 차마 버진로드 쪽을 쳐다보지 못하다
가.. 흡사 옛 연인의 결혼식에 피아노를 치는 느낌인데.. 문득.. 버진
로드를 보는 은호. 비었다! 신부가 없다!!! 피아노를 치던 은호의
손가락이 박자를 놓치며 엉키고.. 은호, 계속 쳐야 되나, 말아야 되
나, 싶은데.. 신부를 기다리던 동민도 고개를 빼고 보는데.. 사람들
이 수군거린다. "신부가 왜 안 나와?" 동민이 달려간다. 은호.. 웨딩
마치는 이미 엉망이 되어버렸고.. 어떡하지, 싶다가.. 소란한 분위기
에 일어나는. 어디선가 들려오는 소리! "신부가 사라졌대!" "신부가
없어졌어요!" 단이엄마 혼주석에 앉아 있다가 일어서는. 일어서다
가 휘청! 사람들 부축하고.. 은호, 달려 나가는 데서.

S#5. 신부대기실 (D)

－ 단이가 사라지고 없는 신부대기실. 혼자 앉아 있는 동민.. 들어서는
은호를 본다.

동 민　　뭐 아는 거 없어? 얘 어디 갔는지 몰라?!
은 호　　(모른다) 형이 잘 생각해봐요. 별 다른 일, 아니. 또 싸웠어요?
동 민　　(OL, 버럭) 싸움이야, 맨날 하는 거고!!!

은 호	뭣 땜에 싸웠는데요! 이유가 있을 거잖아! 누나가 아무 이유 없이,
동 민	(OL) 몰라. 모른다고! 싸운 건 벌써 일주일 전이고! // 화해도 했는데!!!

– 동민, 돌아버리겠다. 뭔가를 차버리며 소리 지르는 동민인데.. 은호도 걱정이고.

S#6. 결혼식장 로비 (D)

– 은호, 신부대기실에서 등 돌려 나오는데.. 사람들 수군대고 있다.

하객1	신부가 사라졌다는 게 사실이야?
하객2	그럼 축의금은 어떻게 되는 거야?
하객3	(축의금에게) 돌려줘야 되는 거 아니에요?
혼주1	(신랑아버지) 아니, 지금 신부가 지금 약국에 잠깐..
혼주2	(신랑어머니) 오고 있대요.
혼주1	(하객들에게 등 돌려, 정말이야? 혼주2에게 묻고)
혼주2	(나도 몰라!)

은호, 속상한 얼굴로 보다가 나가려는데. 노트 들고 앞을 가로막는 여고생1, 2.

여고생1	저기.. 차은호.. 작가님?
은 호	(앗)
여고생2	맞네. 〈흑염소와 피의 계약〉!
여고생1	〈구미호와 피의 계약〉!
여고생2	〈유니콘과 피의 계약〉!
여고생1	피의 계약 시리즈*, 차은호 작가 맞죠?!!
은 호	(아니라고 답하려는데)

여고생1,2	(동시에 좋아서) 꺄악!!!
은 호	(소리에 흠칫)
여고생2	(흥분으로 쓰러질 듯) 저, 팬이에요! 작가님 사인 좀! (노트 펼치는데)
여고생1	(동시에 노트 펼쳐 내밀고)
은 호	아닙니다. 사람 잘못 봤습니다.

– 은호, 얼른 계단 뛰어 내려간다. 여고생 둘, "맞는데?" 하는. "작가님!!!" 하며 따라 뛰어간다.

S#7. 어느 결혼식장 주차장 (D)

– 나오는 은호. 여고생들이 따라 올까봐 뒤를 돌아보며 주머니에서 차키를 찾는다. 없다! 여고생들이 '차은호 작가님!' 하고 달려 나온다! 계속 주머니를 뒤지며 운전석 문을 열어보는데, 차 문이 열린다. 웅? 하며 보는데.. 운전석 위에 올려진 차키. 운전석에 오르는 은호. 차, 시동을 걸고.. 예식장을 올려다보며 '단이누나'에게 전화를 건다. 저만치 뒤따라오는 여고생들이 멀어진다.

S#8. 어느 도로 (D)

– 핸드폰이 꺼져 있다는 안내음이 들리고. 차 안의 은호.. 답답하다. 음성사서함으로 넘어가고.

• 은호가 고등학생 때 출간한 장르소설 '피의 계약 시리즈'. 〈흑염소와 피의 계약〉, 〈구미호와 피의 계약〉, 〈유니콘과 피의 계약〉

은 호	누나.. 난데. / 아, 이게 뭐야? 뭐 하는 짓이야!! / 아니, 내가 화를 내는 건 아니구.. 그래도 나한테 말은 해줘야. (횡단보도에서 서는) 아니. 누나 내가 지금 결혼식장을 나왔는데.. 잠깐만! 나, 나와도 되는 건가? 거기 계속 있어야 되나? (횡설수설) 누나 어딨어?! 나한테 전화 좀 해. 가만 있어봐. 혹시 아직 결혼식장에 있는 거 아냐? / 아, 이게 뭐야, 도대체! 내가 누나 결혼식에 피아노 치려고 한 달 동안이나 얼마나 고생했는데!!!
단이(E)	은호야..
은 호	(갑작스런 대답에 상황파악 못하고, 놀라서) 누나!!!! 누나 지금 어딨어?
단이(E)	니 뒤에 있어..
은 호	어디? 내 뒤에, 어디? (응? 하고 무심코 고개를 돌려본다)

    – 단이가 웨딩드레스 차림 그대로 뒷자리에 앉아 있다! 헉, 하는 은호!

단 이	(앞 가리키며) 빨간불.
은 호	(얼른 급브레이크 밟고)
단 이	(멈추는 기세에 출렁거리고)

    – 도로, 은호의 차가 갓길에 주차된다.

은 호	(돌아보며) 미쳤어?
단 이	....
은 호	내 차를 왜 타? 그런 사고를 쳐놓고 내 차를 타면 어떡해?
단 이	(복잡한. 그러나 애써 웃는) 그러게. 정말 미쳤나봐..
은 호	지금 그걸 말이라고!!!!!

    – 그때 은호의 전화벨이 울린다. '동민이형'이다! 놀라서 서로 마주보는 둘

단 이	받지 마!
은 호	어떻게 안 받아?
단 이	받지 말라니까! (몸을 앞으로 가져가며 손 당겨 거치대에 세팅된 핸드폰 뺏으려는데)
은 호	하지 마. (하고 핸드폰 뺏으려고 실랑이하다가, 놓치는)
동민(E)	(블루투스 연결되어) 여보세요.
은호,단이	(앗! 숨도 못 쉬겠다)
동민(E)	은호야..
은 호	(아무 말 말라고 도리질하는 단이를 보며) 어.. 형..
동민(E)	단이 너랑 같이 있지?
은 호	(단이를 보는데)
단 이	(아니라고 말하라고)
은 호	(어쩌지, 침 꼴깍 삼키는데)
동민(E)	너네 지금 같이 있잖아.

S#9. 결혼식장 보안실 (D)

– CCTV 화면을 보는 동민. 단이가 은호의 차를 타는 장면 보다가 스톱하고.

동 민	니네.. 뭐냐.. / 설마.. 둘이.. / 내가 생각하는 그런 거 아니지? / 나, 한번도 이런 이상한 생각.. 해본 적 없는데.. / 너네.. 둘이.. 설마..

S#10. 은호의 차 안 (D)

은 호	아니야. 형, 아니야. 절대로 아니야!
단 이	.....
은 호	(얼른 단이에게) 뭐해? // 아니라고 해!!! 형이 지금 오해하잖아!

단 이	(동민의 생각이 어이없어서 피식, 혼잣말처럼) 말이 되는 소릴 해 야지.
은 호	형 들었지? 누나 목소리가 작아서 안 들렸을 거 같은데, 아니랬어! 아니라고 분명히 말했어!
동민(E)	아니면. 돌아와. 단이 데리고.
단 이	(조용히 창밖을 본다)
동민(E)	단이야.. 듣고 있지.?
은 호	...
동민(E)	단이야.. 내가 잘할게..

S#11. 결혼식장 보안실 (D)

동 민	(진심으로) 우리 3년 동안.. 정말 많이 싸웠지만.. / 그때마다.. 잘 이 겨냈잖아.. 나도 너 좋아하고.. 너도 나 좋아하잖아.. / 내가.. 못난 놈 이고, 잘못하는 것도 아는데.. 이러지 말자, 단이야..

S#12. 은호의 차 안 (D)

동민(E)	나 여기서 너 기다린다.. 사람들은 너 긴장해서 잠깐 쓰러진 걸로 알고 있어.. 장모님, 놀라서 쓰러지셨어.. / 돌아와, 단이야..

― 은호, 단이를 보면.. 단이가 창밖을 보며 눈물을 흘린다.

은 호	형.. 내가 데려갈게. 십 분만.. 기다려..

― 그대로 창밖을 보는 단이에서.

S#13. 어느 약국 앞 (D)

- 단이가 앉아 있다. 은호가 물로 된 청심환 정도 가져와 옆에 앉고, 뚜껑을 따서 건넨다. 가만히 쥐고만 있는 단이.

은 호   누나..

단 이   (그대로 청심환 병만)

은 호   왜 그랬어..

단 이   ...불안.. 해서. (하는데 툭 떨어지는 눈물)

은 호   (마음 아프게 단이 보다가) 돌아가고 싶지 않으면.. 안 가도 돼. / 누나.. 정말 불안해서 이런 일 저지른 건 아니잖아. 형이랑 무슨 일 있지?

단 이   ...

은 호   다른 데 가고 싶으면.. 말해. // 데려다줄게.

단 이   ..... (막막할 뿐이다)

은 호   (그대로 흔들림 없이 단이를 보는)

단 이   갈 데가... 없어..

은 호   그럼.. 공항으로 갈까. 티켓 있는데 맞춰서 그냥 아무 데나.. 거기가 어디든, 가서 한 달이든 두 달이든..

단 이   (OL) 신혼여행.. 스페인, 가기로 했는데... / 엄마가.. 돈 없다구 제주도 가라고 했는데.. 내가 우겨서... / 신혼집에 넣은 가구며 뭐며 다 빚인데..

은 호   지금 그런 걱정할 때야?!!!!

단 이   엄마가 쓰러졌다잖아... 아버지 돌아가신 지도 얼마 안 됐는데..

은 호   (돌아가려고 하는구나..)

단 이   (청심환 들어 마시다가, 눈이 동그래지며 멈춘다) 어, 어.. (하며 손가락으로 저만치 도로를 가리키고)

- 눈으로 단이의 손가락을 쫓는 은호. 은호의 차가 주차 단속 레커차에 끌려가고 있다! 어어어엇, 잠시만요!!! 소리치며 일어나는 은호.

몇 발짝 뛰다가 포기하고 단이를 돌아보는. 단이 웃어버린다. 은호
도 웃어버린다.

S#14. 도로 (D)

　　　　　 － 단이와 은호가 손을 잡고 뛰어간다. 단이, 언제 울었냐는 듯이 표정
　　　　　 이 밝아졌다. 은호도 웃는다. 바람에 단이의 화관에 붙어 있는 면사
　　　　　 포가 날리다가 툭 떨어져 저만치 날아간다. 은호가 뛰어가 면사포
　　　　　 를 주워 돌아와서 다시 단이의 손을 잡고 뛴다. 그런 둘 위로,

단이(E)　　 시간을 되돌려 과거로 돌아가고 싶은 날이 있다면.. 딱 그 순간이다.
　　　　　 / 결혼생활이 힘들 때마다 그때를 떠올리곤 했다. / 그날.. 내가 다
　　　　　 시 결혼식장으로 돌아가지 않았다면. / 그날.. 은호가 가자는 대로
　　　　　 어딘가, 다른 먼 나라로 가버렸다면,

S#15. 어느 회사, 면접실 (D)

　　　　　 － 면접관들 앞에 서 있는 단이.

단이(E)　　 지금의 나와는 다른 내가 되어 있을 것이다.

　　　　　 － 단이, 자신감 있는 표정으로 주머니에서 박카스를 꺼낸다.

단 이　　 (병 흔들며) 요 익숙한 병! 아시죠? 우리나라 대표 자양강장제!!
　　　　　 (연기, 제자리 뛰며 힘든 척 한 손으로 이마 닦고) 힘들게 일 마치고
　　　　　 집 들어와서, 또! 더운 불 앞에 서서 한상 차렸지만.. 자식 입에 밥
　　　　　 들어가는 것만 봐도 피로가 싹 풀리는 게 나는 역시 엄마구나..
면접관1　　 어머! 그 광고 알아요! 엄마가 아들한테 우리아들은 누구 꺼? 물으면,

단 이	(받고) 아들은 여자친구 이름을 대는 게 핵심이죠! 자식 다 필요 없다! 진짜 피로회복제는 약국에 있다! 제 주부 경험을 살려 만든 광곱니다!
면접관들	(괜찮다는 듯 서로 시선 주고받고)
단 이	(먹히는구나!) 이게 끝이 아닙니다. 이걸 시작으로 2012년 광고대상 수상까지 거머줬죠! (능청) 감히 예상컨대 대한민국에 신드롬을 일으킨 그 광고! 모르시는 분들 없을 겁니다! (자연스럽게 손바닥을 보여준다!
면접관들	(보는)
단 이	(손에 수영시합 그림 있고, 수영하듯 춤추며 노래하는) 대한민국 수영! 빠름~ 빠름~ 빠름~ (슬쩍 면접관 반응 살피고, 집중하는 게 느껴지자 씩 웃고 왼손도 펼친다, 태권도하는 그림 있고) 대한민국 태권도! 빠름~ 빠름~ 빠름!!
면접관들	(보며 웃는데)
단 이	빠름~ 빠름~ / 요 익숙한 리듬! 안 들어본 분 없으시죠? 이 광고 스토리텔링!! 누가 했을까요? / 네!! 바로 제가 했습..
면접관1	(OL, 차분히 찬물을 끼얹은) 칠 년 전이잖아요...
단 이	(멈칫..했다가) ...그죠.. // 칠 년 전이죠.. (양손 바닥 내리며, 애써 웃어 보이는)
면접관2	칠 년 전에 회사 그만둔 뒤론.. 쭉 노셨네요.
단 이	(애써 웃으며) 면접관님.. 오해하고 계신 것 같은데요.. 저는 논 게 아니라 국가의 미래 자산인 아이를 잘 키우고, 가족을 위해 헌신하면서 구청 문화센터에서,
면접관3	(OL, 귀찮다) 네, 네 알겠습니다..
단 이	....

S#16. 단이의 구직 몽타주 (D)

- 어느 강당. 활기찬 음악 안에서 흘러나오고, 음악 사이사이에 '파워

포즈!'라는 강사의 구호소리 들린다. '여성 인력 개발 센터'라는 팻
말 옆에 '자신감 강화 훈련'이라고 쓰인 A4용지 붙어 있고.
- 30~40대의 여자들이 요란한 음악에 맞춰 춤을 추고 있다. 강사가
파워포즈!라고 외칠 때 마다 자신감 있는 저마다의 포즈 취하며 '파
워포즈! 자신감 있게! / 파워포즈! 당당하게!' 따라하는. 단이, 가슴
을 열고 환하게 웃으며 춤을 춘다.
- (이하, 단이의 파워댄스와 함께 빠르게 교차편집 되는)
- PC방. 인터넷 구직 사이트, 마케팅 관련 부서들 훑어보는 단이. 맞
은편에 서서 검은 양복 입은 면접관 1, 2, 3 단이에게 질문한다.

면접관1   직장을 그만둔 이유가 뭔가요?
단 이   버텨보려고 했는데, 아이를 봐주시던 친정엄마가 아파서, 어쩔 수
           없었습니다.

           - 다시 파워댄스 추는 단이.
           - 마트 캐셔로 일하는 단이. 그 앞에서 물건 계산하려고 선 면접관 1,
             2, 3.

면접관2   커피 타기, 복사하기 등 잔심부름만 하게 된다면 어떻게 하겠습니
           까?
면접관3   야근이나 휴일근무, 출장이 있으면 어떡할 거예요?

           - 단이, 찜질방 청소를 하고 있다. 한쪽에 선 면접관 1, 2, 3.

면접관3   입사해도 상사들이 다 나이가 어릴 텐데 버틸 수 있겠어요?

           - 단이, 다시 파워댄스.
           - 목욕탕 안. 산더미 같이 쌓인 목욕대야들 수세미로 썻고 있는 단이.
             그 옆에 의자 놓고 나란히 앉은 면접관 1, 2, 3.

면접관1	남편은 뭐하시는 분이세요? 그동안 외벌이로 칠 년을 살 수 있었으면, 남편 벌이도 괜찮았을 거 아니에요. / 아, 짤렸구나, 남편이?
단 이	(대야 닦으며 혼잣말처럼) 일 년 전에.. 이혼했습니다.
면접관2	(끄덕이며) 아.. 그래서 왔구나.. (어쩌라고? 짜증나는 느낌)

다시 강당. 모두가 파워댄스를 추고 있는데.. 구석에 놓인 의자에 드러누워 있는 단이.. 지친 듯 겨우 일어나 앉는.

S#17. 대기업, 면접자 대기실 (D)

‒ 여전히 한 벌뿐인 그 면접용 정장을 입고 순서를 기다리는 단이. 하이힐이 불편해서 잠시 벗는데 뒤꿈치가 빨개져 있다.

단 이	(옆에 앉은 20대 여자에게) 저기.. 죄송한데요.. 혹시 밴드 있으세요?
20대지원자	아뇨, 없는데요. (하고 다시 준비한 면접 자료를 보는)

‒ '57번 강단이 님' '58번 서정인 님' 소리에 발을 하이힐에 욱여넣고 벌떡 일어나는 단이. 옆의 20대 지원자도 얼른 일어나고.

S#18. 면접장 (D)

‒ 워킹맘면접관과 면접관4, 면접관석에 앉아 서류 살펴보고 있고, 반대편에 단이와 20대지원자가 나란히 앉아 있다.

워킹맘면접관	(단이에게) 살림하는 동안 힘드셨겠어요.. 한때는 잘나갔던 분인데.. 포기도 쉽지 않았을 거고, 혼자 도태된 느낌도 들었을 거고요. (측은하다는 듯이 본다)

단 이	(워킹맘면접관을 고맙게 보다가, 씩씩하게) 주부로 사는 십일 년간 저 나름대로 배운 게 많습니다. 제 경험이 이 회사의 발전에 도움이 될 거라 믿습니다.

- 워킹맘면접관과 눈이 마주친 단이. 살짝 웃어주는 워킹맘면접관. 환한 미소로 답하는 단이. 왠지 예감이 좋다!

S#19. 회사 화장실 안 + 앞 (D)

- 손을 씻다가 거울 속 자신을 보는 단이. '지치지 말자, 강단이!' 스스로 응원한다. 면접이 끝나자 까진 뒤꿈치가 다시 아파오는 단이, 하이힐을 벗는데, 칸에서 나와 손을 씻는 20대 지원자.

20대지원자	발은 좀 괜찮아요?
단 이	네.. 조금..

- 불쑥 밴드를 내미는 20대 지원자. '아깐 없다더니' 싶은 단이. 어이없어서 20대지원자를 보는데.

20대지원자	아줌마가 다리 아프고 불편한 게 나한텐 유리하잖아요. 아깐 면접 보기 전이고. 지금은 면접 다 봤으니까.
단 이	(기막히지만, 어쩔 수 없이 받는다) 고마워요... (밴드 껍질 벗기는데)
20대지원자	(파우치에서 립스틱 꺼내 바르고) 근데 아줌마. 아줌마.. 맞죠?
단 이	(보는)
20대지원자	그냥 집에 계시지.. (립스틱 가방에 넣고 다시 단이 보며) 자아를 찾고 싶으면 다른 데서 찾으시면 안돼요?
단 이	(기막혀) .....내가 자아만 찾으러 온 건... 아니거든요?
20대지원자	취업시장은 20대만으로도 피 터지는데.. 아줌마 같은 사람들까지

	많아서.. 정말.. 짜증나요..
단 이	(어이없다)

- 20대지원자 나간다. 밴드 껍질 휴지통에 넣는 단이.

| 단 이 | 후... 강단이, 성질 다 죽었다. |

- 단이, 발뒤꿈치에 밴드 붙이는데. 물소리 들리더니, 워킹맘면접관이 화장실 칸에서 나온다.

단 이	발이 좀 아파서.. (다시 하이힐 신는)
워킹맘면접관	(손 씻는) 요즘 면접 자리에서 경단녀들 많이 보네요. 구직 활동 힘들죠? (수돗물 끄는)
단 이	(티슈 빼서 공손히 드리며, 애써 웃는) 쉽지 않네요.
워킹맘면접관	(받고) 강단이 씨 마지막 답변이 기억에 남아요. 십일 년 살림 산 경험이 우리 회사에 도움이 된다... (살짝 웃으며) 우리 회사가 강단이 씨한테 어떤 도움을 받을 수 있죠?
단 이	어.. 그게.. 우선 서류를 보셔서 알겠지만, 제가 예전부터..
워킹맘면접관	(OL) 아뇨, 현재의 강단이 씨요. / 이 바닥이.. 참 많이 바꼈어요.
단 이	저는.. (횡설수설) 결혼생활하고 아이 키우면서 인내하고, 다른 사람을 받아들이는 방법을..
워킹맘면접관	(차갑게) 강단이 씨는 참 편했겠어요.
단 이	네? (무슨 의미지?)
워킹맘면접관	편하게 애만 키웠을 거 아니에요.. 애랑 싸울 시간도 있고, 애 안고 낮잠도 자고, 아프면 병원도 데려가고, 비 오는 날은 우산 들고 마중도 갔겠죠. / 나는.. 그럴 때마다 회사에서 발만 동동 굴렀는데. 시댁, 친정 어른들한테 구걸구걸하면서 겨우 겨우 키웠어요. 우리 애.
단 이	(짠하게 보며) 힘..드셨겠어요.. / 저도 친정엄마가 돌아가시면서 그만뒀어요..
워킹맘면접관	(티슈로 천천히 손 닦으며) 그래서인지.. 우리 앤.. 틱이 왔어요. 그

래서 월요일마다 심리치료 다니고 있거든요. 임신했을 때 중요한 프로젝트를 맡아서 밤샘하다가.. 유산하고, 어렵게 가진 애라 잘 키우고 싶었는데.. 워킹맘이라서... / (티슈 던지듯 버리며 정면으로 단이를 본다) 그렇게 지킨 자리에요, 여기가.

단 이   ....

워킹맘면접관   감히, 경력단절이니 재취업이니 하면서...

단 이   (굳어서 보는)

워킹맘면접관   뭣도 모르고 소풍 가는 기분으로 올 자리가 아니라고요. 회사란 곳이!

단 이   잠깐만요. 저도, 저 나름대로는 절박하게,

워킹맘면접관   (OL, 낮지만 분명하게. 상처 줄 의도가 충분하게) 기분 나쁘게.. 내가 어떻게 지킨 직장인데... 이제 와서 기어 나와.... 기어 나오길!

– 워킹맘면접관, 보란 듯이 단이의 어깨를 치고 간다. 모멸감으로 부들부들 떨리는 단이. 단이 못 참겠는지 주먹 쥐고.. 아후~~~!!!

S#20. 대학, 강의실 (D)

– 비즈니스 캐주얼 차림의 교탁 앞 은호, '장르문학 강의' PPT 슬라이드 화면 끄며.

은 호   자, 오늘로 19세기 후기 낭만주의 고딕소설의 구조 분석 강의는 끝났고.

학생들   (은호 눈치 보며 서둘러 가방 챙기고)

은 호   제가 여러분에게, 한 챕터 끝날 때마다 주는 선물이 있죠. (싱긋)

학생들   (그럴 줄 알았다, 여기저기 터지는 낮은 야유)

은 호   (됐고) 이번 챕터에서 배운 이론적 논의에 맞춰서, 조별로 원하는 장르문학을 선정해 분석, 토론 해오시고.

학생들   (은호 저지하려 엉거주춤 일어나는 몇몇)

은 호	(교탁 탁 쳐서 주목시키고) 개인 과제 안 내주면 서운하죠?
학생들	(제발 좀!) 아니요! / 안 서운해요! / 교수님!
은 호	(미소) 내가 서운해요.. '장르문학과 순수문학의 경계'를 주제로 레포트 한 편씩들 써오시고.
학생들	(반항하듯 거의 전부 일어나고)
은 호	(지지 않고) 다음 시간에는 퀴-즈 볼 테니까! 그것도 준비해오시고.
학생들	(너무한다는 눈빛 발사) 너무해요!
은 호	(웃으며, 가방 챙겨 나가며) 너무- 잘생긴 거. 나도 알아.

S#21. 강의실 복도 (D)

- 문 앞에서 음료수, 초콜릿 정도를 들고 기다리고 있는 여학생들.
- 은호, 문 열고 나오면, 탄성 지르는 여학생들.

여학생1	(초콜릿 상자 건네며) 교수님, 이거 받아주세요!
여학생2	(음료 건네며) 이것도요!
은 호	(역시 무심히 받고) 오늘은 여기까지.
여학생3	(서류봉투) 교수님, 제 소설 좀 읽어주세요.
은 호	다음 달에 우리 출판사 신인상 공모 있으니까 거기 투고해. 공식적으로.

- 익숙하다는 듯 여학생 무리를 빠져나와 걸어가는 은호.
- 그런 은호를 바라보는 여학생들의 흠모하는 눈빛.

여학생1	(뒤에 대고) 교수님.. 여자친구 있어요?
은 호	(그냥 가다가 뒤돌아) 응. 내일모레 상견례야. 곧 결혼하려고.

- 여학생들, 예상치 못한 대답에 일순 얼어붙고, 이내 실망한다. "진짜야?" "설마!"

S#22. 은호의 집, 거실 + 서재 (D)

- 청소기 돌리고 있는 단이.
- TV 옆 선반 앞. 은호 사진 액자와 장식소품 닦는 단이. 액자 내려놓으면 해맑게 미소 짓는 은호 사진들 잘 보이고.
- 서재. 단정하게 정돈된 책들이 들어찬 책장의 틈을 닦는 단이. 문득 소설 한 권 집어서 잠시 펼쳐본다. 겉장에 은호의 사진. '차은호 작가의 새로운 장르소설, 〈리틀피플〉', 부제 '힘없는 사람들의 반란!' 보며, 친동생의 성취를 보듯 뿌듯한 단이.

S#23. 은호의 집, 마당 (D)

- 단이, 세탁바구니에서 빨랫감 꺼내고, 탈탈 털어 건조대에 넌다.
- 은호 옷가지들 널다가 함께 딸려 나오는 야한 여자 속옷을 보고 쳇! 하는 단이. 들어 사이즈 살펴보더니. (여자 잠옷, 티셔츠, 함께 있음)

단 이   지난 번 그 사이즈가 아니잖아. (한쪽에 널고) 그새 또 바꼈어.

S#24. 대학 교정 + 은호의 집, 거실 (D) - 교차 편집

- 앞 씬에서 받은 음료수 마시며 차로 가는 은호, 문자알림 울리면 확인하는데. 음료 뿜을 뻔한다.

단이(E)   도우미 아줌마가 그러는데. 너 여자 자주 바뀌는 거 같다는데?
단이(E)   적당한 여자 있으면 결혼해. 이 여자, 저 여자 기웃거리지 말고.
은 호   아, 진싸.. (단이에게 전화 거는)
단 이   (주방쯤. 벨 울리면 앞치마에서 핸드폰 꺼내어 받는) 어, 왜.

은 호	도우미 아줌마 다른 아줌마로 바꿔줘. 누나.
단 이	왜? 일단 청소 해놓는 거 보면 깔끔하고. (갓 만든 반찬들 냉장고에 넣으며) 음식도 까다로운 네 입맛에 맞을 거고.
은 호	뒷말하는 아줌마 싫어. 사사건건 누나한테 다 말하잖아.
단 이	(반찬 만들었던 뒷정리하며) 그래서. 그 빨간 브래지어 여잔 언제 바뀐 건데?
은 호	아, 속옷 색깔까지 말했어? (돌겠다) 누나가 소개한 아줌마라서 이 때까지 참았는데.. 그 아줌마, 칠칠맞아. 돈은 하루치 다 받아가면서 일은 반나절밖에 안 하는 거 같고.

   – 은호, 잘빠진 고급차에 올라탄다. 출발하며 아웃.

단 이	까칠하기는. (이미 끊긴 핸드폰 보며) 에휴. 니가 날 짜르면 어떡하니. 당장 갈 데가 없는데.

   – 단이, 늘 약속한 장소인 듯 싱크대 어디쯤 문을 열면 흰 봉투가 하나 들어 있다. 안을 열면, 십만 원 정도, 일당이 들어 있고.

단 이	나, 이거라도 못 벌면 안 되는데.. (하고 은호 사진 본다)

   – 봉투 가방에 넣는데, 울리는 단이의 핸드폰. 액정 보면 '재희 유학원'이다.

단 이	네. 여보세요. 안녕하세요. 실장님.
유학원실장(E)	네. 재희 어머니. 잘 지내시죠.. 재희 학생이 이번 학기도 여기서 다니고 싶어 한다는 얘긴 들으셨죠? / 그러려면 재정보증인 서류가 필요해서요.
단 이	서류라면...
유학원실장(E)	보호자의 재직증명서랑 천만 원 이상의 통장잔고 내역서도 주시면 됩니다.

단 이   아.. 통장잔고랑 재직증명서요... (골치가 아프다)

S#25. 은호의 차 (D)

– 은호, 가는데. 단이의 문자가 온다.

단이(E)   그 아줌마, 계속 쓰면 안 돼? 내가 주의를 좀 줬어.

– 찡그리는 은호. 싫다.

S#26. 은호의 집 (D)

– 욕실 앞, 물소리 들려오고, 단이의 새 옷이 깔끔하게 개어져 있다.
　그 위에 놓인 단이의 핸드폰에 은호의 문자알람이 울린다.

은호(E)   집 비번 바꿔놓을 거야. 그 아줌마, 보내지 마. 누나가 해결해.

– 샤워 후 머리에 몸에 수건 걸치고 나오는 단이.

은호(E)   그 아줌마, 이상해. 우리집에서 샤워하는 거 같애.
은호(E)   내가 안 쓴 수건이 건조대에 걸려 있다니까!! 샴푸도 두 배로 줄고.

– 거실, 소파에 앉아 은호의 노트북으로 경력직 채용공고 확인하고
　있는 단이.

은호(E)   내가 바보야? 노트북 전원이 켜져 있었던 적도 있어.

– 주방, 밥통을 열어 갓 지은 밥을 퍼서 밥공기에 가득 눌러 담는 단이.

은호(E)   내가 이런 이야기까진 좀 그런데.. 심지어 쌀도 팍팍 줄어! 그 아줌
         마, 집에서 밥 먹고 간단 말이야!

         – 창고로 사용하는 느낌의 다락방, 입었던 옷을 개어서 커다란 여행
           가방에 넣고 한쪽 구석에 숨겨놓는 단이. 적당히 위에 오래된 커튼
           같은 것 둘러놓거나.

단 이   남의 집 일 하다 보면, 밥도 먹을 수 있지.. 까칠한 놈. (쳇, 서운하다)

S#27. 겨루 출판사, 회의실 앞 (D) – 다른 날

         – 회의실 앞에 '간부회의 오전 10시'라고 적힌 A4용지 붙이는 해린.
         – 또박또박 걸어오는 고유선. 자막 '도서출판 겨루, 총괄이사 고유선'

해 린   안녕하십니까. 이사님.

         – 유선, 도도하게 고개 치켜들고 회의실 열다가 화면 멈춤. 윗 자막
           옆 '서열 2위' '까칠마녀' 적히고.

유 선   (까칠하게 회의실 보다가, 문 너머로) 송 대리, 문에 붙은 종이 떼.
         시간 정하면 뭐해. 다들 늦는데. 또 아무도 안 왔지?

         – '알겠습니다' 답하는 해린에서 화면 멈춤. 자막, '도서출판 겨루,
           콘텐츠 개발부, 편집팀 대리 송해린' '얼음마녀' '초고속 대리 승진'
           '서열 상승 중'
         – 저만치서 걸어오는 은호. 자막 '도서출판 겨루, 편집장 차은호'

해 린   안녕하십니까. 편집장님.
은 호   (스윗) 안녕 송 대리.

— 은호, 웃으며 회의실 들어서려는데, 화면 멈춤. 위 자막 옆에 '한국
대 문예창작과 겸임교수' '인기 팟캐스트 진행자' '서열 3위' 은호,
문 열다가 자막 달리는 게 느껴지듯 흘깃 보고. 서열 3위를 갸웃하
면서 보더니 3을 지우고 0을 써넣으며 '서열 0위'로 만든다. 뭔가 아
쉬운 듯 보다가 '얼굴 천재'라고 손가락으로 쓰고 흡족하게 웃는다.
— 그 뒤를 전화 받으며 뛰어오는 봉지홍. 해린, 인사를 하려는데..

지 홍   아, 작가님. 또 왜 그래. 글 좋다니까. 뭘 또 엎어!!! 아, 그냥 쓰면
         돼. 쭉 쓰라니까 그냥!! (버럭) 컴퓨터 고장났다고 하면 내가 믿을
         거 같냐?!!!!!!

— 지홍, 문 열면 화면 멈춤. 자막 '도서출판 겨루, 콘텐츠 개발부 편집
팀 팀장, 봉지홍' '시인' 옆에 '왕년에'라고 귀엽게 적히고. 이어서
'서열 3위'라는 글자가 적히는데 문득 다시 버럭! 하면 숫자 '3'이
팅 튕겨나가고.

지 홍   차라리 손가락이 부러졌다고 해!!!! (문 연 채로 고리 잡고 멈춰서,
         씩씩) 오늘 중으로 원고 안 주면 내가 너 죽인다. 작가면 다냐!!!!
         작가가 뭐 그렇게 대단하다고! 왕년에 글 안 써본 사람 있어?!! 너,
         이따 보자!!

— 지홍, 전화 끊고 회의실 들어가는데.. 반대편에서 머리에 구르프 만
영아, 출근길인 듯 슬리퍼 신고 그대로 뛰어온다. 해린, 인사하려는
데..

영 아   송 대리, 차에 내 구두 있어. 좀 갖다줘.
해 린   (슬리퍼 보고 앗!)

— 영아, 급하게 회의실 들어가며 화면 멈춤. '도서출판 겨루, 콘텐츠
개발부 마케팅팀 팀장, 서영아' '서열 4위' '워킹맘'

S#28. 겨루 출판사, 회의실 (D)

- 헐레벌떡 들어오는 영아. 맞은편에 앉아 있는 유선과 은호, 안타깝게 그녀를 보고. 영아, 백 열어서 화장품 파우치 꺼내서 파우더로 얼굴 두드리며,

영 아   대표 아직 안 왔지? 아침에 갑자기 애가 아파서. / 두 사람 결혼 안 하길 잘했어요. (지홍, 흘깃 보며) 남편은 남이고, 애는 짐이고, 집이고 회사고 난장판이고, 내 인생은 하나도 없고.

유선,은호   ......

- 대표 자리 비어 있고. 앉아서 바닥에 떨어진 채용공고 한 장 프린트된 것 줍던 재민. 바로 앉아서 영아 말 계속 들으며 가만히 창밖을 본다. 책상 위 고급 양장 노트와 만년필 들어 감성적으로 뭔가를 적는다. 자막 '도서출판 겨루, 대표 김재민' 이어서 꼬리표처럼 '서열 1위' '존경받는 사장' '딸바보' 달리고.

영 아   (얼굴 두드리느라 그런 재민 못 보고) 무슨 놈의 회의를 날이면 날마다, 뭐 딱히 대단한 용건도 없으면서. / 솔직히 우리 말 듣는 것도 아니잖아요. 결정은 자기가 다하잖아. 말 그대로 독재도 이런 독재가 없는데, 무슨 간부회의를 날마다.... / 맨날 그놈의 갈 길이 멀다는 말만 하구.

- 재민, 손목시계 보는데 10시 넘었다. 바닥에 노트 내려놓으면, '벌금 리스트' 제목 아래 직원들 이름과 표가 보인다. '서영아'에 체크하며 씩 웃는 재민. '출판계의 장사꾼'이란 꼬리표가 하나 더 달린다.

재 민   또 지각이시고.

- 마구 얼굴 두드리다가 재민 목소리에 헉, 하고 멈추는 영아.

- 유선과 은호, 지홍 동시에 이마에 구르프 빼라고 손짓하고. 조용히 빼는 영아.
- 시간 경과. 영아의 발밑에 구두가 놓이고, 영아 조용히 갈아 신는다.

재 민	자. 갈 길이 멀어요. 일단, 다음은 신입사원 채용에 대한 건인데요.
영 아	(시계 보며 하품)
재 민	이거 서 팀장이 만든 거죠?
영 아	(퍼뜩 입 닫고, 프로답게) 네. 인사팀장 하고 상의한 건데요. 왜요?
유 선	수정 사항이 좀 많은데요. 일단, (종이 항목 짚으며) 나이제한 없음.
영 아	그게 뭐..
유 선	(OL) 군이 그렇게 명시할 필요가 있나요?
지 홍	아무리 다들 연령차별금지법, 어긴다지만, 우린 책 만드는 사람들인데! 좀 부끄럽지 않아?
재 민	(끄덕이다가) 그럼 이렇게 합시다. 기졸업자 및 2019년 8월 졸업예정자. / 대신 서류심사에서 졸업한 지 2년 이상 지난 애들 다 걸러요. (지홍에게) 됐지? 법 지켰지?
지 홍	아휴.. 부끄럽다, 진짜..
영 아	(종이 항목 짚으며) 학력제한 없음. 이건 어떻게요, 그럼?
재 민	학력제한이 없으면 돼? (고개 젓고) 공부 잘하는 놈들이 일도 잘해요.
유 선	그죠. 공부를 잘했으면 인내심, 성실성, 열정.. 기타 등등 기본 자질은 그거 하나로 증명이 끝나는 거죠.
지홍,은호	.... (낮은 한숨)
재 민	근데, 우리가 책 만드는 사람들이잖아. 너무 계산적으로 살면 오던 복도 사라져요. 그니까 하나는 제대로 법대로 하자. (업무지원 ○명 가리키며) 이거. 지원팀은 원래 고졸자 뽑았잖아. 연령제한 없음, 학력제한 없음! 딱 한 명 그렇게 뽑으면 되잖아.
은 호	(싸늘하게) 어차피 계약직이잖아요.
재 민	그래도 그게 어디야? 이 불경기에!
은 호	(무언가 더 말하려면)
재 민	(OL) 자, 그럼 이번 달 실적표 좀 보자구. 갈 길이 멀어, 갈 길이.

영아	(옆 사람에게 소곤) 회의, 도대체 왜 하는 거야..
은호	(무표정으로 실적표 보는 데서)

S#29. 단이의 옛집 앞, 동네 골목 + 단이의 옛집 마당 (N)

- 낡은 서울 변두리 주택가. 지친 단이가 절뚝이며 걸어간다. 단이의 옛집 담벼락에 빨간 래커로 칠해져 있는 '철거예정건물' '출입금지' 가로등에 언뜻 보이고. 어두운 집 앞에 잠깐 서서 닫힌 대문을 보는 단이. 굳게 잠겨 있는 대문. 그 앞에 붙어 있는 안내문. '절대 출입금지 / 철거대상물 – 본 건물은 철거공사가 진행되는 건물로 무단출입을 하거나 쓰레기 투기, 경고문 훼손 등 불법행위를 하다 적발될 시는..'
- 단이, 이미 오래전부터 붙어 있었던 안내문인 듯.. 익숙하게 한쪽에 놓여 있는 고무 쓰레기통을 끌고 대문 앞에 놓는다. 누군가 보는 눈이 없는지 확인하고 신발을 벗어 먼저 안쪽으로 던지고..
- 이어, 담 안쪽. 단이가 훌쩍 뛰어내린다. 어둠 속에서 신발 찾아 들고.. 익숙하게 현관 쪽으로.

S#30. 단이의 옛집 (N)

- 안방, 문 열면 소풍 돗자리 깔려 있고. 그 옆에 작은 짐가방 하나.
- 돗자리 위에 앉아, 열린 문 사이로 손전등을 비춰보는 단이.
- 텅 빈 거실.. 커튼 하나 없는 창가.. 저쪽에 텅 빈 주방.. 아무것도 없이 황량하고, 낡은. 그 손전등이 다시 창가를 비추면, 햇살 속의 단이.. 앞치마를 하고 환하게 웃는 단이가 창가에 커튼을 달며 돌아본다.

과거단이	역시 집은 남향이야! 낮이면 햇살이 이렇게 가득 들어오구! / 어때? 우리집이랑 어울리지?!

- 텅 빈 마루는 이제 안락한 소파 등의 세간이 가득 들어찼다. 다섯 살쯤의 재희가 보조바퀴 달린 자전거를 타고 있다. 남편 동민이 재희의 자전거 뒤를 잡고.. 주방에서 주스를 가져오던 단이, 화들짝 놀란다.

과거단이 (동민 등짝 딱 후려치고) 마룻바닥 다 긁히게. (재희 자전거에서 빼내며) 재희야. 봄 오면 밖에서 자전거 타자. 엄마랑 공원에서.

동 민 아, 바닥 그거 얼마나 긁힌다구.

과거단이 (얼른 걸레 들고 와 닦는다) 이것 봐. 다 긁혔어. (동민 밉지 않게 흘기며) 내가 얼마나 어렵게 산 집인데! 차라리 내 얼굴을 긁어!!!

  - 거실 창가 쪽 어디쯤.. 비추는 단이. 거기 낡은 화분 하나가 있다. 대파가 심어져 있는 화분. 자라는 족족 잘라 먹었는지.. 흰 뿌리 쪽이 몇 번이나 잘린 흔적이 있고, 그 위로 한동안 먹지 않았는지 파란 줄기가 쑥 자라 있다.. 과거의 단이가 가위로 파란 부분만 톡 자른다. 다섯 살쯤의 재희에게 한글을 가르치고 있던 동민, 단이에게 핀잔을 준다.

동 민 그 얼마나 한다고. 사면 될걸.

과거단이 요즘 대파가 얼마나 비싼지나 알아? 한번 사서 이렇게 꽂아 놓으면 겨울 내내 먹을 수 있는데.

동 민 재희야. 엄마 저렇게 돈 모아 이번엔 빌딩 사겠다..

  - 쓸쓸히 웃는 현재의 단이. 텅 빈 주방을 손전등으로 비추는 단이.. 거기 식탁에 앉아 일 년 전의 단이가 울고 있다.. 맞은편에 앉은 동민..

과거단이 재희 아빠.. (울면서 손 뻗어 동민의 손을 잡는다) 우리 다시 시작하자.. 내가 노력할게..

동 민 (손 뿌리치려는데)

과거단이 (더 굳게 잡으며) 우리 사랑해서 결혼했잖아.. 응? 재희가 있잖아.. / 내가 다 잘못했어. 당신 사업 실패한 거.. 나도 속상해서.. 싫은 말 많이 한 거 알아.. 잘못했어. 다신 안 그럴게. 집 넘어간 것도 괜찮

	아. 난 다 괜찮아.. 우리, 시골 아버님 댁으로 가서,
동 민	(OL) 거기 가서 뭘 한다고! 땅 파서 먹고사냐?!
과거단이	(화가 난다) 그래서! 바람피면 그게 다 해결돼? 그래서 바람폈어?!!
동 민	(노려보다가 현관으로)
과거단이	잠깐만. 재희 아빠.. 나랑 더 이야기를.. 다시는 그 여자 이야기 안할 게. 내가 잘못했어.
동 민	(뿌리치고 현관문 쾅 닫고, 아웃)
과거단이	(닫힌 문 앞에서 절망)

- 다시 현재의 단이.. 현관을 비춘다. 거기, 동민이 떠나고 혼자 남은
  과거의 단이가 울고 있다. 현재의 단이, 담담하게 과거의 자신을 오
  래 비춰본다. 과거의 단이가 길게 운다..

단 이	(과거의 울고 있는 자신을 가엾게 보며) 울지 마.. 단이야.. 니 남편, 안 돌아와.. 아무리 울어도.. 안 돌아와... / 넌 앞으로 계속 혼자야..

- 단이.. 손전등을 껐다 다시 켠다. 이제 아무도 없다.. 아무도!
- 엎드려 통장을 비춰보는 단이. 천백만 원이 채 안 되는 잔고..
- 단이가 카톡창을 연다.. 딸에게 메시지를 쓴다.

단이(E)	재희야.. 엄마야.. 엄마가 유학원 실장님 전화를 받았는데.. 미안한 데.. 엄마가 형편이 너무 안 좋아.. 엄마가 아직.. 집도 못 구하고, (잠 깐 울컥해서 쉬다가) 취직도 못했어. 그래서 말인데..

- 차마 더 쓰지 못하고 카톡창을 보며 망설이는 단이.
- 그때, 카톡으로 전화가 온다. '재희♡♡♡' 벌떡 일어나는 단이!

재희(E)	(울음소리)
단 이	(울음소리에 놀라서) 왜 그래, 재희야.. 왜 울어? / 무슨 일이야? 응?
재희(E)	엄마. 나 너무 아파... 배가 너무 아파..
단 이	배가 어떻게 아픈데? 병원은, 병원은 가봤어?

재희(E)	여기 보험 안 돼서 병원비 비싸단 말야.. 엉엉.
단 이	(버럭) 병원을 안 가면 어떡해!! 당장 선생님한테 전화하고 병원 가!! 빨리! 재희야, 엄마 돈 있어! 너 병원비 얼마든지 있어! 당장 병원 가! 병원도 가구, 거기서 공부 더 해도 돼! 너 하고 싶은 건 다 해줄 수 있어! / 엄마 속상하게.. 왜 아픈데... 병원을 안 가... (목이 메여서 뒷말 더 잇지 못하고)

S#31. 은호의 집, 서재 (N)

- 샤워를 막 마친 듯 젖은 머리칼의 은호. 로브 입고, 커피 한잔 들고 책상 앞으로 가 앉는다. 컴퓨터를 켜고, 가방에서 교정쇄 뭉치를 꺼내 올려놓는 은호. 교정쇄는 이미 잔뜩 교정 체크가 되어 있고 북마크 스티커도 많이 붙어 있다.

은 호	(원고 훑어보며) 서사는 좋은데 문장이.. (아쉽다)

- 놓고, 노트북 열어 다른 소설 가제본의 인쇄버튼을 누른다. 다시 커피 입에 대다가 문득 조용한 인쇄기를 다시 보는 은호. 책장 아래쪽을 확인하다가 콘센트에 인쇄기 코드가 뽑혀져 있는 걸 발견한다. 또 못마땅하게 인상 팍 쓰는 은호.

은 호	이 아줌마가 진짜, 책상 근처는 손도 대지 말랬는데!! 이걸 어떻게 참아? 강단이 소개고 뭐고 자르고 만다, 내가!!

- 신경질적으로 코드 꽂는 은호. 기계음 내며 켜지는 인쇄기. 위잉 소리 내며 인쇄되는 종이. 무심코 보던 은호. 단이의 이력서다!!!

은 호	뭐야.. 누나 왔다갔어?

- 갸웃하며 핸드폰 들어 '누나' 이름 띄우고 통화버튼을 누르려다가

시계를 올려다본다. 새벽 두 시다. 너무 늦었다.. 핸드폰 놓고 이력서 다시 본다.

은 호   (혼잣말) 취직은 갑자기 왜 하려고 하는 거야?

S#32. 단이의 옛집 (N)

- 단이, 핸드폰 손에 쥐고 창가에 웅크리고 앉아서 졸고 있다. 걱정이 되어서 잠이 안 오는 듯. 졸다가 문득 일어나 핸드폰 확인하면 새벽 다섯 시. 단이가 혼자 보낸 카톡들이 주르르 보인다. '재희야, 병원 갔어?' '엄마한테 전화 좀 해줘..' '엄마 너무 걱정돼서 잠을 못 자..' 재희는 답이 없다. 단이, 걱정으로 다시 무릎에 얼굴을 파묻는데.. 그때 카톡 알람소리 들리면 얼른 확인하는 단이.

재희(E)   엄마. 잘 것 같아서 톡만 보내. 나 장염이래. 심각한 건 아니래. 주사 맞고 내일 퇴원하면 된대. 퇴원해서 전화할게!

- 다행이다, 싶은 단이. 혼자 두 손을 모으고 "감사합니다!" 하는 데서 (F.O)
- (F.I) 햇살 쏟아지는 창. 단이가 아직 잠에 빠져 있다. 그 위로, 쿵, 쿵.. 하는 소리! 유리창이 흔들거린다.
- 인서트, 집 앞에 와 있는 중장비들. 담벼락과 대문 철거 중이다. 그 모습 위협적인데.
- 단이, 어느 방 유리창이 와장창 깨지는 소리에 문득 눈을 뜬다. 얼른 시간을 확인하는 단이. "어떡해, 오늘 면접인데!" 허둥지둥 일어나는데.. 다시 와장창 뭔가가 깨지는 소리! 단이, 현실감 못 느끼고 이게 무슨 소리지, 싶은데.. 이어서 담벼락 부수는 중장비 소리 들리는. 놀라서 후다닥 뛰어나가는 단이.

S#33. 단이의 옛집, 앞 (M)

— 중장비 기사의 시선으로 단이가 현관문을 나오는 게 보인다. "뭐야, 사람이 있었어?" 일 멈추고, 밖에 서 있는 현장소장에게 소리를 지르는 기사.

기 사   안에 사람 있는데 확인 안 했어요?

— 말이 끝나기도 전에 단이가 이미 한쪽 문이 떨어져나간 대문으로 달려 나온다.

현장소장   뭡니까? 여기 있었어요?
단 이   (놀라서 뛰쳐나오긴 했는데...)
현장소장   (안내문 가리키며) 이것들 못 봤어요? 여기 어떻게 들어갔어요? 남의 집에 함부로 들어가면 어떡해요?!
단 이   ....죄송합니다.. 정말 죄송한데.. 안에 짐이 좀 있어서...
현장소장   (어이없다는 듯 보며) 빨리 갖고 나와요. 건물주 알면 당신 이거 가택침입이야.
단 이   네.. (단이 보는 현장직원들 시선) 죄송합니다..

— 단이, 얼른 안으로 뛰어 들어간다.

S#34. 단이의 옛집 (M)

— 후다닥 뛰어 들어온 단이, 입었던 옷차림 그대로.. 작은 짐가방 둘러매고, 벽에 걸려 있는 면접용 정장은 옷걸이 채 들고 나가는.
— 나가려던 단이. 문득 대파가 심겨져 있는 화분을 지나치다가 다시 놀아와서 화분을 본다. 그것도 가져간다.

S#35. 단이의 옛집, 앞 (M)

- 입었던 옷차림 그대로 가방 들고 나오는 단이. 일손 멈추고 웅성거리는 인부들에게 "죄송합니다. 미안합니다" 하고 얼른 나가는.

인부1   (혼잣말) 뭐야.. 노숙자야..?
현장소장   전기도 수도도 다 끊겼는데.. 어떻게 살았지..?

- 단이, 대파 화분을 한 손에 끼고. 정장 옷은 또 옷대로 들고.. 그렇게 간다. 밴드 붙였던 뒤꿈치가 아프다.

S#36. 버스 정류장 (D)

- 단이의 작은 보스턴백과 대파 화분이 벤치 위에 올려져 있다. 사람들이 버스를 기다리다가 대파 화분을 기이하게 본다.

S#37. 어느 건물, 화장실 (D)

- 면접용 정장을 입고 거울을 보는 단이. 면접용 표정을 만들고는, 입 근육을 풀어본다.

단 이   (엉망으로 입술 근육 움직이며) 내일 일은 내일 걱정하도록, 하겠습니다~! (스마일! 표정) 내일은 내일의 태양이 뜰 것입니다~! (다시 스마일!) 오갈 데가 없지만 일단 오늘은 면접을 보겠습니다~!

S#38. 버스 정류장 (D)

- 단이, 버스 정류장 뒤편 건물에서 나와 대파 화분과 짐가방 쪽으로 걸어간다. 조금 절뚝이는 단이, 신발을 벗어 뒤꿈치를 보는, "밴드를 하나 사야 하는데.." 시계를 보는데.
- 그때, 누군가가 단이를 툭 밀치고 간다. 앗, 하며 균형을 잃고 한쪽 발로 몇 걸음 앞으로 가는 단이. 밀친 사람의 등을 흘기며 벗어 놓은 신발 쪽으로 다시 돌아가는데. 그때 막 도착한 버스에서 우르르 내리던 사람들, 단이의 신발을 밟고 지나가다가 누군가의 발길에 신발이 저만치 쓸려간다. 그리고, 또 누군가의 발길에 그 신발은 도로 한가운데로 날아가버린다! 저만치, 도로에 떨어져 있는 단이의 신발.
- 단이, 어이가 없어서.. 한쪽 발로 겨우 선 채 신발을 보고 있다! 어떡하지?

행인1   저 여자 신발인가 봐.. (옆의 동행에게)
행인2   (단이 안됐다는 듯이 보고)

- 단이, 신발을 가져올 생각으로 도로 쪽으로 내려선다. 그 앞을 속도를 제법 올린 차들이 지나가고, 단이, 다시 인도 쪽으로 올라온다.
- 버스가 온다.. 그리고 단이 앞에 멈춘다. 단이의 신발이 버스에 가려진다. 단이, 버스 뒤편으로 가보지만 그 뒤에 버스가 두 대쯤 와서 선다. 신발은 이제 보이지 않는다. 사람들이 내리고 탄다.. 버스가, 한 대 두 대 세 대.. 그렇게 떠난다. 이제 단이의 신발은 없다.. 단이, 한쪽 발은 맨발인 채.. 빈 도로를 노려본다.
- 시간 경과, 단이.. 대파 화분 옆에 앉아서 핸드폰을 들고 신호대기음을 듣고 있다.

단 이   네. 오늘 넌섭 보러 가기로 한 강단인데요.. 강.단.이요. 강단이. (사이) 제가 오늘 면접을 가기 어렵겠는데, 내일 보러 가면 안 될까요?

(안 된다는 말이 나왔는지) 죄송한데.. 그럼 한 시간만 미뤄주시면.. (그래도 사정한다) 네. 그게 원칙이고 규칙인 거 아는데.. 제발, 한 시간만.. (하다가 결국 터진다) 네. 맞아요! 제 사정 따위는 안 봐주시는 게 당연하죠! / 못가는 게 아니라 안 갈게요! / 어차피 나 안 뽑을 거잖아. 됐다구 됐어! (전화 끊고 서럽게 운다)

  – 사람들이 지나가다가 멈칫.. 신발이 한 짝 없는 단이를, 대파 화분의 옆에 앉은 단이를, 대낮에 버스 정류장에서 우는 단이를.. 본다..

S#39. 버스 정류장 인근 거리 + 편의점 (D)

  – 단이가 걸어간다. 등 뒤로 버스 정류장이 보인다. 한쪽 발은 맨발이다. 비가 내리기 시작한다. 포기한 듯.. 담담하게 하늘을 올려다보는 단이.. 가방과 대파 화분을 들고 편의점으로 간다. 우산을 골라보는 단이. 몇 개의 우산을 들어 가격표를 확인한다. 그중에 제일 싼 우산을 골라 계산대로 가 올려놓는 단이. 그때 카톡 알람소리 들린다. 확인하면..

재희(E)   엄마. 나 퇴원했어. 병원비 계좌 보내줄 테니까 입금 좀 시켜줘.

  – 단이, 카톡 확인하고.. 다시 우산을 원래대로 돌려놓는다. 편의점 직원이 갸웃하며 그런 단이를 본다. "안 사시게요?"
  – 단이, 편의점 밖으로 나온다. 비 내리는 밖을 본다. 맨발인 한쪽 발과 신발 신은 한쪽 발을 본다. 남아 있는 신발을 벗어서 쓰레기통에 버리는 단이. 이제 양쪽이 다 맨발이다.
  – 단이, 맨발로 가방과 대파 화분을 들고 빗속으로 들어간다. 그렇게 걷는 단이에서.

S#40. 은호의 집 앞 (D)

- 단이, 빗속에서 은호네 현관 도어록의 비밀번호를 누른다. 안 열린다. 갸웃하는 단이. 문득.

은호(E) 집 비번 바꿔놓을 거야. 그 아줌마, 보내지 마.

- 그랬었지, 하는 단이.
- 핸드폰 열어 은호의 이름을 띄우는 단이. '동생'으로 저장되어 있다.

S#41. 어느 카페 주차장 (D)

- 은호의 차가 와서 선다. 창가에 여친이 앉아 있는 것이 보인다. 복잡하게 보는데 전화벨이 울린다. 보면 '누나'다. 거절버튼 누르는 은호. 카페 안으로.

S#42. 카페 (D)

- 여친이 앉은 테이블로 가며, 지나치는 직원에게 "만델링 드립으로 주세요. 저쪽 테이블에. 얼음 하나만 넣어서." 하고. 은호 목소리에 여친이 은호 쪽을 본다. 가서 앉는 은호.

은 호 오랜만에 봐서 그런가... 더 예뻐졌다?
여 친 (서운한) 얼마 만인데?
은 호 (갸웃) 일주일?
여 친 삼 주일.
은 호 (그랬나?)
여 친 헤어시사.
은 호 (잠깐 창밖을. 슬프다기보다는 이런 분위기, 귀찮다는 느낌)

여 친	(조금 눈가 젖어서 보는데) 오빠, 이 말 기다렸잖아.
은 호	기다린 말이 이 말은 아닌데. 헤어지자. 니가 원하면.

- 직원이 커피를 가져온다. 은호, 커피잔 들어 마신다.

여 친	나 선봤어. 결혼하려고.

- 잠깐 창밖을 보는 은호. 그런 은호를 살피는 여친. 은호, 이내 편안 해진 얼굴로 여친을 본다.

은 호	(끄덕끄덕) 바빴겠네. 삼 주 만에 결혼 결정까지 내리려면. 남자는 어때?
여 친	(예상은 했지만... 어이없다) 할 말이 그것뿐이야?
은 호	중요한 문제잖아. 너랑 결혼할 남잔데.
여 친	(서럽고 화나는) 정말 대단하다... 잡을 거란 생각은 안 했지만 이렇게까지 걱정해줄지는 또 몰랐네. / 정말 할 말이 그게 다야? 우리 사귄 거 맞니? 날 사랑하긴 했어?
은 호	(슬프다기보다는 이런 분위기, 조금 귀찮다는 느낌)
여 친	내가 왜 이러는지 이유도 안 궁금하니?
은 호	나, 이기적이라며. 차갑지도 뜨겁지도 않다고... 그래서 힘들다며. 집에서 결혼 재촉한다며.
여 친	오빠가 조금만이라도 나한테 맞추면,
은 호	(OL, 어쩔 수 없다는 듯 웃으며) 알잖아... 나 누구한테 맞추고 그런 거... 복잡한 거 못해. 결혼? (고개 젓고) 안 맞아.
여 친	그럼 나랑 평생 연애만 할 생각이었니?
은 호	글쎄, 네가 원하면.

- 여친, 노려보며.. 테이블 위에 놓여 있던 물컵을 보고 은호에게 뿌릴 셈으로 홧김에 낚아챈다. 그런 여친을 담담히 보는 은호. 여친, 차마 못 뿌리는데...

은 호	잠깐만. (하고 재킷 벗어서 한쪽에 고이 두고, 고개 끄덕인다) 이제 하고 싶은 대로 해.
여 친	(얼굴에 확 뿌려버린다!)
은 호	(재킷은 있으니까.. 끄덕끄덕. 난 괜찮아)
여 친	(하지만 은호 앞에 있던 다른 물잔 들어 재킷에도 뿌려버린다)
은 호	야, 너! 내가 이거 입고 집에 갈려고 했는데!!!
여 친	넌 사랑을 몰라.. 그런 게 있다고 믿지도 않아. 나쁜 자식.

- 잔 탁 내려놓고 돌아서서 카페 나가는 여친. 그런 여친의 뒷모습을 길게 지켜보는 은호...

S#43. 편의점 (N)

- 소주 한 병을 진열대에서 꺼내는 단이. 옆에서 다른 물건을 집다가 흠뻑 젖은 단이를 보고 흠칫 놀라는 여중생 둘.
- 단이, 그러거나 말거나 소주 한 병을 계산대에 올린다. 직원이 단이를 보다가 계산을 한다. 병따개로 소주를 따며 잠깐 비오는 거리를 보는 단이.

S#44. 카페 (N)

은호(E)	(그 자리에 그대로 앉아 비 내리는 창밖을 보다가 핸드폰을 보면 단이로부터 부재중 전화가 다섯 통쯤) 내가 사랑을 믿지 않게 된 건.. 단이 누나 때문이다.

S#45. 편의점 앞 거리 (N)

- 소주병을 들고 나오는 단이. 막막하게 거리를 본다.

S#46. 어느 웨딩숍 앞 + 카페 (N)

- 단이, 걸어온다. 직원들이 퇴근하고 없는 텅 빈 웨딩숍. 디피되어 있
  는 웨딩드레스에만 조명이 환하다. 단이, 그 앞에 서서 화려한 웨딩
  드레스를 본다. 여전히 보슬비가 내리고 있다.
- 인서트, 과거 단이의 결혼식장. 버진로드를 남편 동민의 손을 잡고
  걷던 단이.. 따뜻한 얼굴로 피아노를 치던 은호. 단이, 은호를 보면
  은호 웃어주고.
- 단이, 비웃듯이 코웃음을 치며 웨딩드레스를 노려본다. 그 앞에서
  도전적인 포즈로 소주병을 들고 병째 마시는 단이. 전화벨 울려 보
  면 은호고.

단 이	(이제야 전화를 해?) 왜..
은 호	(건조하게) 전화했던데?
단 이	어디야? 집 비밀번호도 바꿔놓고..
은 호	바꿔놓는다고 했잖아. 그 아줌마 보내지 말라고.
단 이	전화는 왜 안 받았어?
은 호	여자친구한테 차이느라.
단 이	왜 차였는데? 웃기는 애네? 브래지어는 남의 집에 벗어 놓고.
은 호	사랑을 모른대. 내가.
단 이	(끄덕끄덕) 남자들이 대충 모르긴 해. 그걸. / 너라고 알 턱이 없지..
은 호	이게 다 누나 때문이야.
단 이	얼씨구. 내가 너한테 무슨 짓을 했는데?
은 호	됐어. 누난 알 거 없어. / 참, 어제 우리집 왔다갔어? / 이력서 있던 데. 갑자기 취직은 왜.

단 이	다 끝났어. 경력단절은 아무도 안 뽑아. 이번 생은 망했어. 정말 그런 기분이 들어.. / 오라는 데도 없고, 갈 데도 없어.. / 통장에 남은 돈은.. 재희한테 송금하면 끝이야. (맨발 내려다보는)
은 호	동민 형, 사업 괜찮아진 거 아니었어? 누난 지금 어딘데?
단 이	난 지금... 내 인생, 절벽 앞. (웨딩드레스 노려보며 도전적으로 소주병 들어 마시는) 나.. 이제 오갈 데도 없는데, 그냥 아무 남자나 나타나면.. 그 남자가 어떤 남자든, 오늘밤 확 그 남자를 따라, (가서)
남 자	(OL, 술 취한 50대. 갑자기 나타나 단이 팔뚝 잡으며) 아가씨..
단 이	(놀라서) 아우, 깜짝이야.
남 자	저기 가서 나랑 술 한잔 할래?
단 이	(혼잣말, 이를 갈 듯) 돌겠다.. 진짜.. (부글부글)
은 호	(무슨 소린가 들린 것 같은데?) 누나? 무슨 일 있어? / 지금 밖이야?
단 이	(핸드폰에 대고) 너 일단 끊어봐..
은 호	누나.. 누나? (이미 끊겼고. 프레임아웃)
단 이	(기막히고 화난다. 겨우 이런 게?) 야, 아무리 내 인생이 엉망이지만.. 너는.. 넌 아니다, 진짜.. (하늘도 무심하지..)
남 자	(술 취해 흔들흔들) 나랑 술.. 딱 한잔만 하자.. 나 이래 봬도 되게 괜찮은 사람이야. 내가 누구냐면..
단 이	(OL, 잡아 죽일 듯이) 누군데!!!! 안 대단하기만 해봐! 누군데, 니가?!!
남 자	어.. 나.. 내가 누구지?
단 이	술 먹었으면 좋게 갈 길 가세요-, 아저씨!!! (하고 가방이랑 대파 화분을 챙기려는데)
남 자	(단이 막아서며) 에이, 아가씨. 어딜 가.. 신발도 없는데. 내가 신발 사줄게. 같이 가자. 나이카 사줄게, 나이카.
단 이	아저씨..!!! (후- 입 바람 불며 꾹꾹 눌러 참고) 나.. 남편 있거든요?
남 자	남편은 무슨.. 아직 결혼도 안 한 거 같은데. 너 남편 없잖아..
단 이	아우 씨, 진짜.. / 그래, 남편 없다. 이혼했다.!!!! (덤비듯 나서며) 나, 이혼녀다. 어쩔 건데?!!!
남 자	그니까 너도 혼자, 나도 혼자.. 나랑 같이 가자..

단 이	근데, 내가 남자친구는 있거든? 좀 있으면 데릴러 올 거야. 그니까 꺼져.
남 자	(웃으며, 꼬신다) 남자친구도 없잖아.. 니 남자친구, 안 와! (단이 손목을 잡는데)
단 이	야.. 이거 놔..
남 자	내가 오늘 재밌게 해준다니까..
단 이	놓으라니까!!! (성질은 있지만, 역시 남자라 힘에 부치고)
서준(E)	(OL) 야, 너 그 손 안 놔?

- 단이, 소리 나는 방향 본다. 서준이 걸어오고 있다. 저건 또 뭐지?
  싶은 단이.

서 준	(성큼성큼 다가와 단이에게) 내가 많이 늦었지?
단 이	? (이건 또 뭐야?)
서 준	(남자의 손목을 단이에게서 떼어낸다) 왔어. 이 사람 남자친구!
단 이	(서준에게 잡힌 손목을 보는. 얼씨구? 하는 느낌.)
서 준	(그대로 단이 손목 잡은 채) 그러니까, 가.
남 자	(서준 손목 떼어내는 기세에 비틀 흔들렸다가 다시 게슴츠레 서준 보는데) 진짜 남자친구야?
서 준	(남자의 어깨를 남은 손으로 확 밀며) 가라고, 이 자식아.
남 자	(확 밀리고)
서 준	(그대로 남자를 위협적으로 보는)
남 자	(노려보며 간다) 아닌 거 같은데.. (하지만 겁먹고 가고)
서 준	(가는 남자를 보다가, 단이에게 시선 돌려) 괜찮아요?
단 이	(잡힌 손목)
서 준	(그제야 보고, 얼른 놓으며) 미안해요. / 저기 이층(적당한 카페)에서 보고 있었는데.. 위험해 보여서.
단 이	네.. / 고마워요. 혼자도 잘 싸울 수 있었지만, 어쨌든.
서 준	(단이의 맨발을 본다)
단 이	(짐짓 아무렇지도 않다는 듯) 신발 없는 사람 처음 보세요?

서 준	한여름은 아니니까요.

- 하고 서준이 웨딩숍 앞에 디피되어 있던 의자를 끌고 와 단이 옆에 놓는다.

서 준	앉아요.
단 이	?
서 준	(앉으라고)
단 이	(영문 모르겠는데, 일단 앉아본다)
서 준	(우산을 단이에게 쥐어주며) 이것도 좀 들고 있어요.
단 이	(얼결에 받고)
서 준	(그 앞에 쭈그려 앉고, 단이를 올려다본다) 저기.. 내가 지금 좀 미친놈 같은데.. / 나도 정말 어이없는데..... 나한테 신발이 하나 있어요.
단 이	?
서 준	(쇼핑백에서 여자 구두를 꺼낸다. 단이의 신발이다!!)
단 이	어.. 이거... (내 신발인데?)
서 준	이상하게 생각하는 건 당신 자윤데.. 나도 맨날 여자 신발을 갖고 다니는 남자는 아니에요. / 잠시만요. 그냥 가만있어요.

- 서준, 호주머니에서 손수건 꺼내 단이 발을 닦는다. 단이, 멈칫 긴장하는데.. (이게 현실 같지도 않고)

서 준	딱 맞네요. (단이 올려다보고 환하게 웃는다)
단 이	(그런 서준 내려다보며 픽 웃는)
서 준	왜 웃어요?
단 이	(신발 가리키며) 이거, 내 신발이잖아요.
서 준	(웃으며 본다)

S#47. 버스 정류장 (D)

- 앞 씬, 서준의 시선에서.. 건너편에서 주인 없이 놓인 짐가방과 대파
  화분을 보는 서준. 어깨에 맨 카메라 들어 줌으로 당겨 주인 없는
  그것들의 사진을 찍는데.
- 단이, 화장실에서 나와 화분과 가방 쪽으로.
- 서준, 카메라 화면을 보다가 그런 단이를 본다.

서준(E)   아침에 버스 기다리다가 어떤 여자를 봤거든요.

- 서준 앞쪽으로 툭 떨어지는 단이의 신발.

서준(E)   신발이 한 짝 없더라구요.

- 서준의 시선으로 보이는 절망적인 단이.. 그리고 단이 쪽의 버스들
  이 단이를 가린다. 서준, 얼른 확인하고 도로로 뛰어든다. 그리고 단
  이의 신발을 들고 단이 쪽을 보면 버스들이 가리고 있고. 자기가 건
  너온 도로는 차들이 쌩쌩 달리고. 서준, 어쩔 수 없이 제법 먼 거리
  의 횡단보도 쪽으로 노란 차선을 밟으며 걸어간다.
- 횡단보도 중앙쯤 걸어왔을 때 단이 쪽을 보면, 단이가 울고 있다.
  단이를 향해 신발을 들어 보이며 "여깄어요" 하다가 파란 불이 켜지
  면 단이 쪽을 향해 달린다. 서준이 정류장으로 뛰어왔을 땐.. 단이가
  이미 사라지고 없다.

서준(E)   신발 주인한테 돌려주려고 했는데.. 이미 없어졌더라구요.

S#48. 버스 정류장 인근 편의점 (D)

- 새 우산을 하나 사서 나오며 펼치는 서준. 손에는 여전히 단이의 신

발 한 짝이 들려 있고. 눈으로 오가는 사람들 틈에서 단이를 찾는
다. 그러다 문득 쓰레기통에 놓인 단이의 다른 신발 한 짝을 본다.

서준(E)   그 여잘 좀 찾아봤는데.. 찾은 건 다른 신발 한 짝이었어요.

S#49. 어느 웨딩숍 앞 (N)

서 준   두 짝이 다 있는 멀쩡한 신발을 버릴 수도 없고.. 이걸 어떡하지, 생
        각했는데... 딱 그 신발 주인을 만났네요, 거짓말처럼. (단이 올려다
        보며 싱긋) 이 이야기 마음에 들어요? 내가 방금 지어낸 이야긴데.
단 이   (웃는다) 여자들은 다 좋아하는 이야기죠. 신데렐라.
서 준   (난 싫지만.. 이라는 투로) 그쵸?
단 이   신데렐라 이야길 믿기엔 내 나이가 좀 많아요. / 누군가 갑자기 나
        타나서 내 인생을 구원한다는, 말도 안 되는 이야긴 안 믿어요. 난,
        내 힘으로.. 살고 싶어요..
서 준   (그 이야기 마음에 든다. 끄덕이는데)

        – 비가 갑자기 거세진다. 서준, 빗소리에 우산 밖을 한번 보다가 다시
          완전히 젖은 단이를 본다.

서 준   안 추워요?
단 이   (어깨 한번 으쓱해 보이며, 어쩔 수 없다는 듯) 추워요. (눈가 젖은
        채.. 비 내리는 거리를 본다) 살다 보면 가끔..... 추운 날도 있겠죠..

        – 단이, 막막하게 비 내리는 거리를 보다가.. 우산을 다시 서준에게 내
          민다. 서준, 얼결에 우산을 받아들고 단이 쪽으로 씌우는데.

단 이   (대파 화분을 내민다) 이거 가져요. 선물이에요. 내 신발 찾아준 값.
서 준   (아니 이걸?)

단 이	제 전 재산이에요. 가위로 푸른 부분만 잘라서 드시면 대파 살 일은 당분간 없을 거예요.

- 서준이 대파 화분을 받고, 뭐라 생각하고 말할 겨를도 없이 우산 밖으로 나간 단이, 짐가방을 챙긴다. 얼른 우산을 들고 단이에게 다시 씌우는 서준. 단이, 서준을 다시 보면.

서 준	(우산 내밀며) 가지고 가요.
단 이	돌려줄 방법이 없어요.. 이미 다 젖었기도 하구요.
서 준	(내민다) 그래도 가지고 가요.

- 단이, 보는데. 서준이 단이에게 우산을 주고 빗속으로 뛰어가버린다. 보는 단이에서.

S#50. 은호의 집, 거실 (N)

- 어두운 집, 불이 켜지고 은호가 들어선다. 조금 헝클어진 집안. 아침에 나간 그대로인 듯. 은호 와서 윗옷 벗고, 가방 두고.. 식탁에 널려있는 토스트 쟁반, 커피잔 등등 싱크에 넣고 설거지 하려는 듯 수돗물 트는데.
- 현관 벨소리. 가서 보면 인터폰 화면에 단이가 서 있다. 무슨 일이지, 싶은 은호.
- 문 열어주면 들어오는 단이.

은 호	(가방을 보고 받는) 뭐야. 형이랑 싸웠어? 왜 이렇게 흠뻑 젖었어?

- 단이, 들어와 모포를 대충 덮으며,

단 이	나 따뜻한 물 한 잔만.

은 호	어. (가방 놓고, 하고 컵 꺼내다가) 우유 뎁혀줄까.
단 이	(끄덕이고. 춥다)
은 호	(가방을 보며 우유 꺼내 전자레인지에 넣고) 무슨 일이야? 저 가방은 뭔데. / 아까 그 전화는 뭐고.. / 비는 왜 맞고 돌아다녀?

- 단이, 대답 없는데. 렌지에서 컵 꺼내는 은호. 단이에게 건네주고, 걱정스럽게 단이를 보는데.
- 후후 불어 한 모금 마시는 단이. 보고 있는 은호.

단 이	(컵 쥔 채 은호 못 보고) 나.... / 오늘 여기서 좀 자고 갈게.
은 호	(잘못 들었을 거야. 쭈뼛 해서 보다가) 다시 말해봐...
단 이	여기서 좀 재워달라고. 딱 하룻밤만.
은 호	(왜 이러지?) .....가출했냐, 누나?
단 이	(대답 없이 잔 내려놓고, 다락으로)
은 호	아, 거긴 왜 올라가. (빠르게 따라가며 잡고) 부부싸움 칼로 물 베기라는데 그냥 집에, (가! 돌려세우는데)
단 이	(OL, 돌려세워지자마자, 미친 것처럼 폭발!!!) 야!!!! 차은호!!!!!
은 호	(헉)
단 이	자고 간다고. 딱 하루만!!! 누나, 정말 오늘은 갈 데가 없다고!!!!

- 플래시백, 13씬. 웨딩드레스 입고.. "갈 데가 없어.."라고 말하던 단이.
- 은호, 그 기억 떠올리면서.. 어떤 걱정에.. 조용히 단이를 잡았던 손을 놓고.
- 단이, 다락으로 올라간다. 보는 은호, 단이 반응에 놀라서.

S#51. 은호의 집, 다락방 (N)

- 코트 벗고, 한쪽에 숨겨놓은 가방 가져오는 단이. 열어서 적당한 옷 꺼내다가 멈춘다.. 오늘 하루, 너무 길었고, 힘들었다..

S#52. 은호의 집, 침실 (N)

은 호   (들어서며) 왜 저러지? / 그래도 형한테 전화는 해줘야 되나? / 내가? / 왜?! (싫다)

S#53. 은호의 집, 마당 (M)

- 서준이 준 우산과 어젯밤 썼던 은호의 우산이 펼쳐져 마르고 있다.

S#54. 은호의 집, 주방 (M)

- 말없이 밥 먹는 단이와 은호. 은호가 생선 가시를 발라 단이의 숟가락 위에 올려놓는다. 단이가 말없이 숟가락 위에 올려진 생선을 보다가 먹는다.

은 호   무슨 일인데.

단 이   (말없이 밥만)

은 호   이건 뭐야. (이력서) 누나 나 모르는 일, 많지, 요즘? / 진짜 말 안 해줄 거야?

단 이   (그저 밥 먹는데)

은 호   아, 알았어. 말 안 시킬게! 천천히 먹어. (생선살 올려주며) 그래, 말 안 하고 싶을 수도 있지... 그럴 때도 있지, 살다 보면... (눈치 보다가, 한숨) 나 아줌마나 다시 구해줘.

단 이   (밥 먹으며 은호 안 보고) 내가 할게. 파출부.

은 호   왜 그러냐, 진짜. / 집에 안 들어갈 거야?

단 이   들어갈 집.. 없어. 이혼했어. 일 년 전에.

은 호   (설마?!) 소설 쓰냐? 내가 모르는 일이 누나한테 있었다는 게 말이 돼? (노려보다가 일어서며, 가방 챙긴다) 어젯밤 재워줬으니까 설거지 정도는 하고 나가. 그리고 집에 가. / 주말에 내가 전화할게.

- 단이, 그대로 밥 먹고 은호는 현관으로.

은 호   (신 신고 나가려다가 돌아본다) 누나.. 동민이 형... 바람폈어?
단 이   (대답 없이 밥만 먹고)
은 호   (걱정스럽게 보다가 나간다)
단 이   (문 닫히면 그제야 깊은 숨 내쉬는)

S#55. 은호의 집, 앞 (M)

- 차로 오는 은호. 차에 가방 던져 넣고, 문득 집 쪽을 본다. 단이가 걱
  정된다.

은 호   (골치야) 정말 이혼한 건 아니겠지?

S#56. 은호의 집, 주방 (D)

- 설거지 마치고 그릇 닦아서 깔끔하게 올려놓는 단이.
- 돌아서는데, 문득 겨루 출판사 로고 찍힌 서류봉투 보이고, 잊고 갔
  나? 싶은 단이. 안을 문득 보다가.. 서류 한 장을 꺼내본다. '도서출
  판 겨루 대졸 신입사원 채용공고'다. 순간 눈 반짝하다가..

단 이   내볼까...? (하다가 한숨) 내봤자 보나마나 또 안 되겠지...

- 마저 읽는데... '콘텐츠 개발부-업무지원팀 계약직 사원 채용'이 보
  인다. 채용기준을 보면 '나이제한 없음' '학력제한 없음'이라고 적혀
  있고...

| 단 이 | (또 한숨) 대학 나오고 스펙 있으면 뭐하냐고... 아무짝에도 쓸모없는 걸! 확 버릴 수도 없고. / 차라리 고졸이었으면.. |

– 짜증난 얼굴로 서류를 봉투 안으로 밀어 넣던 단이, 순간 멈칫한다. 그리고는 다시 서류를 꺼내 본다. '나이제한 없음' '학력제한 없음' 글자를 다시 한 번 짚으며 본다. 뭔가 떠오른 듯 눈 반짝이는 단이고.

S#57. 은호의 집, 다락방 (N)

– 어둡다. 단이의 신발이 신문지 위에 올려져 있다. 핸드폰 불빛으로 채용공고를 보는 단이.. 그 옆에 놓인 단이의 대학 졸업증명서, 이력서, 경력증명서, 학위증명서 등등.. 단이 마음이 복잡하다.

S#58. 은호의 집, 거실 + 다락방 (N) – 교차편집

– 들어서는 은호. 단이의 신발이 없다. 갔나? 싶은 은호. 살피며 안으로. 거실, 깔끔하게 정리되어 있고.
– 은호, 식탁에 가방 올려놓고 핸드폰 꺼내어 '누나' 띄우고 전화를 한다.
– 은호에게 진동으로 전화가 온다. 단이, 받지 않고 가만히 보기만 한다.
– 답이 없자 은호가 톡을 보낸다.

| 은호(E) | 누나, 집에 들어갔어? |

– 단이가 핸드폰을 들여다보고 있다.

은호(E)	이혼 어쩌구 한 건 화가 나서 한 소리지?
은호(E)	정말 바람폈으면 내가 가만 안 둔다. 그 자식.
은호(E)	그 자식이라고 한 건 취소할게.
은호(E)	걱정되니까 내일 전화해줘.

– 은호의 톡이 위로가 되는 듯.. 단이, 가만히 보고 있다.

S#59. 겨루 출판사 일각 (D)

– '신입사원 지원자 면접' 화살표 붙어 있고. 어수선한 분위기. 해린이 화살표 방향으로 걸어간다.
– 어디쯤, '지원자 대기실' 붙어 있고. 오가는 지원자들. 해린이 대기실 문을 열고 들어간다.
– 대기실, 서른 명 정도의 사람들 모여 있고. 해린, 들어와 "다음 번호 세분 나와서 대기하세요! 미니 앙케이트 저한테 주시구요." 하고.*

S#60. 겨루 출판사, 면접장 (D)

– 유선, 재민, 은호. 셋 면접관으로 앉아 있고. 해린이 와서 미니 앙케트 세 장을 올려준다. 무심히 보는 은호.

재 민	(해린에게) 다음 세 사람 들어오라고 해요.
해 린	네. (입구로)

• 이 씬에서 군이 단이를 보여줄 필요는 없습니다.

S#61. 겨루 출판사, 면접장 앞 (D)

    – 세 명의 지원자가 앉아 있다. 해린, 나와서 서류 보면서 "이지영 씨, 김민철 씨, 강단이 씨."
    – 한 사람씩 대답하며 일어서는데. 마지막 단이!!!!

S#62. 겨루 출판사, 면접장 (D)

재 민   (얼른 은호에게) 질문 길게 하지 마. 적당히 좀 끊고.
온 호   인재를 그렇게 뽑아야 쓰겠습니까? 꼼꼼하게, (뽑아야지!)

    – 세 명의 서류 넘기다가 딱 멈추는 은호!!! 거기 단이의 이력서가 있다!!!! 은호, 숨이 멎을 만큼 놀란다.
    – 지원자들이 들어선다. 은호, 차마 고개를 못 들겠다. 숨을 멈춘 채 천천히 고개를 들어 보는 은호! 단이가 마지막으로 들어와 선다!!!! 단이, 은호를 정면으로 본다!
    – 은호, 놀라서 다시 이력서 본다. 최종학력 '고졸', '지원부서 : 업무 지원팀'
    – 고개 들어 다시 단이를 보는 은호. 단이, 흔들림 없는 눈빛으로 은호를 보고 서 있다!
    그런 두 사람에서, 1부 엔딩!!!!

꼬리말

약국 앞에 앉은 결혼식 차림의 단이와 은호 (13씬)

"가고 싶은 곳 있으면 말해, 어디든 데려다줄게."

그날.. 은호가 가자는 대로 어딘가, 다른 먼 나라로 가버렸다면,

지금의 나와는 다른 내가 되어 있을 것이다.

면접장에서 손바닥 펴고 '빠름 빠름~' 노래하는 단이 (15씬)

지치지 말자 강단이. 손으로 입꼬리를 끌어올렸다.

웃지 않으면 다가올 어둠이 두려워서,

있는 힘껏 햇살을 끌어모았다.

신부대기실에서 웨딩드레스 입은 단이를 보고 웃는 은호 (3씬)

"예뻐" 작게 속삭였다.

강단이는 알아듣지 못했는지 눈을 동그랗게 떴다.

빛나지 않아도, 향이 연해도, 색이 흐려도

강단이는 강단이라서 아름다웠다. 언제나.

신발 잃어버리고, 면접 취소 연락 후 버스 정류장에서 우는 단이 (38씬)

"울지 마, 강단이. 괜찮아, 강단이. 잘 버티고 있어, 강단이."

단순한 위로 한 줄이 그리웠다.

편의점 앞에서 소주를 마시다가 창밖을 보는 단이 (45씬)

힘든 날 떠오르는 이름이 있다. 내 안에 뿌리를 박고, 가지를 뻗고,

다정히 잎을 피워서 도려낼 수 없는 나무 같은 사람이 있다.

고통스러울 때마다 은호의 이름을 떠올렸다. 기대고 싶었으나

아프게 하고 싶지 않아서 그저, 그 이름을 떠올리기만 했다.

은호는 내게 이름만으로 위로가 되는 사람이었다.

단이에게 우산 씌워주는 서준 (49씬)

눈물을 많이 흘린 날이었다. 누군가 갑자기 나타나

인생을 구원한다는 어린 시절 동화는 그저 동화일 뿐이란 걸,

뼈가 저리게 느낀 날이었다. 그 추운 날 당신이 손을 내밀었다.

별것 아닌 듯, 아무렇지 않게 뻗은 손엔 온기가 있었다.

결혼식 차림의 단이와 은호, 터널을 나와 손잡고 웃으며 달린다. (14씬)

어두운 터널을 지나, 밝은 세상으로 나왔을 때.

우리는 그저, 손을 잡고 있었다.

시원한 바람과 따스한 햇살 속에서 웃고, 뛰었다.

앞으로 펼쳐질 미래에 대한 불안은 어느새 사라지고 없었다.

2부

우리집에
숨어 살았어?

S#1. 겨루 출판사, 면접장 안 (D)

        – 은호, 믿어지지 않아서.. 한 대 맞은 듯 단이를 보고 있고.. 다시 최
        종학력으로 '고졸'이라 쓰인 단이의 이력서를 보고!

재 민	(이력서 보다, 앙케트 보며) 강단이 씨. 이쪽 경력은 없으신데, 고전 을 많이 읽었네요. (단이 보며) 책 좋아하시나 봐요.
단 이	네. 어릴 때부터 책벌레란 소릴 듣고 살았습니다.
은호(E)	책벌레지만 날라리였지.. (한숨)
재 민	(마음에 든다) 우리 회사 이름이 무슨 뜻인지 알아요?
단 이	(은호 쪽 애써 외면하면서) 겨루. 지지 말고 살라는 우리말로 알고 있습니다.
은호(E)	그것도 내가 해준 말이고.
유 선	음.. 그럼, 지지 않고 살아야겠다. 그렇게 결심한 순간이 강단이 씨 인생에도 있었어요?
단 이	... 어제도 그랬고, 오늘도 그렇습니다. / 내일도 그럴 겁니다.
유 선	자신의 특별한 점을 한 가지 말해보세요.
단 이	(미소) 전.... 특별하지 않습니다. (차분히) 저 혼자 모든 걸 할 수 없다 는 거, 제가 부족하단 거 아는 나입니다. 그렇기에 어떤 일이 주어져 도 감사히, 정말 열심히 하겠습니다! (벌떡 일어나 구십 도로 인사)
은호(E)	강단이에게.. 내가 모르는 무슨 일인가.. 벌어지고 있다. 아니, 이미 벌어졌다.

S#2. 겨루 출판사, 면접장 밖 (D)

- 단이, 나와서 떨렸던 마음을 진정시키며 엘리베이터 쪽으로 걸어간다. 호흡 가다듬고 면접장 쪽을 보는데..

S#3. 겨루 출판사, 면접장 + 복도 (D)

- 다음 차례 세 사람 들어오는데, 서둘러 물건 챙겨 일어나는 은호.

재 민   차 편집장. 왜 그래?
은 호   죄송합니다, 대표님. 갑자기 급한 일이 생겨서요.
재 민   (무슨 일이지? 유선과 마주 보고)
은 호   봉 팀장님 부를게요.

- 해린, 지원자들 앙케트 가져와 올리는데.

은 호   봉 팀장님 좀 불러줘. 나 볼일이 좀 생겨서.

- 은호, 해린 대답 듣지도 않고 뛰어간다.

S#4. 겨루 출판사 앞 (D)

- 입구에서 튀어나오는 은호, 눈으로 단이 찾다가 저만치 가고 있는 단이 발견하고 따라가서 뒤에서 손목 잡아챈다. 놀란 단이, 뒤돌아 보면,

은 호   (화 누르며) 나랑 얘기 좀 해.
단 이   .... (손목 떼어내고)

은 호	따라와. (차로 가다가 돌아보면, 단이 그대로 멈춰 있다) 나, 화난 거 안 보여?

- 앞장서서 차로 가는 은호. 조수석 문 열고 뒤돌아본다. 단이, 담담히 은호를 보다가 말없이 걸어와 타고. 은호, 안전벨트 매주다가 단이 와 눈 마주치면,

은 호	고졸? / 누나 최종학력이 고졸이야? 도대체 이런 짓을 왜 하는 거 야? 인생이 심심해?
단 이	(무언가 말하려는)
은 호	한마디도 하지 마. 무슨 말을 해도 이해하고 싶은 마음 없으니까. (하고 조수석 문 닫고, 운전석으로)

- 앞만 보며 시동 거는 은호. 거칠게 출발하는 은호의 차.

S#5. 도로, 은호의 차 안 (D)

- 은호, 한 손으로 운전하며, 다른 손으로 호주머니에서 핸드폰 꺼내 어 거치대에 붙이고 '동민 형' 띄워 통화버튼을 누른다. 단이, 그런 은호를 안절부절 보고 있고. 이내 없는 번호라는 안내메시지가 들 린다. 핸들을 작게 탁 치고!

은 호	(화 누르며) 바뀐 번호 불러.
단 이	(달래고) 나랑 이야기해. 그 사람이랑 상관없는 일이야.
은 호	(OL) 동민이 형은 누나 보호자…! (니까, 하다가 멈추고)
단 이	(낮지만 단호하게) 보호자라니 누가 보호자야? 나, 서른일곱이나 먹었고 이건 내 인생이야!
은 호	그래. 잘났다. (속도 높인다)
단 이	어디 가는데.

은 호	(OL) 어딜 가든!!!!

S#6. 단이의 옛집 앞 (D)

- 탁 와서 멈추는 은호의 차.
- 은호, 기가 막혀 단이의 옛집을 바라보고 있는데.. 은호 시선 따라가면, 공사가 한창인 단이의 옛집 앞이다. 집을 두르고 있는 공사 가림막, 공사 중임을 알리는 장비들 소리에 어이가 없는 은호. 단이 한번 보고 차에서 내린다.
- 집을 올려다보며 어이없는 은호. 그런 은호를 담담히 보는 단이. 집 앞에 붙어 있는 공사 안내판을 보는 은호, 가슴이 터질 것 같다. 공사기간, 공사내용, 건물주로 낯선 부부 이름 두 사람이 적혀 있고. 은호, 조수석 거칠게 열어 단이에게 묻는다.

은 호	뭐야. 형 사업, 부도 직전이라더니 잘되는 거지? // 건물 올리는 거지, 지금?! (속상해서, 버럭) 아니면 집이 넘어간 거야?!!
단 이	(대답 없이 앞만 보고)
은 호	(여태 몰랐던 자신에게도, 말 안 했던 단이에게도 화가 나서 미치겠고)

S#7. 어느 카페, 야외테라스 (D)

- 커피잔 두고 앉은 둘. 은호는 단이만 보고. 단이는 커피 차분히 마신다.

은 호	말해봐. 그동안 무슨 일이 있었는지. // 진짜 바람이라도 폈어? 집은 정말 넘어간 거야? 등신같이 쫓겨났냐?
단 이	...

은 호	(미치겠다) 왜 누나가 이 지경이 될 때까지 내가 모르고 있었지?

- 왜 눈치 못 챘을까... 자신에게 화가 나는 은호. 괴로워 얼굴 감싸는데... 그런 은호 안쓰럽게 보는 단이.

단 이	은호야... (얼굴 감싼 은호 손잡으려 뻗는데)
은 호	(차갑게 손 탁 거둬 치우고, 속상해서 울 것 같다) 그 새끼, 어딨어. 홍동민.
단 이	말 가려서 해. 재희 아빠야. 내가 사랑 (해놓고 잠시 쉬었다가 잇는) 했던 사람이고.
은호(E)	(화난 얼굴로 단이를 보는) 또 사랑이라고 말했다.

S#8. 어느 분식집 (D) - 과거

- 떡볶이, 순대, 김밥, 튀김, 어묵 등. 테이블 가득 채운 음식 보고 놀란 고등학교 교복 차림의 은호.

은 호	이걸 다 사주겠다고? (고개 들고 정면 보면)

- 반대편에 앉은 여자. 예쁜 원피스를 입은 대학생 단이다.

단 이	(생글생글) 우리 은호 공부하느라 배고픈데, 누나가 챙겨야지!
은 호	(이럴 사람 아닌데) 갑자기? (미심쩍) 왜?
단 이	(너스레) 다 너 좋고! 또 너 좋자고 하는 거지~ / 먹어, 괜찮아. 먹어!
은 호	(일단 떡볶이 입에 넣는데)
단 이	(은호 빤히 보다, 떡볶이 넣자마자) 은호야. 지금 과외선생 괜찮아?
은 호	(콜록, 떡볶이 서둘러 삼키고) 그냥저냥. 과외선생이 다 거기서 거기지, 뭐.
단 이	(배시시) 사실은 내 남자친구가 과외하거든.

은 호	(멈추고 보는)

    – 그때 '딸랑' 문소리 들리고. 단이가 "어, 온다." 하고 뒤돌면, 잔뜩 멋을 부린 동민이 들어온다.

단 이	(손 번쩍) 자기야! 여기!
은호(E)	자기?

    – 동민, 단이 옆자리에 앉으며 자연스럽게 단이 어깨에 팔 두른다. 힐끗 보는 은호.

단 이	(사랑에 빠진 눈으로 동민 보다가) 인사해. 내가 말한 아는 동생. 여긴 (쑥스럽고) 내가 사랑하는 사람.
은 호	(사랑? 그 말에 단이 얼굴 서늘하게 보고만 있고)
동 민	(허세) 반갑다. 니가 은호구나. 짜식, 좀 생겼다?
은호(E)	처음부터 반말.
은 호	(하지만, 담담히) 네. 안녕하세요.
동 민	(깨방정) 은호야. 이 형이 말이다, 사실 교과서를 딱! 펼치면 핵심이 한눈에 쫙! 파악되는 천재과거든. 넌 이제 입시 걱정 끝났어!!! 아무리 소설로 날리면 뭐해? 대학은 가야 되잖아!

    – 동민은 계속 "이 형이 말이다~" 허세 떠는데, 옆에서 음식 먹여주는 단이. 동민이 넙죽 받아먹고. 그런 둘을 보는 은호.

은호(E)	첫눈에도 가벼운 남자였다. / 허세꾼에 떠벌이에 엄살쟁이. 그뿐이라면 용납이 됐을까.
은 호	(계속 동민만 먹여주는 단이 손 저지하고, 새로운 젓가락 쥐어주며) 허파는 누나가 먹어. 좋아하잖아.
단 이	(은호 잠깐 보다가, 새 젓가락으로 허파 집는데)
동 민	(귀여운 척) 대박사건! 우리는 데스트니인가 봐, 단이야. 동민이두

허파 좋아하는데!!

단 이   (허파 먹으려다, 그런 동민 보고 귀엽다는 듯 입에 넣어준다)

은호(E)   무엇보다.. 누나를 배려하지 않았다. 세상에 남자가 얼마나 많은데, 겨우 저런 남자를 사랑한다고 말하다니.

은 호   (가방 챙겨 일어나며, 동민에게) 과외 받을게요. 앞으론 누나 통해서 말고, 직접 연락주세요.

단 이   가려고? (진심) 더 먹고 가. 부족하면 더 시켜줄게.

은 호   (서늘한 얼굴로 보다가 가버린다)

은호(E)   사랑이 고작 이런 거라면, 하고 싶지 않았다. 감정에 휘둘려 상대가 필요한 걸 못 보는 바보가 되고 싶지 않았다. (뒤돌아 단이 뒷모습 보며) 끝까지 옆에서 제대로 봐주는 사람이 되고 싶었다.

S#9. 어느 카페, 야외테라스 (D)

단 이   ...그 사람.. 여기 없어. 여자랑..외국 갔어*. 안 돌아올 거야.. / 나 돈 벌어야 돼.. 은호야..

은 호   (보다가) 다른 방법도 있을 거 아냐! 공부한 거 안 아까워? 학교도 좋은데, 예전 경력 맞춰서 일자리 찾아보면,

단 이   (OL, 단호) 일 년 동안 경력직 구하는 덴 다 지원했어. 오십 번이나 면접 봤어. 신입사원 열 명 뽑으면 경단녀는 아예 안 뽑아! 내가 집에서 노는 동안 세상이 바뀌었대! 놀아? (허탈하고) 내가?!

은 호   ....

단 이   나, 안 놀았어!!! 살림이 어떤 건 줄 알어? / 아침에 밥을 차리잖아? (쓸쓸하게 웃는) 그럼 점심이 돌아와. 점심을 차리잖아. 그럼 저녁이 오고.. 저녁을 먹이고 설거지를 하잖아. 그럼 내일 아침이 온다? / 끝이 없어! / 그게 살림이야.. 어제 냉장고를 채워놨는데 오늘 또

*   동민은 한국에 살고 있습니다.

채워놔야 하고. 어제 변기를 닦았는데 오늘 또 닦아야 되고.. 니네는 그게 스펙이 안 된다구 말하던데, 왜 안 돼? 인내, 희생, 배려, 다 배웠구. 일이 얼마나 간절한지도 배웠는데, 왜!

은 호   (안됐게 보는)

단 이   너네 회사 업무지원팀은 나이제한 없잖아.. 그니까 그냥 고졸로,

은 호   (OL) 택배 부치고, 다른 사원들 뒤치다꺼리하고, 심부름하고, 계약직이라 월급도 적어... 누나 그 일은 이제 고등학교 막 졸업한 애들이,

단 이   (OL, 눈가 젖어서) 나.. 그럼 계속 이렇게 살아?

은 호   .... (그 눈빛에 가슴이 무너지고)

단 이   팔십까지 사다 치면 내 인생 이제 겨우 절반 왔는데.. 나, 계속 이렇게 살아??

은 호   (말문 막히고) 미안해.. 아무것도 모르고 있어서.

단 이   재희 아빠한테 나 모르게 돈 빌려준 거 알아. 그거 재희 아빠가 못 갚았다는 것도 알고. 이미 넌 할 만큼 했어.

  – 은호, 너무 속상한데... 핸드폰이 울린다.

단 이   받아. (가만 커피 마시고)

은 호   (감정 삭히며 받는) 여보세요.

기자(E)   안녕하세요, 차은호 작가님. 씨네22 조영주 기자입니다. 어디쯤 오셨나 해서요. 저희 쪽은 지금 다 도착했거든요.

은 호   (잊고 있었다) 아... 오늘 인터뷰 있었죠.

  – 그새, 커피잔 내려놓은 단이. 테이블 위 계산서 은호 쪽으로 밀어주고.

단 이   나, 아르바이트 가야 돼..

  – 단이, 은호가 뭐라 답할 새도 없이 일어나 나간다.

은 호	(어쩔 수 없이 통화) 죄송합니다. 장소가 어디였죠? 제가 지금 정신이 없어서...

- 가는 단이 잡지도 못하고 통화하며 젖은 눈으로 쫓기만 하는 은호.

S#10. 서준의 집, 주방 (D)

- 서준의 등 뒤에서 가스레인지에 라면이 끓고 있다. 서준이 가위를 들고 대파 화분 앞에 서 있다. 그 옆에 골든리트리버 정도의 대형견 한 마리 서 있고.
- 플래시백, 1부 49씬.

단 이	제 전 재산이에요. 가위로 푸른 부분만 잘라서 드시면 대파 살 일은 당분간 없을 거예요.

서 준	푸른 부분만... 가위로.. (어디쯤) 이만큼.. 자르면 되는 건가.. (난감.. 대파에게) 대파 씨. 잠깐 아플 겁니다.. 자릅니다.. (하고 싹둑 자른 후) 아우, 마음 아파.. 맨날 죽어 있는 거 사다가 살아 있는 거 잘라 먹을라니까.. 어후, 심장 떨려..

- 서준, 안 보려고 애쓰며 파를 가위로 잘라 끓는 라면 위에 넣는다.

S#11. 몽타주* (D)

- 어느 북카페. 자신의 신작 〈리틀피플〉 들고 읽는 포즈 취하는 은호. 사진 찍힌다. "좋습니다!" 외치는 사진기자.

---

* 뒷배경에 은호 소설들이 있어야 하고요. 자체 제작 하셔야 합니다. 2부 대본 뒷부분에 첨부하겠습니다.

- 단이, 사우나 탈의실을 밀걸레로 닦는다.
- 신작과 여태 나왔던 은호의 소설들 몇 권이 쌓인 테이블에 팔 올려 턱 괴고 창밖 보는 포즈 취하는 은호. 셔터 누르는, 차라락 연속 촬영음 울리고.
- 한쪽에 엉망으로 널린 대야들 정리하는 단이.
- 예쁘게 꾸며져 있는 카페 한쪽 벽에 모델처럼 붙어 서서 신간 읽는 척 포즈 잡는 은호. 거의 바닥에 눕다시피 해서 혼을 불태우고 있는 사진기자.
- 단이, 커다란 대야 가득 끙끙거리며 세탁된 수건 가져와 햇빛에 넌다. 은호에게 문자가 온다.

은호(E) 어디서 살아? 설마 위자료 한 푼도 못 받은 건 아니지?

은호(E) 주소 보내. 저녁에 들릴게. 누나 어쩌고 사는지 내가 봐야겠어.

- 잠깐 카메라 보고 있는 사진기자와 인터뷰기자. 그 틈을 타 핸드폰 보고 있는 은호. 하지만 단이 답장 없다. 답답한데...

사진기자 한 장만 더 찍을게요! 책 없이 자유롭게.

- 기다렸다는 듯 자동으로 근처 디피된 꽃 화분에 향기 맡는 설정포즈 잡는 은호. 열정적으로 찍는 사진기자와 "타고났네, 타고났어..." 감탄하며 박수치는 인터뷰기자...

S#12. 북카페 (D)

- 기자와 인터뷰 중인 은호. 옆에선 사진기자가 그런 은호를 찍고 있다. 질문 받으면서도 테이블 위에 놓인 핸드폰 자꾸 흘끔거리는 은호.

인터뷰기자 이번에 내신 SF소설 〈리틀피플〉도 굉장히 반응이 좋은데요. 데뷔는 고등학교 때 인터넷 소설이었죠? 일명 피의 계약 시리즈.

은 호 데뷔가 아니라 습작이라고 해두죠. 그 시리즈 이야긴 인터뷰에서 빼주시면 안 될까요?

인터뷰기자	왜요? 전 그때부터 팬인데. 특히 〈흑염소와 피의 계약〉.
은 호	....
인터뷰기자	웹이 연재될 때부터 광팬이었고, 책으로 출간되자마자,
은 호	(OL, 애써 웃으며) 그 얘기 안 하신다고 해서 인터뷰 수락했는데요.
인터뷰기자	....그러면... 작가로서 터닝포인트가 된 계기를 좀 물어볼까요? 제가 알기론 겨루의 김재민 대표를 만나면서부터 소설이 달라졌다고 알고 있는데, 어떻게 처음 만나게 되셨어요?

S#13. 대학, 도서관 (D) - 과거

- 10년 전. 은호, 국문학 관련 책들을 옆에 몇 권 쌓아두고 읽고 있다.
- 여자후배, 은호 뒤로 다가와 어떤 책을 읽나 보고는 옆에 앉는다. 은호, 보면.

여자후배	선배! 이제 글은 안 써요? 다음 시리즈 기다리는 사람들이 얼마나 많은데.
은 호	(무표정, 다시 책으로 시선 주며) 내가 언제 소설이라도 썼냐?
여자후배	(왜 이러시나) 인터넷 소설계에 한 획을 그은 시리즈를 썼었죠. 그 덕에 선배는 벌써 작가님 소리 듣잖아요. 아까도 웬 주윤발이 (느끼하게 흉내) 차은호 작가님은 어디 계시죠?, 하면서 선배 찾던데.

- 그때, 어디선가 한줄기 바람이 휘잉 불어오고.
- 이상한 느낌에 은호와 여자후배가 뒤돌아보면, 홍콩영화 혹은 서부 영화 음악이 BGM으로 깔리면서 느린 화면으로 한 남자가 등장한다. 선글라스를 낀 채 트렌치코트 자락을 휘날리며 들어오는 재민. 이질적인 모습에 학생들의 시선이 일제히 재민을 향하고. 재민, 은호 쪽을 향해 다가온다. 은호, 이 남자 뭐지? 싶은데..

재 민	피의 계약 시리즈, 차은호 작가님 되시죠?

- 학생들 시선이 동시에 은호에게로 옮겨온다.

은 호   (살짝 당황) 아닙니다. (하고 책을 챙겨 나가려고)

재 민   (책 앞날개 펼쳐 작가 사진 확인하고, 맞잖아!) 이렇게 인물 훤한
               작가가 많지 않아서요. 하하.

은 호   아니라니까요. (책 챙겨 일어나 나가버리고)

재 민   작가님! (하고 따라 나가는)

S#14. 대학 교정 (D)- 과거

- 다른 날. 농구를 하고 있는 은호. 슛 골인하고 돌아보면,

재 민   (명함 건네는) 도서출판 겨루, 대표 김재민입니다.

은 호   (흘긋 보고 다시 골대에 농구공 던지고)

재 민   (막아서며, 결의에 찬) 제가 작가님을 베스트셀러 작가로 만들어드
               리겠습니다!!

은 호   (무심한) 제 책은 이미 베스트셀런데요. 제발 절판 좀 됐음 좋겠어요.

재 민   (이건 어때) 평생 돈 걱정 없이 살게 해드리겠습니다!!

은 호   (동요 없는) 죄송한데, 제가 유산을 많이 받아서.. 돈 걱정은 할 필
               요가 없습니다.

재 민   (물러나지 않는) 그럼, 저희 출판사에 최연소 편집위원으로 모시겠
               습니다!

은 호   (솔깃한데 티내지 않는) 편집위원이요?

재 민   (은호 반응 눈치채고 신난) 원하신다면 종신계약!!

S#15. 초창기의 겨루 출판사 사무실 앞 + 안 (D) - 과거

- 오피스텔 복도. 문이 열린 현관 앞에 붙여진 '겨루 출판사' 명패를

확인하는 은호.

- 은호, 조심스럽게 안으로 들어서서 보면, 작은 사무실에 책상 하나
  달랑 놓여 있다. 맞나? 출판사가 너무 작은데? 싶어서 다시 겨루 명
  패를 보는 은호. 그때 안에서 쿵, 소리 들려오고. 시선 옮기면.. 새
  책상 하나를 끙끙대며 옮기는 재민과 눈이 딱 마주친다! 얼른 놓고
  다가오는 재민.

재 민   아이고! 편집위원님 오셨습니까? (손 덥석 잡고)
은 호   (슬쩍 손 빼고) 아니.... 왜 책상이 하나... (이제 막 가져온 다른 책상
         보며) 두 개... (하다가 퍼뜩 알아차리고) 여기 독립출판삽니까? 직
         원, 대표님 혼자죠?
재 민   (다시 손 덥석 잡고) 오늘부터 둘입니다!
은 호   네?
재 민   (손짓으로 너랑 나, 둘)
은 호   그러니까 어제까지는 일인 출판사,
재 민   (OL, 잡은 손에 힘주며) 잘해봅시다. 차 작가님! 대 도서출판 겨루
         의 창립멤버가 되신 것을 축하드립니다!!!! / (주먹 쥐며) 겨루! 지
         지 말고 파이팅!

- 은호의 황당한 표정에서.*

S#16. 북카페 (D)

- 은호, 방금 말을 마친 듯하고. 그런 은호를 흥미롭게 보는 기자.

기 자   그때부터 이전 작품들과는 다른, 그러니까 문학성을 갖춘 장르소설

* 연결씬 있습니다. 은호가 강병준 작가 이야기를 하는 씬.

을 쓰기 시작했다는 평을 듣고 계신데..

은 호   (OL, 단호) 그건, 김재민 대표 때문이 아닙니다. 제가 국문학도로
　　　　서, 대학 시절부터 소설과 문학에 대해 진지하게 고민하기 시작했
　　　　기 때문이죠.

기 자   (동의) 네.. 차 작가님의 진지한 고민과 탐구가 담긴, 인간 시리즈
　　　　덕분에 겨루가 출판사로서 자리를 잡기 시작한 거죠?

S#17. 몽타주 – 과거

　　- 초창기의 겨루 출판사 사무실
　　책상이 하나 늘어나면, 그 자리에 고유선이 새침하게 앉고. 또 하나
　　늘어나면, 봉지홍이 그 앞에 털썩 앉는다. 마지막으로 하나 더 늘어
　　나면, 서영아가 지각한 듯 달려와 그 와중에 봉지홍에게 찡긋 하며
　　앉는다.
　　- 대형서점
　　서점 입구에 들어서는 재민, 유선, 지홍, 영아, 그리고 은호. 모두 트
　　렌치코트를 입고 있다. 베스트셀러 서가* 앞에서 뒷자락을 동시에
　　한 번 펄럭이고. 스테디셀러 서가** 앞에서 또 한 번 펄럭이고. 명찰
　　을 단 서점 MD 앞에선 은호를 앞세워 놓고 나머지 멤버들이 동시
　　에 공손하게 손을 모은다.
　　- 인쇄소
　　은호의 인간 시리즈*** 가 인쇄되고 있다. 인쇄소를 빠른 걸음으로 일
　　렬로 걷는 겨루의 다섯 멤버. 각자 인쇄기사랑 이야기를 하거나 가
　　출력물을 보거나 기계 앞에서 쏟아져 나오는 인쇄물 보거나.. 등등.

* 　은호의 책 진열되어 있는 '피의 계약 시리즈'.
** 　강병준, 책 〈4월 23일〉 가득 진열되어 있다.
*** 이때는 〈레드피플〉

- 어느 빌딩가

재민을 가운데 둔 다섯 멤버가 걸어온다. 재민이 멈춰서 저 먼 하늘을 가리킨다. 다른 멤버들이 한 호흡으로 재민의 손가락이 가리키는 방향으로 고개를 돌리고 이내 모두 고개를 끄덕이는 데서.

S#18. 북카페 (D)

인터뷰기자	음.. 마지막 질문인데요. 사실, 겨루 출판사가 급성장한 가장 큰 이유는 강병준 작가의 판권 이전이잖아요.
온 호	!!! (굳는)
인터뷰기자	강병준 작가의 은퇴설, 실종설과 관련해서 하실 말씀이..
온 호	(갑자기 전화 드는) 네. 여보세요. 잠시만요. (기자에게) 급한 전화라서.. 인터뷰는 이만 하죠.
인터뷰기자	(아쉬운데)

- 은호, 인사하고 통화하며 가버린다. "네, 그건 전에 말씀드렸는데요. 어떻게 된 거냐면요.."

| 인터뷰기자 | (사진기자에게) 전화 온 거 맞아? / 하여간.. 겨루 사람들 진짜 이상하지 않아? 강병준 작가 얘기만 나오면 과민반응이야. 정말 뭔가 있긴 한가 봐. |

S#19. 북카페 앞 (D)

- 나오며, 귀에 댔던 핸드폰 내리는 은호.. 카페 쪽을 한번 돌아보고 복잡한 마음인데.. 단이에게 문자온다. 보는 은호.

| 단이(E) | 너네 집 비밀번호나 다시 돌려봐. 제대로 된 직장 구할 때까지 파출 |

　　　　　　　　부 내가 할게.

은 호　　　　　(후- 한숨 쉬는 데서)

S#20. 찜질방 (N)

　　　　－ 구석에 매트 까는 단이.. 누워서 뒤척이다가 잠을 청하는 데서. F.O.

S#21. 겨루 출판사, 외경 (D)

재민(E)　　　 기부를 하라고?

S#22. 겨루 출판사, 어느 복도 (D)

　　　　－ 재민과 은호가 걸어오고, 그 옆을 비서처럼 따르는 해린.

해 린　　　　네. 교재로 쓸지 검토하겠다면서 한국대학 정길수 교수님께서요.
재 민　　　　(멈춰서 은호를 보는) 어떻게 생각해?
은 호　　　　사서 보라고 해야죠.
재 민　　　　(그렇지!) 간만에 옳은 대답!
은 호　　　　달라고 해서 주면 그게 기부는 아니죠.
재 민　　　　우리가 땅 팔아서 책 만드는 것도 아니고.
해 린　　　　종로구에서 어린이 도서관을 짓는데, 거기서도 기부를,
재 민　　　　(OL, 버럭) 나라에서 책 사라고 주는 예산은 얻다 쓰고 공짜로 달
　　　　　　래?!!!!
해 린　　　　(얼른) 그렇게 말할까요?
재 민　　　　(흠, 하고 안으로)
은 호　　　　(가는 재민 한번 보고, 웃으며) 재고가 없다고 해. 미안하다고. (편

집부 쪽으로)

해 린   (잠깐 보다가 따라 들어간다)

S#23. 콘텐츠 개발부 (D)

－ 해린, 재민 쪽으로 가며,

해 린   근데 대표님, 이번 업무지원팀 신입사원 저희 부서에서 파견으로 함께 일하는 거 맞죠? 저희 부서가 요즘 잡무가 너무 많아서..

－ 하는데, 재민은 대답이 없고. 은호가 재민의 시선을 따라가면.. 일각에서 지홍, 유선, 영아가 사다리 타기를 하고 있다. 한심하게 보는 재민.

재 민   야식값 사다리를 대낮부터 타고 계신 건가? / 대 도서출판 겨루의 창립멤버들께서? (응? 하고 은호를 본다)

은 호   (으쓱, 모르겠다고)

송 이   (와서 재민에게 인사하고 해린에게) 합격 전화 사다리 타기해요.

은 호   (자기 자리로 가다가, 멈추고. 응? 돌아본다)

송 이   신입사원들한테 합격 전화할 천사, 그거 누가 맡을지요.

해 린   좋은 전화잖아요.

은 호   그거 벌써 결정했어?

해 린   오늘 발표잖아요.

은 호   ..... (어쩌지?)

지 홍   앗싸! 나야, 나!!! 우훗-! (서류들 들고 자리로 가서 전화기 드는데)

재 민   (쓱 막아선다)

지 홍   (보는)

재 민   (서류 쏙 빼앗으며) 이런 건 대표가 해야죠.. (하고 간다)

- 지홍, 가는 재민을 노려본다. 그 옆에 와서 같이 노려보는 영아.

지 홍   (곧 있을 일, 예고) 땡땡 님. 도서출판 겨루에 합격하셨습니다-
영 아   꺄악~~!! 감사합니다!!!
지홍,영아 (쳇!)
유 선   (시크) 좋은 건 꼭 대표님이 하셔야죠. (무표정하게 사다리 접어 가고)
지홍,영아 (재수 없게 보고)
은 호   ......

S#24. 대표실 (D)

- 기분 좋은 재민. 신입사원 서류들 들고 앉는데. 은호가 들어선다. 재
  민, 회사 전화를 드는데.

은 호   잠시만요. 대표님.

- 하고 서류를 본다. 오지율, 넘기면 박훈. 다음이 강단이!!!! 난감한
  은호인데.

재 민   왜?
은 호   (생각하다가, 강단이 서류 놓으며) 이 지원자...
재 민   (보면) 업무지원팀?
은 호   (막상 할 말이 없고)
재 민   (본다. 강단이) 아.. 내가 고집해서 넣은 애야. (뒷장) 미니 앙케이트
         했잖아. 그게 괜찮아서.
은 호   (앙케트 본다)

S#25. 겨루 출판사, 면접자 대기실 (D) - 면접 보던 날

— 30여 명이 대기 중인 면접대기실. 단이 설문지를 보는데 좋아하는 작가, 인생에 가장 영향을 준 책, 어떤 책이 만들고 싶은가, 최근 일 년 동안 읽은 책은? 등등... 보이고.

지 홍 심층면접을 위한 자료조사 차원이니까... 부담 없이 작성하시면 됩니다. / 채점하고는 상관없으니까 그냥 편하게.. 부담 없이들 해요. 뭐, 보면 알겠지만 크게 어려운 거 없어요.

훈 (중얼) 자기소개서도 따로 받아놓고. 갑자기..

단이(E) (종이를 내려다보며) 자신에게 하고 싶은 말....

— 단이, 멈추고 그 항목을 가만히 본다.. 옆자리 지율을 보면, 이미 써 내려 가는데.. 단이, 뭐라고 해야 좋을지 몰라.. 가만히 본다. 이윽고 쓰는 단이...

단이(E) 강단이에게. (멈추고 가만히 보다가, 이어서 쓴다)

단이(E) 너와 함께한 지 벌써 삼십칠 년이나 흘렀어. 그런데.. 나는 아직 너를 잘 몰라. (잠깐 멈추었다가) 그래서 너를 지금부터 알아가보려고 해.

— 플래시백, 1부. 철거하는 집에서 뛰어나오던 단이, 맨발로 비를 맞고 서 있던 단이..

단이(E) 그동안 많이 애썼어. 단이야.

— 인서트, 옛집 주방. 복숭아를 깎고 있는 단이. 커다란 속살을 접시에 담아 포크로 찍어 동민과 다섯 살 쯤의 재희에게 주고 자신은 씨에 붙은 것 발라먹는데 재희가 먹다가 바닥에 흘린다.

단 이	이걸 버리면 어떡해. 요즘 백도가 얼마나 비싼데.

– 손으로 주워 먹는 단이. 그 위로,

단이(E)	업신여겨서 미안하고...

– 인서트, 시댁의 제삿날. 단이, 주방에 서서 국에 밥 말아 국그릇 그 대로 들고 먹는다. 등 뒤로 한상 차려놓고 먹는 식구들 보인다.

단이(E)	함부로 취급해서 미안해. / 그리고...

– 인서트, 카페 안. "핫초코 말고 초콜릿, 초콜릿 달랬잖아!" 숟가락 테 이블에 던지는 다섯 살쯤의 재희.. "너 왜 이렇게 버릇없이 굴어..." 주변 눈치를 보면서 재희를 달랑 들어 의자에 내려놓고.. 테이블 위 대충 치우고.. 주변 사람들 중 누군가 "애 데리고 이런 델 왜 와" 하 며 흘기면, "죄송합니다. 죄송합니다!" 고개 숙이는 단이 위로,

단이(E)	주눅 들게 해서 미안해.

– 인서트, 단이의 옛집 화장실. 고무장갑도 끼지 않고 변기 청소 중인 단이. 벅벅 닦고 샤워기로 물 뿌리다가 한숨 쉬며 밖을 내다보면 와 이셔츠며 바지를 벗다 만 채 널브러져 있는 동민. 인사불성이다.

단 이	(그대로 몸은 화장실에 두고 손만 뻗어 흔들어 깨운다) 재희 아빠. 방에 가서 자.. 동민 씨.. 정신 좀 차려봐.. 왜 이렇게 술을 마셨어..

단이(E)	너무 부려먹어서.. 정말 미안해. / 힘들었을 거야. 울고 싶었을 거야..

– 인서트, 현재. 마트에서 계산대에 서 있는 단이. 손님이 가져온 물건 들 계산하는.

단 이	손님. (샴푸) 이건 원플러스 원이라서 하나 더 가져와야 하는데요.

손 님	(불만) 내가 가져와야 돼요?
단 이	(애써 웃으며) 네. 제가 자리를 비울 수 없어서.
손 님	아, 됐어. 그냥 빼. 안 사면 될 거 아냐..
단 이	(웃으며) 그럼 이건 빼고 계산하겠습니다, 손님.

| 단이(E) | 그래도 웃으면서 잘 견뎠어. 정말 고생했어. 단이야.. |

    – 마음 아프게 앙케트 보고 있는 은호, 그 위로.

| 단이(E) | 그러니까 이제부터 행복하게 살아봐. 어제는 이제 잊어버리고, 오늘을 살아. 날마다 앞만 보고 살아. 너가 하고 싶은 게 뭔지, 좋아하는 게 뭔지 다시 찾아봐. 꼭 그렇게 해. 강단이, 다시 한 번 파이팅! 지지 말고 파이팅! 끝까지 파이팅! |

    – 은호.. 가슴이 아프다.

재 민	고생 좀 한 거 같지? 이런 애들이 일도 잘해.
은 호	(말없이 서류 다시 재민에게 넘기고)
재 민	표정이 왜 그래? 앙케이트 보고 감동 같은 거 안 받았어?
은 호	비문이 없네요. 띄어쓰기도 정확하고. 오탈자도 없고.

    – 은호, 나간다.

| 재 민 | 감정이 없어. 자식이. (쯧! 하고 다시 서류를 보며, 다시 기분이 좋고) 누구부터 하지.. (오지율의 서류를 딱 먼저 펼친다) |

S#26. 맥주바 (D)

    – 테이블 위에 놓인 빈 술병 여럿과 반쯤 먹은 안주들.

- 지율과 남녀 섞인 지율 친구들 대여섯 명, 신나게 웃으며 "원샷! 원샷!" 외치고 있고.
- 게임벌칙에 걸린 걸로 보이는 지율과 옆자리 남자1이 자리에서 일어나 단숨에 잔을 비운다. 친구들, 이번엔 "키스! 키스!" 외치고. 머뭇대는 지율의 앞으로 남자 고개 슥 밀고 다가오는데..
- 계속해서 울리는 테이블 위 지율의 전화. 보면, '엄마'로부터 걸려온 전화가 잠시 끊겼다가 '어디니? 학원 앞이야.'라는 내용의 문자 온다. 지율, 신경 쓰여서 남자1 슬쩍 밀어내고 핸드폰 힐끗 보는데..

지율친구(여)　(일동 주목시키는, 조용히 해보라는 손짓 후에 전화 받는) 아, 네. 핸드폰 주인 되시나요? / 제가 핸드폰을 영어학원에서 주웠거든요. (사이) 아, 핸드폰 주인 어머님 되신다구요? 네, 네.. 제가 그 학원에 다시 맡겨놓을게요. (끊고, 됐지? 하는 표정으로 지율 보며, 노래*를 시작한다) 야! 좋으면 좋다 싫으면 싫다. 확실하게 딱 말을 해.

친구들　(이어 받아) 싫어!

지 율　(엄마 따돌리고 신났다!) 확실하네 다 끝났네 그냥 파투났네-.

친구들　확실하네 진짜 확실하네~ / 빨리고 털리고 벗겨지니 확실하네.

남자친구　당신은 위험한 여자 근데 전과 없는 여자-

지 율　수배명단에도 없는 나는 루팡-!

　　- 친구들과 지율, 신났다. 깔깔 웃고.

지 율　(핸드폰 꼭 움켜쥐며 친구에게) 고맙다. (술 한잔 더 마시고, 자리에 앉아버린 남자1을 일으켜 세운다.) 마저 벌칙 받아야지?

남자1　(고개 끄덕이며 천천히 지율 얼굴로 다가가는데)

지 율　우리 엄마 없을 때 해야 될 거 아니야. (남자 얼굴 양손으로 잡고 화끈하게 입술 맞추는)

* 형돈이와 대준이, '확실하네'

　　　　　　　　　－ 친구들, 테이블 내려치고, 박수치며 환호한다.
　　　　　　　　　－ 그때, 전화벨이 다시 울린다. 보는 친구. "엄마가 아닌데?" 한다. 쉿
　　　　　　　　　　하고 받는 지율.

지 율　　　　　여보세요. / 어디라고요?

　　　　　　　　　－ 출판사의 재민. 이하 교차편집.

재 민　　　　　....도서출판 겨루라고 말씀드렸는데요..!!! / 합격!! 하셨다고요.
지 율　　　　　(실망) 아, 출판사요..
친구1　　　　　왜? 어디래?
지 율　　　　　출판사. 합격했대. 다른 데도 많이 봤는데.
재 민　　　　　(혼잣말) 뭐야. 소리, 안 질러? 합격했는데?
지 율　　　　　(전화기에 대고 시큰둥) 그래서 뭐.. 언제부터 출근하면 되는데요?
　　　　　　　　　저 내일부터 엄마랑 세부 여행 가는데.. 여행 갔다 와서 출근해도
　　　　　　　　　되요?

　　　　　　　　　－ 지율, 프레임아웃.

재 민　　　　　(이건 또 뭐지? 지율의 이력서 보고, 아이고 골치야..) 오지율 씨, 내
　　　　　　　　　일부터 출근을 하셔야 하구요.. (한숨)

　　　　　　　　　－ 재민, 실망해서 다음 서류 본다. 박훈의 지원서다.

재 민　　　　　이놈은 멀쩡해야 되는데...

S#27. 지하철역 앞 + 거리 (D)

　　　　　　　　　－ 지하철역에서 나오는 박훈. 손에는 서류봉투가 들려 있다.

- 달리며 손목시계 다시 한 번 확인하는 훈인데... 맞은편에서 오던 어떤 여자와 부딪힌다. 손에서 빠져나와 공중에 떠오른 서류봉투. 서류봉투 속 입사지원서가 허공에 흩날린다. 훈, "죄송합니다!!" 하며 허겁지겁 떨어진 입사지원서 줍는다. 도와주려는 듯 훈의 입사지원서 같이 줍던 여자, 문득 훈 본다.

훈   (놀란) 어, 은정아...
여 자   오랜만이야..
훈   (마찬가지로 반가운) 어...
여 자   (주운 입사지원서 건네고) 취업... 아직이야?
훈   (둘러대는) 아니. 나 취업했어. (입사지원서 보는) 어.. 이거, 동생 꺼야. (구구절절) 집에 프린트기가 고장났다고 좀 뽑아달라고 해가지고... / 참, 나 동생 없잖아. 사촌동생
여 자   그래? 어디 취직했는데?

- 훈, 당황스러운데... 그때 지나가는 버스. 버스 옆 광고판에 공기업 '한국토지주택공사'가 붙어 있다.

훈   공... 공사!! / 공무원보다 그쪽이 좀 더 자유로울 거 같아서.
여 자   (안 믿기는 듯 보는데)
훈   (주먹 불끈 쥐어 보이며) 이왕 대한민국 사람으로 태어난 거 공기업에서 나라와 국민을 위해 일하고 싶더라고! 그런 사명감, 모르겠니?
여 자   (웃고) 엉뚱한 건 여전하네. / 어쨌든 잘됐다. 공기업이면 든든하잖아. / 사실... 그때 그렇게 헤어지고 잘 지내나, 많이 궁금했어.
훈   그래.. 뭐 이제 나도 취직했고... 연락해라..
여 자   (그대로 보면)
훈   뭐.. 다시 연애하자는 건 아니고.. 그냥 친구로. / 아직 내 전화번호 안 지웠지?

S#28. 화장품 가게 (D)

- 좁은 가게 창고에서 유니폼으로 옷 갈아입는 훈.
- 카운터 뒤쪽 창고 문 열리며 훈이 핑크빛 유니폼 차림으로 나온다. 때마침 문이 열리며 손님 들어오는 소리 나고, 힘차게 "어서 오세요, 공주님!!" 하고 인사하는 훈. 인사 마치자마자 카운터 앞에 서 있는 여자와 딱 마주친다. 황당하고 놀라 서로 멀뚱히 보는 여자와 훈. 여자 옆에는 양복 쫙 빼입은 여자의 남자친구가 서 있다. "자기야, 나 전화 좀 받고 있을게." 하곤 나가는 남자친구.

여 자   공기업이라더니...

훈   맞아. (바구니 끌고 계산하며, 오버, 주위 둘러보며 목소리 낮춰서) 나 국가기관 취업한 거 맞아.. 너... 비밀요원이라고 들어봤지?

여 자   (어이없다) 국정원 소속이라도 되니?

훈   쉿!!! 나 지금 작전 중이거든.. (봉투에 물건 다 담아주며 속닥) 포인트 적립?

여 자   (쳇, 하고 카드 내밀면)

훈   (웃으며) 샘플 많이 줄게..

여 자   됐어. (하고 나가버린다)

- 훈, 시무룩해서 가는 전 여친을 보는데 핸드폰이 울린다.

훈   네. 박훈입니다. (사이) 네? 합격했다고요? 어디요? (예쓰!!) 네. 출판사!!!!! 아, 근데 조금만 일찍 전화하시지!!!! 딱 일 분만!!!!

S#29. 대표실 (D)

재 민   (통화) 네. 늦게 알려드려서 죄송하구요. (쳇)

– 재민, 상처받아 서류 넘겨 강단이를 본다.

S#30. 마트 직원 휴게실 (D)

– 방금 갈아입은 유니폼을 사물함에 넣는 단이, 문 닫으려는데. 안에
서 들려오는 핸드폰 벨소리. 단이, 아차! 싶어 유니폼 호주머니 안
에서 전화 꺼내면 겨루다!

단 이   여보세요...

재민(E)   강단이 씨.. 겨루 출판사 업무지원팀에 지원하셨죠? 최종면접에 합
격하셨어요. 축하드립니다.

단 이   네? 정말이요?!!! 진짜 저 맞아요? (꾸벅 인사하며) 오, 감사합니다.
감사합니다!!!!

– 인서트, 재민. 드디어 좋아하는구나! 따뜻하게 웃고.
– 직원들, 단이 향해 시선 고정되고. "왜?" "무슨 일인데?" 한마디씩 묻
는다. "어디 면접 봤어?" "정규직이야?"

단 이   (핸드폰 그대로 쥔 채.. 주먹 불끈 쥐어 보이며) 됐어! 됐어! 나 붙었
대요! 나 취직했어!! 아자, 아자, 아자!

– 순간 통화 중임을 잊은 채 직원들의 축하에 신난 단이, 갑자기 춤추
기 시작한다.

단 이   파워포즈!!! 할 수 있다, 파워포즈!!! 자신감 있게, 파워포즈! 당당
하게 파워포즈!!!

직원들   (까르르)

새 빈   (웅?) 파, 파, 파.. 파워포.. 포즈? (한숨) 아.. 또라이를 뽑은 건가..
(단이, 이력서 보고. 아이고 골치야.) 갈 길이 멀다, 멀어.

단 이	오늘 내가 요구르트 (춤추며 손짓) 한 병씩 쏠게! 에이, 기분이다. (손짓) 두 병씩 마셔!! 앗싸, 파워포즈~~!!!

S#31. 콘텐츠 개발부 (D)

– 은호, 책상 앞에서 교정지 검토하다 문득 생각에 잠기는데..
– 플래시백, 앞 씬.

단 이	팔십까지 산다 치면 내 인생 이제 겨우 절반 왔는데.. 나, 계속 이렇게 살아??

해 린	(다가와 교정지 보며) 다 확인했어요?
은 호	아,, 어. 송 대리 껀 이제 내가 확인 안 해도 되겠어. 그냥 믿고 넘기면 되겠는데? (하다가 문득 보며) 너, 우리집에 옷 두고 갔더라?
해 린	아, 맞다.. (하고 가볍게) 세탁기 돌려놓고 그대로 나왔나 봐.
은 호	(주변 직원 한번 둘러보고) 속옷까지 두고 가면 어떡하냐? (공격하는 투는 아니고)
해 린	(가볍게 으쓱) 그러게.

S#32. 은호의 집, 거실 (N)

– 단이, 행주를 깨끗이 빨아 넌다. 정돈된 집안을 한번 둘러보는 단이.
– 서랍을 열면 봉투에 십만 원 들어 있고. 착잡한 기분으로 주머니에 넣는데. 은호가 현관버튼 누르는 소리 들린다. 앗 하는 단이, 얼른 다락방으로 후다닥 뛰어 올라간다.
– 은호, 들어와 물부터 한잔 따른다. 서랍 열어보면 봉투 사라졌고.. 왔다갔는지 정돈된 주변을 돌아본다. 그때, 단이에게 문자 온다.

단이(E)	나 합격했어.

- 보고 핸드폰 그냥 내려놓는 은호. 물 벌컥 들이켜고 핸드폰 들어 답문 보낸다.

S#33. 은호의 집, 다락방 (N)

- 어두워지기 시작한 창가에 앉아 핸드폰 보는 단이.

은호(E) 나랑은 상관없는 일이야.

은호(E) 회사에선 남남이야. 아는 척도 하지 말고 내 도움 받을 생각도 하지 마.

은호(E) 우리집 일도 이제 그만해. 다른 아줌마 구해주고.

- 단이, 그런 은호가 밉다. 핸드폰 서운한 듯 흘긴다. 핸드폰 놓고 눕는데... 다시 진동이 온다. 핸드폰 다시 보는 단이.

은호(E) 취직... 축하해. 누나.

- 단이, 따뜻한 얼굴로 은호의 톡을 본다.

S#34. 은호의 집, 거실 (N)

- 은호, 싱크에 컵 넣는데. 톡 온다. 보는 은호.

단이(E) 너 좋아하는 된장찌개 끓여놨어. 전복 넣었으니까 챙겨 먹어.

- 가스레인지 쪽 돌아보고 냄비 뚜껑 열어보는 은호. "맛있겠다.." 하고 웃는 데서.

S#35. 은호의 집, 앞 (M)

- 은호의 차가 주차되어 있다. 그 앞을 지서준이 개와 함께 달려간다.

S#36. 은호의 집, 욕실 (M)

- 샤워 중인 은호. 욕실 선반에 올려둔 핸드폰에선 팟캐스트, 당일 아침 뉴스가 재생되고 있다. 익숙한 듯 뉴스 들으며 씻는 은호.

S#37. 은호의 집, 거실 + 주방 (M)

- 단이, 출근 차림으로 손에 구두 들고 다락방 계단 조심조심 내려온다. 반쯤 열린 욕실에서 물소리 들리는 거 확인하고 현관으로 향하다가 식탁에 은호가 먹다 남긴 토스트를 냉큼 집어 입에 물고, 까치발로 현관으로 간다.
- 조심스레 신발 내려놓고, 현관문 연다. 단이 나간다.

S#38. 은호의 집 앞, 동네 공원 (M)

- 단이, 날아갈 듯 웃는 얼굴로 달린다.

단 이	첫, 출, 근이다아-!!! (흥을 주체하지 못하고, 멈춰서 파워댄스 춘다)
서 준	(단이 고함소리에 고개 돌렸다가, 갸웃?)
단 이	할 수 있다, 파워포즈!!! 자신감 있게, 파워포즈! 당당하게 파워포즈!!!
서 준	어.. 저 여자.. 대파 아냐? (그쪽으로 가려는데 개가 다른 쪽으로)
단 이	(마지막 포즈 완성하고, 씩 웃으며 버스 정류장을 향해 다시 뛰어

간다)

서 준   (개에게 끌려가며) 대파.. 맞는 거 같은데..

S#39. 겨루 출판사 앞 (M)

        - 단이, 겨루 앞까지 달려온다. 회사 건물을 보니 첫 출근이라는 게
          실감이 나고. 벅찬 마음으로 건물을 보는 단이.

단 이   (작지만 힘 있게) 잘하자, 강단이! 열심히 하자, 강단이! 감사하면
            서 일하자, 강단이!!!

        - 하며, 출판사를 향해 걸어가던 단이, 어느 순간.. 멈칫하는.
        - 인서트, 이력서 최종학력란에 고졸로 적던 단이. 졸업증명서, 학위
          증명서, 경력증명서.. 차례차례 보다가.. 찢어버리는 단이. (1부 57
          씬의 이후 상황)
        - 단이, 잘 할 수 있겠지..? 걱정인데.

훈   신입사원? (단이 아래 위 훑어보고- 좀 촌스러운데? 느낌.)
단 이   아... (어쩌지?) ..네.
훈   와.. 반가워요! 난 박훈이라고 합니다! (손 내밀고)
단 이   네.. 저는..
훈   (내민 단이 손 덥석 잡고)
단 이   (기세에 놀랐다가) 강단이라고 합니다.
훈   반가워요, 강단이 씨! / 첫날이라 긴장되시죠! 긴장할 필요 없어요.
            직장이라는 곳도 다 사람 사는 곳이고, 진심은 통하게 마련이고, 진
            심이 안 통하면 그냥 여긴 밥줄 그 이상도 그 이하도 아니다, 간단
            하게 생각하면 되거든요! 솔까, 복세편살 나씨나길이 인생의 진리
            라는 건 빼박이잖아요. 그쵸? 인정? (했다가 바로) 어우, 나 지금 너
            무 답정너였던 거 같은데. 억지로 동의해줄 필요 없어요. 취존! (하

하하하 웃고)

- 훈이 말하는 동안, 솔까? 복세편살? 나씨나길? 빼박? 답정녀? 취
  존? 이해 못할 신조어들, 단이의 머리 위로 둥둥 떠다니고. 넋 나간
  얼굴로 멍하니 훈 보는 단이인데...

훈	긴장 풀고! 심호흡 하고!! 들 숨~ 날 숨, 들 숨~ 날 숨~.
단 이	(얼결에 따라하다가)
훈	저도 신입사원입니다. 근데 우리 입사동기는 몇 살?
단 이	아, 전 나이가 좀 많아요.
훈	(OL) 앗. 초면에 여성분 나이를 묻는 실례를.. 그럼 내가 맞춰볼게요! 스물여섯? 일곱? 에이 뭐. 몇 살이든 괜찮아요. 어차피 별로 차이 안 날텐데. 보니까 딱 각이 서네. (손가락으로 단이와 자신 가리키며) 맘 잘 맞는 동기될 각!
단 이	(이건 또 뭔 말이야... 중얼거리듯) 각...?
훈	잘 지냅시다, 우리! (하고 손 내밀었다가 얼른 다시 손 가져오고) 손은 잡았지, 참.
단 이	(어쨌든 얘도 긴장했구나, 웃는)

S#40. 겨루 출판사, 엘리베이터 앞 (M)

- 엘리베이터 버튼 누르고 문자를 다시 한 번 확인하는 단이. '신입사원은 9시까지 3층 회의실로 모여주세요.'
- 엘리베이터 안으로 들어서는 단이와 훈. 문 닫히려는 찰나, 오지율이 버튼 누르고.

지 율	같이 가요. (들어서는데)
훈	신입사원?
지 율	네.

훈	와.. 반갑습니다!!! 전 박훈이라고 합니다!

- 문 닫히는데.. 다시 열리고, 송해린이 들어선다. 단이와 지율, 송해린에게 눈인사하고.

훈	와. 네 명 뽑은 모양이네요? (손 내밀며) 박훈입니다.
해 린	(손을 보다가, 외면하고. 말없이 그때까지 안 누른 3층 버튼 누르고)
훈	(손 거두며) 작년엔 여덟 명이나 뽑았다던데. / (단이 힐긋 보고, 지율의 나이 묻고 싶은데 아까처럼 대놓고 못한다)
지 율	난 스물일곱 살인데. 나이가 어떻게 돼요?
훈	(바로, 웃으며) 어. 같은 나이다. (해린 포스에 조금 기죽었지만 조심스레) 우리 입사동기님도 동갑 같아 보이는데..
해 린	(서늘) 제 나이를 굳이 알 필요는 없을 것 같은데요?
훈	아.. 그죠..

- 까칠하구나? 시선 주고받는 셋.

S#41. 회의실 (M)

- 들어오는 넷. 함께 합격한 세 명은 미리 와 앉아 있고.
- 단이, 앉자마자 '나씨나길' '복세편?살?' '빼박' 하고 더 기억나지 않아 갸웃하는데..

훈	일곱 명 뽑았나보네요? 내가 우리 입사동기들한테 고급 정보를 하나 드리죠! 우리 신입사원 담당이,
단 이	(괜히 숨죽여서. 담당이?)
지 율	(역시)
훈	도서출판 겨루의 이 대 마녀라고 소문난 여자래요! 이름은 송. 해. 린.
해 린	.... (말없이 본다)

훈	삼 년찬데 몇 달 전에 대리 승진했대요. 동기랑 선배를 다 제치고, 혼자! 별명은 얼음마녀! 까칠하기가 이루 말할 수가 없고, 그런 타입 알죠? 일에 목숨 거는 타입. 피곤한 타입. / 직장생활은 사수를 잘 만나야 되는데, 우린.. / 똥, 밟은 거죠. 처음부터.
지 율	고생 좀 하겠네요.
단 이	뭐 그런 타입은 어디에나 있으니까.
훈	(끄덕이며) 맞아요. 또라이 질량 보존의 법칙! 견뎌야죠 뭐.
단 이	(또라이 질량 보존의 법칙? 그건 또 뭔 말이야, 하고 보는데)
지 율	(알아듣고 끄덕이며) 아까 이 대 마녀라고 했잖아요. 그럼 일 대 마녀도 있어요?
훈	(뭐리 말하려는데)
해 린	고유선 이사님. (하고 가방에서 신입들의 명함을 꺼낸다)
훈	와.. 아시는구나. 그래, 첫 출근 하기 전에 그 정도는 알고 와야죠!

― 하는데 훈, 앞에 놓이는 명함.

훈	맞아요. 겨루는 출근 첫날 명함을 준대요. 이거 하나는 마음에 드네. (해놓고 문득) 근데 왜 명함을 그쪽이... (하다 얼어붙고)
단이,지율	(해린을)
훈	(설마..)
해 린	(〈겨루 직원규정집〉 앞에 놔주고)
일 동	(책 보고, 다시 송해린을 보는)
해 린	신입사원 교육을 맡게 된 송해린 대립니다.
일 동	......!!!!
해 린	일에 목숨 거는 타입. 피곤한 타입. 여러분들이 고생 좀 하시겠네요. 뭐 그런 타입은 어디에나 있으니까. 또라이 질량 보존의 법칙처럼.
일 동	....
해 린	명함 보면 알겠지만 오지율 씨, 편집팀 사원. 박훈 씨, 마케팅팀 사원. 한지호 씨, 경영개발팀. 김민석 씨, 어린이콘텐츠팀. 안희영 씨, 디자인팀. 강단이 씨는 업무지원팀 사원입니다.

일 동	(받은 명함 보고)
해 린	(신입사원들 둘러보면서) 모두 취업 준비하느라 고생 많았습니다. 합격 소식 들었을 때 희망에 차서 출근했을 거예요. 오늘부터 여러분들은 회사 동료입니다.
일 동	(서로 웃으며 보는데, 그 위로)
해린(E)	서로 경쟁자기도 하죠.
일 동	(웃음 끝이 어색)
해 린	이 중에 한 명은 한 달도 안 돼 사직서를 쓸 겁니다. 사실 정규직은 큰 의미가 없죠, 출판계에선.
일 동	(앗! 정신 번쩍)
해 린	석 달이 지나면 또 한 명이 사직서를 쓰고 공부를 더 하겠다고 하겠죠. 일 년이 지나면 반도 안 남아요. 그렇게 어렵게 구한 직장인데! / 삼 년이 지나면! 난 입사동기가 열 명인데 나 하나 남았어요.
일 동	....
해 린	무슨 말이냐면. 어차피 그만둘 사람들, 일은 가르쳐주지 않습니다. <u>스스로 배우도록.</u>
일 동	(정신 번쩍!)

S#42. 회의실 앞 복도 (M)

– 출근하는 은호. 걸어오는데, 송이가 회의실 창에 붙어서 신입들을 본다. 은호, 갸웃해서 다가간다. 송이 시선 돌리다가 은호를 본다.

송 이	(웃으며) 출근하세요, 편집장님.
은 호	(뭐지? 하고 안을 보다가 웃고 있는 단이가 딱 보이고!)
송 이	신입들이요. / 귀엽죠?
은 호	(따뜻하게 단이 보는데)
송 이	근데 쟤 좀 촌스럽다. (단이를) 쟤요. 까만 정장. 저 사람이 업무지원팀이죠? 나이가 좀 많은가?

은 호	(단이, 까만 정장 입은 것 보고)
송 이	얼굴은 동안인데 좀 올드하죠?
은 호	(정색하고) 아뇨. 딱 제 타입인데요. 클래식한 느낌. 일 잘할 것 같은데요.
송 이	...... (그런가?)
은 호	근데. 강연주 작가 산문집 초고 나왔습니까?
송 이	(앗, 하고 눈치 보다가) 잠수 타셨습니다. 한 달째 연락 안 됩니다...
은 호	....
송 이	(얼른 등 돌려 총총 간다)
은 호	(다시 단이를 보는. 걱정이고)

S#43. 겨루 출판사 몽타주 (D)

- 회사 안내하는 해린. 단이, 지율, 훈, 해린 따라다니며 각 팀마다 일하고 있는 사람들과 눈 맞추며 인사하기 바쁘다.
- 대표실. 문 열리면 재민 뛰어나와 신입사원들 반기며 인사하고.
- 이사실 앞. 문 열었다가 유선이 가라는 손짓하면 얼른 닫는 해린.
- 사내 도서관*, 카페, 화장실, 회의실..

S#44. 콘텐츠 개발부 앞 (D)

- 사무실 앞에 일렬로 서 있는 화기애애한 분위기의 신입들.

훈	(기대) 난 사실 차은호 작가가 젤 궁금해요. / 면접관으로 나오실 줄 알았는데.. 하긴 편집장, 작가, 교수. 하나도 달기 힘든 타이틀을

---

* 강병준 작가 소설, 은호 소설 있어야 합니다.

몇 개씩이나 달고 사시니 바쁘시겠죠.

지율   응? 나 면접 볼 땐 차은호 작가 있었는데.. (하며 단이 보고) 진짜
          잘생쁨!

단이   .....

지율   근데 강단이 씬 몇 살이에요?

단이   저는 서른..

훈   (OL) 아. 세 살 차이네요.

단이   (웃으며) 일곱이요.

지율, 훈 (입 벌어지고)

훈   강단이 씨.. 아니, (두 손으로 단이 공손하게 가리키고) 신입 아니신
          가 보다. 경력직이시죠?

단이   아뇨, 경력도 없어요.

훈   (능청스런 미소) 알겠다. 공부를 오래 하셨구나.

단이   고졸 계약직으로 입사했어요. 업무지원팀이요.

훈   (살짝 당황) 아, 네... (대화 마무리는 해야겠고) 잘 부탁드립니다.

          - 방금 전 화기애애함이 싹 사라지고. 어색한 침묵이 돈다.
          - 이때 신입사원들 사원증 들고 돌아온 해린, 훈, 단이, 지율에게 하나
            씩 나눠준다. 셋, 들뜬 표정으로 한 명씩 출입구 리더기에 사원증
            대고 문 열리면 들어간다.
          - 입구에 직원들 모여 수군대고 있고. 무슨 일이지? 하고 가는 해린.
          - 엄청난 크기의 플라워 센터피스가 놓여 있고.

송이   신입사원한테 온 거예요.. 오지율 씨..

훈   남자친구 있어요? (하다가 뜨악)

단이   (한쪽에 깃발처럼 꽂혀 있는 메시지 본다)

지율모(E) 우리 지율이 입사 축하! 파이팅! -엄마가.

          - 해린과 직원들 뜨악한 얼굴로 지율을 보는데.

지 율	(감탄) 우리 엄마 센스짱.. / 너무 이쁘다, 그쵸?
직원들	....
지 율	(핸드폰 꺼내어 꽃 사진을 찍기 시작)
훈	(고개 가로젓고) 마마걸인가 보네. 안타깝다.
송 이	쟤 우리팀이요. 팀장님.
지 홍	누가 뽑았어, 저런 앨.
영 아	직접 뽑았잖아. 어차피 경력 없다면 어설프게 아는 척하는 애보단 저런 애가 낫다며? 처음부터 가르치겠다며?
지 홍	내가 왜 그랬을까..
해 린	오지율 씬 제가 계속 가르치겠습니다. 팀장님.
지 홍	(말 끝나기도 전에 자연스럽게 고개 끄덕끄덕. 제발 그래줘)

- 훈, 와중에 차은호 편집장 찾는다. 은호, 이쪽 쳐다보지 않고 일하고 있고.

훈	(단이에게) 저분이에요. 차은호 편집장.

- 단이, 이쪽 보지 않고 책상 앞에서 일하는 은호를 본다..

S#45. 버스 안 (N)

- 단이, 버스에 앉아서 자신의 명함*을 가만히 내려다본다.

* 도서출판 겨루 콘텐츠 개발부, 업무지원팀, 강단이.

S#46. 어느 식당 (D) - 과거

– 단이, 계산을 하려다가 계산대 위에 놓인 유리통을 본다. 안에 여러 사람들의 명함이 들어가 있다. 이벤트라는 글씨 보이고..

단 이	이건 뭐예요?
직 원	아, 우리 레스토랑 오픈 삼 주년 기념행사예요. 경품 많으니까 명함 넣으시면 추첨 통해서 선물 드려요.
단 이	명함이 없는 사람들은.. 어떻게 응모해요?
직 원	아.. (당황) 글쎄.. (나도 모르겠다..)

– 물러나며 다른 사람들이 명함 넣는 것 보는 단이..

S#47. 병원 복도 (N) - 과거

– 단이, 친구와 우연히 만났다.

친 구	어쩜 여기서 딱 만나니. 이게 몇 년 만이야..
단 이	그러게. 십 년은 된 거 같다..
친 구	난 엄마 건강검진. 넌?
단 이	어.. 우리 시누이가 입원했어..
친 구	어머, 시누이 간병을 니가 해?
단 이	아니. 주말만 내가 도와줘.
친 구	야, 나 가봐야 해. (명함 꺼내어 주며) 전화하구 살자.
단 이	(받고 가만히. 대기업 과장 정도)
친 구	(넌 왜 안 줘?)
단 이	어.. 난 명함이 없어서... / 나.. 직장 관뒀어..
친 구	(앗) 왜? 너 잘나갔잖아.
단 이	(애써 웃으며) 애 봐줄 사람이 없어서.. / 연락할게..

친 구	어.. 그래..

S#48. 버스 안 (N)

- 그동안 없었던 명함이다. 단이, 감격해 손에 쥔 명함 반듯이 펴서 본다.

S#49. 은호네 동네 버스 정류장 + 은호의 차 안 (N)

- 버스에서 내려 걷는 단이. 클랙슨 소리 빵하고 울려서 보면, 은호의 차다. 앗, 하는 단이.

은 호	뭐야. (하고 내린다) 취직했는데 우리집 일, 계속 할 거야?
단 이	....어.. 너네 집 가는 거 아니야.. 아줌마는 알아보고 있고.
은 호	혹시 이 동네 살아?
단 이	(뭐라 답할지 모르겠다)
은 호	가보자. 어떤 집인지 내가 봐야지!
단 이	(얼떨결에) 다음에.. 집, 지금 좀 엉망이라서.
은 호	그럼 집 앞까지 태워다줄게. (차로 가며) 타.
단 이	(손사래) 아니야. 나 혼자 가도 돼!!! (얼른 뛰어간다)
은 호	(픽 웃으며 운전해서 따라간다. 창문 열고 다시) 누나. 타라니까.
단 이	(멈춰 서고, 흘겨본다)
은 호	(웃으며) 타는 게 낫겠지?

- 단이, 가방에서 명함 한 장 꺼내 조수석 창문으로 내밀고.
- 은호, 얼결에 받고 보면 단이 명함이고.

단 이	(머쓱) 자랑할 데가 너밖에 없다. 내 명함이야. (헤 웃고) 나, 진짜

	간다! (반대 방향으로 뛰어가버린다)
은 호	뭐야. 저쪽이야? (차 도로에서 어떻게 할 수도 없고)

— 은호, 단이가 건넨 명함 가만히 들여다본다.
— 백미러로 멀어지는 단이의 뒷모습을 본다. 그 위로,
— 플래시백, 앞 씬.

| 송 이 | 근데 쟤 좀 촌스럽다. (단이를) 쟤요. 까만 정장. |

— 은호, 깜박이 넣고 유턴차선으로. 이어서 유턴하고. 핸드폰 통화버튼 눌러서..

| 은 호 | 어, 나경아. 난데. 아직 가게 문 안 닫았지? |

— 단이, 걸어가는데. 은호의 차가 다시 옆으로 와 탁 멈춘다. 빵, 하고. 단이가 은호 차를 보면.

| 은 호 | 누나. 타. 집 말고 나랑 갈 데가 있어! |

S#50. 나경의 편집숍 앞 (N)

— 와서 서는 은호의 차. 조수석에 앉아 가게 올려다보는 단이.

| 단 이 | 나경 씨 가게잖아? |

S#51. 나경의 편집숍 (N)

— 단이에게 어울릴 만한 옷들을 골라 한아름 들고 오는 나경*, 테이블에 가득 올려두는데, 단이와 은호가 들어선다. 나경, 인사하고.

단 이	(어리둥절) 뭐야. 둘이 다시 만나? (은호 흘기며) 헤어졌다더니.
은 호	(웃기만)
나 경	아니에요. 언니. 우리 지금은 그냥 친구예요.
단 이	(어이없어서) 그게 가능해?
은호,나경	(끄덕끄덕)
단 이	(어이없는데) 이럴 거면 그냥 계속 만나지.
나 경	바람을 피다 들켰는데 어떻게 계속 만나요..
단 이	(놀라서 은호 노려보며) 너, 바람폈어?
은 호	(대답 않고 옷 하나 가져와 단이한테 갖다 대고)
단 이	(치우며) 정말 싫어. 바람피우는 인간. 그렇게 안 봤더니, 완전 저질이야.
은 호	들었지, 김나경?!
단 이	(응? 나경을 보면)
나 경	바람은 제가 폈어요. 언니..
단 이	(입 딱 벌리고 다시 은호를 보는)
은 호	(다른 옷 갖다 대며) 이것도 어울리네?
단 이	(뭔데? 하고 옷 보는)
은 호	여기서 옷 좀 가져가자. (손가락으로 아래위 훑으며) 촌스러워서 못 보겠어.
단 이	(흘기며) 내가 어때서? (은호가 갖다 댄 옷 제자리에 걸며) 됐어. 옷이 없는 것도 아니고, 그냥 있는 옷 입으면 돼.
은 호	이 옷을 계속 입고 다니겠다고?
나 경	언니, 겨우 취직했다면서요. 그것도 경력직이 아니라 스펙과 학력, 다 포기하고 고졸 신입으로.
단 이	(놀라서) 어떻게.. (알았냐? / 은호를 흘겨보는)
은 호	괜찮아. 얜.
나 경	(입 잠금 시늉하고는) 같이 입사한 동기애들 어리죠? 상사도 마찬

* 화려한 느낌. 30세.

가지고. 나이 많은 동기, 아래 직원... 안 불편해할 사람 없어요. 가뜩이나 나이로 거리감 있는데 옷까지 이렇게 대놓고 이렇게 세월의 흐름을 보여주면... (절레절레) 친해지기 완전 어렵지.

은 호   (말 잘한다. 고개 끄덕끄덕)

나 경   보기엔 멀쩡해도 조금씩 하자 있는 제품들이에요. 어차피 못 파는 거.

단 이   (살피고) 멀쩡한데?

은 호   (딴청, 이미 나경과 말 맞췄고) 나한테 잘못한 거 그렇게 갚기로 했어.

나 경   (흘기고, 단이에게) 입어봐요. 어울리나.

단 이   그럼 진짜 입어본다?

   – 단이, 좋아라 옷을 가지고 탈의실로.

나 경   (단이 사라지면) 20% 이상은 안 된다.

은 호   무슨 소리야. 30%. / 내 영혼을 상처 냈잖아.

나 경   알았어. 대신에 오늘 밤에 입금해. 옷값.

   – 은호, 끄덕이고. 의자 하나 가져와 가방에서 원고 하나를 꺼낸다.

나 경   일하게?

은 호   어. 내일까지 검토 끝내야 하는 원고라서. (하며, 펜 챙기는)

   – 시간 경과. 은호는 원고만 보고 있고, 단이는 옷을 갈아입고 패션쇼를 한다. 나경은 단이에게 보조를 맞춰주고. '이쁘다' 하며 은호에게 '어울리지?' 물어봐도 흘깃 보고 원고만 보는 은호.

은 호   (쇼핑백 챙기며) 이제 헤어샵 가자. 옷들은 얘 협찬이고, 헤어는 내 협찬!

단 이   머리까지?

나 경	스타일은 옷만 바꿔 입는다고 해결되는 게 아니에요.
단 이	문 닫았을 거 같은데. 헤어샵.
나 경	말해놨어요. 나 지금 만나는 애인 가게라서.
단 이	(헉. 은호 보면)
은 호	(원고만 보며) 맞아. 나랑 만날 때 바람피운 그 사람. / 한번 봐. 나보다 멋있어.
단 이	(어이없고)

S#52. 헤어숍 (N)

– 머리 맡기고 의자에 앉아 있는 단이, 어이가 없다. 단이의 머리를 만지고 있는 사람은 '여자'다. 그 옆에서 나경, 적당히 미용기구 건네며 도와주고.. 단이, 거울에 보이는 은호를 한심하게 본다. 은호는 여전히 가제본을 보고 있다. 문득 고개 들다가 단이와 눈 마주치는 은호. 단이가 눈으로 두 여자 커플을 보며 '뭐야?' 하는 표정으로 보는. 은호, 웃으며 다시 원고 보는.

S#53. 은호의 차 안 (N)

– 헤어스타일이 바뀐 단이. 나경의 편집숍에서 입어봤던 옷 중에 하나 입고 있다. 운전하는 은호.

단 이	여자한테 여자친구를 뺏기냐?
은 호	그러는 누나도 여자한테 남편 뺏겼잖아.
단 이	진짜 아무렇지도 않아?
은 호	(그렇다고 끄덕끄덕) 그렇더라구.
단 이	사랑, 하긴 했어?
은 호	그러게. 여자들이 헤어지자고 하면.. 항상 아무렇지도 않아서.. / 별

로 안 좋아했구나, 그때 가서 알게 되긴 해.

단 이   말 안 돼.. 그렇게 뜨뜻미지근한 연애. 헤어지고 친구 되는 것도 이
            상하고.

은 호   (웃고)

단 이   (눈에 버스 정류장 보이고) 어, 나 저기 내려줘.

은 호   집에까지 가지?

단 이   안 돼. 방 구할 때 아줌마한테 남자 안 데려온단 약속했어.

은 호   말이 되냐. 그게.

S#54. 버스 정류장 (N)

        – 쇼핑백 들고 오다가 뒤돌아보는 단이. 은호가 차 트렁크쯤에 서서
          보고 있다. 손 흔드는 은호. 웃으며 다시 걸어가는 단이.

S#55. 은호의 집, 침실 (N)

        – 은호, 원고 보는데. 문득..
        – 플래시백, 앞 씬. 나경의 편집숍에서 패션쇼하던 단이... 원고 보는
          척하지만, 거울이나 유리창으로 그런 단이를 보던 은호. 슬핏 웃고..
        – 떠올리며 웃는 은호.

은 호   (혼잣말) 웃으면 그렇게 예쁜데...

        – 은호, 다시 원고를 보려는데.. 팔랑 종이 한 장이 떨어진다. 단이가
          입사하면서 썼던 앙케트다. 앙케트 보는 은호.. '태어나 가장 잘한
          일'이란 항목!!! 단이의 답이 써져 있다.

단이(E)   중학교 3학년 때 어떤 소년의 생명을 구한 일! 그래서 학교를 1년

쉬었지만, 귀여운 동생을 얻었다!

- 따뜻하게 웃는 은호.

은호(E)   어렸을 때만 해도 난 책 같은 건 거들떠보지도 않았다. 내가 세상에서 가장 좋아하던 건, 공이었다. 그것도 축구공.

S#56. 어느 축구장 (D) – 과거

- 싱그러운 초록 인조잔디. 그 위를 빠르게 가르는 축구공과 축구화를 신은 발. 화면 넓게 잡히고, 기분 좋게 웃으며 공차는 어린 은호 (11세). 공 뺏으려고 상대편 선수들 달라붙고, 주변에서 열띤 응원 소리가 들린다.
- 상대선수에게 둘러싸인 은호. 곤란한 표정이고..
- 선수 학부모 정도로 보이는 아저씨가 마이크 잡고 흥분해서 해설.

아저씨   구름초와 태양초! 예선임에도 불구하고 초반부터 치열한 접전을 벌입니다! 우리 태양초의 슈퍼루키! 차은호 선수, 아무래도 저 수비벽은 뚫기 어려워 보이는데..

- 하는데, 그 순간 상대 수비수를 속이는 '헛다리짚기'를 하며 틈을 만들어서, '바디페인팅' 하며 나아가는 은호! 마지막까지 달라붙는 상대편에게 '마르세유턴'까지 보여주며, 시원하게 슛을 넣는다!

아저씨   말씀드린 순간! 차은호 선수, 상대 수비수를 속이는 헛다리짚기로 틈을 만들고 빠져나옵니다! 네, 절묘한 바디페인팅을 보인 뒤 나아가는데요! 세상에 초딩이 마르세유턴까지! 어, 어, 골.. 골.. 슛 골인!!! (흥분) 저건 신동입니다, 신동이에요!!

- 골 넣고 환호하며 운동장 가로질러 뛰는 은호 '등번호 9번' 보이고. 세레모니 하는 은호! 은호, 소리 지르며 좋아하는데 주변이 조용하다. 뭔가 이상해서 주위를 살피는 순간.. 버럭 남자 고함소리가 들린다.

코 치   (운동장으로 뛰어나오며) 차은호!!! 웃어? 웃음이 나와?!
은 호   ?
코 치   자살골이야!! 이게 몇 번째냐!! 왜 후반만 되면 골대를 헷갈리냐고!! 지 골대도 구분 못하면서 축구는 무슨!! 가!! 때려쳐!!!

- 은호, 골키퍼 보면.. 은호와 똑같이 '태양초' 유니폼 입고 있다! 무표정으로 은호 보는 골키퍼. 은호, 할 말이 없고..

아저씨   신동이란 말은 취소하겠습니다...

S#57. 길가 (D) - 과거

- 축구단에서 쫓겨난 은호(11세), 화가 나서 망사에 넣은 공을 가로수에 때린다.

은호(E)   그날 특별한 사건이 있었다.

- 망사가 찢어지며 도로로 튕겨나간 공. 은호, 축구공을 가지러 도로로 뛰어드는데... 저만치서 달려오는 스포츠 카 한 대. 앗, 하는 은호. 그때 누군가, 은호를 인도 쪽으로 밀었다.
- 인도에 엎어진 은호, 고개 돌려 다시 도로 쪽을 보는 동시에 쾅! 무언가가 차에 부딪히는 소리. 이어서 붕 공중으로 튀어 오르는 교복 스커트 밑에 체육복 바지 입은 여중생 단이(16세)!! 이어서 땅에 떨어진다. 어디선가 피가 흐르고... 모여드는 사람들. 사람들 틈에 겁에 질린 채 서 있는 어린 은호.. 깻잎머리한 여중생 둘, 그 사이에

서서 수근댄다.

깻잎1   야. 저거 덕화중 날라리 강단이 같은데?
깻잎2   헐... 죽은 거 아냐?

    - 은호, 그 소리 듣고 더욱 겁에 질린다. 그때 사람들 틈으로 보이는
      단이의 손, 까딱 움직이고. 그 위로 119 사이렌 소리 길게 울린다.

은호(E)   그리고 / 아주 특별한 사람을 만났다.

S#58. 병실 (D) - 과거

    - 양다리와 오른팔, 목에 깁스를 하고 침대 위에 눈을 감고 누워 있는
      단이. 침대 옆 의자에 앉아 그런 단이를 보며 훌쩍훌쩍 우는 은호.
      손등으로 눈물을 쓱 닦는데.

단 이   (거친) 야, 꼬맹이... 그만 울어. 골 울려.

    - 방금 들은 거친 말투가 실제 들린 목소린가 싶어 어리둥절한 얼굴
      로 단이를 보는 은호. 눈을 뜬 단이, 힘들게 고개를 돌려 은호를 보
      다가 씩 웃는다.

단 이   기분 째진다. 나 사실 집에서 쫓겨날 거였는데... 옆 학교 애 하나 아
         주 절단을 내가지고. 우리 쌤이 부모님 호출했거든.
은 호   (헉) 때렸어요? 다른 사람을?
단 이   정당방위였어. 너 그런 놈 알지? 여자 치마나 들추는 놈. 그런 놈은
         확 그냥 손모가지를..!!!
은 호   (헉!)
단 이   (은호 귀엽다는 듯 씨익 웃으며) 그럼 안 되는 거고. 알아서 상상해.

119

은 호	(끄덕끄덕)
단 이	(씩 웃으며) 나 이거 치료 일 년이나 걸린다는 말 들었지? 앗싸다, 앗싸! 일 년 동안 학교를 안 가다니!! / 야, 꼬맹이.
은 호	(흠칫)
단 이	너 나한테 미안하지? 고맙지? 나 때문에 목숨 건졌잖아.
은 호	(끄덕이면)
단 이	그럼 너, 앞으로 나 다 나을 때까지 내 꼬붕해. 학교 끝나면 여기로 바로 오는 거야, 알간?
은 호	(겁먹고)

S#59. 은호 심부름꾼 몽타주 (D) - 과거

- 슈퍼로 들어가는 은호. 단이가 적어준 종이 보며 과자 고른다.
- 단이가 적어준 종이 보며 만화책 고르는 은호.
- 병원 복도. 만화책이 든 봉투까지, 양손에 봉투를 든 은호 뛰어오고 있고.
- 병실. 침대에 앉은 단이, 과자 먹고 있다. 은호는 만화책*을 잘 읽을 수 있게 단이의 눈높이에 맞춰 책을 펼쳐준다. 주위에 널려 있는 온 갖 종류의 순정만화들**. 단이가 신호를 보내면 은호가 책장을 넘겨 준다. 완전 몰입해서 보다가 은호가 마지막 장을 넘기면 안도의 한 숨 내쉬는 단이...

단 이	(울컥해서) 슬비가 시리우스랑 함께 행복해져서 정말 다행이야... 역시 해피엔딩이 최고... (책 가져와 품에 꼭 안고)
은 호	(그런 단이 한심하게 보며 혼잣말) 연애나 하는 얘기가 뭐가 재밌 다구... 시시해.

* 이미라, 〈은비가 내리는 나라〉 7권 1996. 03. 01 (1993~1996 7권 완결), 북토피아
** 신일숙, 〈아르미안의 네 딸들〉 | 한승원, 〈프린세스〉 | 황미나, 〈레드문〉 | 순정만화 잡지 〈윙크〉, 〈이슈〉 정도.

단 이   (다 듣고 찌릿 흘기며) 여기엔 인생이 들어가 있다구, 인생이!! 니
         가 알아?

은 호   (딴청)

         ― 다른 날 병실. 이번엔 은호가 보조침대에 앉아 만화책*을 보느라 정
         신이 없다. 주위에 널려 있는 온갖 종류의 소년만화들**. 그런 은호
         를 한심하게 보는 단이.

단 이   (은호 한심하게 보며 혼잣말) 맨날 치고 박고 싸우는 얘기가 뭐가 재
         밌다구... (제목 보고는) 무술로 싸우다 못해 이젠 힙합으로 싸우냐?

은 호   맨날 치고 박고 싸우다니! 이 만화들은 그런 단순한 말로 정리될
         수 있는 게 아니라고!

         ― 서로 눈 가늘게 뜨고 노려보는 은호와 단이... 시간 뛰면... 침대 위에
         나란히 등을 기대고 앉아 서로가 보던 만화책을 바꿔 읽고 있는 둘.
         재밌다! 은호와 단이, 서로 보며 씩 웃는다.

         ― 그런 그들 뒤로 보이는 창밖 풍경... 사계절 지나간다. 단이의 깁스
         가 하나하나 풀리고, 상태가 좋아진다. 단이와 은호의 읽는 책이 그
         때마다 달라진다.

         ― 로맨스소설부터 한국문학, 외국문학, 고전문학, 인문, 사회, 철학
         등***... 흐르는 세월만큼 그들 뒤로 쌓이는 다양한 책들....

---

*   김수용, 〈힙합〉 3권 1998. 10. 03.(1998~2004 24권 완결), 서울문화사
** 문정우, 〈용비불패〉 | 양재현, 〈열혈강호〉 | 소년만화 잡지 〈영챔프〉, 〈아이큐점프〉 정도.
*** 조안라 린지, 〈마지막 청혼〉 | 헬렌 필딩, 〈브리짓존스의 일기〉 | 린 그레이엄, 〈시실리안의 사랑〉 | 정이현,
    〈달콤한 나의 도시〉 | 이도우, 〈사서함 110호의 우편물〉 | 김진명, 〈무궁화 꽃이 피었습니다〉 | 이우혁, 〈퇴
    마록〉 | 신경숙, 〈외딴방〉 | 은희경, 〈새의 선물〉 | 양귀자, 모순 | 박민규, 〈삼미 슈퍼스타즈의 마지막 팬클
    럽〉(박민규), 김애란, 〈달려라 아비〉 | 김승옥, 〈무진기행〉 | 무라카미 하루키, 〈상실의 시대〉 | 파트리크 쥐
    스킨트, 〈좀머 씨 이야기〉 | 베르나르 베르베르, 〈개미〉 | 엘리자베스 마셜 토마스, 〈세상의 모든 딸들〉 | 스
    탕달, 〈적과 흑 1, 2〉 | 샤를 피에르 보들레르, 〈파리의 우울〉, 다자이 오사무, 〈인간 실격〉 | 구스타브 플로
    베르, 〈마담 보바리〉 | 괴테, 〈젊은 베르테르의 슬픔〉 | 움베르트 에코, 〈장미의 이름 상,하〉 | 주제 사라마
    구, 〈눈먼 자들의 도시〉 | 오르한 파묵, 〈검은 책〉 | 헤밍웨이, 〈노인과 바다〉 | 미하엘 엔데, 〈모모〉 | 찰스 디
    킨스, 〈위대한 유산 1, 2〉 | 스티븐 킹, 〈유혹하는 글쓰기〉 | 칼 세이건, 〈코스모스〉 | 장 코르미에, 〈체 게바라
    평전〉 | 데이비드 버스, 〈진화심리학〉 | 로버트 라이트, 〈도덕적 동물〉 | 리처드 도킨스, 〈만들어진 신〉 | 정
    민, 〈다산어록청상〉 | 정약용, 〈유배지에서 보낸 편지〉 | 이순신, 〈난중일기〉 등

은호(E)　　그렇게 나는 일 년 동안 강단이의 꼬붕 노릇을 했다. 그러면서 처음으로 손에 오랜 시간 책이란 걸 쥐게 되었다. / 내 두 번째 재능, 그러니까 내 작가적 재능의 시작은 그렇게 특이한 여자 강단이를 만나며 시작됐다.

S#60. 은호의 집, 침실 + 거실 (N)

- 은호, 앙케트 보며 따뜻하게 웃는데. 현관문 버튼 소리 작게 들려오고. 무슨 소린가 싶어 앙케트를 두고 거실로 나가보는 은호.
- 아무도 없는 텅 빈 거실. 은호, 갸웃하고 다시 방으로 들어간다. 아무래도 꺼림칙해서 다시 뒤돌아보는데. 고요한 정적.
- 은호, 들어가면, 몸을 숨기려 현관 벽에 딱 달라붙어 있는 단이 보인다. 그제야 숨 몰아 뱉는 단이.
- 은호, 앙케트 두고 교정하던 원고 읽는다. 이번에는 주방 쪽에서 무언가 깨지는 소리가 들린다. 나가보는 은호.
- 거실로 나오는 은호. 거실은 어둡다. 불을 켜고 보는 은호, 아무도 없다. 갸웃하고 다시 불을 끄고 들어가는 은호.
- 은호가 사라지면.. 어둠 속에 잠긴 거실. 주방 식탁 밑에 숨은 단이. 양푼 그릇에 각종 나물들 올려놓고 비벼 먹던 중이었던 듯. 조용해지자 식탁에서 나오는 단이. 입에 든 것 겨우 삼키고, 숨 막혔는지 가슴을 탕탕 치는데.. 발밑에 물 컵이 하나 깨져 있다. 깨진 컵을 치우는 단이, 그때.. 불이 다시 켜진다. 앗, 하는 단이.. 동작 멈추고 있는데.. 서서히 다가오는 발.. 올려다보면 은호다.

은 호　　뭐야? 누나, 우리집에 숨어 살았어?

- 그런 둘에서, 2부 엔딩!

차은호 소설책 제작시 들어갈 내용

1. 차은호 책날개에 들어가 있는 작가 소개

차은호 작가는 고등학교 2학년 때 인터넷 소설 연재로 선풍적인 인기를 얻었고 이어 2009년 대학시절 첫 출간한 〈레드피플〉의 성공으로 인기 작가의 반열에 이르렀다. 도서출판 셔루의 최연소 편집장이기도 한 치은호 작가는 다른 작가의 책을 출간하면서도 본연의 업무에 소홀하지 않았다. 출간한 지 8년이 흘러도 아직도 상위권에 올라 있는 레전드 장르소설 시리즈인 '유니버스'는 장르소설 커뮤니티에 젊은 층 중심의 골수팬이 많았다. 첫 출간작 〈레드피플〉에 이어 출간한 〈빅피플〉은 장르소설의 매력에 보편적인 '사람' '심리'를 녹여내며 대중성까지 확보한 '스타작가' 반열에 올렸다.

2. 띠지 카피

- **피의 계약 시리즈**   – 화제의 인터넷 연재작, 장르소설의
　　　　　　　　　　　새로운 지평을 열다.

- 〈**레드피플**〉   – '피의 계약 시리즈' 차은호 작가의
　　　　　　　　　　새로운 시리즈의 시작!

- 〈Earth〉   – 대한민국 장르소설의 혜성! 차은호 작가의 최신작!
　　　　　　　　　'유니버스 시리즈'의 첫 막을 열다

- 〈Milky way〉   – 2011년 베스트셀러 〈Earth〉의 후속편!
　　　　　　　　　　대한민국 작가계의 아이돌 차은호 작가의 최신작!

- 〈Moon〉   〈Earth〉 〈Milky way〉 차은호 최신작!!
　　　　　　　　'유니버스 시리즈'의 완결판!!

- 〈**빅피플**〉   '유니버스 시리즈'의 차은호 작가! 다시 도약하다!!
　　　　　　　　2009년 〈레드피플〉에 이은 또 하나의 인간 시리즈.

- 〈**리틀피플**〉   차은호 작가의 새로운 장르소설
　　　　　　　　　〈리틀피플〉 힘없는 사람들의 반란!(부제)

3. 차은호 책 뒤표지

레드피플 (2009) – 인간 시리즈 첫 번째 작품 (2부 17씬 인쇄씬)

〈웹소설 작가가 문학계에 던진 붉은 도진징!〉
〈당신의 심장을 뛰게 할 새로운 한국형 SF소설의 탄생!〉
〈펼치는 순간, 당신의 평온한 세계가 뒤흔들린다!!〉

2045년. 원인 불명의 재난으로 전쟁터가 된 지구!
생체과학자 진은 임신한 아내를 구하기 위해 홀로 폐허가 된 도시를 가로지른다. 그러다 우연히 무너진 건물 안에 고립되어 있던 소년 노아를 만나게 되고, 함께 움직이게 된다. 함께하는 시간이 늘어갈수록 소년에 대한, 무너진 세상에 대한 진의 의문은 더욱더 커져만 가는데...

무너져가는 세상으로부터 소중한 것들을 지키기 위해
서로의 손을 잡았던 모든 사람들에 관한 이야기!

리틀피플 (2019) – 인간 시리즈 세 번째 작품 (2부 11씬 촬영 씬)

한국 SF소설계를 뜨겁게 달군
〈피의 계약 시리즈〉〈유니버스 시리즈〉 차은호의
10년 만에 완결한 '인간 시리즈' 최종판!
세계를 무너뜨린 거대 아이 정체가 드디어 밝혀진다!!

"세상을 무너뜨린 게 우리라면, 세상을 살리는 것도 결국은 우리 아닐까요?"

소년 노아의 실종을 통해 세상을 전쟁터로 만든 재난이 결국은 거대 악이 만들
어놓은 시스템의 계획이었다는 걸 알게 된 진!
진은 폐허 도시에서 만난 동료들과 함께 시스템을 멈추려 하지만 또다른 장애
물이 그들을 막아선다. 그들은 과연 인류의 종말을 막아낼 수 있을까?

용기와 신념이란 어떤 것인지, 인간이란 결국 어떤 존재인지에 대해 가장
신선하고 독창적으로 들려주는 작품 –아메리카 타임인
한국 SF소설계를 재정립했다! –서정문 (문학평론가)
삐딱한 천재가 쓴 겁 없는 소설, 아차 하는 순간 빠져든다
 –새뮤얼 D. 알렌 ('뉴 오딧세이' 저자)

꼬리말

집에 누군가 있다는 느낌에 굳은 은호 (60씬)

나에겐 관대하고 친절했던 세상이,

강단이에겐 삭막했다는 사실에 가슴이 미어졌다.

보이는 풍경이 다른 건 어찌할 수 없는 영역이다.

인생에 나눠질 수 없는 짐이 있다는 사실에 가슴이 아린다.

나는 조금이라도 당신의 짐을 느껴보겠다고 애쓴다.

손을 잡고, 눈을 마주하고, 당신의 목소리에 귀 기울인다.

헤어숍에서 나경의 애인이 여자인 걸 알고 웃는 단이와 은호 (52씬)

오랜 시간 함께한 둘 사이에는,

전하려 애쓰지 않아도 전해지는 마음이 있다.

묵묵하고 절대적인 계절의 변화를 거치며,

촘촘히 깊이를 더하는 나이테처럼.

그저 마주 보고 웃었을 뿐인데 밀려드는 서로의 감정이 있다.

찜질방에서 단이 (20씬)

난 특별하지 않다. 혼자선 무엇도 할 수 없다는 걸 안다.

그렇기에 타인에게 손을 뻗는다.

다시 한 번, 세상에 손을 뻗는다. 붙잡아달라고,

나와 같이 걸어달라고, 함께 살아가자고.

겨루 첫 출근하는 단이 (38씬)

"합격입니다"

그 한마디가 내겐 다시 세상에 들어와도 된다는 허락 같았다.

오랜 시간 팔 아프게 뻗고 있던 손을

누군가 탁, 하고 잡아준 기분이었다.

겨루 업무지원팀 면접에 나타난 단이에게 화난 은호, 먼저 차를 향해 간다. (4씬)

강단이에게 무슨 일인가 생겼다. 내가 모르는 일이.

왜 이렇게 늦게 눈치 챘을까. 수화기 너머 그녀의 목소리를

왜 더 세심히 듣지 못했을까. 왜 더 질문하지 않고, 왜 더….

나를 향한 질문이 끝없이 이어진다. 목이 바싹 마른다.

나경의 숍에서 옷 갈아입는 단이, 뒤에서 지켜보는 은호 (51씬)

웃으면 그렇게 예쁜데. 사실 웃지 않아도 아름답다.

호기심이 가득한 눈망울과 톡 터지는 감탄사,

생동감 넘치는 몸짓에 눈을 뗄 수가 없다.

겨루 입사 후 퇴근길, (은호에게) 환하게 웃으며 인사하는 단이 (54씬)

"단이야, 이제부턴 행복하게 살아봐. 너가 하고 싶은 게 뭔지,

좋아하는 게 뭔지 다시 찾아봐."

3부

사람들이
내 이름을 불러

S#1. 은호의 집, 거실 (N)

– 은호, 골치 아픈 얼굴로 먹다 만 비빔밥 그릇을 본다. 한숨. 고개
들어 단이를 보면, 단이 아무렇지도 않은 얼굴로 온더록스 글라스
가져와 탁 놓는다. 이어서, 장식장에서 위스키를 꺼낸다. 은호, 화
들짝!

은 호   어어어어, 누나. (그러지 말라고)

단 이   (글라스에 위스키 콸콸 따른다!)

은 호   (아이고..!) 누나.... (제발.. 왜 이래?)

단 이   (마신다. 반쯤 들이키다가 독한 술 때문에 호흡 내뱉으며 한번 끊
고)

은 호   (뺏으려는)

단 이   (피하고 다시 마신다)

은 호   (기어이 그걸 다 마셔?) 그거 얼마나 독한 술인지 알아?

단 이   (입 닦아내며) 어떡할래?

은 호   (이미 젖은 그 눈을 보고 철렁한다!)

단 이   쫓아낼 거야?

은 호   .....

단 이   (이미 눈은 젖었지만, 말투는 담백하게) 일 년 전 이혼했다는 건 알
거고. 집이 그 전에 넘어갔단 말은 했고. 새 주인이 안 들어오고 집
허물고 공사한대서 몰래 살았어. 수도 끊기고, 전기 끊긴 집에서.

은 호	!! (마음 아파서 보는)
단 이	너네 집 도우미 내보내고 여기서 씻고, 여기서 먹었어.. / 그러다가 그 집 공사 시작하면서 쫓겨난 거구.. / 여기서 숨어 산 건 열흘도 안 됐어.
은 호	그게 그렇게 담담하게 할 말이야?
단 이	그럼 우냐? / 나... 울까? / 울면 안 내쫓을래?
은 호	.....
단 이	나 울면.. 너, 마음 안 좋잖아.. 일 년 동안 내가 그런 거 알았으면.. 너 내내 안 좋았을 거잖아.
은 호	그래도 누나는 나한테 말했어야 했어.. 난 누나가 차라리 그냥 내 앞에서 울었으면 좋겠는데.
단 이	눈물은 이미 일 년 동안 흘릴 만큼 흘렸어.. / 그렇게 울면서 한 가지 깨달은 게 있다면, 우는 걸로는 아무 것도 해결이 안 된다는 거.. (술병과 술잔 챙기는)
은 호	(걱정으로) 더 마시게?
단 이	일단 자자. 내일 이야기해..

- 단이, 술 들고 간다. 은호, 걱정스럽게 본다.

은 호	(걱정) 누나, 그만 마셔. 그러다 버릇돼..

- 단이, 말없이 가다가.. 다락 올라가는 모퉁이 돌자마자..

단 이	어후.. 왜 이렇게 독해, 이거. (죽을 것 같다. 술병 들어 알콜 도수 살피는) 미쳤어.. 이 독한 걸.. (욱- 토할 것 같고.. 종종종 뛰어 올라 간다)

- 은호는 혼자 남아 걱정이다.

S#2. 은호의 집, 다락방 (N)

- 들어와 창을 여는 단이. 남은 술을 마당에 부어버린다. 이제 빈 병이다. 보며, 헤 웃는 단이.

단 이   은호야.. 누나, 이 독한 술을 다 마셨다. 너무 힘들어서...

- 펼쳐놓은 담요에 대자로 눕는다.

단 이   쫓아낼 분위기는 아니었어.. (맘 편해졌다) 이제 밥도 몰래 안 먹어도 되고.. / 방 구할 때까지 석 달은 버틸 수 있겠지? / 은호가 있어서.. 다행이야..

S#3. 은호의 집, 거실 (M)

- 그 술병을 은호가 놀란 눈으로 보고 있다.. 믿기지 않는다. 거꾸로 들고 탈탈 털어본다. 한 방울도 안 남았다..

은 호   (놀라서 다락 한번 돌아보고..) 아니.. 어떻게 이걸 혼자.. (진심으로 걱정. 다락방 돌아보고) 죽은 거 아냐?

S#4. 찜질방 (M)

- 앞 씬 시선을 이어받듯이, 찜질방 옷과 수건들을 정리하는 단이와 세신사(50대, 여).

세신사   정말 취직이랑 집이 한꺼번에 해결이 됐단 말이야?
단 이   (기분 좋은) 집은 당분간만요. 구해야죠, 취직도 했는데.

세신사	아유, 잘됐다. 재희 엄마 아직 젊은데 이런 데서 썩긴 아깝지. 이제 여기 일도 그만두겠네?
단 이	아니에요. 일주일에 두 번은 새벽에 나올려구요. 사장님한테도 그렇게 말했구. / 재희가 계속 거기서 다니고 싶대서요.
세신사	들어오라구 하지... 그 학비를 어떻게 감당할려구.
단 이	그렇게 안 비싸요. 필리핀 공립이라서. / 그리고 여기서 왕따 당해서 가슴에 피멍 든 채로 거기로 간 앤데.. 들어오란 말, 못하겠어요, 나는. / 내가 좀 아껴서 살면 돼요.
세신사	아직 예쁘고 젊은데 연애도 해야지. 딸 키우다 인생 종칠 거야?
재 희	(웃고) 네!!! 전 지금 일 번이 딸! 이 번이 일! 딱 두 가지 생각밖에 없어요. 일을 해야 딸두 키울 수 있으니까 일이 번 나눌 일도 없이 (양 손바닥 딱 합치며) 그 두 가지가 딱 붙어서 제 인생의 전부.

S#5. 은호의 집, 주방 (M)

- 인스턴트 해장국 봉지 보이고. 은호, 간을 보고 있다. 무슨 맛인지 모르겠다. 물을 더 넣어본다. 다시 맛을 본다. 그래도 이상하다.

S#6. 은호의 집, 다락방 계단 (M)

- 올라가는 은호. 다락방* 입구에 서서 벽을 노크하듯이 똑똑 두드리고.

은 호	누나.. 일어나.. 내가 해장국을 좀 끓여봤어. 맛은 좀 이상한데, 해장국이 술만 깨게 하면 되는 거지, 뭐.. (벽에 귀를 대어본다) 누나..?

• 문이 따로 없는 설정입니다.

(다시 벽을 두드리고) 누나..!!! (흠) 나, 잠깐.. 들어간다.. 들어가서
깨울 거야. 응?

- 막상 말해놓고도 망설이다, 들어서는 은호. 빈방이다. 다락방을 본
  은호, 가슴이 쿵 내려앉는다. 화장대도 없이 한쪽 구석에 볼품없는
  종이상자에 넣어놓은 구색이 안 맞는 화장품들, 구석에 쌓여 있는
  은호의 짐들. 펼쳐져 있는 여행가방. 베개도 없이 담요 한 장.. 면접
  봐왔던 회사들 주르르 적혀 있고 X자 그은 노트들 보는..

S#7. 은호의 집, 주방 + 기실 (M)

은 호　　　(해장국 봉투랑 엉망인 주방 치우며) 베개도 없는 방에서.. (살았던
　　　　　　　거야?)

- 은호가 어느 방문*을 열어본다. 러닝머신 있는 방. 빨래건조대와 여
  행가방 등등 놓여 있고.

S#8. 겨루 출판사, 엘리베이터 앞 (M)

- 단이 버튼 누르려는데, 다른 사람이 버튼 누르고. 보면, 은호다.

단 이　　　(얼른 배 부여잡고 아픈 척, 혼잣말) 아우, 속 쓰려..

- 은호는 관심도 없고, 단이 쪽은 쳐다도 보지 않고 둘 안으로.

* 은호의 집, 일층에 방 세 개입니다. 은호 침실, 서재, 단이가 쓸 이 방.

S#9. 겨루 출판사, 엘리베이터 안 (M)

단 이   술을 너무 많이 마셨더니...

은 호   멀쩡하게 걸어오는 거 운전하고 오면서 봤거든?!!

단 이   ..... (안 속는구나..)

은 호   어디 갔다 왔어? 아침부터. 술 때문에 응급실 갔단 말은 하지 말구.

단 이   걱정했지? 술병 빈 거 보고.

은 호   전혀. 누나가 무슨 짓을 해도 이제 안 놀래. 걱정도 안 되고. / 광화
문 오피스텔 빼달라고 전화했어, 방금. 부인이 다음 달에 애 낳아서,
석 달 후에나 이사 갈 수 있대. / 그 사람들 집 비우면, 거기로 가.

단 이   방 구할 거야. 그렇게까지 너한테 민폐를,

은 호   (OL) 지금도 민폐야. 심각한 민폐. / 석 달 동안 내 사생활 어쩔 거
야?!

단 이   핸드폰은 괜히 있냐? 여자 데리고 오는 날은 나한테 문자메시지 한
통만 딱- 해주면,

은 호   (OL) 딱! 집 비워주게?

단 이   당연하지!

은 호   짐들은 어쩔 건데?! 다락방 올라갔더니 산더미처럼 구석구석 숨겨
놨더만.

단 이   여잘 다락방까지 왜 데리고 올라와? 그냥 니 방에서, (말하고 나서
앗!)

은 호   (흠..)

단 이   (마무리는 해야겠고) 그냥.. 니 방에서.. 딱... (시선 피하며) 딱..... 놀
면 되지..

    – 썰렁해지는 두 사람. 제법 한참 서 있다가..

    – 은호, 왜 도착을 안 하지? 하고 보면 버튼 안 눌렀다. 버튼 누르는
    은호.. 단이, 멀뚱히 보고 섰고.. 그제야 움직이는 엘리베이터.

S#10. 겨루 출판사, 복도 (M)

- 은호 엘리베이터 나와 걸어가는데. 얼굴 빨개진다*. 흠, 하고 아무
  일도 없었던 척.
- 뒤따라 엘리베이터 나와 걷는 단이.

단 이   (혼잣말) 얼굴 빨개졌겠다. 우리 은호.
은 호   (아무렇지도 않은 척 손부채질하며 가는)

S#11. 콘텐츠 개발부 (M)

- 인사하며 들어서는 은호, 가방 놓는데. 해린, 어느 방에서 A4용지
  들고 나오며,

해 린   강단이 씨. 프린터 고장인 거 같애. 확인 좀 부탁해요.
단 이   네.. (하고 가방, 자리에 놓고 얼른 가고)

- 해린, 자리에 앉는데. 지홍, 영아, "좋은 아침" 하면서 온다. 훈이도
  와서 앉고.
- 은호, 대형 프린터 있는 쪽으로 고개 돌리면. 종이 먹혔는지 이런저
  런 시도해보는 단이. 프린터 옆에 붙어 있는 AS 스티커 확인하고
  전화하려고 핸드폰 드는데, 은호에게 날아오는 카톡.

은호(E)   우리 회사 사무기기 따로 담당해주는 업체가 있어. 거기 연락하는
             편이 AS보다 빨라. 벽에 전화번호.

* 설정이니 앞으로 은호 빨개질 때마다 CG로 해주세요.

－ 앗, 하고 은호 쪽을 보는 단이. 은호, 아무렇지도 않게 노트북 보고 있고.

－ 벽에 붙어 있는 업체에 전화를 하는 단이.

단 이   안녕하세요. 여기 도서출판 겨루인데요.

송 이   (탕비실 쪽에서 커피잔 들고 걸어오다가) 강단이 씨. 탕비실 커피 주문해야 할 거 같던데요.

단 이   네! (하고 다시 전화) 인쇄기가 고장났어요. 몇 시까지 오실 수 있으세요?

은호, 작업하는데. 단이 와서 자리에 앉으려 의자 빼는데.

영 아   강단이 씨. 오늘 화분에 물 주는 날.

－ 단이, 뺐던 의자 도로 밀어 넣고 간다. 흘깃 보는 은호.

－ 회사 일각, 단이 화분들에 물을 준다. 물 마시면서 무심히 지나가는 은호.

－ 단이 콘텐츠 개발부 쪽 작은 화분에 물을 주는데,

지 홍   강단이 씨. 중식당 한번 알아봐줘. 네 명이고, 강남 쪽 조용한 룸 있는 곳으로!

단 이   네. (얼른 물뿌리개 가져다두려 종종 뛰며 가고)

은 호   (노트북에 어느 중식당 이미 찾았고)

단 이   (돌아와 자리에 앉으려는데 톡이 온다. 보면)

은호(E)   윤철우 작가님 미팅이니까. 이 식당.

은호(E)   윤 작가님이 좋아하는 식당이야.

－ 이어서 날아오는 링크. 누르면 식당. 다시 은호의 톡.

은호(E)   복사해서 그대로 봉 팀장님께 보내.

- 단이 은호를 보는데. 은호는 일하는 걸로만 보이고. 단이에게 톡이
  온다.

단이(E)   나한테 신경 쓰지 마. 안 그러기로 했잖아. 니 일이나 해.
단이(E)   너 그러면 누나 더 힘들어져.

- 은호, 신경 쓰이는 듯 단이를 보면.

단 이   봉 팀장님. 식당 정보 보냈습니다.
지 홍   (핸드폰 보며) 괜찮네, 여기.
승 진   강단이 씨. 증정용 책 포장 좀 해줘요. 이백 권. 회의실에.
단 이   네. (하고 회의실로 뛰어가고)
은 호   (걱정스런 눈으로 가는 단이 보는)

S#12. 회의실 (M)

- 책 박스 한쪽에 있고. 책 박스들 끙 하고 들어 올려 회의실 책상 위
  에 올리는 단이.
- 플래시백, 2부 9씬.
은 호   다른 방법도 있을 거 아냐! 공부한 거 안 아까워?
은 호   (OL) 택배 부치고, 다른 사원들 뒤치다꺼리하고, 심부름하고, 계약
         직이라 월급도 적어...
- 단이, 그게 뭐 어때서? 싶다. 박스 뜯어서 책 꺼내고 봉투에 하나씩
  넣는다. 하나하나 포장하는 단이. 그때 또 핸드폰 울린다. '이사님'
  뜬 것 보고 얼른 받는 단이.

단 이   네. 이사님.
유선(E)   이십 분 안으로 간부회의 준비해!
단 이   네? 간부회의는 어디서, 뭘 준비, (하다가) 아닙니다. 제가 알아내서

준비하겠습니다. 이사님.

- 전화 끊고 벌떡 일어나 나가는 단이.

S#13. 겨루 출판사 일각 (M)

- "간부회의, 간부회의..." 중얼거리며 둘러보다가... 저만치 서영아와 어딘가로 가고 있는 훈이 보인다. 얼른 뛰어가 훈을 잡고,

단 이   저 간부회의에 뭐 준비해야 하는지 혹시 알아요?
훈   저도 잘 모르죠. 신입인데.
단 이   (몇 걸음 뛰어가 영아에게) 팀장님. 간부회의에 뭐 준비해야 하는지,
영 아   글쎄, 회의실 세팅하고,
광 수   (OL, 전화기 들며) 서 팀장님 전화!
영 아   (가고) 네.
단 이   회의실 세팅을 어떻게 하지? 이십 분 후랬는데.

- 단이, 눈으로 얼른 사무실 둘러보다가 해린 찾고. 얼른 해린 쪽으로 간다.

단 이   대리님. 간부회의 준비하는데요. 뭘 준비 해야하는(지),
해 린   아바라 다섯. (하는데, 전화벨 울린다) 네. 편집팀 송해린 대립니다.
단 이   선배님. 아바라가.. (해봤자 해린은 통화 중이고. 어쩌지? 하고 눈으로 다른 사람을 찾는데) 아바라를 어디 가서 찾지...?

- 해린 자리에서 멀지 않은 자리에 앉아 일하고 있는 은호가 단이의 눈에 들어온다. 아까 상관하지 말랬는데.. 은호한테 물어보면 안 되겠지? 은호 이름 떠우고 망설이는데 이사에게 전화 또 온다. "네 이사님" 말하기도 전에,

유선(E)	뭐해. 법인카드 가져가야지!

- 단이, 후다닥 이사실로 뛰어간다.
- 은호, 그제야 고개 들고 후다닥 뛰어가는 단이를 답답하게 본다. 핸드폰으로 메시지 보내려는데 상관 말라는 단이 앞 씬에서 보낸 문자 보이고, 그만둔다.

해 린	(아까 받았던 전화, 듣고 있다가) 네. 그런데요.
지율모(E)	내가 지율이 엄만데요.. 우리 딸이 오늘 늦잠을 잤어요. 어제 첫 출근해서 긴장했나 봐요.
해 린	(부글부글 열 올라서 후-!! 크게 숨 한번 쉬고) 그런데요?
지율모(E)	애가 너무 순수해서.. 아직 사회생활을 잘 몰라요. 내일부터 내가 일찍 깨울 테니까 오늘은 너무 야단치지 말았으면 해서, 걱정이 돼서 전화했어요..

- 해린, 부글부글 끓어오르는데 저만치서 종종 뛰어오는 지율. 자리에 앉아 팀원들에게 "늦어서 죄송합니다." 인사하고. 해린, 전화 끊고, 지율을 보는.

지 율	죄송합니다. 늦어서 죄송합니다.
해 린	내가 겨루에 와서 스무 명이 넘는 후배를 봤는데. 지각했다고 엄마가 전화하는 건 처음이네요.
지 율	(해맑게) 우리 엄마가 딸이 저 하나라서 그래요. 언니.
해 린	(언니?)
지 율	언니가 이해해주세(요),
해 린	(OL) 누가 오지율 씨 언니죠?!!!
지 홍	(보고)
은 호	(역시)
훈	(역시 긴장)
해 린	(그대로 지율을)

지 율	(겁먹어서) 아니 저는 그냥... 친해지고 싶어서...
해 린	우리가 왜 친해져야 하는데요?
지 율	....
해 린	오지율 씨랑 나는 회사 선후배, 동료 그 이상 그 이하도 아니야. 오지율 씨 공사 구분 못하는 건 알겠는데, 선 지키세요.
지 율	네... 죄송합니다..
해 린	(〈겨루 표준맞춤법〉 책 지율의 책상 앞에 탁 놓고, 저자 원고 그 위에 탁 놓는다) 1차 교정보세요.
지 율	(해본 적 없는데..)
송 이	(안됐다..)
은 호	송 대리, 신입한테 그 교정은 아직...
해 린	(그저 고개 돌려 은호를 보고) 저는 신입 때 일 더 지독하게 배웠습니다. 사수가 어마무시한 분이라서.
은 호	(흠. 그 사수, 나였지.. 얼른 지율에게) 한번 해봐요.. 맞춤법 책 잘 보고...
지 흥	(은호에게 아무 말 말라고)
해 린	(자기 일 하고)
지 율	..... (물끄러미 앞에 놓인 것을..)

S#14. 이사실 (M)

– 유선에게 법인카드 받는 단이.

S#15. 이사실 앞 (M)

– 카드 들고 나오는 단이.

단 이	카드를 준 걸 보면 아바라는 회사 안에는 없고, 사야 한다는 건데.

(핸드폰 은호 떠워 보고) 아니야..

S#16. 엘리베이터 앞 복도 (M)

– 단이, "아바라.. 아바라.." 되뇌며, 오는데.. 한쪽에서 쓱 단이 낚아채
  는 은호. 단이, 놀랐다가 은호 보고.

은 호   (주변 얼른 돌아보고) 아바라도 몰라? 상관하지 말라고 그렇게 잘
           난 척하더니?

단 이   뭔데, 그게.

은 호   이러니 내가 어떻게 신경을 안 써?!! / 아이스 바닐라 라떼. 줄임말.
           아.바.라.

단 이   (충격이다)

은 호   파이팅만 넘치면 뭐해, 아줌마야. 바뀐 세상에 대해 아는 게 없는데.
           (손목시계 가리키며) 뛰어가. 십 분 남았어.

– 은호, '바보' 하는 표정 짓고 가버린다. 단이, 충격으로.

S#17. 사내 도서관 (D)

– 서가에 선 채 책 펼쳐 보고 있는 은호.
– 해린, 그 옆에서 책 찾으며,

해 린   간부회의 있는 거 아니었어?

은 호   (그대로 책 보며) 잠깐 확인할 게 있어서. (하고 덮고, 다시 꽂는)

해 린   (책 찾아서 빼내는데)

은 호   편집팀 신입 하나를 아주 잡더라?

해 린   (무슨 뜻인지 알고, 덤덤히) 초장에 정신머리 제대로 잡아야 한다

고 배웠습니다. 제 사수께요.

은 호 　(해린 보며 피식 웃다가, 짐짓 엄한 표정으로) 후배님?

해 린 　(후배님? 설마하고 보면)

은 호 　(손가락 까딱)

해 린 　(뭔지 안다. 뒤로 물러나며) 편집장님 이건,

은 호 　(오라고)

해 린 　(보다가 포기한 듯 이마 까고, 머리 들이밀면)

은 호 　(손으로 이마 딱 아프게 튕기고)

해 린 　(아픔에) 아! 선배!

은 호 　(일부러 그랬다. 장난) 아 미안. 간만이라 조절이 안 되네. 아파?

해 린 　(씨이.. 노려보며) 저 아직두 이런 거 당해야 돼?

은 호 　(씨익) 한번 사수는 영원한 사수. / 살살해라. 그러다가 신입 재.. 사
　　　직서 쓴다. 누구처럼 (눈으로 해린 가리키며) 못하겠다고 울면서.

해 린 　(발끈) 나갈 사람은 빨리 나가야 된다면서? 어차피 나갈 사람 가르
　　　치는 거만큼 세상 힘든 게 없다면서?

은 호 　(재밌고) 그래서 눈물의 사직서 던지구 뛰쳐나가셨고요.

해 린 　(지지 않는) 그래서 다시 나와달라 부탁하러 오셨고요. 친히 집까지.

은 호 　야, 내가 무슨 부탁까지,

해 린 　(OL) 하셨죠. 부탁까지. 훌륭한 인재 잃는다고 대표님한테 왕창 깨
　　　지셨다면서.

은 호 　그건 대표님이 하도 너 감싸니까,

해 린 　(OL) 저도 편집장님이 하도 오지율 씨 감쌀 거 같으니까.

은 호 　(요것 봐라) 대리 달고 기세가 등등해졌다?

해 린 　(픽) 삼 년이면 풍월 왼다고. 다 보고 배운 거죠.

은 호 　(어이없어 웃는데)

해 린 　내 옷이나 갖다줘.

은 호 　뭘 갖다줘? 술 취하면 또 올 건데. (시계 보며, 아차! 하고 간다)

해 린 　(이마 만지며 길게 보는)

S#18. 회의실 + 회의실 앞 (D)

– 아바라 다섯 잔을 차례로 내려놓으며 안도의 한숨을 쉬는 단이.
　손에 쥔 영수증을 보는 단이. '아이스 바닐라 라떼 5'라고 찍혀 있다.

단이(E)　　(울컥하지만, 담담하게) 고작, 아이스 바닐라 라떼. 십 분 동안 멍청
　　　　　　하게 헤매던 단어가.. 아이스 바닐라 라떼.. / 그래.. 세상 참 많이 바
　　　　　　뀌었다..

– 앞 씬에서 올려둔 책 박스를 보는 단이.

단 이　　　내가 저걸 왜 또 다 올려놨을까.. (후회)

– 끙끙대며 다시 한쪽 구석에 내려놓는 단이. 단이가 그러는 동안..
　1부의 워킹맘면접관이 나타나 책상에 턱 앉아 단이를 보며 깐죽거
　린다.

워킹맘면접관　내가 뭐랬어? 강단이 씨 살림 사는 동안 세상 엄청 바뀌었댔잖아.
　　　　　　　　꼴좋다.
워킹맘면접관　기분 나쁘게.. 내가 어떻게 지킨 직장인데... 이제 와서 기어 나와....
　　　　　　　　기어 나오길!

– 단이, 그 말을 들으며 묵묵히 박스 옮겨놓고, 치우고.
– 회의실 앞에서 창으로 그런 단이를 보는 은호. 저걸 하겠다고 들어
　온 단이 때문에 마음이 복잡한데..

재 민　　　(오며) 안 들어가고 뭐해?
은 호　　　아, 들어가야죠.

– 단이, 마지막 박스 내린다. 스티커랑 책봉투도 치우는데.. 막 들어서

는 재민과 은호, 얼른 나가며 닫힌 문 다시 여는 단이, 열린 문으로 영아와 유선, 지홍 들어서고. 닫고 나오는 단이. 회의하는 간부들 부러운 듯 보고..

단이(E)　　인정하기로 했다. 세상은 바뀌었고, 나만 멈춰 있었다. / 내가 나만 힘들다고 생각하며 살림 살고 애를 키우는 동안.. 다른 사람들도 각자의 자리에서 자기한테 주어진 몫을 열심히 살아내고 있었다. 그게 내가 여기 있고, 저 사람들이 저기 있는 이유다.

　　　　－ 은호, 열심히 떠들다가 문득 창밖의 단이를 본다. 단이, 얼른 은호 시선 피하며 간다. 은호, 잠깐 말 멈췄다가 잇는 데서.

S#19. 웨딩숍 앞 (D)

　　　　－ 개를 끌고 걸어오는 서준. 웨딩드레스숍 앞에 온다. 단이를 만났던 곳.
　　　　－ 플래시백, 1부 49씬.
단 이　　난... 이제.. 누가 내 인생을 구원한다는 걸 믿지 않아요. ..내 힘으로.. 살고 싶어요..
단 이　　(어깨 한번 으쓱해 보이며, 어쩔 수 없다는 듯) 추워요. (눈가 젖은 채.. 비 내리는 거리를 본다) 살다 보면 가끔.... 추운 날도 있겠죠..

　　　　－ 그날 단이가 앉았던 의자를 보는 서준. 개 끌고 다시 걷기 시작하는.

S#20. 서점 (D) - 다른 날

　　　　－ 코트 차림의 서준. 자신이 디자인한 책들을 보고 있는 중이다.
　　　　－ 책*을 앞표지 뒤표지, 날개를 살피고, 질감을 만지는 서준. 뭔가 마

음에 안 든다. 핸드폰을 켜, '월명출판사 정진주 편집자'에게 전화 거는 서준.

서 준   편집자 님. 지서준입니다. 로버트 프리딕 소설이요. 네, 그때 새로운 디자인 아이디어 있으면 달라고 하셨잖아요. (사이) (손에 든 책표 지를 보며) 〈빛나는 여름밤〉 이번에 중쇄 찍는 거 맞죠? / 중쇄 찍을 때 표지 색깔을 바꾸는 건 어떤가 싶어서요. (사이) 네. 이 책, 영 국 초판이랑 프랑스어판 색깔이 달랐잖아요. 그래서 우린 차별화 전략으로 파란색으로 결정한 거고. (사이) 네. 2쇄는 영국 초판 3쇄 는 프랑스 표지 컬러로 바꾸는 거죠. (웃음) 네. 중쇄도 사랑받을 방 법이 필요하니까요.

S#21. 서점 입구 (D)

- 서점 들어서는 은호. 눈으로 재민을 찾는다.

S#22. 서점 일각 (D)

- 자기계발 매대. 서준, 이번에도 자기 책을 몇 권 골라내는데..

재민(E)   자기계발에 관심 있으신가 봐요?

- 서준, 고개 돌려 보면... 재민이 옆에 서 있다. 재민, 젠틀하게 미소 지으며 들고 있던 책을 광고하듯 반듯하게 들어 보여준다.

• 가상의 책. [제목 : 〈빛나는 여름밤〉 / 작가 : 로버트 프리딕 / 장르 : 과학소설 / 표지 : 파란색]. 책등을 무지 개빛 홀로그램 처리해서 유난히 튄다. 앞표지 포인트 글씨에도 홀로그램이 박혔다.

재 민	이 책* 한번 읽어봐요. 제 인생 책 중 하나인데. 인생에 대한 단순하지만 대단한 통찰을 담은 책이거든요.

  – 권하듯 내미는 재민. 서준, 대답 없이 무시하고 보던 책 계속 본다. 굴하지 않고 그런 재민의 옆으로 좀 더 가까이 다가가는 서준.

재 민	이 책 쓴 작가가 산전수전 다 겪었는데도 위트가 있어서 되게 웃겨요. 정말 좋은 책이라 안 읽어보면 후회할걸요?

  – 재민, 보던 책 탁 덮고 몇 걸음 옆으로 이동. 또 책 한 권 뽑아 본다.

재 민	문학에도 관심이 있으시구나...
서 준	(무시하는데)
재 민	(얼른 〈마션〉** 뽑아 슬쩍 내밀며) 이 책은요? 이 책은 알아요? 해외에서는 유럽이고 일본이고 아주 난리난 책이에요. 우리나라는 이제 시작이고요.
서 준	(이 사람 뭐지? 어이없게 보면)
은 호	(재민 발견했다. 보고 고개 절레절레. 무슨 짓 하고 있는지 안다)
재 민	(관심 보인 것 같아 기쁘고) 보고 후회할 일 없을,
서 준	(OL) 출판사에서 일하시나 봐요?
재 민	(띵!) 네?
서 준	다.. 같은 회사 책이잖아요. 도서출판 겨루.
재 민	!
서 준	마케팅팀이세요?
재 민	(딴청) 아니, 무슨 말씀이신지... 겨루? 그런 출판사가 있나요? 처음 듣는데... 전 그냥 순수한 독자로서...

---

* 로버트 풀검, 〈내가 정말 알아야 할 모든 것은 유치원에서 배웠다〉, RHK
** 앤디 위어, 〈마션〉, RHK

은 호	(OL, 작정하고 망신 준다) 대표님!
재 민	(앗, 얼음처럼 굳어 돌아보지도 못하고)

- 서준, 재민의 뒤쪽 보면 은호가 성큼성큼 다가오고 있다.

은 호	한참 찾았잖아요. (하다가 재민의 손에 들린 책 보고) 우리 책은 왜 또.. / 이러시다 쫓겨납니다. 서점에서.
재 민	.... (민망해서 서준을 보면)
서 준	(이미 관심 끈 듯, 보던 책 보고 있고)
은 호	바쁜 사람 불러놓고, (재민 손에서 책 빼앗아 원래 있던 자리에 놓고) 영업할 시간 있어요? 용건이 뭡니까.
재 민	(은호 잔소리가 익숙하고) 알어, 알어! (하며 은호 데리고 가다가, 뒤돌아 서준에게) 시간 나면 (겨루 책 두드리며) 도입부라도 읽어봐요! 우리 출판사 책이라서가 아니라.. 정말 훌륭한.. (하다가, 은호가 저만치 가버리는 걸 보고) 차 편집장! (서둘러 매대에서 책 몇 권* 챙긴다. 나머지 한 권이 어딨나.. 고개를 갸웃하다가 서준 손에 있는 책 발견하고 웃으며 가져가는 재민. 황당한 서준. 은호 따라 뛰는) 야, 차은호!

- 가는 둘을 보는 서준.

S#23. 서점 일각 (D)

- 한 매대 앞에 서 있는 재민과 은호. 전부 겨루 출판사에서 나온 책이다. 가운데에는 현재 겨루 출판사에서 밀고 있는 책(앞 씬에서

---

* 지서준이 보던 책들. 서준이 디자인한 책.

서준에게 추천한 소설*)이 쌓여 있고, 관련된 해당 팝업광고까지 꾸며져 있다. 그런 매대를 부루퉁한 얼굴로 보는 은호고.

은 호   (못마땅한) 팝업이 저게 뭡니까? (팝업 내용** 슬쩍 보고) 별론데. /
        제가 밤낮으로 고생해서 만든 책, 마케팅 엉망진창인 거 보라고 부
        르셨어요?

재 민   (한숨) 지금 몇 줄짜리 카피가 문제가 아니에요, 차 편집장님! (품
        에 안고 있던 월명 책 매대에 우르르 놓고, 겨루 책과 딱 붙인다) 뭐
        느끼는 거 없어?

은 호   있죠. / (살짝 비꼬듯) 요 쪼꼬만 매대 며칠 빌리는 데 삼백만 원이
        라니. 여기에 쓸 돈, 작가 계약금에 보태면 더 좋은 책이 나올 텐데.
        정도?

재 민   며칠 아니고 몇 달이거든! / 됐고. 책표지 봐. (월명 책 가리키고)
        이 책 한 권이 우리 책 다 죽이잖아! 맨날 처박혀서 원고 보면 뭐
        해! 요즘 사람들은 표지 보고 구매한다니까?

은 호   책이 액세서리도 아니고,

재 민   (OL) 액세서리야! 들고 다니는 책이 그 사람을 나타내는 시대야!
        (겨루 책 옆구리에 딱 끼고) 얼마나 고리타분해. (겨루 책 놓고, 월
        명 책 손에 들고 읽는 척) 얼마나 세련됐어! / 긴말 안 해. 표지 디
        자인 지서준. 요즘 젤 잘나가는 디자이너야. 이 책 (월명 책 가리키
        며) 전부 지서준 작품이고.

        – 일각에서 책 보고 있는 서준에게 들리는. 은호와 재민 보는 서준.

재 민   (진지) 잡아와. 얘 무슨 일이 있어도 겨루로 데려와!! (반박하려는
        은호 얼굴보고, 막는) 니가 우리 출판사에서 제일 인맥 넓고 유능하

•   앤디 위어, 〈마션〉, RHK
••   '경이로운 상상력, 최고의 과학소설 탄생' 정도로 굳이 화면에 잡히지 않아도 괜찮습니다.

잖아. 무조건 데려와!

– 속 부글부글 끓는 은호. 가는 재민 노려보는데... 서점 MD가 다가
　온다.

서점MD　편집장님, 오랜만에 들리셨네요. (친한 척, 목소리 작게) 다음 소설
　　　은 언제쯤 나와요? 목 빠지게 기다리고 있어요.
은　호　(매대에 놓인 겨루 책과 월명 책* 보고) 뭐가 더 잘 팔려요?
서점MD　네? 그런 거 말하면 안 되는 거 알면서.
은　호　(파악하고) 월명 께 더 잘 팔리는구나. 같은 장르의 소설인데.

– 은호, 고개 끄덕이다가 건너편의 재민을 문득 보고 한숨.

재　민　(사람 좋은 미소) 재밌는 신간 찾으시나 봐요? 이거 되게 좋, (은
　　　데... 라고 하려다 남자 얼굴 보고 굳는)

– 고개를 돌리는 남자... 서준이다!! 코트 벗은 듯 팔에 걸려 있고...

재　민　(민망, 뻘쭘) 아까... 그분이네... 더우셨나 봐요... 코트를...
서　준　(무표정으로 보는)

– 재민, 민망함 감추고 등 돌려 다시 은호에게 온다.

재　민　팔릴 책을 만들어야지! 서점에서 딱 집으면 그대로 계산대로 가지
　　　고 가고 싶은 책!!! /지서준 잡아. 무조건. 월명 전속이었는데, 다음
　　　달이 재계약 시점이래. 재계약하기 전에 우리가 잡아야 돼!
은　호　(재민이 준 서준의 책을 보는)

* 　가상의 책, 〈빛나는 여름밤〉

153

서 준   (다 듣고 있지만, 말없이 책장 넘기고)

S#24. 콘텐츠 개발부 (D)

– 은호, 책들 보는데. 해린 다가온다. "박주은 작가님 책 제작발주서
요." 하고 은호 책상 위에 놓다가,

해 린   월명 책이네요.

은 호   이 책들 디자이너 알아? 지서준.

해 린   (모른다고) 흥미 있게 지켜보는 중이에요.

은 호   (보면) 어떤 점 때문에?

해 린   표지 컨셉이 분명해요. (적당히 들고) 이건 이동 중에 읽기 편하겠
            죠. 표지가 얇고, 책은 가볍고. 버스나 지하철에서. (문고판) 이건
            여행갈 때 들고 가기 부담스럽지 않을 거고. (하드커버) 이건 어차
            피 들고 다니기 힘든 두께, 가격도 비싸니까, 책꽂이에 두고 오래
            놔둬도 되니까 폼나게 고급으로. (안 그래요? 하는 눈빛으로)

은 호   책의 본질은 내용 아냐?

해 린   그렇긴 한데, 내용하고도 부딪히지 않아요. (적당히 한 권) 이거 봐.
            이삼십 대 여성을 타깃한 책이니까 예쁘게 소품처럼. (다른 책) 힐
            링에 관한 책이니까 책표지도 내추럴하게 부담 없이.

은 호   그러게. 군더더기 없이 정답이네. 편집이 되게 좋아. 술술 읽혀. 디
            자이너들 책 안 읽는데, 이 사람은 책을 읽어. 보면 알아. 어디서 자
            르고, 어디서 넘겨야 하는지 알아. 이건 작가하고 에디터가 만든 게
            아냐. 북디자이너가 만든 호흡이지.

해 린   (작게) 우리 회사 디자인팀 정신 차려야 해. 너무 안일해.

은 호   (책 보며, 끄덕이다가, 문득) 나, 근데 왜 이렇게 자존심 상하지? 책
            은 책이잖아. 너무 장사하려고 만든 책 같지 않아?

해 린   (무언가 말하려는데)

은 호   (막으며) 알아. 한 사람이라도 더 읽히고 싶은 기분. 좋은 책이니까.

나도 그래.

S#25. 서준의 집, 거실 (N)

- 탁자 위에 놓이는 에세이 정도의 북디자인 시안 서너 장.
- 서준, 그 앞 소파에 앉아 폰트 모양, 크기, 배치가 조금씩 다른 시안을 하나씩 찬찬히 바라보는데.. 개가 다가와 서준의 옷자락 물어 당기고,

서 준   왜? (하고 다시 시안 보다가) 산책 가자고?

S#26. 서준의 집이 있는 건물, 지하방 안 (N)

- 깜깜한 실내. 탁하고 스위치 켜는 소리 들리면, 몇 차례 깜빡이고 나서야 들어오는 형광등 불빛. 그 아래로, 담담한 표정의 부동산 중개사와 실망어린 표정의 단이. 단이의 시선에서 오래 방치된 느낌의 낡은 방 보인다.

단 이   (찢어진 벽지 보고, 미심쩍은) 여기.. 사람이 살던 데 맞아요?
부동산중개사   그럼요. 전에 살던 사람은.. (능청) 눈이 부셔서 암막커튼 치고 살았다니까.
단 이   (아무래도 여긴 아닌 것 같고) 네, 잘 봤어요. (나오는)

S#27. 서준의 집, 빌라 앞 (N)

- 빌라 안에서 나오는 단이와 부동산중개사, 입구 앞에 잠깐 멈춰 서서.

부동산중개사	그 돈으론 이 동네 방 못 구해요. 사실, 변두리 구해봤자, 교통비가 더 들고. 월세 오십이면, 진짜 싸게 잘 나온 건데.
단 이	조금 더 생각해볼게요.
부동산중개사	그래요, 그럼.

- 서로 인사하고. 그대로 가는 부동산중개사. 단이, 반대 방향으로 터덜터덜 걸어 나오다가.. 한 번 더 보면 마음이 달라질까 싶어 다시 빌라 앞쪽으로 간다.
- 단이, 차마 안으로 들어가지 못하고 빌라 앞에 서서 위를 올려다보는데.. 맨 위층부터 아래로 한 층씩 제법 빠른 속도로 켜지는 계단 센서등. 켜지는 불빛을 따라가는 단이의 시선. 일층 입구 불이 켜지고.. 이어 개를 데리고 나온 서준의 모습 보인다.
- 앗! 하고 마주 보는 단이와 서준.

서 준	(뜻밖이라 놀란) 어... (부를 말 찾다가) 대파!
단 이	(동시에) 우산! (지하 쪽 가리키며) 방 보러 왔어요.
서 준	아.. 저기.. (안 되는데, 저 방..)
단 이	여기 살아요?
서 준	네.
단 이	꼭대기 층에 사는구나?
서 준	어? 어떻게 알죠?
단 이	(텔레파시 받는 시늉) 음.. 대파의 기운이 저기서부터 느껴져요. (손 내리고) 사실은, 센서등 켜지는 거 봤어요.
서 준	(단이 귀여운 듯 싱긋 웃고) 말 나온 김에 보러 갈래요? 현관 밖에 내놨는데.

S#28. 서준의 집, 현관 앞 (N)

- 현관 근처에 얌전하게 놓인 대파 화분.

- 물끄러미 대파 화분을 보는 단이. 그런 단이 보는 서준.

서 준   자르니까.. 진짜 파릇파릇하게 올라오던데요. 요리할 때 요긴하게 먹고 있어요.

단 이   (여전히 화분 보며) 다행이에요. 그날 참 고마웠는데.

서 준   근데.. 아까 그 방, 계약할 겁니까?

단 이   (서준 보고) 글쎄요. 세 정거장만 가면 회사고.. 동생 집하고도 가까워서요.

서 준   그 방은 안 됩니다.

단 이   ?

서 준   창고로 쓰던 방이거든요. 사람 안 산 지가.. 아마 삼 년은 넘었을 겁니다.

단 이   아, 어쩐지.. (계단 몇 칸 내려가 앉는) 이 동네에서 살아보려고 했는데.. 되게 비싼 동네네요, 여기.

서 준   (단이 보다 아래 칸으로 가서 앉고, 올려다보며) 지금은 어디 사는데요?

단 이   이 동네 동생 집에서요. 갈 데가 없어서 얹혀살긴 하는데.. 계속 민폐 끼치긴 싫어서요.

- 단이와 서준, 잠시 말없이 있는데.. 훅 꺼져버리는 센서등. 어둠 속에서 손을 들어 흔드는 단이. 센서등이 들어오면, 둘 다 손을 머리 위로 들고 있다. 서로를 보며 웃는 둘.

단 이   (어색한 기운에 일어나고) 참, 우산 갖다드릴게요. (화분 옆 가리키며) 저기 놔둘게요. (하다가 개 보고) 근데 얘 이름은 뭐예요?

서 준   이름, 아직 못 지었어요. 대파 씨 만난 날 주워온 개라서.

단 이   이름.. 없구나. 너.. 다음에 오면 이름 지어올게, 누나가. (헤) 아니, 언닌가? (서준 올려다보며, 웃고)

S#29. 겨루 출판사 근처, 어느 거리 (N)

- 퇴근한 훈. 핸드폰으로 어느 가게 지도 띄워 보며 찾아가는 중이다.
이 근처가 맞는데... 두리번거리던 훈, 멀리 떨어지지 않은 곳에 위
치한 파스타집 발견한다.

훈   (화색) 찾았다! (신나서 가고)

S#30. 겨루 출판사 근처, 어느 파스타 집 (N)

- 가게로 들어서는 훈. 직원 다가온다.

직 원   일행 있으신가요?
훈   아뇨, 저 혼잡니다. / 여기, 직장인 할인되죠?
직 원   네. 명함만 있으시면,
훈   (OL, 준비하고 있던 명함 바로 딱 보여주며, 자랑하듯) 있습니다,
            명함! 제가 얼마 전에 취직을 했거든요. 도서출판 겨루 아시죠? 요
            근천데.
직 원   아... 네. / 그럼 자리 안내해드리겠습니다.

- 뿌듯하게 명함 보며 직원 따라가는 훈인데... 문득 한쪽 테이블에 앉
아 손거울로 화장 수정하고 있는 지율을 발견한다. 지율도 훈을 발
견하고. 서로 눈 마주친다.

훈   (장난스레) 어, 오 사원! / 저녁 먹으러 왔어?
지 율   (웃으며 끄덕이고) 응.
훈   나돈데. 혼밥? 같이 먹을까?
지 율   아니. 난 일행 있어. (자랑스럽게) 남친.
훈   남친이 있었어?

지율	응. / 근데 혼밥을 어떻게 해?
훈	어떻게 하긴 뭐 어떻게 해, 그냥 혼자 밥 먹으면 혼밥이지. 오늘은 직장인 된 기념으로 아주 특별한 혼밥 타임을 즐길 거야. 직장인 할인도 받아보고.
지율	난 혼밥 못하겠던데... / 맛있게 먹어.
훈	너도.

- 훈, 자리에 앉아 메뉴판을 본다. 맛있겠다... 파스타 하나, 피자 하나를 찍으며 직원에게 시키고...
- 지율, 머리 다듬는데... 문 열리는 소리 들려 보면 남자*가 들어오고 있다. 반갑게 손들어 보이는 지율. 조금 찬 얼굴로 지율을 보던 남자, 다가와 맞은편 자리에 앉는다.

지율	(애교스럽게) 왔어? 조금 늦었네.
남자	차가 막혀서.
훈	(남친에게 인사하려 시도하지만. 머쓱한 훈, 괜히 물 마시는데)
지율	하긴 퇴근시간이라... 배고프지? 여기 맛집이야. 되게 유명하대. 뭐 먹을까? 로제파스타 어때?
남자	아니. 난 오늘 저녁 안 먹으려고.
지율	왜?
남자	너도 아마 못 먹게 될 거야, 오늘 저녁.
지율	왜??
남자	나 이제 너 그만 만날 거거든. / 이 말 할 거니까.

- 놀라는 지율. 마찬가지로 그 말 듣고 놀라 샐러드 먹다 쿨럭거리는 훈.

- 2부 26씬. 지율과 키스했던 남자.

남 자	나는 니가 데이트할 때마다 코스 따져가며 까탈스럽게 구는 것도 싫고, 핸드폰이며 지갑이며 맨날 질질 흘리고 다니는 것도 싫고, 친구들이랑 노는 거 좋아하는 것도 싫고... 그냥 니가 다 싫어.
지 율	(상처다)
훈	(너무 심한데? 싶은데...)
남 자	(보다가) 그렇게 니네 엄마가 말하래.
지 율	!
훈	(뭔 소리야?)
남 자	난 니가 어떻든 다 상관없는데, 니네 엄마가 그렇게 말하래. / 나 이젠 니네 엄마 때문에 너 만나기 싫어. 정 떨어졌어.
훈	(대충 어떻게 된 일인지 알겠고, 지나가는 직원 붙잡아 속닥) 피스타 하나 더 주세요... (아까 지율이 말한 거 떠올리고) 로제파스타로...
지 율	엄마는 그냥 내가 걱정돼서...
남 자	(일어나며) 잘 지내라, 오지율. 다신 보지 말자.

    – 냉정하게 일어나 나가버리는 남자. 지율, 잡지도 못하고 보기만 하다가 눈물 툭 떨어트리는데... 그러다 자신을 보고 있던 훈과 눈이 마주친다. 마침 직원이 피자를 훈의 테이블에 놓고.

훈	어후... 피자가 되게 크네... 이거 혼자선 다 못 먹을 것 같은데... / 같이 좀 먹어줄래?
지 율	(슬프기도 하고 쪽팔리기도 하고) 나 지금 피자 먹을 기분 아니거든?

    – 훈, 어쩔 수 없나... 싶어 혼자 먹으려고 포크 드는데, 훈의 맞은편 자리로 와 털썩 앉는 지율. 피자 중 제일 큰 걸 가져가 먹는다. 훈, 피식 웃고.

지 율	(새침) 혼자 다 못 먹을 것 같다니까 내가 먹어주는 거야.

훈	그래, 고마워. (자신의 물잔 밀어주며, 조심스레) 어머니가 연애에 도 신경을 많이 써주시나 봐...?
지 율	(울컥 서러움 올라오는, 입 안에 피자 가득 문 채로 눈물 뚝뚝)
훈	(당황해서) 야, 왜 울어... (얼른 냅킨 주고)
지 율	(꾹꾹 눌러 닦고) 맛있어서 그래, 맛있어서!
훈	(웃고) 너 이렇게 몇 번이나 차였냐?
지 율	몰라. 셀 수 없이 많이.
훈	그냥 어머니랑 한판 붙어! 니 연앤데 그 정도도 못해?
지 율	(옆에 둔 가방을 팔로 툭 쳐 보이며) 이거 얼마짜리 같니?
훈	(모른다고)
지 율	우리 월급 서 달 모아도 못 사는 가방이야. 근데 울 엄만 이런 거 잘 사줘.
훈	참나... 가방이 연애보다 중요해?
지 율	(다시 울먹이며) 몰라... 근데 예쁘잖아...!!
훈	(달래려 얼른) 그래그래, 예뻐! 잘했어! 얼른 먹기나 해.

　– 다시 피자 먹는 지율. 그런 지율을 황당하지만 귀엽게 보는 훈에서...

S#31. 은호의 집 앞 (N)

　– 트럭이 한 대 서 있다. 러닝머신 실려 있고. 트럭이 떠난다. 은호가 보다가 차 트렁크에서 커다란 이불 봉지, 스탠드 등 상자, 쇼핑백 등등을 들고 안으로 들어가려는데, 다른 트럭이 온다. 보면 침대와 화장대 등등이 실려 있다.

트 럭	(내다보며) 차은호 씨?
은 호	네. 이 집 맞아요. (하고 대문 열고)

S#32. 은호의 집, 단이의 방 (N)

- 앞 씬에서 러닝머신이 있던 방. 새 침대와 화장대가 들어와 있다.
- 은호, 침대 위에 이불 반듯하게 깔고, 옷장 안에 길이별로 단이 옷 걸고, 화장대 위에 새 화장품 착착 올려놓는다. 창가에 커튼을 하나 달거나..
- 방을 돌아보며 마음에 드는 은호. 단이가 누울 침대에 앉아본다. 협탁 등을 켰다, 껐다.. 해본다.

단이(E)   다녀왔습니다!

S#33. 은호의 집, 거실 + 주방 (N)

- 은호, 나오며 방문 탁 닫는다.

단 이   (나오는 은호 보고) 러닝머신 했어? / 밥 안 먹었지? (도시락 들어 보이고) 같이 먹자. (도시락 건네고) 옷 갈아입고 올게.

은 호   (받고)

- 단이, 다락방으로 올라가고. 은호, 식탁 위에 도시락 차리는데.. 씩씩거리며 내려와 은호 앞에 서는 단이.

단 이   야! 너 뭐야. 내 방 다 치웠어? 다 갖다버렸니?

은 호   ...

단 이   (버렸구나) 어쩜 애가 그래?! 내가 딱 석 달만 기다려달랬잖아. 안 그래도 오늘 방 알아보고 왔어! 너, 유산 누가 찾아줬어? 너네 엄마 돌아가시고 새아버지랑 재산 다툼할 때, 우리 아버지가.. / 그래. 생각해보니 너 때문에 우리 아빠가 암 걸렸어! 너 유산 문제로 골치가 아파서! 그래서 돌아가신 거야! (후 불고) 됐다. 말을 말아야지.

내 물건 얻다 버렸어?!!! 이 싸가지라곤 없는 놈아!

은 호   (식탁 차리며, 무심하게 가리키는) 저 방에.

　　　－ 단이, 노려보며, 방문 확 열어 안을 보는데.. 깔끔하게 잘 꾸며진 방
　　　　 이 눈에 들어온다. 놀란 단이.
　　　－ 인서트, 단이 방. 깔끔하게 꾸며진 방. 옷들도 다 걸려 있고. 새 화장
　　　　 품들까지. 단이, 열린 문으로 은호 쪽 보면 은호, 무심히 식탁에 젓
　　　　 가락 놓고 있고.
　　　－ 시간 경과. 주방. 식탁 앞에 마주 앉아 말없이 밥 먹는 단이와 은호.

은 호   고맙다는 말은 좀 하는 게 어때?

단 이   고마워.

은 호   (그대로 노려보면) 아버지가 나 때문에 암이 걸렸어어?

단 이   취소할게. 화가 나서 말이 엇나왔어..

은 호   (잠깐 노려보고) 어디 갔다 온 거야? 나 혼자 힘들었잖아.

단 이   (부드러운) 방 구하러. (김치찌개 한 입 먹고, 광고 한 장면처럼) 음,
　　　　 맛있다. 세상에서 제일 맛있어. 진짜 니가 한 거 맞아?

은 호   (뭐가 이리 안 맞아) 방 만들어주는데 딴 방 알아보고. 김치찌개 했
　　　　 는데 도시락 사오고.

단 이   같이 먹으니까 맛있네. 역시 도시락엔 김치찌개야. (먹으며) 여기저
　　　　 기 다녀서 진짜 배고팠어. 나 다 먹을 수 있어.

은 호   (보다가) 누나 있잖아.

단 이   응? (보면)

은 호   (얼굴 점점 빨개지고*, 우물쭈물) 난 누나가 우리집 온 거... (다른
　　　　 데 보고) 나쁘지 않아. 괜찮은 거 같애. 같이 지내는 거.

단 이   (은호 빤히 보면)

은 호   (더 빨개지는 얼굴)

* CG.

163

단 이	(픽 웃고) 야.
은 호	(자기 얼굴 빨개진 거 안다. 부끄러워서 괜히) 왜, 왜! 뭐!
단 이	너 그런 말 할 때 얼굴 빨개지는 거 알지?
은 호	(고개 홱 숙이고) 아니거든. 완전 하얗거든.
단 이	(은호 얼굴 가까이 보고) 완전 빨갛거든?
은 호	(말없이 밥 먹고)
단 이	부드러운 말만 하면 그렇게 얼굴이 빨개지는데 연애는 어떻게 하냐?
은 호	연애를 꼭 말로 하나?
단 이	(OL) 그럼 넌 몸으로 하냐?
은 호	(겨우 하얘졌던 얼굴이 또 빨개진다)
단 이	(픽 웃고)
은 호	(헛기침) 김치찌개가 매워서 그래.
단 이	(웃고)
은 호	(흘기면)
단 이	(서서히 차분해져서) 은호야, 고마워. 너 있어서 진짜 든든하다.. / 그래도 방은 구해야 돼. 계속 신세질 수는 없어. 누나가 얼른 돈 모을게. 석 달론 어림없을 거 같으니까 육개월.

– 은호, 한번 끄덕이고 말없이 밥 먹고. 단이, 그런 은호 보며 웃는다.

S#34. 콘텐츠 개발부 (D)

– 일각에서 서류 복사하고 있는 단이. 그때 영아가 회의 마치고 사무실로 들어온다.

영 아	(팀원들에게) 내일 두 시에 인호원 작가 신간 마케팅회의 잡혔습니다. 회의 전까지 광고 메인으로 쓸 헤드카피 생각들 좀 해오세요.
제작팀원들	네!

- 각자 가제본* 책 꺼내 보는 제작팀원들. 그 모습을 목 길게 빼고 흥미롭게 보는 단이.

단 이   헤드카피면... 옛날에 나도 많이 뽑아봤던 건데... (하고 싶다)

유 선   (마찬가지로 회의 끝나고 사무실 들어서며) 강단이 씨. (이사실로 가며 따라오라고 손짓)

단 이   네! (얼른 따라가고)

S#35. 이사실 (D)

- 인호원 작가 가제본 책과 수첩 등을 책상에 내려놓는 유선. 따라 들어선 단이, 책상 위 가제본 흘끗 보고.

유 선   (쇼핑백 하나 건네며) 오후 미팅에 입고 갈 옷인데 세탁소에 좀 맡겨줘. 사거리 세탁소 가서 내 이름 말하면 알아서 해주실 거야.

단 이   네. (쇼핑백 챙기다, 조심스레) 저 이사님...

유 선   (보면)

단 이   내일 인호원 작가님 작품 헤드카피 회의 한다고 들었는데요.

유 선   (근데?)

단 이   (결심) 헤드카피 아이디어, 저도 한번 내보고 싶습니다.

유 선   (보다 픽 웃고) 강단이 씨. / 내가 스펙도 없고, 능력도 없고, 나이만 많은 강단이 씨를 뽑을 때 딱 한 가지 기대한 게 있어. 그게 뭔 줄 알아? / 나설 때 안 나설 때 모르고 말귀도 못 알아듣는 사회초년생들과는 좀 다르지 않을까 하는 거. 딱 그거 하나야. / 본인이 맡은 일이나 잘해.

* 온전한 책 형태가 아닌, 프린트한 종이를 접어놓은 정도. 가상의 책. [제목 : 〈창백 恨〉 / 작가 : 인호원 / 장르 : 스릴러 / 표지 : 검은색]

단 이   ....

S#36. 이사실 앞 (D)

- 쇼핑백 들고 나온 단이, 여전히 의기소침한 얼굴로 조심스럽게 문 닫는다. 하지만 문 닫히자마자 언제 그랬냐는 듯 씩씩한 얼굴이 된다.

단 이   하지 말라곤 안 했잖아? 내 할 일도 열심히 하면서 하면 되지 뭐. / (들떠서) 기회가 왔어, 강단이!!! (파워댄스 잠깐) 파워댄스! (포즈 취하고)

S#37. 겨루 출판사, 비상계단 (D)

- 단이에게 인호원 작가 가제본을 건네주는 은호.

은 호   진짜 하게? 해봤자 제대로 안 받아줄 거야, 고 이사님.
단 이   받아줄 정도로 잘하면 되지. (씩씩하게 웃고) 제대로 보여줄 거야, 내 실력!! 내가 누구야? 한때 광고회사에서 날렸던 강단이!!
은 호   (마주 웃고) 이렇게 일하고 싶어서 그동안 어떻게 살았냐?
단 이   그러니까. (책 꼭 안고) 나 완전 설레... 심장이 막 난리도 아냐. (급한) 얼른 읽어야지. 나 먼저 간다!

- 신나서 계단 뛰어 올라가는 단이와 그런 단이를 예쁘게 보는 은호.

S#38. 콘텐츠 개발부 (D)

- 자리에 앉아 책 읽고 있는 단이. 연필로 줄치고 체크하며 꼼꼼히 읽는데...

송 이   강단이 씨. 이 서류 좀 경영지원팀에 가져다주실래요?
단 이   네!

- 보던 거 접고 얼른 뛰어가는 단이고.

S#39. 버스 안 (N)

- 단이, 앉아서 가제본을 읽는다.

S#40. 동네 거리 (N)

- 걸어가는 단이. 생각에 빠져 있다.

단 이   (중얼중얼) 심리학 교수가 쓴 소설. 장르는 스릴러. 표지는 블랙.. 가제목은 창백한.. 일단 스릴러. 장르의 매력을 최대한 살려서... (갸웃) 뭐라고 하지?

S#41. 은호의 집, 서재 (N)

- 꼼꼼히 가제본 읽는 단이. 읽다가 문장 노트에 옮겨 적고, 읽다가 옮겨 적고 반복한다.

은 호	(과일 깎아 와서) 이거 좀 먹고 해.
단 이	(여전히 책 보며 대충) 어어. 땡큐.

- 못 말리겠다는 듯 웃고는 가는 은호.
- 시간 경과. 깔끔하게 빈 간식 쟁반. 중간에 구겨버리기도 하고. 몇몇 헤드카피가 보인다. '가독성은 무제한, 몰입도는 최대한' '전혀 새로운 스릴러가 나타났다!' '2019년형 스릴러 탄생! 이 시대의 진정한 책, 그 자부심을 위해 태어났다!' '창백한, 잠든 감각을 깨운다!'
- 시계 새벽 네 시를 넘어서고 있다.

S#42. 겨루 출판사, 엘리베이터 앞 (M)

- 엘리베이터 문 열리면 막 출근하는 유선이 내린다.

S#43. 이사실 앞 (M)

- 문 열고 들어가려는 유선인데..

단이(E)	이사님!

- 유선, 돌아보면 단이가 눈을 빛내며 서 있다. 단이 손에는 카피가 적힌 A4용지가 들려 있고. 그걸 차게 보는 유선.

S#44. 이사실 (M)

- 유선, 단이가 준 A4용지를 보고 있다. 긴장한 얼굴로 그 앞에 선 단이. 무표정하게 읽던 유선, 한 장을 던지듯 넘긴다. 바닥으로 팔랑이

며 떨어지는 종이. 떨어진 종이를 충격으로 보는 단이. 그러거나 말
거나 유선, 본 종이들을 바닥에 아무렇게나 떨어뜨린다. 마지막 장
까지 다 본 유선, 빈손이다.

유 선   이런 카피, 정말 오랜만에 보는 것 같아. 죄 어디서 보고 들었던
          것들.
단 이   (충격이지만 겨우 추스르며) 죄송...합니다. 바로 다시 수정하겠,
유 선   (OL) 강단이 씨는 마케팅에 감이 없어. 말하자면 90년대 정도의 감
          각. 마케팅에 가장 중요한 게 현대성인 건 알아? / 그러게 왜 안 해
          도 될 짓을 굳이 해서 안 들어도 될 말을 들어. (혀 차고) 나이 많다
          고 좀 나을 줄 알았더니... 사회초년생 짓은 똑같이 하네.
단 이   (모멸감에)
유 선   나가. 바쁜 시간 뺏지 말고.

          - 단이, 목례하고 바닥에 떨어진 A4용지들을 줍는다. 유선, 노트 펼쳐
            메모를 하는 중이고.

S#45. 콘텐츠 개발부 (D)

          - 충격에 빠진 얼굴로 제 자리로 오는 단이. 천천히 숨 고른다. "정신
            차리자, 강단이" 되뇌며 책상에 앉으려다 멈칫한다. 가제본과 A4용
            지, 잔뜩 챙겨서 서둘러 어디론가 가는 단이.

S#46. 사내 도서관 (D)

          - 장르소설 코너에 간 단이. '스릴러'로 분류되는 책을 모조리 꺼낸다.
            책을 가득 안고 책상에 올려놓길 몇 번 반복하고.. 책상 왼쪽에 수
            북하게 쌓인 스릴러 책.

- 책상에 앉은 단이. A4용지 옆에 책 펴고, 앞표지, 뒤표지, 날개에 쓰인 카피를 하나하나 옮겨 적는다. 적으며 감각을 배우려고 입으로 중얼거리는 단이.

단 이   한국 스릴러의 신기원! / 소설로 복원된 잿빛 누아르의 세계! 누아르? (좋다는 듯 곱씹고) 누아르의 세계.. (적당히 다른 책들 가져와서 옮겨 적으며) 누군가 나를 지켜보고 있다. (좋다) 오! 지켜보고 있다.. / 올 여름 당신의 심장을 서늘하게 만들 완벽한 심리 스릴러...

- 시간 경과. 옮겨 적은 카피로 빼곡한 단이의 A4용지. 왼쪽에 있던 책 무더기가 대부분 오른쪽으로 이동했다.
- 가제본을 다시 읽는 단이. 책 속 구절 '레이첼이 손을 뻗었으나, 루시는 신기루처럼 사라졌다.'를 보고, '신기루' '사라진다'를 옮겨 적는다. 노트에서 다른 책 카피 적은 걸 살피다가 '올 겨울'을 신기루 앞에 적는다. 천천히 문장을 완성하는 단이. "올 겨울, 당신의 심장을 뛰게 하고 신기루처럼 사라질 숨 막히는 두뇌싸움!"

단 이   (자기 카피 한번, 다른 카피 한번 보다) 이상한 거 같애.. (울상)

S#47. 탕비실 (D)

- 단이 들어와 A4용지들 놓고, 커피 내리는데 해린이 들어선다.

단 이   선배님 커피 드시게요? (내린 커피 주며) 이거 드세요. (주고)
해 린   고마워요. 직접 내려도 되는데.
단 이   (웃으며 다른 컵 가져와 다시 커피 내리고)

- 커피를 마시는데, 문득 눈에 들어오는 단이의 A4용지들.

해 린	헤드카핀가 봐요?
단 이	네. 제가 한번 해보고 싶어서요. 저도 겨루 직원이니까 어떻게라도 도움이 됐으면 해서... / 대리님이 한번 봐주시면 안 될까요?
해 린	제가요? (A4용지 보는데)

- 그때, 정수기 AS 기사가 온다. 단이, 정수기 쪽으로 그를 안내하고 돕는데... 해린, 그동안 단이 카피를 보고..
- 단이, 돌아오면 해린은 없다. A4용지를 보는데.. '제발 사달라고 구걸하는 것 같음. 매혹되지 않음' 등등 적혀 있고.

단 이	구걸? (기분 나쁘고) 구걸이라니 무슨.. (하다가, '매혹' 단어 보고 앗차 한다. 중얼) 그러게.. 사달라고 설명하는 게 아니라.. 팔아달라고 매달리게 만들어야 하는데..!

- 단이, 한 장 한 장 다시 넘겨보며 문제점을 찾아본다.

단 이	책을 설명하기만 한다. (다음 장) 위트가 없다. (다음 장) 독자를 한눈에 사로잡지 못한다.

- 단이, 마지막 장을 펼치는데.. 거기, 해린의 별표가 하나 표시되어 있다!!! 그때 은호가 들어온다.

단 이	어, 오늘 강의 있는 날이라 안 나온다며?
은 호	(커피 내리며) 반말하지 마세요, 강단이 씨.
단 이	(쳇, 하고는. 펼쳐 보여주며) 근데요, 편집장님. 이거 〈창백한〉 헤드 카피로 어때요?

S#48. 회의실 (D)

— 숨 고르며, '신간 마케팅회의 PM2~'라고 쓰인 A4용지 붙은 회의실
　　문 열고, 음료 놓고. 나가는데 유선이 들어온다. 문을 사이에 두고
　　마주친 둘.

단 이	(꿋꿋하게 방긋 웃고, 악의 없이) 회의 잘 하세요!
유 선	(무심히 인사 받고 들어가는데)
단 이	이사님. 제 마지막 카핍니다. 한번만 봐주세요.
유 선	(말없이 보다가, A4용지 받아서 자리로 간다)

— 재민, 은호, 지홍, 해린, 송이, 유선, 영아, 승진, 광수, 훈, 지율 들어
　　오고..
— 유선, 단이의 종이를 펼쳐본다. '첫 장을 넘기는 순간, 등골을 잡아
　　당길 숨 막히는 두뇌싸움!'이라고 쓰여 있다. 해린이가 적은 한쪽
　　구석의 별표도 그대로. 표정 없이 보는 유선.

S#49. 콘텐츠 개발부 (D)

— 자리에 앉은 단이. "좋은 카피는?" 이라고 메모한다.

S#50. 회의실 (D)

— 진행 중인 회의. 직원들 각자 앞에 가제본 하나씩 있다.

은 호	제목을 이중적으로 지었으니 카피도 통일해야죠.
지 홍	소설 톤이 신기루 같은 오묘함인데, 그걸 살리는 방향으로.
영 아	오묘함, 신기루 좋죠. 좋은데! 그거 들고 서점 가서 아무 독자나 잡

고 물어봐요. 누가 단번에 이해하나!

승 진 　 (영아에게 동조) 맞아요. 일단 사게 만들어야 할 거 아니에요!
재 민 　 (익숙한 싸움이다. 피곤하고) 고 이사 의견은 뭐예요?

－ 파일에서 카피 꺼내는 유선. 유선 카피로 보이는 종이 아래.. 한 장
이 더 있다. 바로 단이 카피다!

유 선 　 몇 개 있는데.. 일단 (단이 카피 테이블에 쭉 미는..)

－ 모이는 시선들. "괜찮네?" 소리 들리고. 문득 보는 해린. 단이의 카
피다!!! 은호도 굳고!

영 아 　 어, 괜찮네요.

－ 모두 카피가 마음에 드는데..
－ 플래시백. 앞 씬. 해린, 단이의 카피 한 장 한 장 넘겨보다가 마주친
카피! 별표를 치던 해린.
－ "이 카피 어때?" 하던 단이! 떠올리는 은호.
－ 그 카피를 내민 유선을 보는 해린와 은호.

재 민 　 역시 고 이사! 한방이 있어요. 언제나.
유 선 　 (도도하게 고개 치켜들고)

－ 모두, 카피 보며 괜찮다고 한마디씩 하는데.. 은호와 해린, 유선을
보는.

S#51. 회의실 (D)

－ 제목회의 마치고, 하나둘 나오는 사람들. 단이, 빈 쟁반 들고 회의실
온다. 단이, 나오는 사람들에게 "회의 잘 끝냈어요?" 정도 인사하고

들어서는데. 단이, 음료 빈 병 쟁반에 모으고 뒷정리 시작하려는데.

광 수   웬일로 고 이사님 카피가 서 팀장님을 이기고 채택됐네? '첫 장을
        넘기는 순간, 등골을 잡아당길 숨 막히는 두뇌싸움!'

단 이   (무슨 말이지?) 어, 그거 내가..

은 호   .....

해 린   (그 자리에 그대로 앉아 있고 - 어떻게 행동하는 게 옳을까, 생각 중)

지 홍   고 이사 평소 스타일이랑 다르게 신선했어! 수고! (하며 가고)

유 선   (단이에게 시선 안 주고 나간다)

단 이   (은호 보는데)

은 호   (시선 안 주고 나간다)

    − 얼어붙은 단이. 책상 앞에 놓인 자신의 A4용지를 본다. '첫 장을
      넘기는 순간, 등골을 잡아당길 숨 막히는 두뇌싸움!' 고유선이 내
      카피를 빼앗았다! 혼자 남은 해린을 보는 단이. '너는 알지?' 하는
      심정.
    − 해린, 단이랑 눈 마주치지 않고, 말없이 앉아 있다가 마음 정리하고
      자료들 챙겨서 일어나는데.

단 이   이런 일이..

해 린   (멈춰서 보는)

단 이   자주.. 있나요?

해 린   (표정 없이 보다가..) 무슨 말이죠?

단 이   (카피 보여주며) 이거 제 카피잖아요.

해 린   (그대로 본다)

단 이   송 대리님은 아시잖아요. 이 별표도,

    − 단이, 말문이 막힌다. 해린의 얼굴에는 공감의 표정이 전혀 없다!

해 린   나 모르는데요. 그 별표가 뭐죠?

단 이	!
해 린	탕비실에서 본 강단이 씨 카피 중에 그 카피도 있었나요?

　　　– 해린, 정리하고 나간다. 단이, 숨이 탁 막히고 분하다.

S#52. 엘리베이터 앞 (N)

　　　– 퇴근길의 단이. 걸어와 엘리베이터 보며 착잡하게 서 있는데. 내려
　　　가는 버튼을 누르는 손. 보면 해린이다. 두 사람 잠깐 시선 부딪히
　　　고, 말없이. 엘리베이터 오면 탄다.

S#53. 엘리베이터 안 (N)

　　　– 말없이 내려오는 두 사람.

해 린	강단이 씨. (잠깐 생각하다가) 여긴 회사잖아요.
단 이	그래서요?
해 린	입사하던 날 이야기 했죠. 열 명이 이 회사에 들어오면 삼 년에 한 명 남는다구. / 버티려면 오늘 같은 날, 억울하단 생각은 버리는 게 좋아요.
단 이	억울하단 생각만 든 건 아니에요.
해 린	(보면)
단 이	서운하단 생각도 들었네요. 누구한테.
해 린	(나한테?)
단 이	편을 들거나 문제를 크게 만들지 않아도. 니 마음, 내가 알아.. 그 정 도만이라도 좋았을 거예요. 충고나 위로, 그거 말고. 공감. / 같은 사 람이니까. 그 심정 나도 안다.. 그거요.

- 엘리베이터 도착 알림소리 들리고. 문 열리면 단이, "그럼 주말 잘 보내세요, 대리님." 인사하고 간다.
- 해린, 엘리베이터에서 내린다. 한방 먹은 느낌이지만, 가는 단이를 싫지 않은 느낌으로 보고.

S#54. 은호의 집, 주방 (N)

- 은호가 소주를 단이에게 따른다. 이미 빈 병이 하나, 그 옆에 있고. 단이 원샷 한다. 단이도 은호도 이미 조금 취한 느낌.

단 이	다들 이렇게 살아남았구나? / 계약직 신입사원 아이디어 빼앗고, (너!) 그거 모른 척하고.
은 호	힘들 거라고 했잖아. 그러게 왜 사서 고생을 해?
단 이	(노려보며) 강한 사람 편이나 들구. (원샷하고)
은 호	별거 아냐. 그거. 아이디어 하나 채택됐다구 능력이 증명되는 것도 아니고.
단 이	누가 능력 증명하재? 지금은, 적어도 내가 낸 아이디어라는 걸 직원들이 알기만 하면 돼. 쟤가 구석에서 허드렛일만 하는 애가 아니구나? 쟤도 기회를 주면 잘 할 수 있겠구나, 그런 정도.
은 호	(끄덕이며 걱정스러운) 쉽지 않을 거야. 그 정도도.. 시간이 한참 더 필요할 수도 있고.. / 버틸 수 있겠어?
단 이	어, 버틸 거야. / 힘들어도 재밌어. 내가 생각한 거랑 완전히 달라서. 완전히 다시 시작하는 느낌이야. 진짜 신입사원 된 느낌.. / 그리고 가장 좋은 건... 뭔지 알아? (웃으며 은호를 보는)
은 호	?
단 이	(술에 취해 볼도 빨갛고.. 눈가도 붉어져서) 은호야..
은 호	누나 취했어?
난 이	은호야..
은 호	(픽 웃고)

단 이	은호야.. 사람들이 있잖아.. // 사람들이.. / 내 이름을 불러..
은 호	무슨 말이야, 그게?

    – 단이, 말없이 소주잔을 본다. 그 위로 사람들의 목소리만.

여자1(E)	동서.
여자2(E)	재희 엄마!
동민(E)	여보!
재희(E)	엄마!
남자1(E)	제수씨!

    – 단이, 자신의 답을 기다리는 은호를 올려다본다. 눈가가 젖은 채 쓸
      쓸하게 웃는다.

단 이	그동안 내 이름을 부르는 사람은 아무도.. 없었어..
은 호	?
단 이	강단이... 나도 이름이 있는 사람인데.. 아무도 불러주지 않았어.. (눈가 그렁그렁해져서 은호를 보며) 지금은 사람들이 내 이름을 불러..

    – 플래시백.

훈	(2부 39씬) 반가워요, 강단이 씨! 난 박훈이라고 합니다! (손 내밀고)
해 린	(2부 41씬) 강단이 씨는 업무지원팀 사원입니다.
지 율	(2부 44씬) 근데 (훈이 가리키고) 강단이 씬 몇 살이에요?
영 아	(3부 11씬) 강단이 씨. 오늘 화분에 물 주는 날.
송 이	(3부 38씬) 강단이 씨. 이 서류 좀 경원지원팀에 가져다주실래요?

단 이	그게 너무 신기해.... 내가 내 이름으로 불린다는 게.
은 호	(따뜻하게 보며) 강단이 씨...
단 이	(픽 웃고, 장난으로 받는다) 네. 편집장님.
은 호	강단이 씨..?

단 이	네.. 편집장님.
은 호	음.. 강단이 씨.
단 이	네! 차은호 씨.

- 그렇게 장난치며 반복하는 두 사람.. 이미 취한 듯 보인다.

S#55. 은호의 집, 화장실 (N)

- 물 내리는 소리 들리고.. 단이가 손을 씻는다. 거울을 본다. 얼굴이 붉다..

단 이	너무 많이 마셨나..? (젖은 손으로 볼 톡톡 두드리고)

S#56. 은호의 집, 거실 (N)

단 이	(나오며) 은호야. 너 그만 마셔.. 너, 이미 많이, (하고 보면)

- 빈 거실.. 빈 주방 식탁..

단 이	은호야..? (침실 문 열어보면 아무도 없고) 어, 애 술 마시다 어디 갔지?

S#57. 택시 안 + 은호의 집 (N) - 교차편집

- 은호가 취해서 자고 있다. 택시 안이다. 핸드폰이 울린다.

은 호	(깨서, 받으며) 여보세요.

단 이	(서재방 문 열어보며) 너, 어디야?
은 호	음.. 택시.
단 이	너 술 많이 마셨잖아.
은 호	그러니까 택시 탔지. 멀쩡했으면 운전을 했지. 난 대리기사가 내 차 운전하는 거 싫어하잖아.
단 이	(술버릇 있구나? 어이없어서 웃고) 너 어디 가는데?
은 호	어디 가긴 집에 가지.
단 이	(기가 막혀서, 웃고) 너.. 집에서 마셨잖아.
은 호	응?
단 이	나, 단이 누나야. 우리.. 집에서 마셨잖아. 근데 누구 집에 간다는 거야? 너 많이 취했니?
은 호	(창밖을 보다가, 택시 운전사에게) 아저씨. 저 어디 가요?

– 은호, 앞을 본다. 쿵!!! 가슴이 내려앉는다.. 아는 동네다!!!

S#58. 단이의 옛집 (N)

– 택시가 와서 선다. 은호.. 공사 가림막이 쳐진 단이의 옛집을 본다.. 여길 왔구나.. 은호, 죽고 싶다..
– 은호가 계산을 하고 내린다. 휘청, 하고.. 비틀거렸다가 중심을 잡는다. 단이의 옛집을 올려다본다..

| 은 호 | (자기 자신에게 어이없어서) 미친놈... |

– 저만치 공사 가림막이 없던 옛집, 담벼락에.. 어느 날의 은호가 기대서 있다.

은호(E)	술만 취하면.. 여길 오곤 했다..
은호(E)	강단이가.. 너무 보고 싶어서.

　　　　　　　　　－ 은호, 하염없이 쓸쓸해져서.. 과거의 자신을 한참 본다.

은호(E)　　　　가끔은.. 누나의 웃음소리를 듣고.. 가끔은.. 싸우는 소리를 듣고.. 또
　　　　　　　가끔은... (가슴 아파, 말 잇지 못하는)

　　　　　　　　　－ 대문을 열고 단이가 나온다. 싸우고 나온 듯, 속상한 단이. 어디쯤..
　　　　　　　　숨겨놓은 담배와 라이터를 익숙하게 찾는다. 불을 붙이려다 라이터
　　　　　　　　가 안 켜진다. 속상해서 라이터를 버린다. 쪼그리고 앉아서 엉엉 운
　　　　　　　　다. 어느 날의 은호가 어디쯤 숨어서 보고 있다.

은호(E)　　　　(그런 둘을 보면서) 우는 누나를 봤다. 그런 날은 이는 척도 못하고,
　　　　　　　가슴이 무너지는 것 같았다..

　　　　　　　　　－ 은호, 우는 단이를 오래오래 본다. 한쪽에 숨어서 눈가가 젖은 어느
　　　　　　　　날의 자신도 보고.

S#59. 은호의 집 앞 (N)

　　　　　　　　　－ 단이가 걱정스런 얼굴로 은호를 기다린다. 저만치서 택시가 온다.
　　　　　　　　단이가 은호인가 본다. 은호가 내린다. 택시가 떠나고, 은호가 단이
　　　　　　　　를 본다.

단 이　　　　(다가가며) 너, 괜찮아? 너 어디 갔었어?

　　　　　　　　　－ 은호, 울 것 같은 얼굴로 애틋하게 단이를 본다. 그 위로,

은호(E)　　　　이제 술 마시고.. 그 집엔 안가도 된다.. // 강단이가 우리집에 살고
　　　　　　　있어서.

- 은호, 걱정스런 얼굴로 다가오는 단이를 푹 껴안아버린다. 그런 둘에서, 3부 엔딩!

꼬리말

회사에서 걱정스레 단이 보는 은호 (11씬)

우리가 아직 어렸을 때 강단이와 나는 병원의 옥상에서 풍선을 날렸다.

안에 병원의 주소와 내 이름을 쓴 쪽지를 넣어서.

풍선이 도착한 곳에 살고 있는 누군가가 내게 답장을 써주길 바라면서.

학교에서 돌아와 강단이의 병실로 가면 매번 답장이 와 있었다.

그땐 그게 강단이가 쓴 답장이란 걸 모르고 좋아했다.

술 취해 택시 타서 창밖에 얼굴 내밀고 전화하는 은호 (57씬)

술에 취하면 습관적으로 택시를 탄다. 그리고 그녀의 주소를 말해버린다.

그러면 마음을 놓고 잠이 든다.

눈을 뜨면 그녀가 사는 곳에 내가 도착해 있을 테니까.

겨루 엘리베이터 앞, 속 쓰리다고 배 잡는 단이와 모른 척하는 은호 (8씬)

강단이는 나와 정반대의 사람이다.

나는 부끄러울 때 얼굴이 빨개지는데, 강단이는 시원하게 웃는다.

그녀는 언제나, 나와 다른 그 자체로 아름답다.

후드티 입고 단이의 옛집 앞에 있는 은호 (58씬)

나는 강단이가 곁에서 멀어졌을 때 '그리움'이란 단어의 뜻을 알았다.

그 전엔 그리움이 단순히 보고 싶다는 말과 같은 건 줄 알았다. 아니었다.

함께 보냈던 시간들을 다시 되새기고, 이미 잊어버렸던 순간들을

다시 떠올리고, 그때 못한 말을 후회하고. 다시 되돌려 상상하는 일..

그리움은 또 다른 사랑이었다.

집에서 헤드카피 고민하는 단이 (41씬)

언젠가 나는 책에 밑줄을 긋는 은호에게 말했다.

"나중에 커서 지금 밑줄을 그은 부분을 다시 읽어봐.

그럼 그 사이에 네가 얼마나 어른이 됐는지, 얼마나 변했는지 알게 될 거야!"

그랬더니 은호가 물었다. "우린 그때도 같이 있겠지?"

회사 비상계단에서 단이 보며 웃는 은호 (37씬)

언제나 놀라운 여자였다.

상처받았으나 상처받지 않았고,

지쳤지만 쓰러진 채 누워 있지 않았다.

집에서 술 먹으며 마주 앉아 웃는 은호와 단이 (54씬)

"강단이 씨. 강단이. 단이야."

몇 번이나 내 이름을 불러주는 은호 때문에 나는 계속 웃는다.

은호와 있으면 마음이 따뜻해진다.

은호의 집으로 들어온 건 정말 잘한 일이다.

4부

모든 이들이
내게 등을 돌려도…

S#1. 은호의 방 (M)

- 햇살이 쏟아져 들어오는 은호의 방. 알람으로 예약해놓은 오디오에서 음악이 나오기 시작한다. 은호, 뒤척이다가 이불을 뒤집어쓴다. 그러다, 문득! 벌떡 일어나는 은호!!!
- 플래시백, 3부 58씬. 단이의 옛집을 찾아간 은호.

은호(E) 술에 취해 강단이가 살던 집에 갔다!

은 호 그리고.... (기억을 더듬는)

- 플래시백, 3부 엔딩. 다가오는 단이를 푹 껴안던 은호.

은호(E) 강단이를... 껴안았다.. (갸웃) 아닌..가? (기억해보려는) 그 뒤에...는.. 어떻게 됐지?

- 그 뒤가 기억나지 않는 은호인데..

단이(E) 차은호...

- 인서트, 앞치마 두른 채 은호 방 앞에 서서 국자로 툭툭 문 두드리는 단이.
- 헉, 하고 다시 이불 뒤집어쓰는 은호.

- 단이, 문 열고 빼꼼 보다가 들어온다.
- 이불 속의 은호. 들어왔나?

단이(E) 일어난 거 알아. 나와. 아침 먹자.

- 그리고 잠잠한 단이. 이제 나갔겠지? 싶은 은호, 슬쩍 이불을 내리
  다가 헉! 단이가 때릴 듯이 국자를 들고 서 있다!

단 이 내가 너한테 그따우로 술, 가르쳤냐?

S#2. 어느 바 (N) - 과거

- 단이와 은호가 앉아 있다.

단 이 이제 너도 성인이 되었으니.. 누나가 너한테 술이란 걸 가르쳐주겠
       다! 자고로 술이란 어른한테 배워야 하는 법!

은 호 (피식, 같잖아서)

단 이 (직원에게 박수 딱딱 치면)

- 웨이터, 갖가지 종류의 술병을 담은 카트를 끌고 와서 단이 앞에
  선다.
- 빠른 화면으로. 테이블에 하나씩 착착착 세팅되는 종류별 술병과
  잔들. 여러 종류 블렌디드 위스키, 국가별 싱글몰트 위스키, 꼬냑,
  와인, 전통주 등등. 맥주잔, 양주잔, 얼음잔, 빈 잔도 연달아 놓고.
- 그 모습을 지켜보며 기가 막힌 은호. 힐끔힐끔 보며 놀라는 주위 테
  이블 손님들.

웨이터 여기까진 킵해두신 술이고요. 이건.. (비밀스럽게 아래에서 꺼내 올
       려 놓는데.. 소주와 맥주!) VIP 단골 전용입니다. (하고, 은호 묘하게

보며 가고)

은 호   (쳇!) 좋겠다. 술집 VIP라서.

단 이   클라이언트 취향에 맞춰 마시다 보면 이 정돈 모으게 돼 있어. 직장
        인의 삶이랄까.

은 호   (팔짱끼며) 어디 한번, 시작해보시지. 직장인의 삶.

단 이   먼저 와인부터. (레드와인) 이게 따는 게 중요한데, 잠깐만. (낑낑대
        며 겨우 따개 밀어 넣고, 빼려는데 안 빠져서)

은 호   (쓱 가져와 따서, 병을 단이 앞에 밀어주며) 누나가 땄다고 치고.

단 이   (이미 모양은 빠졌지만, 화이트와인잔 밀어주며) 자, 와인을 받을
        땐.

은 호   (밑을 잡는데)

단 이   어어, 무식하게 잔 잡고 그러지 마.

은 호   (노려보며 잔을 원래 위치에 가져다놓고, 레드와인잔으로 바꿔서
        앞에 놓는다)

단 이   아, 맞다. 넓은 게 레드와인잔이지?

은 호   (보는데) 잠깐 헷갈렸다 치고. / 다음.

단 이   (이제 눈치를 본다) 그러니까.. 이걸 따른 다음에...

은 호   (잔 잡아 빙글빙글)

단 이   어, 너 아는구나?

은 호   (한 모금, 마시고) 그 다음은 뭐야?!

— 빠른 화면으로. "이건 위스키. 위스키의 종류는 어쩌구저쩌구. 이 잔
   은 싱글몰트 잔. 꼬냑에 마실 땐 여기." 등등, 열심히 읊고 있는 단이
   를 팔짱 끼고 귀엽다는 듯이 느긋하게 보는 은호.

단 이   (얼음 없는 잔 들어 단숨에 마시고) 캬아. 이게 스트레이트. (얼음
        있는 잔 들어 은호 앞에 놓고) 네가 마실 건 온더락스.

은 호   (잔 들어 역시 한번에 비운다)

단 이   (귀엽게 보고) 술 좀 마시네. 근데 이런 건 그냥 이런 세상이 있구
        나, 알고 있으면 돼. 진짜 중요한 건 소맥이거든. / 소맥은 타는 게

아니라, 마는 거야. 내가 마는 거 잘 봐. 내가 또 소맥 죽이게 마는

걸로 유명하거든.

은 호   (코웃음 치며 느긋하게 본다) 해봐, 어디.. / 얼마나 잘하나.

단 이   (어색하게 농도 맞추고, 잔에 숟가락 탁 꽂고) 보여? 이 기포 올라

오는 거! (보여주고, 내미는)

은 호   (지루하다. 한숨 한번 쉬고, 쭉 마신다)

단 이   야. 맛있지? 기가 막히지.

은 호   그러네. 기가 탁 막히네..

단 이   다음은 폭탄주!

– 쾅쾅주, 슬라이딩주 같은 폭탄주°를 제조하는 단이. 주변 테이블들

술렁이며, "폭탄주다!" "잘 만다!" 조금씩 호응하다가.. 점차 대놓고

감상한다. 마지막으로 일렬로 세운 맥주잔에 분수쇼하듯 맥주를 채

우고, 사이사이에 술 채운 양주잔 올려놓는 단이. 아차 싶은 듯 가

방에서 만년필 꺼내고.

단 이   난 카피라이터니까. 만년필을 쓸게.

은 호   그러시든지.

– 단이, 만년필 들어 올리면, 주위 사람들 시선 만년필로 모아지고. 새

삼 주위 시선 느낀 단이.

단 이   원하시는 분들은, 제가 폭탄을 선사하겠습니다!!

손님들   여기요! / 폭탄 주세요! / 고고!

– 단이, 만년필로 빠르고 절도 있게 양주잔들 단번에 쳐서 맥주잔 속

• 쾅쾅주: 테이블을 쾅쾅 내리쳐서 양주잔 빠뜨리는 제조법.
   슬라이딩주: 맥주잔 위에 명함을 얹어 놓고 순간적으로 살짝 빼서 양주잔 빠뜨리는 제조법.

으로 하나도 빠짐없이 완벽하게 퐁당 빠뜨린다. 맥주 거품이 폭발하듯 흘러넘친다.

- 주변 테이블에서 휘파람 불고 박수치며 호응하고. 의기양양한 단이. 옆 테이블 사람들과 하이파이브 하고. 천천히 고개 젓는 은호. 은호의 시선을 따라가면, 또 다른 테이블의 여자와 이야기를 나누고 있는 단이.

은 호   (가방 챙겨 일어나서 단이에게 간다) 누나.. 집에 가자. (단이 팔 잡고, 여자에게 눈인사 하는데)

단 이   (그새 여자랑 친구가 돼서) 잘생겼지, 얘.

여 자   남자친구?

단 이   아냐. 내 동생.

은 호   가자.. 누나..

단 이   (뿌리치며) 가긴 어딜 가. 한참 분위기 올랐는데. 이 차 가자. (여자에게) 같이 갈래?

여자,동료들   (와-! 환호하고)

단 이   그럼 다 나를 따라서! 이 차로 출발!!! (손가락 치켜들고)

- 그러나 단이가 가는 곳은 화장실!!!

은 호   (한숨) 저기요. 다들 앉으시고. 이 차는 안 갑니다.

S#3. 바, 화장실 앞 (N) - 과거

- 은호, 귀찮은 얼굴로 들어서는데. 단이가 남자 화장실 문고리를 막 잡았다.

은 호   (화들짝) 누나. 거긴 남자 화장실. (여자 화장실로 밀어 넣고)

S#4. 바, 화장실 앞 (N) - 과거

- 화장실 칸에서 비틀거리며 나오는 단이, 주머니 뒤적여 립스틱 꺼
  내고. 거울 앞에 서서 바른다.

S#5. 바, 화장실 앞 (N) - 과거

- 은호, 걱정으로 문 두드리며.

은 호   누나! 누나! 괜찮은 거지? 나 들어가? 어?

- 그때 문 확 열리고. 단이 나오는데. 립스틱 잘못 칠해서 한쪽 입술
  이 수염처럼 죽 선이 그어졌다.

단 이   내가 방금 거울을 봤는데.. 나, 지금 좀 섹시한 거 같아.

- 단이, 벽 짚고 묘한 표정 짓는다. 은호, 후-! 짜증난다. 주머니에서
  손수건을 꺼낸다.

은 호   잠깐만. 잠깐 나 좀 봐. (한 손으로 단이의 턱을 잡고)
단 이   (얼굴 들이밀며 순하게 눈 깜빡이는) 왜?
은 호   (손수건 꺼내 입술 닦아준다)
단 이   (그대로 눈 감은 채) 뭐 묻었어?

- 은호, 가까이 다가온 단이를 가만히 본다. 눈 감은 모습, 순하고 예
  쁘다.. 철렁하는 은호. 가만히 단이를 보는데.

단 이   왜?
은 호   아냐. 아무것도. (하고 돌아서 나가는)

단 이   ?

S#6. 바, 계산대 앞 + 안 (N) - 과거

    – 은호, 계산을 한다. 그때.. 땡땡땡 울리는 종소리. 순간, 은호.. 굳는
      다! 사람들 "골든벨이다!!!" 소리 지르고. 와우! 환호소리 들려오고.

은호(E)   (차마 뒤돌아보지 못하고) 설마.. 강단이는 아니겠지?

    – 은호, 심호흡하고 돌아보면, 아니나 다를까, 단이가 골든벨을 치고
      있다!!!

은호(E)   나쁜 예감은 틀린 적이 없다..

    – 신나게 골든벨 울리고 있는 단이.

단 이   여러분!! 여러분!! 제 동생이 드디어! 스무 살이 되었씁니다!! 이 중
      요한 날을!!! 그냥 넘어가서야 되겠씁니까?!!! // 해서 오늘! 제가
      여기 술값-!!! 다 계산하겠씁니다!!

    – 박수 치며 환호하는 사람들. 은호, 폭발할 것 같다. 꾹 눌러 참는
      데서.

S#7. 어느 동네 골목 (N) - 과거

    – 기진맥진한 은호가 단이의 가방을 들고 어딘가를 보고 서 있다. 시
      선 따라가면 단이가 계단에 앉아 있다.

은 호	(한심) 그 돈을 그렇게 쓰면 어떡해.
단 이	그렇게 쓰고 싶었어. / 그 돈이 어떤 돈이냐면.. 미안합니다, 잘못했습니다, 다시 해보겠습니다!!! 그 말을 백 번, 이백 번, 반복하면서 고개를 숙이고 번 돈이야!
은 호	그러니까, 그렇게 쓰면 어떡하냐고!!
단 이	이번 클라이언트가 얼마나 엿 같았는지 알아? / 그 새끼가 내 엉덩이를!!! (두 손으로 조물딱! 하는 시늉)
은 호	엉덩이를 어쨌다는 거야? 만졌다는 거야?
단 이	...
은 호	그 새끼 어딨어?
단 이	(아무 데나 가리키며) 저기.. 멀리.. 어딘가에.
은 호	(손 가리킨데 돌아보고는) 가서 확 죽여버릴까 보다.
단 이	내가 오늘 포상금 받은 거, 저거.. 그 놈 얼굴에 확 뿌리면서 해주고 싶은 말이 있었는데. (은호에게 삿대질) 내 엉덩이가 니 것이냐?!!!!
은 호	(옆에 앉으며) 차라리 그래버리고 사표를 쓰든가..!
단 이	어쨌든 그놈 덕으로 번 돈, 그렇게 썼으면 됐어. / 속이 다 후련해.
은 호	(혼잣말) 후련하기도 하겠네..
단 이	그치.. (하고 무릎에 얼굴 묻고, 고개는 은호 쪽으로)
은 호	진짜.. 바보야, 누나는. (단이 보며) 알아? 누나가 바본 거?
단 이	알아.. 내가 바본 거.. / 넌 누나가 바보인 게 싫어?
은 호	(어두운 거리 보며) 아니.. 그건 아니구.
단 이	(은호의 시선 따라서 어두운 거리를 한참 쓸쓸하게 보다가) 춥다..
은 호	(그대로 앉아서)
단 이	집에 가자. 은호야.
은 호	(일어서 옷을 벗는다)
단 이	(걸어간다)
은 호	(벌써 몇 발짝 앞서간 단이 위에 푹 걸쳐준다)
난 이	(돌아본다)
은 호	춥다면서.

– 은호가 단이 위에 걸쳐준 옷의 첫 단추 근처를 잡아서 단이를 쭉 당
긴다. 잠깐 당겨온 단이를 보다가 단추를 채워준다. 단이 순하게 가
만히 서 있다.

단 이   내 팔. (팔을 소매에 넣지 않았고. 빈 소매 흔들며. 이거 어떡해?)
은 호   (그 모습 귀여워서 픽 웃다가) 그냥 가자. 누난 오늘 팔이 없는 게
        낫겠어.

– 은호가 단이가 입은 옷의 팔소매를 잡아서 묶어 고리를 만든다. 그
걸 잡고 단이에게 장난끼 어린 얼굴로,

은 호   이러고 가자. (끌고 간다)
단 이   (끌려가며) 야, 풀어줘..
은 호   아까부터 묶어놔야 했어.

– 어두운 밤거리를 둘이 그렇게 장난치며 걸어간다.

S#8. 은호의 집, 주방 (M)

– 아침밥 먹는 둘.

단 이   내가 그렇게 온 몸을 불사르며! 전 재산을 탕진하며! 주도를 가르
        쳤는데. / 근데도 술버릇이 그 모냥이야? / 어젯밤 어디, 갔었는데?
은 호   ....좋아하는 사람 집에.
단 이   (헉) 너, 여자 집에 갔었어?
은 호   (말없이 먹고)
단 이   그럼 그렇다고 말을 하든가. 왜 그냥 왔어, 안 자고?
은 호   (쓱 멈추고 본다)
단 이   ....

은 호	좋아한다고 다 자냐? / 누나 머릿속엔 도대체 뭐가 들었어?
단 이	아니 뭐.. / 야한 거? / 쫌 들었겠지, 하도 안 한 지 오래돼서.
은 호	(고개 들어, 딱 노려보는데. 벌써 얼굴은 빨개졌고!)
단 이	너, 또 얼굴 빨개졌다..
은 호	(숙이며 먹다가 슬쩍 떠보는) 어젯밤에.. 나.. 돌아와서.. 그냥 잤나?
단 이	몰라. 자는 거 같던데?
은호(E)	(먹으며, 흘깃) 그거 말고. 자기 전에.
단 이	(별 생각 없이 먹다가 문득 고개 들고) 참 너 나 껴안았어. 어젯밤에.
은 호	(밥 든 거, 풋-! 상투적이지만.)
단 이	(털어내며, 노려보고) 드러워.. (어깨) 너, 어제 여기 침도 흘렸어.
은 호	.....
단 이	왜 이렇게 애가 더럽니..?

S#9. 은호의 방 (M)

– 출근 차림의 은호, 서랍에서 손수건 꺼내고 닫다가 다시 연다. 해린
의 옷과 속옷, 보이고..

S#10. 은호의 집, 주방 (M)

– 은호, 해린의 옷을 담은 쇼핑백 식탁 위에 올려놓고, 물을 꺼내 마
신다. 문득 돌아보는데, 출근 차림의 단이가 쇼핑백 안을 보고 있다.

은 호	누나!!!
단 이	아니, 난 뭔가 싶어서..
은 호	(얼른 쇼핑백 당겨 앞에 놓고, 마저 마시는데)
단 이	(단이도 물 마시고) 옷 갖다주게?
은 호	신경 꺼. 내 사생활이야.

단 이	네, 네. 사생활은 중요하니까요. (하고, 컵 싱크에 넣고) 나 먼저 간다! (현관으로)
은 호	같이 가. 그냥 내 차로.
단 이	됐어. 회사 사람들 알아봐야 서로 불편하기만 해. (하고 나간다)
은 호	(닫히는 현관문 보는 데서)

S#11. 겨루 출판사, 주차장 (M)

은호, 차에서 내린다.

해린(E)	선배!

— 은호, 돌아보면 해린이 뛰어오고 있고. 와서 "좋은 아침" 하는. 은호, 쇼핑백을 내민다. 응? 해서 보는 해린. 자기 옷 들었고.

해 린	뭐야. 옷 갖다달랠 땐 그대로 두라더니. / 술 마시면 또 올 거 아니냐면서.
은 호	술 마시고 오지 마, 우리집. / 이젠 안 돼. (굳이 정색하지 말고)
해 린	(응? 굳어서 보는, 내 마음을 알았나?)
은 호	(웃으며, 편하게) 나, 여자랑 살아. 그래서 안 돼. (하고 간다)
해 린	!!!! (굳어서 가는 은호를)

S#12. 사내 도서관 (D)

— 북카트에 신간(3부에서 단이가 헤드카피 썼던 〈창백한〉)이 가득 실려 있다. 띠지에도 단이의 카피가 써져 있다. '첫 장을 넘기는 순간, 등골을 잡아당길 숨 막히는 두뇌싸움'. 단이 착잡하고 띠지에 새겨진 카피를 보다가, '신간' 칸에 책들을 올려둔다.

S#13. 콘텐츠 개발부 (D)

- 단이가 "신간 나왔습니다!" 하고 직원들의 책상에 세 권씩 돌린다. 은호 책상 위에도. 은호, 띠지 카피를 본다.
- 플래시백, 3부 47씬.

단 이   (펼쳐 보여주며) 근데요, 편집장님. 이거 〈창백한〉 헤드카피로 어때요?

- 속상하겠다, 싶어서 단이를 보는 은호. 단이 아무 말 없이 해린의 책상 위에도 놓고.

단 이   신간입니다. 대리님.

해 린   (띠지 카피 보는)

단 이   이사님 헤드카피가 좋았는지 띠지 카피도 그걸로 쓰셨네요.

해 린   (비꼬는 거야? 차게 단이 보는)

단 이   (다른 사람에게 책 주는데)

지 홍   (띠지 보며) 그러네? '첫 장을 넘기는 순간, 등골을 잡아당길 숨 막히는 두뇌싸움'. 캬아! 다시 봐도 좋다. 이거.

영 아   왜 이거야? 띠지 카피는 내 아이디어로 딴 거 있었는데?!

- 단이, 책 세 권 들고 이사실로. 가는 단이를 보며 '보통 아니네?' 느낌으로 보는 해린이고.

S#14. 이사실 (D)

- 커피 마시며 창밖을 보고 있던 유선. 노크 소리, 들려도 그대로 창밖 보는데. 들어오는 기척에 돌아보면.. 책 세 권을 올려놓고 있는 단이.

유 선   (재밌다는 듯이 보며) 강단이 씨. 이 카피에 대해 어떻게 생각해?

단 이	군더더기 없이 책과 딱 맞아 떨어지는 헤드카피라고 생각했습니다.
유 선	내가 강단이 씨 카피 뺏었다고 생각해? / 그 카피, 나도 생각했던 거야.
단 이	!!!
유 선	처음부터 그걸로 결정했었어. 설마 강단이 씨가 생각한 걸 내가 생각하지 못했을 거라고 오해한 건 아니지?
단 이	(대답 없이 유선을 보는)
유 선	(답 기다리며 보는)
단 이	이사님 말대로 이사님도 그 카피를 생각하고 계셨을 수도 있고, 그래서 제가 한발 늦었던 걸 수도 있겠죠. // 그렇다면, 제 카피를 드렸을 때 말씀했어야 했다고 생각합니다. 제 카피가 채택되기 전에요.
유 선	!!
단 이	하지만 전 이사님을 제 방식대로 이해해보려고 해요.
유 선	(건방지네?) ...어떻게?
단 이	에스키모들에겐 훌륭하단 말이 없다고 들어서요. 훌륭한 고래도 없고, 훌륭한 북극곰도 없는 것처럼.. 사람들도 그렇대요. 완벽하게 훌륭한 사람도 없겠죠.
유 선	(하! 한방 먹은 느낌인데)
단 이	가보겠습니다. (인사하고 간다)
유 선	허.. 뭐 저런 게... (다 있어?)

S#15. 이사실 앞 (D)

- 문 닫고 나오면서 후-! 이마로 입바람 날리는 단이.

S#16. 콘텐츠 개발부 (D)

   – 지홍이 일정표를 보고 있다. 콘텐츠 개발부의 일정표*가 보여진다. 차은호 – 인쇄소, 그리고 훈과 지율, 맨 아래 단이도 모두 행선지가 같다. 착잡한 듯 보는 지홍.

영 아   (지나가다가) 오늘 신입들 인쇄소 가나 봐..? 봉 팀장님은 왜 안 갔어요?

지 홍   맘 아파서 거길 어떻게 가? (하고 가고)

S#17. 인쇄소 (D)

   – 파쇄 현장. 파쇄기계에서 우르르 쏟아지는 수백 권의 책.

   – 굳어서 할 말 잃은 신입들, 파쇄되는 책에서 눈을 떼지 못한다. 은호는 차마 파쇄기 쪽으로 쳐다보지도 못한다. 다른 데만 보고 있는 은호.

단 이   아니, 왜 멀쩡한 책을...

은 호   (들어오는 트럭 가리키며) 저기, 트럭 두 대 보이죠?

신입들   (보면)

은 호   우리 겨루 책들입니다. (담담하게) 이제 곧 (손만 들어 가리키고) 저렇게 될 거고.

   – 겨루의 트럭이 들어오고, 트럭의 문을 여는 인부들. 책들을 파쇄기계로 옮기는데..

   – 옮기다가 떨어진 책 하나를 드는 은호. 이미 반품으로 돌아와 너덜

•   외근 나가는 직원들이 적어놓고 나가는 게시판.

한 책이지만 툭툭 털어서 옷에 닦아서 보는 은호.

단 이   파쇄 말고는 방법이 없는 건가요?

훈   (한 권 들이밀며) 멀쩡하잖아요. 이건.

은 호   안 팔리는 책을 계속 창고에 쌓아둘 수는 없어요. 보관비용이 드
        니까.
        (다른 책 집어 보여주며) 이런 책은 서점 반품. 사람들이 읽다가 훼
        손 된 거.

단 이   (받아서 보는)

은 호   서점에서 반품되는 책들은 거의 절반 이상이 파손되어 돌아옵니다.
        그 손해는 출판사가 고스란히 안는 거고.

        – 인서트, 대형서점.
        책꽂이 앞에 서서 책을 읽는 남자1, 읽었던 부분 접어서 다시 책꽂
        이에 꽂아놓고 가고. / 비닐 랩핑된 만화책. 주변 눈치를 보며 조심
        조심 뜯어내는 여고생. 비닐 교복 호주머니에 넣고 만화책 읽는. /
        서점에 배치된 의자에 앉아 책 읽는 여자1, 책이 잘 안 펼쳐지자 가
        운데를 핸드폰으로 쭉쭉 밀어 펼치는. / 역시 의자에 앉아 책 읽는
        남자2, 커피 마시다가 책에 쏟으면 손으로 닦는. / 여자2, 물 마시다
        가 책* 위에 올려두는. 책 위에 물이 흐르는.

은호(E) (여자2의 책, 물에 불었다가 마른 책 흔적 아프게 보며) 어떻게 만
        든 책들인데... (오래 보는)

은호(E) 일종의 자기계발서였지만.. 감동을 주고 싶었다. / (컴퓨터 관련 책
        들 보면서) 컴퓨터를 잘 다루고 싶어서 만들기 시작했다. 컴퓨터를
        배우면서 책까지 만들 수 있어서 좋았다..

• 자기계발서

- 그런 은호를 보는 단이..

- 인서트, 대표실. 은호, 갓 출간된 책 한 권을 원목 트레이에 담아 들어온다.
- 재민, 책을 보더니 바로 일어난다. 성큼성큼 걸어와 두 손으로 조심스럽게 책을 드는 재민. 가만히 책 냄새를 맡는다.

재 민   난다, 나. 잉크향이 묵직한 게 대박의 향기가 나.
은 호   신간 나올 때 마다 꼭 이래야 됩니까?
재 민   평생. 죽는 날까지. (책을 가슴에 앉고 잠시 기도하고) 차 편집장도 해볼래?
은 호   (웃으며) 됐습니다.
재 민   어제까지 이 세상에 없었던 거잖아? 지금 딱 이렇게 나온 거잖아. 얼마나 신기해? 얼마나 예뻐? / 우리가 만든 거야.
은 호   (역시 뿌듯해 웃는)

- 재민이 보던 그 책, 반품되어 돌아왔다. 아프게 보는 은호. 뒤쪽 판권면을 본다.
은호(E)   (책 제목) 일의 희로애락*. 초판1쇄 발행 2018년 1월 27일. 지은이 임성목, 펴낸이 김재민, 편집팀 차은호, 봉지홍, 마케팅팀 고유선, 서영아. 디자인팀...
- 그런 은호를 보다가 다시 파쇄기계로 시선 돌리는 단이. 더 잘게 파쇄 되어가는 책들. 다들 말없이 묵묵히 지켜만 본다.

은호(E)   (책 쓰다듬으며) 어떤 책도 저절로 만들어지지 않는다. 한 권의 책 안엔 드러나지 않는, 많은 이들의 이름과 마음이 있다.

• 상황에 따라 바꾸셔도 상관없습니다.

	– 인서트, 헤어숍. 고고하게 머리 말고, 핸드폰 보고 있던 유선. 문득 굳는다. 포털에 실린 기사다! '민영한 작가, me too. 상습적 제자 성추행!'
유 선	잠시만요! 스톱! 스톱!
	– 인서트, 물류창고 앞. 급하게 와서 서는 은호의 차. 집에서 막 뛰어온 차림새의 은호 내려 안으로 뛰어가는데, 택시가 와서 선다. 은호가 돌아보면 해린이다. 해린 역시 집에서 막 온 차림이고. 심지어 해린은 신발까지 짝짝이다.
은 호	기사 보고 오는 길이야?
해 린	포털 메인 화면에 올라왔는데 그걸 어떻게 못 봐요?
	– 둘이 안으로 뛰어간다.
	– 인서트, 물류창고 안. 뛰어 들어오는 은호와 해린! 헉, 하고 보는.
	– 이미 와 있는 재민, 지홍, 영아. 바닥에 박스 펼쳐서 깔고 앉아 산더미 같은 책을 쌓아놓고 '신간홍보지' 빼고 있다. 신간 홍보지는 '민영한 작가의 신간! 적도의 푸른밤' 포털에 실린 기사와 똑같은 사진!
영 아	왜 왔어들? 일부러 연락 안 했는데.
지 홍	젊은데, 연애를 해야지! 일요일인데!
해 린	(앉으며) 어차피 할 일 없었어요.
은 호	(팔 걷어붙이고 앉는) 전 데이트 있었어요. 여친한테 차이면 대표님이 책임지세요!
재 민	그래. 나한테 장가 와! / 얘들아, 이 아저씨 새엄마로 어때?
	– 은호가 고개를 돌려보면, 돗자리 깔아놓고 초등학생 두 딸이 엎드려 그림을 그리고 있다.
영 아	대표님은 놀이동산 가다가 왔대.
	– 그때, 물류창고 문이 열리며 누군가의 하이힐 소리. 모두 고개를 돌려 보는데.. 유선이 머리에 파마 구루프 만 채, 그 위에 덮개까지 쓴

채, 헤어숍 가운까지 입은 채.. 오고 있다. 헉, 하는 일동.

– 시간 경과, 재민의 두 아이들까지 홍보지를 빼낸다.

재 민   이 책이 다음에 팔 책인데.. 미리 광고할려고 했거든? 근데 이 아저
         씨가 좀 나쁜 일을 하셔서.. 이 책은 못 팔게 됐어요. 그래서 광고지
         를 빼내는 거야. / 큰딸. 아빠가 무슨 일 한다고?

큰 딸   책 만드는 일!

재 민   작은 딸, 아빠의 꿈이 뭐라고?

작은딸   온 세상 사람들이 아빠가 만든 책을 다 읽는 거!

재 민   (웃고) 휴일에 다들 미안해. 고작 이런 일 때문에.

– 파쇄 현장. 여전히 파쇄기계 쪽 못 보고 딴 짓하는 은호. 민영한 작
  가의 책들이 파쇄되고 있다.

은호(E)   김재민 대표의 그 믿음이 좋았다. '고작' 작은 것에도 최선을 다하
         면, 독자들이 한 권이라도 더 읽게 될 거라는 믿음. 그리고 그 누군
         가는 '고작' 그 한 권으로 인생이 달라질지도 모른다는 믿음.

지 율   (답답한) 남은 책은 좀 싸게 팔면 되잖아요. 반값 할인! 이런 거요.
         그럼 팔릴 것 같은데.

은 호   도서정가제 때문에 안 돼요. 할인 폭에 제한이 있거든.

단 이   기부하는 곳들도 있지 않나요?

은 호   한번 서점에 보냈다 돌아온 책은 중고로 못 팔고, 기부도 안 돼요.
         기증했는데 중고책 시장으로 넘어가면 신간 판매가 어려워지니까.
         (덤덤하게 말하지만, 파쇄되는 책 보며 가슴 아프고) 그나마 이렇
         게 폐지 처리하면 종이 값이라도 받으니까.

지 율   얼마나 받아요? 권당 만오천 원이니까.. 그래도 천원?

– 그때 봉투 들고 오는 직원.

직 원   겨루 분들 맞으시죠? (봉투 건네며) 두 트럭 정산했습니다.

－ 은호, 신입들에게 직접 받으라고 고갯짓한다. 지율, 봉투 받으면, 단이와 훈 함께 모인다.

지 율　　　(봉투 흔들며) 너무 얇은데. (문득 좋아서) 수표인가 봐요?!!!

－ 지율, 봉투 열어보면, 달랑 5만 원권 8장이 들어 있다. 더 있나 싶어 뒤집어서 털어보는 지율. 할 말을 잃은 신입들. 그런 신입들 보는 은호.

은호(E)　　일 톤 트럭 두 대의 책을 폐기했다. 수천 권의 책을 파쇄했는데 돌아온 건.. 고작, 많아야 서른 권 정도를 살 수 있는 돈이었다.

－ 단이 발치로 파쇄 중인 책 한 권이 굴러 떨어져온다. 단이, 집어 책 보면, 표지도 속지도 구겨지고 찢어져버려 너덜너덜해졌다. 더 이상 책이 아니다. 단이, 책장을 넘겨보다 울음을 참는다. 책 꼭 쥐었다가.. 가방 안에 넣는다.

단 이　　　(눈물 삼키려고 크게 숨 들이쉬고, 내쉬며) 아자!!!!

－ 다들 놀라서 단이 보면. 단이 뒤돌아, 은호, 훈, 지율과 마주한다. 눈가가 젖었지만, 싱긋 웃고 있는 단이. 다들 그런 단이 보며 애써 미소 지어본다.
－ 파쇄 현장 뒤로 하고 사이좋게 떠나는 단이, 은호, 지율, 훈에서..

은호(E)　　이 책들은 영영 사라지는 게 아니다. 찢기고, 밟히는 과정을 거쳐, 다시 종이가 된다. 그리고.. 우리의 손을 통해 새로운 책으로 태어난다.

－ 은호, 걷다가 멈춰서. 웃고 떠드는 신입들의 뒷모습을 본다. 그리고 단이를 본다. 따뜻하게 웃으며 다시 발맞춰 걷는 은호. 핸드폰 벨소

리 울려 보면 '대표님'이고.

은 호 　　네. 대표님. (사이) 지금 인쇄소요! 파쇄하는 현장, 신입들 보여주고
　　　　들어가려고요!

S#18. 대표실 (D)

재 민 　　(파쇄? 눈가 촉촉해지면서) 거기.. 갔구나.. 난 마음 아파서 못가겠
　　　　던데... (하다가, 버럭) 그게 다 돈이라고! 돈!!! / 우리 돈이 전부 가
　　　　루가 됐다고!!!!

S#19. 인쇄소 (D)

　　　　- 은호, 한숨. 핸드폰 조용히 끊는 데서.

S#20. 인쇄소 앞 (D)

　　　　- 은호, 나오며 자신의 차 옆에 서있는 신입들에게 다가간다. 리모콘
　　　　눌러 차 열어주면, 타려는 신입들. 훈이 조수석 문을 열다가,

훈 　　　어, 송 대리님이다.

　　　　- 그 말에 보는 은호. '겨루'라고 쓰인 회사 차에서 내리는 해린.

해 린 　　(신입들에게 인사하고, 은호에게) 같이 퇴근하자구.
난 이 　　(해린의 손에 들린 쇼핑백을 보는!!!)

– 플래시백, 앞 씬. 식탁의 쇼핑백. 떠올린 단이, 은호를 보는데.

은 호	(시계 보며) 퇴근 시간 다됐네?
해 린	(웃으며) 엄마가 김치 가져가래요. 새로 담았다구.
단 이	.....
은 호	(신입들에게) 혹시 운전할 줄 아는 사람, (있어요?)
훈	(얼른 손 들며) 저요! 저, 저! 저!!!
해 린	(잘됐다! 자기가 몰고 온 차, 키 주며) 회사에 주차 시켜놓고 퇴근해요.
단 이	..... (계속 쇼핑백만)
은 호	그럼, 다들 내일 봐요. (하고 차로)
단 이	... (보다가, 겨루 차로)

S#21. 달리는 겨루 차 안 (D)

– 앞좌석 바짝 당겨 앉은 훈, 경직된 자세로 꼿꼿하게 운전 중이다. 조수석에 앉은 지율과 뒷자리에 앉아 있는 단이.

지 율	혹시.. 둘이 사귀는 거 아냐?
훈	(온몸이 긴장한, 귀만 쫑긋) 누가?
지 율	누구긴! 편집장님이랑 송 대리님. 아무래도 선후배 이상인 거 같애. (뒤돌아 단이 보고) 강단이 씬 느낌 왔죠? 굳이 회사 차 끌고 와서 같이 퇴근하고, 김치도 나눠먹는 대고.. (확신하는) 그 얼음조각 같던 송해린이 편집장님 앞에선 잘도 웃고. 느낌 딱 왔어. 그죠?
단 이	...글쎄요.
훈	아니야. 내가 촉이 얼마나 좋(은데)
단 이	잠깐만요. 지금 그게 문제가 아니라. 우리 차, 지금 달리는 거 맞아요? 난 왜 걸어가는 거 같지? (속도계 보면 50즈음이고)

207

– 인서트, 겨루 차를 빠른 속도로 지나가는 다른 차들. 끼어들기도
하고.

– 그때, 옆 차선 차가 겨루 차와 속도 맞춘다. 이어 창문 내리고 '운전
좀 제대로 해!' 외치고. 위협하듯 한번 옆으로 바짝 붙고 가는 차.
훈, 놀라서 운전대 살짝 흔들고. 순간 휘청거리는 겨루 차.

지 율   까아! (창문 위 손잡이 잡으며) 운전한다고 나서지나 말지! 저요,
저! 저! 저! 하더니. / 이게 무슨 공포체험이야.

훈   (땀 삐질 흘리고) 조용히 좀 해줄래?

단 이   (지율 따라 손잡이 꼭 잡고, 애써 웃는) 면허 딴 지 얼마 안 됐나
봐요.

훈   (와중에 씩씩한) 네. 어제.

단 이   (헉)

훈   마케팅은 기동력이 생명이라, 운전은 필수라서.

– 단이와 지율, 필사적으로 매달리다시피 손잡이를 부여잡는다.

S#22. 달리는 은호의 차 안 (D)

– 운전하는 은호. 그 옆에 앉은 해린.

해 린   그냥 내일 회사로 가져올까 하다가.. 물류센터 나온 김에 혹시나 해
서 들렀어.

은 호   잘했어. 안 그래도 김치 떨어져가는데.

해 린   (설핏 웃고) 참, 선배. 지서준 알아봤다? 선배가 말한 그 디자이너.

은 호   그래?

해 린   스물아홉 살. 첫 작업부터 지금까지 월명하고만 작업. 근데 재밌는
게 뭔지 알아? 국문학과 출신이야.

은 호   월명하고만 일하는 특별한 이유 없고?

| 해 린 | 좀 찾아봤는데, 인터뷰가 딱 하나 있더라구. 잠시만. (하고 가방에서 태블릿 꺼내서 거치대에 올린다.) 잘 생겼죠? |
| 은 호 | (운전하며 흘깃 보다가 앗!) |

- 플래시백, 3부. 서점씬. 은호의 시선에서 서준에게 책을 권하던 재민 떠올리고. 그 사람이었구나?

| 은 호 | (혼잣말) 하필이면.. (해린에게) 서점에서 스친 적 있어. |
| 해 린 | (핸드폰으로) 연락처 월명에 있는 편집자한테 알아봤거든? 지금 보내놓을게요. (한쪽에 있는 은호 핸드폰 알람 울리는) |

S#23. 서준의 집, 거실 (N)

- 서준, 드로잉북에 스케치하는 중인. 웨딩드레스숍 앞에 서 있던 도전적인 단이의 뒷모습.. 그 옆에 가방과 대파 화분.. 소주병까지. 완성된 그림은 아니고.

S#24. 달리는 겨루 차 안 (N)

- 운전 중인 훈, 머리칼이 땀으로 젖었다. '홍대' 이정표가 저만치서 보이고.

단 이	(가운데로 고개 내밀고) 왼쪽 차선으로 빠짝 붙어요. (이정표 따라)
훈	나 운전대에 손 못 떼. 깜박이. 깜빡이 오 사원.
지 율	뭐가 깜박인데. (아무거나) 이거?

- 앞 유리창으로 워셔액 쏘고. 와이퍼 작동된다.

훈	야, 이거 꺼봐.
지율	몰라. 내가 뭘.. (하고 아무거나 만지는데, 와이퍼는 더 빨라지고)
훈	(진땀 흐르는데, 이정표 지나가버렸고) 이미 지났잖아!!!!
지율	왜 나한테 그래?
단이	두 사람 잠시만요. 저기.. 훈이 씨, 갓길에 세워. (봐요.)
훈	(OL) 세울 줄 알았으면 진작 세웠지!
지율	그래. 그래. 부산까지 가자, 그냥.

‒ 단이, 고개 내밀고 룸미러 본다. 뒤쪽으로 고개 돌려 다른 차 없다
는 거 확인하고.

단이	손에 힘 빼요. 박훈 씨. 액셀 그대로 밟고.

‒ 단이, 몸통 앞으로 내밀어 운전대 잡아서 왼쪽으로 핸들 틀어버린
다! 으아악!! 소리 지르는 훈이고.
‒ 갓길로 들어서는 겨우 차. "브레이크!" 소리 지르는 단이. 그리고..
멈추는 차.

훈	(심호흡 천천히 하고) 와.. 담력은 이렇게 기르는 거구나..?
지율	언니, 아니. 강단이 씨. 운전면허 있어요?
단이	...있긴 한데.. 갱신을 안 해서.
지율	그럼 이제 우리집에 어떻게 가? (가방에서 울리는 전화 꺼내 보고) 어떡해. 나 엄마한테 전화 와. (보며) 나, 오늘 선보기로 했는데.
훈	(어이없는) 야, 넌 남자하고 헤어진 지 얼마나 됐다구.. 벌써 또 선 을 보냐? 그렇게 결혼이 하고 싶어?
지율	선보면 다 결혼해야 돼? 그냥 밥 먹고 커피 마시는 거지.
훈	선은 결혼하려고 보는 거거든!
지율	난 엄마한테 용돈 받을라고 선본다! 왜?
훈	내가 그 용돈, 꼭 받게 해줄게. 됐지?!!!

- 시간 경과. 한결 여유로운 모습으로 운전하는 훈. 한 손으로 깜빡이 부드럽게 넣고. 지율을 보며 씩 웃고는, 조수석 쪽에 있던 손 지율의 의자 쪽으로 넘기며..

훈	(지율 보고) 음악 들을래?
지 율	됐거든?
훈	(음악 틀고) 운전 별거 아니네. 이젠 발로도 할 수 있겠어.

- 정말로 나머지 손마저 떼더니, 한발 올려 운전대 움직이는 훈. 단이와 지율, 그런 훈을 안됐다는 듯 본다.
- 카메라 멀어지면, 견인차에 끌려가고 있는 겨루 차.

S#25. 해린 부모 식당 앞 (N)

은호와 해린이 걸어온다. 입구에 커다란 찜통. 나와서 만두 접시에 만두 담다가, 해린과 은호를 보는 해린모.

해린모	(좋아서) 아이구, 우리 편집장님 오셨네?!
은 호	(웃으며 인사) 안녕하셨어요?
해 린	(밉지 않게 흘기며) 엄마 눈엔 선배만 보이고 난 보이지도 않아?
해린모	왜 안 보여? 둘이 세트로 딱! 보였는데.

S#26. 해린 부모 식당 (N)

- 은호 데리고 들어서는 해린모. 해린 뒤따라 들어서는데. 주방에서 고개를 내밀고 홀 쪽을 보던 해린부, "왔어?" 하고. 은호도 웃으며 인사하는데. 식당은 빈자리 딱 하나 남았다.

해린모	(빈자리로 은호 데려가며) 여기 앉아요. 이 전쟁통에 어떻게 한 자리가 남았네. 귀한 손님 올 줄 알고 그랬나.

– 은호 보며 싱글싱글 웃는 해린모. 빈자리에 앉는 해린과 은호.

해린모	조금만 기다려요. 우리 편집장님 좋아하는 거 금방 내올 테니까. 고기반 김치반, 맞지?
은 호	(겉 옷 벗고, 웃으며) 네.
해 린	(그런 둘 보고 웃는데)
은 호	(가는 해린모 보다가, 가게 둘러보고) 장사 잘되네?
해 린	원래 이맘때 되면 거의 이래요. 아무래도 날씨 덕을 많이 보니까.
은 호	바쁜데 괜히 와서 성가시게 해드리는 거 아냐?
해 린	아까 우리 엄마 광대 이만큼 솟은 거 못 봤어요? 나보다 선배를 더 좋아하는 거 같애.
은 호	그럴 리가 있냐. 너한테 잘하라고 나한테도 잘해주시는 거지.
해 린	(그런 건 아니지만. 더 말 않고 애써 웃기만)
손 님	여기 김치 좀 더 주세요!

– 은호와 해린, 고개 돌려보면. 해린부모는 안 보이고. 하나 있는 아줌마 직원은 저쪽 구석에 있고. 은호, 얼른 일어나며.

은 호	네. 잠시만요. (하고 테이블로 가서, 팔 걷어붙이고 빈 접시 가지고)

– 해린, 그런 은호를 본다. 은호, 주방 앞에 있는 김치통에서 김치 옮겨 담아 갖다 주고, 돌아서는데. 문 열리며 해린부가 정수기 물통 끙끙대며 들고 오자 얼른 달려가 "저 주세요, 아버님!" 하고 탁 옮겨 놓고. 해린부, 그런 은호 예쁘게 보며 혼자 앉아 있는 해린을 보면서 손가락 하나 치켜세운다. 그때 남자 두 사람 들어선다.

해린부	아이쿠, 자리가.. (없어요!)

은 호	아니, 있어요. 이쪽으로.. (하고 해린 앉아 있는 테이블로 가서, 해린 당겨서 일으켜 세우며) 여기 앉으세요.

　 － 주방에서 적당히 무언가 내어오다가 그런 은호 보는 해린모. 해린 부와 눈웃음 주고받고.

은 호	(해린에게) 저기 손님 가신다. 치워. (해린 돌려세워 그쪽으로 밀고)
손님2	물 좀 주세요.
은 호	네, 네. 갑니다. (하고 물병 정수통에서 받는데)
직 원	(오며) 사장님. 저 청년 누구에요?
해린부	우리 해린이 다니는 회사,
해린모	(OL) 사윗감!!!
직 원	정말요?
해린부모	(동시에 뿌듯하게, *끄덕끄덕*)

　 － 해린, 테이블 치우며, 물 받는 은호를 보는 데서.

S#27. 버스 안 (N)

　 － 집으로 가는 중인 단이. 무심하게 창밖 내다보다 문득 떠올린다.
　 － 플래시백, 앞 씬. 해린의 손에 들려 있던 쇼핑백. 그리고...

해 린	(웃으며) 엄마가 김치 가져가래요. 새로 담았다구.

　 － 단이, 갸웃하고.. 유리창에 '안경 같은' 걸 그려본다. CG로 그려진다. 그 위로,

단이(E)	집에서 브래지어가 나왔어.
단이(E)	(안경 같은 거 바깥에 쇼핑백을 그린다. 역시 CG) 쇼핑백에 그걸 담았어. (그 옆에 여자를 그린다. 그림 잘 못 그린다) 송해린한테 그 쇼핑백이 가 있어. (그 옆에 김치통을 그린다) 엄마가 김치를 담가

주는 사이야. (그 그림에서 손가락 떼어내고 곰곰이 본다) 사귄다
는 말이잖아. 백 프로.

– 그런 단이 위로 1부의 목소리만.

단이(E)   전화는 왜 안 받았어?

은호(E)   여자친구한테 차이느라.

단이(E)   왜 차였는데? 웃기는 애네? 브래지어는 남의 집에 벗어놓고.

은호(E)   사랑을 모른대. 내가.

– 다시 단이가 갸웃한다.

단이(E)   분명히 헤어졌다고 했는데?

– 다시, 앞 씬 대사가 그런 단이 위로 얹힌다.

단이(E)   어젯밤 어디, 갔었는데?

은호(E)   좋아하는 사람 집에.

– 단이, 그제야 아! 하고 이해한다. 오해지만.

단이(E)   그날 화해했구나? (김치통 CG 가리키며) 그래서 김치를 받으러 간
            거고.

– 고개 끄덕이지만.. 뭔가 개운치 않다. 해린이 마음에 안 드는 건지,
아니면 전부 신경 쓰이는 건지.. 그림을 가만히 보다가 손으로 쓱
지우는 단이에서.

S#28. 동네 공원 (N)

– 단이, 땅 밑만 보며 걷고 있다. 문득 멈춘다. 시선 따라가면 서준의
개가 목줄이 없이 단이를 보며 서 있다.

단 이	야.. 너, 왜 거기 있어...? (다가가서 안으며) 너 목줄 어디 갔어? (주변 돌아보며) 우산 씨 어디 갔니? / 몰라? (어떡하지?) 이러구 돌아다니면 큰일 나는데, 너..

– 공원 일각. 빈 목줄을 들고 개를 찾는 서준. 커플 지나가면,

서 준	죄송한데, 여기서 개 한 마리 못 보셨어요? 목줄이 풀려서.
커 플	(모르겠다고)
서 준	(인사하고) 애기야.. 애기 어디 갔어.. 큰일났네.. (빈 목줄 보는데)

– 일각. 목에 매었던 머플러를 푸는 단이. 개의 목 끈에 묶어 목줄을 만든다.

단 이	이거 비싼 거야. 내 동생이 사준 건데. 일단은 이러구 가자, 너네 주인한테.

– 머플러 끝을 잡고 개를 끌고 가는데.. 저만치서 모퉁이 돌아서 오다가 마주친 서준. 단이 머플러 끈 보라는 듯, 으쓱하면서 웃는. 서준도 웃고.

서 준	(개 목에 묶여 있는 머플러 보고, 픽 웃으며 다가오는) 아니.. 어떻게..
단 이	벌금 이십만 원.
서 준	(손에 쥔 목줄 보여주며) 편의점 앞 의자 다리에 묶어놨는데. (편의점 봉지 들어 보이며) 라면 사가지고 나오니까 없어졌더라구요.
단 이	그니까 벌금 이십만 원은 어떻게 갚을 거냐고요.
서 준	(앉으며 목줄 바꿔달고) 어떻게 갚죠?
단 이	(생각하는데)
서 준	(혼잣말) 근데, 우산 값은 갚았나? 난 신발도 찾아줬는데. (하고 단이 머플러 주고) 우산도 안 돌려주셨고.
단 이	(웃으며 받는다)

— 셋이 걷는다.

서 준   우리 애기 이름은 지었어요?

단 이   음... (뭐라고 짓지?)

서 준   (웃으며 단이 보고, 답 기다리는데)

단 이   우리 셋은 그날 다 처음 만났잖아요. (손가락으로 자신, 서준, 개 가
         리키며) 나는 대파, 그쪽은 우산, 그럼 애는 뭐겠어요?

서 준   (고민하다가, 번뜩) 신발?

단 이   (어이없어서 멈추고, 믿지 않게 흘기는)

서 준   ..신발은 좀 그런가.

단 이   비 오는 날 만났잖아요.

서 준   그럼.. 비?

단 이   금비?

서 준   좋다. 금비. / (개에게) 너도 괜찮아, 금비?

단 이   (보다가) 여기 잠깐 있을래요? 저 집에 가서 우산 가져올게요. 오
         분, (했다가) 아니 십 분이면 돼요.

서 준   아니 그것보다.

단 이   (보면)

서 준   밥 안 먹었으면 (봉지 들어 보이며) 라면 어때요? (손가락으로 가
         위질하며) 대파 송송.

단 이   (그래도 되나? 표정에서)

S#29. 해린 부모 식당 (N)

— 한산해진 식당. 은호, 해린모가 싸준 김치 보따리 들고 해린부모에
게 인사한다. 해린, 그런 은호 옆에 서 있고.

은 호   감사합니다, 어머니. 매번 너무 잘 먹고 있어요.

해린모   우리야 항상 김치 차고 넘치게 해놓으니까 부담 갖지 말고. 응? /

아, 만두도 좀 싸줄까?

| 해린,해린부 | (그만하라고) 엄마... / 여보... |
| 은 호 | (웃고) 만두는 다음에 와서 또 먹을게요. |

S#30. 해린 부모 식당 근처 (N)

－ 식당에서 나와 함께 걷는 해린과 은호.

해 린	(살짝 떠보듯) 울 엄마 좀 주책이지?
은 호	어른 될려면 아직 멀었다, 송해린. / 엄마 없는 사람 앞에서 엄마 자랑이냐?
해 린	(앗) 아, 그런가.
은 호	어머니 뵈면 우리 어머님 같아서 좋아. 우리 어머닌 그렇게 다정한 분은 아니셨지만.

－ 은호, 그저 웃으며 걷는데. 해린, 은호 옆얼굴 흘끔거리다가, 빈 팔 도 본다. 팔짱 끼고 싶은 듯 조심스레 손들어 은호 팔 가까이 가져 가다가... 문득, 떠올리는. 앞 씬 은호, 대사만.

| 은호(E) | 술 마시고 오지 마, 우리집. / 이젠 안 돼. |

－ 팔 거두고, 해린.. 걷는 은호의 얼굴을 다시 본다.. 그 위로,

| 은호(E) | 나, 여자랑 살아. 그래서 안 돼. |

－ 해린, 마음이 아프다. 누군지 차마 물어보지도 못하는.

－ 그때 길가 돈가스 전문 식당의 문이 열리며 손님들이 나온다. 문 앞 까지 나와 "안녕히 가세요!" 하고 허리 숙여 인사하는 남자... 문득 은호, 걸음을 멈춘다. 인사하던 남자 다시 허리 들면 보이는 얼굴... 동민이다...!!!

－ 은호, 멈춰서 그런 동민을 본다. 멈춘 은호 때문에 같이 멈춘 해린, 은호의 시선을 따라 들어가면... 식당으로 들어간 동민. 계산대에 앉 은 임신한 여자의 배를 다정히 쓰다듬는 동민의 모습이 투명한 유

리창 너머로 다 보인다. 믿을 수 없다는 듯 보는 은호인데...

해 린   왜 그래, 선배.. (다시 돈가스 가게 돌아보고)

은 호   (그대로 시선은 동민부부에게) 너, 가.

해 린   아는 사람이에요?

은 호   아니. 난 돈가스 좀 먹고 가야겠다. (시선 거두고 해린 보며, 안 가?
        표정)

해 린   어.. (뭔가 이상하지만) 알았어. 조심해서 가고, 내일 봐요, 선배.

        − 해린, 간다. 가는 해린 잠시 보다가.. 시선 들어 동민을 보는 은호.
        − 플래시백. 2부 9씬.

단 이   ...그 사람.. 여기 없어. 여자랑.. 외국 갔어. 안 돌아올 거야..

        − 단이한테 거짓말한 거구나... 깨닫고 표정 서늘해지는 은호.
        − 해린 잠깐 돌아보다가.. 은호가 돈가스 가게 안으로 들어서자, 갸웃
        하고 간다.

S#31. 동민의 식당 (N)

        − 다정하게 여자의 배를 만지며 수다 떨고 있는 동민. 그때 손님 들어
        오는 종소리가 들린다. "어서오세요!" 하면서 보는 동민. 문 앞에는
        은호가 서 있다.

동 민   (놀란, 긴장해서) 어... 은, 은호야...

은 호   (서늘하게 보고 선)

동민여자 누구야, 여보?

동 민   당신은 여기 가만히 앉아 있어. 가만히... / 저, 은호야... (하는데)

        − 탁, 빈 테이블 위에 김치 보따리 내려놓는 은호. 크지 않은 소리에
        도 깜짝 놀라는 동민. 은호, 조용히 재킷을 벗어 내려둔 김치 보따

리 옆에 얌전히 내려둔다. 팔 걷는 은호 보고 상황 파악한 동민, 후 다닥 주방으로 도망친다. 후, 하고 주방으로 성큼성큼 가는 은호.

동민여자   저기요. 이봐요! (뭐 하는 거예요?)
은 호   (거침없이 주방 쪽으로)

S#32. 동민의 식당, 주방 (N)

– 은호, 주방에 들어서면... 주방 가운데 길게 놓인 테이블 너머에 주 춤거리며 서 있는 동민. 은호가 다가가면 얼른 후다닥 반대편으로 도망가고.

동 민   은호야! 내가 다 설명할게. 차근차근 하나씩,
은 호   (OL) 이게 차근차근 설명이 가능한 일이야? 장난해? (하고 다가 가면)
동 민   (또 후다닥 피하며) 은호야... 이게 다 어떻게 된 일이냐면...
은 호   (OL) 어떻게 해도 말 안 되는 일인 것도 알지? / 딱 한 대만... 한 대 만 제대로 맞자, 홍동민. (주먹 꽉 말아 쥐는데)
동 민   (긴 테이블 빙빙 돌아 피하며) 야.. 니가 단이 친동생도 아니고. (하 며 적당히 바구니 같은 것 던지고) 이미 끝난 이야기를 뭘 어쩌자고.

– 그러거나 말거나, 테이블 짚고 건너가며 날아차기 하는 은호에서.

S#33. 동민의 식당 (N)

– 양 콧구멍에 다 휴지 틀어막고 앉은 동민. 그 모습 안쓰럽게 보며 옆에 앉은 여자. 괜찮다며 여자 다독이던 동민, 맞은편에 앉은 은호, 서늘한 표정으로 보고 있고.

동민여자	아무리 동생이지만. 사람을 어떻게 이렇게.. 경찰서에 신고하자, 여보.
동 민	괜찮아. 조용히 하구 있어. 애 태권도 했어.
동민여자	아무리 그래도..
동 민	(제발 가만있으라고)
은 호	(차게 보다가) 누난 어디까지 알고 있어?
동 민	여자 있었다는 건 알고 있었고... 임신했다는 건 모르고... 같이 캐나다 간 걸로, (하다가 은호 눈치에 찔끔) 야, 일일이 다 알면 뭐하겠냐. 내가 여기서 이러구 산다는 거 재희 엄마가 알아봤자 좋을 것도 없는데...
은 호	그걸 말이라고 해? 여태 누나가 어떻게, (살았는지 아냐고 하려다 꾹 눌러 참고) // 진짜 이렇게까지... 이렇게까지 바닥일 줄은 몰랐다... (배신감과 상처로 보면)
동 민	(마찬가지로 복잡한) 은호야...
은 호	내 이름 부르지 마.
동 민	(머뭇거리다) 그럼 뭐라고 하냐. 작가님이라고 하냐?
은 호	(한심한) 핸드폰 내놔.
동 민	핸드폰은 왜?
은 호	(보면)
동 민	(조용히 핸드폰 준다)
은 호	(동민 핸드폰으로 자기 번호 찍어 통화버튼 누르고, 울리면 받고, 핸드폰 돌려주며) 이거 내 전화번호니까 전화하면 받아.
동 민	우리가 따로 통화해서 할 일이 뭐 있다고...
은 호	일단 누나한테 메일 하나 보내. 그땐 경황이 없었는데, 미안하다고.
동 민	그것만 하면 돼? 캐나다라고 그러고?
은 호	그리고, 누나 계좌번호 보낼 테니까 재희 양육비, 누나 위자료도 보내.
동 민	(생각도 못했고) 뭐?
동민여자	아니.. 이 가게 우리 꺼 아니에요. 우리 부모님 꺼예요.
은 호	(그대로 동민만 보는데)
동 민	(기 눌려 중얼중얼) 그래, 뭐.. 양육비야 뭐 내 자식이니까... 근데 위

	자료는 그때 재희 엄마랑 이혼할 때 얘기 끝냈고,
은 호	(OL) 보내. 날마다 내 얼굴 보고 싶지 않으면.
동 민	(뭐라 더 말하려는데)
은 호	내가 이 집 단골이 돼줘? 내일도 올까?
동 민	그럼... 위자료는 얼마나...?

S#34. 은호의 차 안 (N)

- 집으로 운전해 가는 은호. 단이를 떠올린다.
- 플래시백, 3부 1씬.

단 이	집이 그 전에 넘어갔단 말은 했고. 새 주인이 안 들어오고 집 허물 고 공사한대서 몰래 살았어. 수도 끊기고, 전기 끊긴 집에서.
단 이	눈물은 이미 일 년 동안 흘릴 만큼 흘렸어.. / 그렇게 울면서 한 가 지 깨달은 게 있다면, 우는 걸로는 아무 것도 해결이 안 된다는 거..

- 은호, 가슴 아프다.

은 호	(혼잣말) 바보...

- 은호의 쓸쓸한 표정 위로.. 단이의 환호소리 없다.

단이(E)	우, 우우우우!!!!

S#35. 서준의 집, 주방 (N)

- 라면을 앞에 둔 단이, 두 손 모으고 환호하고 있다. 그 모습 보며, 귀 엽다는 듯 픽 웃는 서준. 젓가락 건네고.

단 이	잘 먹겠습니다!!! (하고 먹는다)

S#36. 은호의 집, 거실 (N)

　　- 은호, 어두운 거실에 들어온다. 불 켜고, 김치통 식탁에 올려놓고..
"누나!" 불러보는 은호. 단이방 문 열어보고. 빈 방이다.

S#37. 단이의 방 (N)

　　- 비어 있는 단이 방에 들어오는 은호. 빈방 보다가.. 탁상달력 본다.
어느 날 쯤, '첫 월급'이라고 써 있고. 별표가 쳐져 있다. 그 옆에 '재
희와 은호 선물'이라고 써져 있고. 따뜻하게 보는 은호. 전에 사 놓
은 새 화장품들 사이에 쓰던 샘플들 빼낸다.

은 호　　새 화장품 아껴서 뭐하려고. 바보야, 진짜. (쓰레기통에 버리고)

　　- 은호, 서랍을 열어본다. 반지 케이스가 보인다. 복잡하게 보다가..
반지 케이스 꺼내는 은호. 열어본다. 결혼반지로 보이는 반지가 들
어 있다.
　　- 인서트, 결혼식. 결혼반지 끼워주던 동민과 단이.
　　- 은호, 화나는 듯 반지 케이스 거칠게 탁 닫고 휴지통에 던져 넣으려
다가.. 후! 한숨 쉬고, 다시 서랍 안에 넣어두고. 그 옆에 통장 꺼낸
다. 첫 장 펼쳐서 핸드폰으로 사진 찍는 은호에서.

S#38. 서준의 집, 거실* (N)

　　- 한쪽에 쪼르르 진열되어 있는 클래식 카메라와 즉석사진기. 감각적

•　거실엔 책이 없습니다.

인 인테리어 소품들 훑어보는 단이. 그 끝에 그리다 만 서준의 그림이 있고. 한눈에 봐도 웨딩드레스숍 앞에 있던 그날의 자신이고..

서 준   (차 가지고 소파로 오며) 아직 미완성이에요.
단 이   (보다가 소파로) 완성되면 저 주실 거예요?
서 준   (끄덕이며 찻잔 건네고) 캐모마일이에요.

– 단이, 한 모금 마시다가 문득 눈길이 멈춘다. 두 개의 방. 하나는 도어록이 달려 있다. 외부도 아니고 집 안인데 도어록을 달아놓다니..! 서준, 단이 시선 따라가다가 보는.

서 준   왜 집 안에 있는 방인데, 도어락을 달아놨을까.. 이상하죠?
단 이   이유가 있겠죠. 다 각자의 사정이란 게 있으니까.
서 준   (호기심으로) 다른 사람들은 이상하게 생각하던데.
단 이   (그렇구나..)
서 준   대파 씬 좀.. 재밌어요. 음.. 그러니까, 내 이름도 안 물어보잖아요. 원래 그런 걸 먼저 묻지 않나? 나이, 이름, 직업. 순서대로 하나씩.
단 이   나도 말하기 싫으니까요.
서 준   나이, 이름, 직업. 1, 2, 3 중에 뭘요?
단 이   (검지 두 개로 X자 만들어 보이고, 웃으며 가볍게) 질문 금지.
서 준   (웃고) 재밌다, 그거.
단 이   1, 2, 3은 문제가 안 되는데.. 그걸 알고 나면, 그때부터 뭘 그렇게 더 알려고들 하는지.. (가볍게) 구구절절하다고요. 내 사연이.
서 준   그래 보이긴 했어요. 맨발에 대파 화분, 우산도 없이. 거기다 소주병까지. / 우리 처음 만난 날.
단 이   (자기 가리키며) 대파 씨. (서준) 우산 씨. 얼마나 좋아요? 오다가다 만난 동네친구처럼.
서 준   어, 좋다. 동네친구.
단 이   (이어서) 주말이면 배드민턴 같은 것도 치고.
서 준   비 오면 라면 먹으러 오고.

단 이	비 오는 날엔 파전이죠. (웃고) 여행 가면 금비 우리집에 맡겨요.
서 준	그래도 되요?
단 이	(끄덕이는 데서)

S#39. 은호의 집, 거실 (N)

- 단이 들어선다. 식탁 위에 김치통 보인다. 와서 보따리 풀며,

단 이	은호야. 누나 왔어.
은 호	(막 샤워를 마쳤는지, 로브에 젖은 머리칼로 화장실 나오는) 왜 이제 와? (주방 쪽으로)
단 이	(김치통 열어보며, 은호 안 보고) 불.
은 호	(돌아가서 화장실 불 끄는데)
단 이	슬리퍼.
은 호	(슬리퍼 한쪽에 세워 놓고 다시 단이 쪽으로)
단 이	머리 말리고 드라이어도 그대로 뒀지?
은 호	(웃으며) 그랬나? (헤헤)
단 이	(흘기고, 손가락으로 김치 하나 집어 먹고) 맛있다.
은 호	그지? (단이 내민 김치 한 입 또 받아먹고)
단 이	자주 가, 그 집?
은 호	송 대리 부모님이 나 좋아해.
단 이	너, 집에서 얼마나 게으른지 알아야 되는데. (치- 흘기고)

- 단이 김치통을 냉장고에 넣는다.

은 호	누난 어디 갔었는데? 저녁은 먹었어?
단 이	응. 동네친구랑.
은 호	(동네친구?)
단 이	있어. 얼마 전에 우연히 만난 사람. (넣고 돌아서고)

은 호	뭐하는 사람인데.
단 이	(모른다고. 으쓱)
은 호	뭐하는 사람인지도 모르는데 같이 저녁을 먹어?
단 이	이름도 몰라. 우산 씨라고 불러. 나는 대파 씨.
은 호	유치하게.
단 이	어쨌든.. 그 남자 집에서 라면 먹었어.
은 호	뭐?? 남자야?? 근데 집에까지 갔단 말이야? 잘 알지도 못하면서?
단 이	왜? 안 돼?
은 호	누나. 라면 먹고 가잔 말이 무슨 뜻인지 몰라? / 유지태가 어? 아니, 이영애가, 봄날은 간다, 그 영화에서.. 라면 먹고 갈래요? 하고. 둘이 라면을 딱 먹고. 그리고 무슨 일이 벌어졌어?
단 이	(아무렇지 않은) 잤지, 둘이.
은 호	..... / 그래. 그게 그런 뜻이야. 얼마나 위험한 말인데, 그게.
단 이	생각해보니 기분 나쁘네..
은 호	그래. 틀림없이 이상한 놈일 거야.
단 이	딱 라면만 먹은 게 기분 나빠. 나, 매력 없니?
은 호	(씨이..) 그걸 말이라구. 조심해. / 그리구 이름하고 직업 정도는 기본으로 물어봐야지. 누난 지금 그 사람에 대해 아무것도 모른다는 거잖아. 그러면서 동네친구는 무슨. 세상이 얼마나 위험한데.
단 이	깊게 알아서 좋을 게 뭐 있다구. / 난 깊게 아는 사람, 딱 한 사람이면 돼. / 나, 제대로 알고, 내가 제대로 알고 있는 사람. 딱 한 사람.
은 호	(쿵!)
단 이	양치 다시 하구 자. (하고 방으로)

S#40. 단이의 방 (N)

- 단이 가방 놓고 옷 벗는데. 열린 문으로 은호 들어와서..

| 은 호 | 누나.. 그거 나지? |

단 이	(응? 하고 보면)
은 호	누나 제대로 아는 한 사람.
단 이	(픽 웃고) 그럼 누구겠니?
은 호	(그럴 줄 알았다는 듯이 가볍게 *끄덕끄덕*)

S#41. 단이의 방, 앞 (N)

- 나오며.. 씩 웃는 은호. 단이 방 돌아보며.. 다시 슬핏.. 웃고.. 다시 돌아서며 싱긋.. 웃는 데서. 참아보려 해도 나오는 웃음 정도의 느낌..

S#42. 콘텐츠 개발부 (M)

- 불 꺼진 사무실. 단이, 자리에 가방과 겉옷 내려놓고, 주위 둘러보면 아무도 없다! 씩 웃는 단이, 벽시계 보면 7시 30분이다. 계획대로 가장 먼저 출근했다. 준비운동 하듯 양 소매를 쫙쫙 걸어 올리고, 머리를 질끈 묶는다.
- 청소하는 단이 몽타주. 사무실 불 켜는 단이. 빈 컵라면 용기, 초콜릿 봉지 등 쓰레기 치우는 단이. 옆 책상과 회의실에서 빈 컵 모아 탕비실 싱크대에서 설거지 하는 단이. 공기청정기 틀고, 창문 여는 단이.
- 열린 창문 너머 바람이 기분 좋게 단이 머리칼 쓸고.. 단이 싱긋 웃는다. 고개 돌려 벽시계 보면 8시 10분이다.

S#43. 사내 도서관 (M)

- 단이, 'ㅁ' 책장에 와서 위부터 아래까지 모든 선반을 꼼꼼히 살피며 '마케팅'이란 단어가 제목에 붙은 책을 꺼낸다. 한쪽에 모아 놓

고 대여록 작성하는. 이름, 출판사, 저자명을 적는데 옆에서 책 한 권을 가져가는 손. 단이 놀라서 돌아보면 영아다.

영 아   (손에 집은 책 한번, 단이가 골라서 쌓아둔 책 한번 보고) 일찍 나왔 네요?

단 이   (깍듯, 웃으며) 팀장님, 좋은 아침입니다!

영 아   다 마케팅 책이네? 마케팅에 관심 있나 봐요.

단 이   네. 광고회사에서.. (하다가 멈칫)

– 인서트, 1부. 핸드폰 불빛으로 겨루 채용공고 보는 단이 옆에 놓인 대학졸업 증명서, 이력서, 경력증명서, 학위증명서. 그중 대학 졸업 증명서 클로즈업, '광고마케팅과' 보이고, 카메라가 옆 '경력증명서' 로 옮겨가면, 'SH광고' 회사명 아래, '재직기간 7년' 보인다. 카메라 다시 겨루 채용공고 보는 단이 잡으면.. 공고 보다가 결심한 얼굴로 펜 쥐고 대학 졸업증명서, 경력증명서 등에 크게 X표 치는 단이.[*]

단 이   (임기응변) 아르바이트!! 잠깐 했습니다!

영 아   아아. (그렇구나, 끄덕)

단 이   (위기 모면. 맞다고 격하게 고개 끄덕이며) 예전에요. (문득 회사 다 니던 시절 생각나고, 차분해지며) 어릴 때. (슬핏 웃는다) 시간이.. 참 빨라요. (영아 보며, 싱긋) 배워야 할 게 많네요. (다부지게) 처음 부터 공부하려고요.

영 아   (당찬 단이 눈빛 마음에 들고. 단이가 골라온 책에서 3개 빼내며. 하나씩 지적) 이건 2003년 출간이라 도움 안 되고. 이건 유행 지난 전략 타령하고, 이건 저자가 대충 썼어요. 시간 낭비.

[*] 1부 57씬 적을 때 함께 찍어주세요.

227

－ 영아, 익숙하게 책장에서 책 한 권* 빼내 가지고 온다.

영 아	(건네며) SNS 시대니까, 요즘은 온라인 마케팅 모르면 못 살아남아요.
단 이	(책 받으며 꾸벅 고개 숙이고) 감사합니다! 팀장님!!
영 아	(슬핏 웃고) 일단 이거부터 읽고 나한테 와요. 몇 권 더 추천해줄게.
단 이	(밝게 웃고. 힘차게) 넵!!!

S#44. 콘텐츠 개발부 (D)

－ 영아, 단이 각자의 자리로 오는. 단이, 자기 자리에서 가져온 책 보
는데.. 영아, 은호 빈자리 보는.

영 아	오늘 편집장님 외근인가?
해 린	지서준 디자이너 만나러 가셨어요.
단 이	(우산 씨가 지서준이란 것 모르는 상태. 무심코 흘려듣고)
영 아	(좋아서) 정말?
지 홍	대표님, 따라나서던데.
영 아	(인상 팍 구기고) 어휴.. 그냥 편집장님 혼자 가는 게 유리할 텐데.
지 홍	(끄덕끄덕)

* 김류미, 〈소셜미디어 시대의 출판 마케팅〉, 한국출판마케팅연구소

S#45. 카페 근처 거리 (D)

- 걸어오는 은호와 재민.

재 민   대표가 괜히 대표냐? 내가 얼마나 중요한 사람이길래 대표까지 나
        서서 나를 잡으려고 하나, 그 생각이 들지 않겠어?

은 호   조용히만 계시면요. 전에 강 작가님 미팅 때처럼 '제가 작가님 돈
        많이 벌어다드리겠습니다!' 그런 말 좀 하지 말고.

재 민   강 작가, 그 말에 계약 한 거야! 감동 받아서.

은 호   오늘 그런 말 하시면 망신 당한다에 한 표, 걸겠습니다.

재 민   그 한 표, 월급 한 달 삭감으로 바꾸자.

은 호   받고. 대표님 월급도 거시죠?

재 민   그래, 까짓 거.

은 호   망신 한 번에 월급 한 달치.

재 민   그럴 일 없다니까.

- 하는데.. 이미 카페 앞. 유리창 너머로 책을 읽고 있는 서준이 보인
  다. 은호, 쟤가 지서준 맞구나! 싶은데. 재민도 보고.

재 민   (기분 좋은) 아름답다.. 그래. 남자가 카페에 왔으면 책을 읽어야지.

- 서준, 고개 딱 돌린다. 재민 앗, 하는.
- 플래시백, 서점에서 이 책 읽어보라고 권했던 재민.

은 호   저 사람이에요. 지서준 디자이너.

재 민   .....

은 호   오 초 만에 한 달치, 삭감. (하고 들어간다)

재 민   (안 따라왔어야 했나...?)

S#46. 카페 (D)

- 은호, 재민 서준 쪽으로 걸어간다. 서준, 일어서는.

은 호   안녕하세요. 통화했던 차은호입니다.

재 민   (손 내밀며) 겨루 출판사 대표, 김재민입니다.

서 준   (뻗은 손 쪽으로 손 내미는가 싶더니 소파 가리키며) 앉으시죠.

재 민   (머쓱해서 손 도로 넣으며, 너스레) 저희가 인연이 아주 깊네요. 서
         점에서 뵀을 땐 모델인줄 알았어요. 이렇게 인물이 훤한 디자이너
         는 처음입니다. 하하하!

서 준   서점에서.. 그때 홍보하시던 책은 반응이 아직, 신통치 않던데요. 속
         상하시겠어요.

재 민   뭐 그렇죠.. (쩝)

- 테이블에 놓이는 커피 세 잔.

서 준   제가 차 작가님 내신 책은 빠짐없이 봤습니다. 최근 출간된 소설도
         흥미롭게 읽었고, 직접 책임편집하신 책들도 다 읽었어요.

은 호   고맙습니다. 저도 작가님이 작업하신 표지들.. 항상 유심히 보고 있
         었습니다.

서 준   (미소) 먼저 연락 주셔서 무슨 일인가 엄청 궁금했는데.. 일부러 길
         게 안 물었어요. 어떤 분인지 직접 만나보고 싶은 마음이 커서.

은 호   직접 보니까 어때요?

서 준   (얼굴 가만 보며) 사진보다 실물이 훨씬 잘생기셨네요. 억울하시겠
         어요.

은 호   (웃고) 좀 그렇긴 하죠.

재 민   (그런 둘 지켜보다가) 더 자주 보고 싶은 얼굴이죠. 기분이 좋아져
         요. 보면 볼수록. 그런 의미에서, 우리랑 같이 일합시다!

서 준   ...

재 민   업계 최고로 드리겠습니다.

은 호	(또 바로 돈 얘기다, 난감한)
재 민	월명의 두 배!
서 준	(옅게 웃는)
재 민	왜 웃으시죠? (의아하게 은호 보면)
은 호	(재민 보고)
서 준	(웃으며) 아니... 소문하고 너무 똑같아서요.
재 민	(뭐가?)
서 준	장사꾼으로 유명하잖아요. 겨루 김재민 대표.
은 호	(뭐지? 장사꾼?)
서 준	(예의바르게 웃으며) 책 팔아서 십 년 만에 사옥 올리고, 그 옆 건물까지 사고, 업계에서 제일 좋은 차 타고 다니고.. 그렇다면서요? / 저번에 서점에서도 그렇고 오늘도 그렇고... 이렇게 소문이랑 똑같을 수가 있나 싶어서, 재밌네요.
은 호	(낮고 예의바르지만, 차갑게) 지서준 작가님..
재 민	(은호, 그러지 말라고 툭 치며.. 좋게 넘어가려는) 소문이 그 사람의 전부는 아니죠. 내가.. 겪어보면 그보다 훨씬 좋은 사람이긴 합니다만... / 어쨌든 우리 쪽에서는,
서 준	(OL, 단호한) 겨루 일은, 할 생각 없습니다. 아까 말씀드린 대로 오늘은 차 작가님 뵈러 나온 겁니다.
은 호	(뭔가 있다는 예감에..)
재 민	(그대로 보다가) 겨루가 싫은 겁니까, 내가 싫은 겁니까?
서 준	(씩 웃고) 제가 왜 겨루나 대표님을 싫어하겠습니까? 같은 업계 사람끼리.. (정면으로 보며.. 도장 찍는 느낌으로) 궁금한 게 있다면 모를까.
재 민	?
은 호	겨루에 대해 말입니까?
재 민	(인자하게) 뭐든 물어봐요. 함께 일하게 되면 더 자세히 알 수도 있을 거고.
서 준	(흥미롭게) 대답해주실 건가요?
재 민	뭐든요. (낚여라) 대신 만족할 만한 답이면 계약서 쓰는 겁니다.

서 준	(살짝 끄덕) 음.. 대표님은 그분이랑 계속 연락하시죠?
재 민	(몸 앞으로 기울여) 누구요?
서 준	그.. 강병준 작가님이요.
은 호	!!!!
서 준	(아랑곳 않고) 솔직히.. 연락하시잖아요. (은밀하게) 저한테도 그분 근황 좀 알려주실 수 없을까요?
은 호	(정색) 그만하시죠, 지서준 작가님.
서 준	(아랑곳 하지 않고, 여유롭게) 아니, 그렇잖아요.. 활발히 작품 활동 하던 대한민국 최고 작가가 어느 날 갑자기.. 흩어져 있는 판권을 하나둘 모으더니 절필을 선언하고, 한번도 일해본 적도 없는 독립 출판사에 판권을 모두 넘겼다. 그 후 작가는 은퇴하고, 출판사는 그 대작가의 판권을 발판으로 폭풍 성장! / 왜 판권을 넘긴 게.. 하필 도서출판 겨루일까요..
은 호	(서준의 말이 채 끝나기도 전에 일어나는) 저급한 호기심에 답할 이유, 없습니다. / 먼저 실례하겠습니다. (가는데)
재 민	(가는 은호와 서준 보며 어쩔까 싶은데)
서 준	(은호의 뒤에 대고) 그 소문이 사실입니까?!!!
은 호	(멈춘다. 천천히 돌아본다)
재 민	(엉거주춤 일어섰다가 보는데)
서 준	(은호 보던 시선 돌려 재민에게, 낮게) 겨루에서 판권을 노리고.. 대 작가 강병준을 감금했다! / 는 소문.
재 민	아니.. 무슨 사람들이.. 그런 말도 안 되는..
은 호	(차갑게 서준을 보다가 저벅저벅 걸어 돌아온다.)
서 준	(일어서며, 다가오는 은호에게) 차은호 작가님도 창립멤버니까 어 느 정도는,
은 호	(얼굴 표정 하나 바뀌지 않고 지서준의 멱살을 잡는다!)
서 준	(잡힌 채 지지 않는 눈빛으로 보고) 왜들 이렇게 예민하신지. / 소 문은 그저 소문에 불과한데.
은 호	강 작가님 팬인가 본데. 팬이라면 더 잘 알겠지. 절필선언문은 자필 이었고, 누구에게나 잊힐 권리가 있어. 그분은 그걸 원했던 거고.

서 준	그래서. 실종입니까, 감금입니까. 아니면,
재 민	(OL, 은호 손 떼려고) 은호야, 놔라. 이러지 마라. (떼어내고 서준에게) 이 사람.. 차은호 편집장이 강병준 작가님 제잡니다. 그래서 우리 차 편집장에게도 강 작가님 절필은 안타까운 일입니다. 강 작가님 사라지시고, 하도 사람들이 이상한 소문들을 만들어내니까.. 별별 소문, 다 있잖아요? 칠레에서 봤다, 멕시코에서 봤다-! 우리도 못 봤어요. 몰라요, 전혀.
서 준	다른 건 모르겠지만. 차은호 작가도 뭔가를 아는 건 알겠네요. 오늘, 확실히.

    – 서준, 간다. 재민.. 휴우, 하고 털썩 앉는다. 은호, 흐트러짐 없이 가
    는 서준을 보는 데서.

S#47. 포장마차 (N)

    – 은호와 재민이 앉아서 술을 마시고 있다.

재 민	신경 쓸 거 없다. / 이 바닥 말 많은 거, 하루 이틀 일이냐?
은 호	(담담히 재민 빈잔 채워주고)
재 민	선생님 절필 선언하고, 판권 우리한테 넘기고.. 그리고 사라지시고. / 그 다음에 득 본 게 우리밖에 더 있어? 그러니 당연히 업계에 소문이 안 좋을 수밖에..
은 호	그 돈 우리가 가졌습니까? 전부 기부하고 있습니다.
재 민	(웃고) 그래도 득은 봤잖아? 강병준이 판권 넘긴 회사! 그거 하나로 회사 가치가 얼마나 좋아졌는데? 투자도 그 덕에 받았고, 작가들 계약도 그 덕에 쭉쭉 했고.
은 호	죄송합니다.. 저 때문에..
재 민	그런 말 할 거 없대도. 니 짐이 무겁지, 난 괜찮아.
은 호	(따뜻하게 본다)

재 민	너 그런 눈으로 나 좀 보지 마. 나 멋진 놈인 거 내가 알아. / 니가 나 좋아하는 것도 알고.
은 호	(웃으며 술 따르려고)
재 민	(받고) 꼭 해야겠으면 한마디 하든가.
은 호	한 달 월급 삭감. 하실 거죠?
재 민	(올려보며, 콱- 보다가) 근데 너 오늘 안 마셔?
은 호	운전할 거라서요.
재 민	... (조용히 마시고, 보는) 선생님한테 갈려고?
은 호	(말없이 웃기만)
재 민	같이 갈까?
은 호	아니요. 오늘은 저 혼자요.

S#48. 가평 가는 도로 (N)

- 은호, 운전 중이다. 운전하는 위로,
- 플래시백, 앞 씬들에서.

서 준	그 소문이 사실입니까?!!!
서 준	겨루에서 판권을 노리고.. 대작가 강병준을 감금했다! / 는 소문.

- 그런 서준을 떠올리며.. 가슴이 터질 것 같은 은호. 차를 세운다. '가평'이라는 이정표 올려다보는 은호. 다시, 그 위로.
- 플래시백, 앞 씬에서..

재 민	니 짐이 무겁지, 난 괜찮아.

- 은호, 어둡고 복잡한 얼굴이다.. 한참 그렇게 혼자 앉아 있는 은호.

S#49. 단이의 방 (N)

- 단이, 책 펼쳐놓고 SNS 화면을 노트북으로 보고 있다. 막 만든 트위

터 계정 보이고. 문득 시계를 올려다보는 단이. 두 시를 넘어섰고.

단 이　　　앤 왜 아직도 안 들어와?

S#50. 은호의 집, 거실 (N)

– 단이 잠옷 위에 카디건 걸치고 나온다. 어둔 거실에 불을 켜고. 핸
드폰 들고 밖으로.

S#51. 은호의 집, 마당 (N)

– 은호, 앉아 있는데.. 단이가 나온다. 단이, 은호를 못 보고.. 먼 데를
보다가 밖으로. 빈 거리 보며, 핸드폰으로 문자를 찍는다.
– 마당의 은호, 문자를 확인한다.

단이(E)　　　왜 안 와?

단이(E)　　　얼른 와. 나 너 기다리고 있어.

– 단이, 핸드폰 보며 다시 들어온다.

단 이　　　답도 없고.. 어디 갔지?

– 단이 여전히 은호를 못 본 채.. 마당을 서성인다. 저만치서 불빛이
오면 담 너머로 보기도 하고.
– 은호, 그런 단이를 가만히 지켜본다.
– 단이가 천천히 걸으며 낮은 마당 담 너머 거리를 문득문득 내다보
며 조용히 노래* 읊조린다.

● 좀 더 쓸쓸한 느낌으로. 낮게. 들릴락말락. 다른 소리 없지 말고 단이 목소리만. / 박강수, '사람아 사람아'
꼭 이 노래 아니어도 상관없지만, 흔한 곡은 아니었으면 해요.

단 이	(노래) 별을 사랑한 사람아 사람아 / 이루지 못한 사랑은 사랑은 아 쉬워하지 말아라 작은 사람아 / 너를 지키고 있으니..

　- 은호, 오늘 강병준 작가의 말을 듣고 온 참이다.. 단이의 그 노래를 위로처럼.. 듣는다. 눈물 툭 떨어지면, 잠깐 심호흡하는 정도..

단 이	어둠은 가고 사라진 사람아 / 보이지 않는 사랑은 사랑은 / 너무 슬퍼하지 마라 나의 사람아 / 너를 비추고 있으니.. (가사 잊은 듯 머뭇거리다) 음음음... 잊었니 그렇게 서로 마주 보고 있잖니... 음 음음...

　- 하다가 문득, 단이가 앉아 있는 은호를 본다. 은호, 작게 웃어 보인다.

단 이	(가며) 뭐야. 안 들어오고.
은 호	(하늘 보며) 달이 너무 예뻐서..
단 이	(올려다보면 슈퍼문이 떠있다) 그러네..

　- 둘이 함께 달을 올려다본다..

은 호	(달 올려다보는 단이를 보다가) 나도 누나 하나면 돼..
단 이	(응?)
은 호	이 세상에 나 제대로 아는 사람.
단 이	... (웃는다)
은 호	세상이 다 나한테 등 돌려도... 사정이 있겠지, 이유가 있겠지... // 지키고 싶은 무언가를 제대로 지켜내기 위해서, 그래서 그랬겠지... 누나는... 누나만은 그렇게 나 믿어줄 거지?
단 이	(보다가 끄덕끄덕)
는 호	(웃으며 다시 달을 올려다본다) 달, 아름답지?

단 이   (다시 올려다본다) 그러게.

− 은호가 웃는다. 단이도 웃는다. 그런 둘에서, 4부 엔딩!

꼬리말

정원에서 노래 부르는 단이 보며 웃는 은호 (51씬)

사랑한다고 말하는 대신에 달이 아름답다고 말했다.

'나는 너에게 어떤 사람이야?' 묻고 싶었지만 노래를 불러달라고 말했다.

그런 밤이 있다. 마음을 감춘 채 다가가고 싶은 밤.

말하지 않으면서 내 마음을 알아주었으면 좋겠다는 생각이 드는 그런 밤.

서준의 집에서 웃는 단이 (38씬)

우리는 모두 서가에 꽂힌 책과 같은 존재다.

누군가 발견해주기를 기다리고, 누군가 내 안을 펼쳐봐주기를 기다린다.

그리고 그 누군가가 내 안에서 자신만의 문장을 찾아내 간직하기를 바란다.

과거 술집 화장실 앞, 손수건으로 단이 입가 닦아주는 은호 (5씬)

강단이가 성큼, 다가오자 순식간에 몸이 굳었다.

입가를 닦는 손수건에 이 떨림이 담길까 조마조마했다.

강단이가 많이 취했기를, 그래서 바보 같은 내 표정을 못 보길 바랐다.

과거 거리, 술집에서 나와 나란히 앉은 은호와 단이 (7씬)

한결 차가워진 바람, 멀리 서 있는 가로등,

낙엽이 날리는 빈 거리를 보면서 문득 깨달았다.

내가 강단이를 이미 오래전부터 사랑하고 있다는 것을.

과거 인쇄소, 민영한 작가 홍보지 빼는 겨루 창립멤버들 (17씬)

이 회사에 들어와 '사람'을 배운다.

사람과 사람은 얽히면서 '서로'가 되어가고 '우리'가 되어간다는 것을.

다른 사람하고 상관없이 살 수 있는 사람은 없다.

은호가 단이 꺼안은 다음날, 마주앉아 아침밥 먹는 둘 (8씬)

"좋아하는 사람 집에 다녀왔어."

우리는 거침없이 떠들고, 어색함 없이 침묵한다.

상대가 말이 많다고 진심을 드러내는 게 아니란 걸,

침묵한다고 마음을 감추는 게 아니란 걸 안다.

어젯밤 어디 다녀왔냐는 강단이의 질문에, 고개를 숙이고 답했다.

그녀에게 마음을 읽힐까 두려웠다.

강병준 작가 만나러 가다가 길가에 차 세우고 서 있는 은호 (48씬)

알아버린 이상, 그 전으로 결코 돌아가지 못하는 비밀이 있다.

스스로 짐을 나눠지겠다고 선택했지만, 이따금 그날의 선택을 후회한다.

어리고, 어리석고, 그래서 아무것도 모르던 때로 돌아가고 싶었다.

나도 궁금해,
내 마음이…

S#1. 콘텐츠 개발부 (M)

- 벽에 포스터를 붙이고 있는 단이. 〈일상인 듯~ 마케팅인 듯~〉
- 지율, 마음에 안 드는 듯 포스터 문구 보다가.. 핸드폰으로 트위터. 그런 지율과 겹쳐서 트위터 화면.

지율(E) 회사에서 이제 여기까지 감시할 건가봐. 절대로 안 돼!!!!! 여긴 회사 사람들도 엄마도 출입금지!

- 단이, 〈마케팅을 일상화 하자! 마케팅은 물이고 밥이니... 하루 세끼 챙겨 먹듯 잊지 말고 업로드〉 포스터 붙이고.
- 은호의 책상. 단이의 SNS 보는 은호. 화면에는 파쇄되다 만 책 사진!
- 플래시백. 4부 17씬. 파쇄되다 튀어나온 책 줍던 단이. 그 위로.

단이(E) 이 책 한 권에 얼마나 많은 열정과 헌신이 담겨 있는지...

- 포스터 붙이는 단이의 옆에 단이 트위터 보여지고.

단이(E) 파쇄기 속으로 사라져가는 책들을 보고 시인 에이미 로웰의 말을 떠올렸다. 책은 삶 그 자체라는 말.

단이(E) 이 소중한 삶들을 최대한 많은 사람들에게 전하고 싶다. 나무에게 부끄럽지 않기 위해서라도! 아자 아자 파이팅!!

- 은호, 웃으며 단이를 본다. 단이 또 다른 공간에 〈겨루의 직원은 모두가 마케터!〉 붙이고.
- 은호, 달 사진을 업로드한다.

	– 플래시백, 4부 51씬. 달을 올려다보던 은호와 단이.
은 호	달이 너무 예뻐서..
단 이	그러네...
은 호	(웃으며 다시 달을 올려다본다) 달, 아름답지?
단 이	(다시 올려다본다) 그러게.
	– 은호가 사진 아래에 포스팅한다.
은호(E)	'사랑합니다'라는 말을 '달이 참 아름답네요'라고 말했던 나쓰메 소세키가 생각나는 밤이었습니다.*
은호(E)	그래서 오늘의 추천 책은.. (까지, 쓰는 데서)

– 빨간 펜 들고, 원고 교정하고 있는 해린. 그 옆에 해린 계정 뜬다. 프로필도 간단히, '에디터 HR'

해린(E)	@minsung84님. 일해라 절해라가 아니라 '이래라 저래라'입니다.
해린(E)	@cloclyoung님. 설겆이가 아니라 '설거지'입니다.
해린(E)	@lovejk님. 아니예요가 아니라 '아니에요'가 맞는 표현입니다.

– 해린, 일하고 있는데. 핸드폰 진동 울려서 보면, 〈@luckyboy님이 나를 팔로우합니다.〉 응? 럭키보이?
– 단이, 〈겨루의 직원은 모두가 마케터!〉 포스터 잘 붙었나 확인하고 돌아서려는데. 핸드폰 알람. 보면, 〈@luckyboy님이 나를 팔로우합니다.〉 뜨고. 역시 갸웃?
– 은호 책상. 화면 보며, 역시 럭키보이? 하는 은호.
– 인서트, 대표실. 진지한 얼굴로 서류들 보는 재민. 그 옆으로 재민의 계정이 뜬다. 〈김재민. 도서출판 겨루 대표. 사업가 아닌 지식과 교양을 생산하는 문화산업가〉

- '차은호의 오늘의 책'이 날마다 올려져 있고, 〈트친들에게 추천할 오늘의 책은 손턴 와일더라는 작가의 '산루이스 레이의 다리'입니다.〉 정도의 트윗들.

재민(E)	오랜만에 만난 후배가 하소연을 했다. "선배, 책이 안 팔려요. 파산 직전이에요."

    – 단이 책상. 노트북으로 재민 SNS 보며 어이없는 표정의 단이.

재민(E)	후배놈은 작은 출판사를 운영한다. 열정도, 능력도 있는 놈인데.. 이 사회는 책을 버리려는 걸까..

    – 그대로 연결해, 은호 책상.

재민(E)	후배랑 비교하면 난 참 행복한 놈이구나! 역시!!! 나는 럭키보이! 겨루 책은 아직 독자에게 사랑받고 있다. 더 열심히 살아야지!!

    – 가차 없이 차단하는 은호.

    – 역시 차단하는 해린.

    – 단이 망설이다가 조용히 차단버튼을 누른다. 괜히 눈치 보이는 표정으로 대표실 보는데 그 앞을 도도하게 지나가는 유선. 그 옆에 고유선의 계정이 뜬다. 〈고유선. 도서출판 겨루 총괄이사. 우아한 독신생활〉 영어 소설 문장이 주르륵 몇 개씩 써져 있다.

S#2. 유선의 집, 거실 (N)

    – 창밖으로 화려한 한강의 야경이 보이고. 우아하게 와인 한잔 하는 유선. 그 옆으로 트위터 화면이 보이고.

유선(E)	K대 교수 논문을 영어로 번역해봤어요, 물론 시간 때우기로 취미삼아요. 아, 그렇다고 외롭다는 건 아니고요. (벌떡 일어나 와인병 로고와 명품백이 잘 보이게 사진 찍고) 온전한 나만의 시간, 이 충만함이 얼마나 행복한지 아나요? 치얼스~ (게시글 올리고, 노트북 탁 닫고 와인 마신다)

    – 프레임 넓어지면... 엉망진창인 거실. 소파에 마구 올려져 있는 외출복들, 먹다 만 피자 한 판. 책들도 여기저기. 소파에는 이불도 올려져 있고. 택배 상자도 열려 있고, 기타 등등.

S#3. 탕비실 (D)

─ 유선이 커피머신 버튼을 눌러놓고, 재민의 트위터에 답글을 단다.

유선(E) 대표님은 항상 우리 회사 직원들에게 최고의 리더입니다! 존경합니다. ^^

S#4. 선술집 (N)

─ 부딪히는 막걸리잔. 거나하게 취한 지홍과 시인1, 2. 서로 술 따라주며 한탄한다. 원샷하는 지홍 옆으로 인스타그램 화면 보인다. 부딪히는 막걸리 잔 사진 아래, 타이프 소리 들리며 쓰이는 글씨. '#낮술스타그램 #취중스타그램 #책좀사라제발'

지 홍 시가 뭐야... 모든 예술적 감동의 내실!! 근원!! 어? 그런 시를 쓴다는 거... 얼마나 멋진 일이야...

시인1* 잘 쓰면 뭘 합니까? 아무도 읽지를 않는데... 내 시는 공짜야. 인터넷에 막 돌아다녀. 그냥. / 못된 것들이 시집 한 권을 통째로 옮겨놨어! (젓가락을 식탁에 내리꽂듯이) 시 하나에 백 원씩만 팔아도 그게 얼마야?!!!

시인2 난 시집 스물두 권 팔렸어요.. 그거 쓰면서 흘린 피 땀 눈물은 욕조를 채우고도 남을 텐데.

지 홍 (술잔 탁 내려놓으며) 요즘 애들 문학을 몰라... 책을 안 읽어...

─ 인스타그램 화면이 쓰이는 글씨와 함께,

* 이 시인 곧 죽습니다. 7부에.

지홍(E)	사람들아... 우리도 좀 먹고살게 시집 좀 삽시다! 제발!!! 인간적으로!

    – 술 마시던 지홍, 핸드폰 알림 온다. 〈@luckyboy님이 회원님을 팔로우하기 시작했습니다.〉 김재민의 인스타가 뜨고.

지 홍	럭키보이는 무슨.. 니가 대표님이면 다냐? 차다아아안! (차단 버튼 누른다) 꺼져, 새꺄.

S#5. 콘텐츠 개발부 (D)

    – 모두 일하고 있는데.

재민(E)	다들 너무 하는 거, 아냐?

    – 모두 놀라서 보면, 대표실 문 열어젖히고 나와 있는 재민.

재 민	아니 왜, 다들 나를 차단해? 럭키보이! 내가 그렇게 싫어?

    – 다들 조용히 시선 돌리고 책상에 쓰윽 머리 집어넣고 일하는 척.. 은호도 그런 중인데.

재 민	말해봐. 차은호 편집장. 너부터. / 너 왜 나 차단해?
은 호	(그대로 노트북만 보며) 대표님인 거 몰랐습니다.
재 민	몰라? 어떻게 모를 수 있어? 딱, 어, 도서출판 겨루 대표라고 적어놨는데, 내가!
은 호	(갸웃, 능청) 대표님 사칭 계정인 줄 알고..
재 민	(씩씩대며 훑어보다가 문득 고개든 단이와 눈 딱 마주치고!)
단 이	저도 몰랐어요.. 진짜..

재 민	(이 씨..) 나.. SNS 왕따야? / 그런 거지? 어?
모 두	(책상에 고개 밀어 넣고 작게 *끄덕끄덕*)
송이(E)	(그 와중에 잽싸게 트위터) 양심도 없다. 그럼 우리가 온라인에서도 이 동물원의 자뻑 장사꾼을 봐야 한단 말인가?!

S#6. 이사실 (D)

– SNS 화면 보고 싱긋 웃고 있는 유선. 김재민의 답글.

재민(E)	이사님이야말로 우리 회사의 아이디어 뱅크, 직원들이 존경하는 멘토죠! (하트 두 개!)

S#7. 겨루 출판사 일각 (D)

– 단이가 인쇄기에 A4용지를 채워 넣고 폐지들을 모아든 박스를 들고 나가다가 문득 벽에 붙어 있는 '주간계획표'를 본다. 금요일쯤 '박정식 작가 신간 마케팅회의 11~'라고 적혀 있다. 멈추고 유심히 보는 단이.

S#8. 샌드위치 가게 (N)

– 먼저 온 손님이 주문을 하고 있고 그 뒤에 서있는 은호와 단이. 은호, 가방에서 〈회색세계〉 가제본을 꺼내 단이에게 준다.

은 호	정말 또 해보게? / 저번에도 이사님한테 그렇게 당해놓고.
단 이	내가 당해? 안 당했어!
직 원	주문하시겠어요?

단 이	(씩씩하게) 파마산 오레가노에... (메뉴 보다가 적당히 가리키며) 저 거 주세요! 야채 가득! 소스도 팍팍!! / 두 개요!
은 호	(다급) 잠깐만요. 하나는 소스 적당히요.
단 이	나, 원조마녀 하나도 안 무서워!

S#9. 어느 고급 레스토랑 (N)

– 친구 셋과 와인 마시고 있는 유선. 심드렁한 느낌.

친구1	이번에 희수 국제중 갔다며?
친구2	(으쓱) 응. 나, 정말 고생했어. 그동안.
친구3	애 국제중 가는 거 엄마 능력인데. 대단하다, 너..
친구2	내가 뭐가 대단해. (친구1 가리키며) 애 남편은 이사 달았다는데.
친구3	정말?
친구1	(으쓱) 이사가 뭐 대단한가.. 대표는 달고 그만둬야지.
유 선	(흥, 지루한 듯 와인 마시고)
친구1	(친구3에게) 넌 우리 안 부럽잖아. 시아버지가 재산 분배해줬다며?
친구3	뭐.. 우린 그냥 작은 거. 지금 사는 집, 남편 명의로 돌려줬어..
친구2	그게 어디야.. 넌 노후 걱정은 없겠다.
친구3	그만해.. (하며, 유선 신경 쓰인다는 듯)
친구1	어.. 미안해. 유선아..
유 선	뭐가?
친구2	남편도 없고 애도 없는 애한테... / 우리 왜 이러니..
유 선	(턱 치켜들면서) 왜? 난 집이 세 채나 되는데. / 난 내가 이사잖아. 얼마 전에 박사학위도 땄고! / 나 너네 안 부러워. 이런 자리 나와도 상처받을 일도 없고.
친구1,2,3	(재수 없다...)
유 선	(계산서 챙기며) 오늘은 내가 계산할게. 난 집에 가서 봐야 될 자료 가 좀 있어서. 먼저 간다. (도도하게 걸어 나가고)

친구1   (얄밉게 보며) 우리 쟤 이제 만나지 말자..

S#10. 샌드위치 가게 (N)

　　　　– 샌드위치 먹는 은호와 단이.

단 이　　전에 아이디어 한번 뺏겼음 됐어. 내가 또 두 번씩이나 당하는 사람
　　　　은 아니거든. (책 훑어보고 신나서) 재밌겠다!
은 호　　(못 말리겠다는 듯 웃고)
단 이　　힌트 좀 줘봐. (은근하게 눈짓하며) 마케팅 포인트릴지...
은 호　　(똑같이 은근하게 보며) 힌트?
단 이　　(고개 끄덕이고)
은 호　　(입가에 묻은 소스 닦아주고) 꼼수 부리지 마세요, 강단이 씨. 자기
　　　　일은 자기가 스스로 하는 겁니다.
단 이　　(우씨...) 치사해... 두고 봐. 엄청 잘 해낼 테니까!
은 호　　(샌드위치) 맛있다, 이거..

S#11. 겨루 출판사, 회의실 (D)

　　　　– 능숙하게 회의실 세팅하는 단이. 의자 반듯하게 놓고, 자리마다 사
　　　　　온 음료도 놓고... PT용 빔프로젝터 세팅하고 폴대 스크린도 내려
　　　　　고정해놓는다.
　　　　– 단이, 회의실 문 앞에 '11:00~ 신간 마케팅 회의' 종이도 붙인다. 붙
　　　　　인 종이 뿌듯하게 보는 단이. 핸드폰 알람소리 들려 보면 은호로부
　　　　　터 톡이 와 있고.

은호(E)　　신간 마케팅 회의는 보통 마케팅을 책임지는 서영아 팀장이 주도
　　　　해. 근데,

S#12. 이사실 (D)

　　　　　― 유선이 회의를 가려고 태블릿과 핸드폰, 가제본을 챙기는.

은호(E)　　고 이사님이 마케터 출신이라서 종종 두 사람의 자존심 대결이 되곤 해.

S#13. 콘텐츠 개발부 (D)

　　　　　서영아, 역시 회의 준비하는.

은호(E)　　전에 헤드카피를 고 이사님께 뺏겼으니 서영아 팀장도 이번엔 지기 싫을 거고.

　　　　　― 서영아, 일어서는데. 이사실에서 나오는 유선. 두 사람 시선 얽히며 찌릿-!

S#14. 회의실 앞 (D)

　　　　　― 그대로 이어서 은호 톡을 보는 단이.

은호(E)　　두 사람의 아이디어 싸움이 감정싸움으로 번지고 직원들이 지칠 때쯤에 기회를 잡아.

　　　　　― 단이 주먹 불끈!! 직원들이 하나둘씩 온다. 단이 문 잡고 있으면 하나둘씩 들어서는데. 은호도 단이한테 눈빛 주고 들어서고. 유선 걸어온다. 목례하는 단이. 안으로 들어서는 유선인데.

단이(E)	대표님.
유 선	(들어서다 멈추고 보면, 재민이 뒤이어 와 있고)
단 이	저도.. 회의에 참석해도 될까요?
재 민	(당황) 어.. 그게..
유 선	(OL) 강단이 씨가 신간 마케팅 회의엔 왜?
단 이	진행 상황에 대해 자세히 알면 혹시 할 수 있는 일이 생길 수도 있지 않을까 해서요. 저도 겨루 직원이고, 도움이 되고 싶습니다.
유 선	(어이없는 듯 보다 웃으며) 생각은 가상한데, 각자 업무란 게 있잖아. 이런 일은 업무지원팀인 강단이 씨가 신경 쓸 일은 아니, (야.)
재 민	(OL) 그래요, 참석해요.
유 선	!!!! (재민을 보는데)
재 민	강단이 씨가 콘텐츠 개발부 전체 서포트를 맡고 있으니까, 자세히 알면 더 잘 서포트 할 수 있겠죠.
단 이	그죠?!!!! (웃으며, 좋아서)
재 민	들어와요. 회의하는 거, 보면 좋지, 뭐.. (젠틀하게 문 활짝 열어서 들어오라는 듯)
단 이	고맙습니다. 대표님..
유 선	(어이없는데)
재 민	(회의실 들어가는 단이 뒷모습 보다가 이어서 들어가고)
유 선	(허, 기막혀! 하고 들어가려는데. 코앞에서 문이 탁 닫히고! 이런 씨... 스타일 구겨졌지만 그래도 도도하게 다시 밀고 들어가고)

S#15. 회의실 (D)

– 모두 테이블 앞에 앉아 있고, 단이, '무사히 들어왔어' 하는 표정으로 은호 보며 웃는다. 한쪽 구석에 좀 떨어져 앉는 단이.
– 마지막으로 유선 들어서며 단이 한번 찌릿 노려보고 자리에 앉고.

지 홍	초판 발행부수 정하기 전에 그거 어떻게 됐어요? 지서준 디자이너.

은 호	....

- 플래시백, 4부 46씬.

서 준	(은호의 뒤에 대고) 그 소문이 사실입니까?!!!
은 호	(멈춘다. 천천히 돌아본다)
재 민	(엉거주춤 일어섰다가 보는데)
서 준	(은호 보던 시선 돌려 재민에게, 낮게) 겨루에서 판권을 노리고.. 대작가 강병준을 감금했다! / 는 소문.

영 아	잘 됐죠? 대표님까지 나섰는데.
온 호	잘 안 됐어요. 우리랑 일할 생각이.. 없답니다.
지 홍	(재민에게 버럭) 니가 따라가서 그래, 니가!!!

S#16. 서점 (D)

- 어느 매대. 제일 위에 있는 낡은 책을 제치고 그 뒤에 있는 깨끗한 책을 골라가는 손. 그 옆의 어느 책도.. 낡은 맨 위 책을 제치고, 밑에 책을 빼내가는 손들.. 누군가 다가와서 제일 낡은 책 세 권쯤 집는다. 서준이다.
- 계산대에 놓여지는 세 권의 책. 앞에 서 있는 서준.

캐 셔	(받고) 결제해드리겠습니다. (바코드 찍으려다가 멈칫, 서준 보며) 손님, 이 책들은.. 훼손이 좀 심해서.. / 정상 제품으로 교환,
서 준	(OL) 아뇨, 괜찮습니다.
캐 셔	?
서 준	제가 안 사면 이 책 출판사로 반품 들어가고, 그럼 파쇄되잖아요. 읽는 데 지장 없는데 그냥 주세요. (카드 내밀고)
캐 셔	(받고, 웃으며) 업계 분이신가 봐요? (결제하며) 저희도 책 반품할 때 속 많이 상해요. (속닥) 적어도 (손으로 음식 먹는 시늉) 뭘 먹

으면서 보지만 않았으면 좋겠어요. / 봉투 필요하신가요?

서 준   (친절하게 웃고) 아뇨. 그냥 주세요.

－ 서준, 책 받고 출구로 간다. '스테디셀러' 매대 지나는데 그 앞에 모
여 있는 동종업계 사람들의 대화가 들려온다.

마케터1   야... 겨루는 순위에서 내려오질 않네. 대단하다.

서 준   (겨루? 멈칫해 보고)

마케터1   (2위 〈혁명〉과 5위 〈어머니〉 보며) 스테디셀러 5위 중에 2개가 겨
루 거야.

마케터2   강병준 선생님 작품이니까. 워낙 명작이잖냐. / (비꼬는) 좋겠다...
우리 사장, 오래오래 잘 팔리는 스테디셀러 좀 만들라고 직원들 들
들 볶아대는데... 겨루는 홍보 같은 거 안 해도 술술 팔리는 강병준
이 있으니 얼마나 좋아. 한두 권도 아니고. 자그마치 오십 권.

마케터1   그래서 우리 사장님, 아직도 분해 죽을라고 하잖아.

마케터2   맞다. 강 선생님 〈혁명〉, 원래 니네 출판사에서 판권 갖고 있었지?

마케터1   것뿐이야? 〈하늘의 속삭임〉, 〈섬의 외침〉, (5위 가리키며) 이거 〈어
머니〉까지... 싹 다 뺏겼잖아, 겨루한테.

마케터2   뺏긴 거 확실해? 그 소문들.. 진짜야? (주변 돌아보며) 왜.. 그 강병
준 절필선언문.. 그거 겨루가 강병준을 감금하고 받아낸 거라며?

마케터1   나야 모르지. 근데 이제 와서 사실이든 아니든 뭔 상관이야. 이미
겨루한테 강병준 스캔들은 뗄 수 없는 꼬리표가 됐는데. 결과만 놓
고 보면 재수 없는 건 사실이잖아. 하루아침에 로또 맞았는데, 좀
억울하면 어때.

마케터2   하긴... 좀 억울해도 좋으니까 우리 회사에도 어느 날 갑자기 인기작
가가 하늘에서 뚝 떨어졌음 소원이 없겠다!

마케터1   (강병준 책 흘기며) 암튼.. 겨루.. 얄미워.

－ 서준 듣다가, 표정 변화 없이 그대로 나가는 위로,

영아(E)	지서준 잡아온다길래,

S#17. 회의실 (D)

영 아	초판 발행을 만 부! 딱 적어놨는데!!! / 이 책 지서준이 쌈빡하게 디자인하면 만 부는 거뜬히 팔릴 거 같은데!!!! / 두 분 가서 뭐했어요? 어떻게든 지서준 잡아온다더니.
재 민	칠천 부만 합시다-. 디자이너 잘 붙는다고 책 잘 팔립니까.
영 아	그 말은 대표님이 하셨어요.
지 홍	이름도 없는 쌩- 신인 작가 책을 누가 칠천 부씩이나 사요?
재 민	그렇게 못 팔 거면 왜 만들었어요?!!
지 홍	그러니까 우리가 지금 회의를 하는 거 아냐?! 잘 팔아보려고!!!
은 호	출판 시장 안 좋으니까 안정적으로 오천 부로 시작하는 건 어때요?
해 린	요즘 오천 부도 많아요. 삼천 부, 이천 부가 초판인 출판사도 많아요.
재 민	이 작가 삼 년 전에 계약했다! 지금 몇 번을 기획을 엎고, (해린) 너 매달려서 일 년을 넘게 수정하고 또 수정했는데, 삼천 부? (가제본 툭툭 치며) 이 작가 밥 사준 값도 안 나와!
은 호	대표님. 회의할 때 말 좀 높이는 게,
재 민	(OL, 지홍 가리키며) 저 형이 먼저 놨어!
은 호	(흠.. 차분히) 오천 부. 오천 부로 시작합시다. 신인작가 첫 작품이니까 우리가 마케팅 잘해서, 잘 팔고 입소문 나면 2쇄, 3쇄 찍으면 되니까.
지 율	(손 들고) 저기..
일 동	(모두 지율을 본다)
지 율	자꾸 만 부, 오천 부 하는데.. 그 말이 만 권 오천 권이랑 같은 말이에요?
일 동	(그것도 몰랐어?)
지 율	그럼 (가제본) 이게 겨우 삼천 권, 오천 권 팔린단 말이에요? / 사람들이 왜 이렇게 책을 안 사요?

해 린	(깊은 한숨)
재민(E)	(꽉꽉한, 은호 노려보며) 쟤 누가 뽑았냐..
은호(E)	대표님이요. 학력, 좋다구요!
재 민	(무언가 충격을 받은 듯이 보는)
은 호	?
재민(E)	(진지하게) 너.... 나의 목소리가 들려???
은 호	(피식)
재민(E)	너, 초능력 있어?? 남의 목소리가 막 들리고 그래?
은 호	(흠) 일단 초판은 안전하게 오천 부로 결정하고요. (마케팅 팀에게) 마케팅 컨셉 잡았어요?
훈	(일어나 웹툰 한 장씩 돌린다) 저희 팀에서 준비해본 건데요.
일 동	(받으며 보고)
단 이	(손 내미는데)
훈	(한 장밖에 안 남았는데..) 내껀데.. 일단 내꺼 보세요.
단 이	(얼른 받으며) 고마워요..
유 선	(웹툰, 마음에 안 든다. 갸웃) 쌩 신인 작품을..
영 아	작품 자체가 좋으니까, 작품 자체를 마케팅 포인트로 잡자는 거죠.
광 수	괜찮네요. 내용을 웹툰으로 축약해서 흥미를 유발하는 거.
유 선	뭐가 괜찮다는 거죠?
광 수	(기죽어서).......저야, 뭐.. 마케팅 잘 모르니까..
유 선	웹툰 작가 섭외하고, 스토리 축약하고, 시간 너무 잡아먹을 것 같은데요.
영 아	그럼 고 이사님 생각은 뭔데요?
유 선	타깃층을 정확하게 노려야죠.
영 아	(OL) 노렸거든요. 이삼십 대!
유 선	웹툰 좋아하는 사람이 몇이나 된다고.
영 아	지금 제일 핫한 웹툰작가,
유 선	(OL) 우리 작가 계약금보다 높겠어요. 웹툰 그리는 게.
영 아	﹍유선 이미 책정된 마케팅 비용에서,
유 선	(OL) 온라인 마케팅으로 가요. 장르소설 커뮤니티를 집중적으로

공략하는 걸로.

은 호 좋은 생각 같아요. 그건.

재 민 (흠...) 다른 사람들은 어떻게 생각,

영 아 (OL) 그럼 오프라인은요? 온라인에서 입소문 나기 기다리는 새 오
프라인은 죽어요.

유 선 요즘 온라인, 오프라인이 딴 세상이에요?

영 아 온라인 마케팅도 진행해야겠지만 웹툰으로 먼저,

단 이 (OL, 손 조심스럽게 들며) 저기...

일 동 (모두 단이를 본다. 의외다. 구경만 할 줄 알았는데)

은 호 (단이에게 살짝 고개 끄덕이고. 타이밍 잘 잡았어!)

단 이 저도 아이디어.. 준비했는데...

유 선 (무시하고, 서영아를 보며) 웹툰은 안 돼요.

일 동 (모두 단이에게 시선 거두는)

은 호 ...

유 선 (그대로 대사 이어서) 내용을 먼저 보여주면 오히려 역효과 나요.
괜히 스포만 난무하고.

단 이 .... (어쩔 수 없이 들었던 손 조용히 내리고)

은 호 ..... (속상하다)

영 아 그렇다 하더라도 흥미 유발은 제대로 할 거라고 봐요. 요즘 사람들,
시각적인 것에 약하잖아요.

재 민 내세울 만한 다른 마케팅 포인트 없습니까?

은 호 (단이에게 지금 말하라고)

단 이 (다시 손 번쩍 들며 소리 높여) 차라리 감추면 어떨까요?!!!!!

유 선 (쟤 뭐야. 들고 있던 볼펜 탁 소리 내며 짜증스럽게 놓고)

일 동 ... (단이에게 시선 집중)

유 선 (단이 쪽 안 보고, 혼잣말처럼. 그러나 모두가 듣게) 왜 자꾸 맥을
끊지..? (짜증이고)

단 이 (그대로 손 들고.. 모두의 시선을 받는데)

은 호 다른 의견들도 딱히 없는 것 같으니까, 한번 들어나 볼까요? / 강단
이씨. (해보라는 듯 고개 끄덕여 보이고, 일동에게) 궁금하잖아요.

어떤 아이디어를 가지고 왔는지.

> — 단이, 기다렸다는 듯 자리에서 일어난다. 단이, 챙겨온 노트북 펼치고 빔프로젝터와 연결한 뒤 불까지 끈다. 다들 '뭐 하는 거지?' 싶은데... 단이, 노트북 키보드 엔터 탁 누르면 폴대 스크린에 '대(代)책(册)없는 프로젝트'라는 PPT가 뜬다. 그 앞에 서서 긴장되지만 설렌 얼굴로 직원들을 보는 단이. 은호, 그런 단이를 응원하듯 미소로 본다.
>
> — 그 모든 과정을 유선은 불편한 듯 보고 있고..

단 이	요즘 독자들 까다롭잖아요. 내세우면 내세울수록 금방 싫증내고, 그렇다고 덜 보이면 금방 잊어버리고. 하지만 자신만이 가질 수 있는 어떤 특별한 지점이 있다면 또 금방 흥미를 가지죠. 그 흥미를 자극할 수 있는 게 뭘까 생각하다가... / 이 작가님이 신인이라는 거에 집중해야 되겠다.. (고 생각했다)
유 선	(말이 돼? 피식)
단 이	네. 신인. 내세울 거 없죠. / 내세울 포인트가 명확하지 않다면? 작가도 책도 보여주지 말자. 차라리 보여주지 말자!! 그렇게 나온 게 바로 이 (PPT 가리키며) '대책없는 프로젝트'입니다!!

> — PPT 화면에 샘플북*이 보인다.

단 이	저자도, 책 제목도, 책 내용도 볼 수 없습니다!
유 선	(한숨. 가소롭다)
단 이	선물인 거죠. 뭘 받을지 모르잖아요. 포장지를 뜯어볼 때의 두근거림! 내 돈으로 내가 샀는데도, 안에 뭐가 들었는지 모른다!!! 내가 나한테 주는 선물!!!

---

* 책을 무지 포장지 정도로 포장해 선물처럼 끈으로 묶은 모양.

송 이	재밌다.. 어차피 모르는 작가고..
유 선	(찌릿! 노려보고)
송 이	(입 딱 다물고)
훈	서점에서 내용 읽게 해봤자 책만 망가지고, 반품이나 되고...
해 린	(역시 *끄덕끄덕*)
은 호	(긴장해서 사람들 반응 살피고)
단 이	이렇게 대책없는 프로젝트는 '대신할 책이 없는, 당신이 고른, 당신만의 책, 당신이 당신에게 주는 특별한 선물'이라는 컨셉을 담고 있습니다!
유 선	아무리 그래도 힌트 하나 없이 저렇게 꽁꽁 싸매 놓은 걸 사람들이 살까요? 만화책 랩핑도 표지는 보이게 하는데! 안에 뭐가 들었을지 알고 저걸 사겠냐고!
은 호	일단 책이란 건 알겠죠. 서점에서 팔 건데.
단 이	어차피 선물도 안에 뭐가 들었는지 모른 채 풀어보잖아요.
영아,지홍	(일리 있다. 고개 끄덕이고)
재 민	얼마나 자신이 있으면 이렇게 감추고 내놓을까.. (갸웃) 정말 그렇게 호기심이 생길까? (회의적)
은 호	제 생각엔... 포장지에 핵심 문구를 적어 놓으면..
단 이	(딱 박수치며) 맞아요! 역시 편집장님! (다음 PPT 보여준다. 포장지에 글씨 새겨져 있다) 하이라이트도 역시 포장지에! 포장지를 보면 장르도 대충 짐작할 수 있구요!
재 민	(끄덕이고. 괜찮겠다)
승 진	한번 해보는 건 어때요?
지 홍	어차피 지서준도 못 잡았는데. 포장지를 표지디자인으로 생각하면 시선을 끌겠네.
영 아	프로젝트 잘 되면 다음 책도 활용해볼 수 있구요.
재 민	그럼 이 책 편집을 송해린 대리가 했으니까 강단이 씨랑 함께 추진해봐.
단 이	(좋아서!!!) 네!!!
해 린	(끄덕이고)

재 민	안 팔리면 포장지야 벗기면 되고. 손해도 얼마 없으니까.

- 모두 짐 챙겨서 나가는데... 혼자 그대로 앉은 유선, 기분 나쁘고..

영 아	(나가며 단이에게) 자기 마케팅 좀 안다..? (웃어주고)
단 이	(해냈다. 뿌듯하고)
은 호	(웃어 보이며 나가는데)
유 선	(들고 온 가제본 탁 한 번 테이블에 치고, 기분 나쁜 듯 일어나 간다)
단 이	(가는 유선 신경 쓰이는 듯 한번 보고. 하지만 기분 좋은)

S#18. 콘텐츠 개발부 (D)

- 진행 중인 프로젝트 적어놓은 게시판. 〈회색세계〉 출간.. 2주 후쯤으로 잡혀 있고. 담당으로 〈편집 송해린, 마케팅 강단이〉로 적혀 있다. 단이 그 앞에서 두근두근. 그런 단이 옆으로 쓱 나타나는 훈. 훈은 오독오독 대며 견과류 먹고 있고.

훈	대박! 벌써 마케팅 담당이라니... 자랑스럽습니다, 동기님. (슥 주머니에서 견과류 꺼내 주며) 견과류가 두뇌회전에 좋은 거 알죠? 든든하게 먹고 파이팅하세요!!
단 이	(웃으며 받고) 고마워요.

- 훈 가면 단이, 다시 게시판 뿌듯하게 보는데... 은호 지나가며 직원들 안 보게 단이 어깨 한 번 지긋이 짚어주고 가고. 단이가 보면 파이팅 주먹 쥐어 보이고 웃고 가는.

S#19. 이사실 (D)

   – 들어오는 유선. 가제본 책상에 던지듯 놓으며.. '요것 봐라?' 싶은.

S#20. 사내 도서관 (N)

   – 은호 책 한 권 집으며 돌아서는데, 해린이 프린터에서 나오는 인쇄
물들을 본다. 은호 해린에게 다가가는.

은 호	퇴근 안 해?
해 린	생각보다 랩핑 마케팅한 사례들이 많더라구. 영국에도 있었고, 일본에도. (자료 보여주며) 시장 반응도 괜찮았던데요. 강단이 씨랑 공유할려구.
은 호	(자료 넘겨보며, 끄덕이는) 이미 보지 않았을까..
해 린	(갸웃) 그랬을까? 아까 PPT 준비한 거 보니까 시장 사례 찾아본 거 같긴 했는데.
은 호	(오라고 손가락 까딱) 후배님~?
해 린	(멈추고 밉지 않게 흘기며) 뭐.. 내가 또 뭐 잘못했는데?
은 호	(오라고, 손가락)
해 린	(쳇, 하며 머리 들이 미는데)
은 호	(웃으며 해린의 머리를 쓰다듬는다) 대단해. 송해린.
해 린	(앗!)
은 호	박정식 작가, 투고된 원고 보고 니가 진행시킨 거잖아. 난 안 될 거라 생각했는데, 넘 기본이 안 돼 있어서.
해 린	인터넷 소설 쓰다가 장르작가로 변신한 작가가 내 옆에 (은호) 있어서요. 기본기야 나중에 만들어도 되나 보더라구.
은 호	마케팅 회의 준비하면서 읽었는데, 책 좋더라. / 삼 년 동안 두 번이나 못 쓰겠다고 포기한 작가를 여기까지 끌고 오고.. 대단해.
해 린	말로만 하지 말구.. (가볍게) 오늘.. 밥 사줘.

은 호	가고 싶은 데 있어?
해 린	거기 가요. 선배. 북악산 드라이브.. / 작년 가을에 갔던 데.
은 호	아, 너 세 번째 남친한테 차이고 갔던 데?
해 린	(씨이..) 내가 찼다고 말했을 텐데?
은 호	뭐 중요하냐.. 알았어. 십 분 후 주차장. (하고 간다)
해 린	(좋아서)

S#21. 콘텐츠 개발부 (N)

- 모두 퇴근하고 승진과 훈이만 남아 있다. 승진과 훈이 저당히 서점 판매량 이야기를 하고 있고.. 가방 챙기는 은호. 해린은 은호 쪽 안 보고 "먼저 퇴근하겠습니다!" 하고 나간다. 은호, 보며 웃는.

S#22. 화장실 (N)

- 해린, 거울 보며 화장을 고치거나..

S#23. 콘텐츠 개발부 (N)

- 은호 가방 챙기는데. 단이로부터 전화 온다. 받는 은호. 이하 버스 정류장 앞 단이와 교차편집.
- 막 도착한 버스에서 통 뛰어내리는 단이.

단 이	늦어?
은 호	어... (어쩌지? 해린이 사라진 쪽을 보며) 왜..?
딘 이	너 늦으면 나 밖에서 우동 먹고 갈려고.
은 호	우리 동네에 맛있는 데 있어?

단 이	어. 내가 찾았어. 정류장에서 걸어서.... 칠 분?
은 호	(망설인다)
단 이	먹고 싶으면 사 놓을까? 포장도 파는 것 같던데.
은 호	아니. 거기서 기다려. 지금 갈게.

S#24. 겨루 출판사, 주차장 (N)

- 해린, 나와서 은호 차 옆에 서서 은호를 기다린다. 은호 회사에서
  나온다. 해린 조수석 쪽으로 가는데..

은 호	해린아.
해 린	?
은 호	(난처) 어떡하지...? 나 방금 약속이 생겼는데.
해 린	...
은 호	(웃는) 집에 가야겠어.. (미안하다. 다가와 웃으며 해린 툭 치며) 다음에 먹자.
해 린	(애써 가볍게) 별 수 없네.. 난 일이나 해야겠다!
은 호	책 나오면 먹자. (하고 운전석에 오르고)
해 린	(이쁘게 손 흔든다)
은 호	(창문 내리고.. 신경 쓰이는)
해 린	얼른 가. 나, 들어간다.

- 해린 다시 회사로 들어간다. 가는 해린 보다가, 가는 은호.
- 은호가 출발하면 돌아보는 해린.. 맘 아픈 해린이고.

S#25. 동네 우동집 (N)

- 은호와 단이 앉아서 우동을 먹고 있다. 맥주 한 병 나눠 마시며.

단 이	좋다. 퇴근하고 이런 거. / 꿈같애.
은 호	도대체 어떻게 살았던 거야. 십일 년 동안.
단 이	출근이 없었으니 퇴근이 있었을 턱이 없잖아.
은 호	(웃고, 건배하는)
단 이	(잔 부딪히고) 참. 송 대린 어때? / 이번에 박정식 작가 꺼 같이 작업해야 하잖아. 어떤 사람이냐구. 딱딱하지?
은 호	아니. 전혀. / 자기 일 잘하고. 딱 부러지고. 공사 분명하고.
단 이	걔가 신입사원들 얼마나 잡는지 모르지? 특히 오지율.
은 호	오지율은 복 받은 줄 알아야 돼. 송 대리 같은 선배 만난 거.
단 이	(아, 사귀는 사이였지..)
은 호	뭐야, 그 표정은.
단 이	송 대리지? 빨간 브래지어.
은 호	그것만 있었냐. 딴 옷들도 있었는데. (적당히 단무지 집어서 주고)
단 이	(받아먹으며) 어쨌든. 사귀고 있잖아. 각혀린. 작은 마녀.
은 호	(멈추고 보는) 왜 그렇게 생각하지?
단 이	아냐?
은 호	(아닌데)
단 이	그날 술 먹고 걔 집에 간 거 아냐? / 그럼 술 취한 날은 누구 집에 갔는데? 걔한테 차였다가 그날 화해한 거 아냐? 그럼 걔 옷이 왜 우리집에 있어?
은 호	(슬슬 재밌어진다. 단이 관심이) 왜 있을 거 같은데? 신경 쓰여?
단 이	(갸웃)
은 호	술 취하면 우리집에 가끔 와. 남친 이야기도 하고, 일 이야기도 하고. / 그냥 걔한테는 내가 존경하는 사수인 거고. 나는 걔가 이쁜 후배인 거고. 걔 부모님은 딸이랑 함께 일하는 동료인 거.
단 이	그래서 김치도 주시고 그러는 거구나.. 사귀는 줄 알았더니..
은 호	신경 꺼. 사생활이야. 내가 누굴 좋아하든, 누굴 만나든. / 어차피 관심도 없으면서. (계산서 들고 일어난다)
단 이	야, 누나, 아직 덜 먹었어.. (후다닥 먹는데)
은 호	(계산하는)

주인여	(50대) 남맨가 봐요..
은 호	(네?)
주인여	둘이 하도 예쁘게 어울려서 애인 사인가 보다 했는데.
은 호	남매 아니에요. (하고 카드 받고) 빨리 와, 강단이!
단 이	어.. (하고 챙기는)
주인여	(갸웃하며 나가는 둘을)

S#26. 콘텐츠 개발부 (N)

- 모두 퇴근한 어두운 회사. 책상 등 하나만 켜 놓고 자료 보고 있는
  해린. 다 귀찮은지 책상에 엎드린다..
- 앞 씬의 은호 떠올리는.

| 은 호 | (난처) 어떡하지...? 나 방금 약속이 생겼는데. |
| 해 린 | (쳇) 선약이 기억난 것도 아니고. 없던 약속이 갑자기 생겼대.. 내가 먼저였는데. (속상해서) 집에 간 건가... |

S#27. 동네 거리 (N)

- 단이와 은호 걸어온다. 단이 은행 ATM 박스 본다.

| 단 이 | 참, 월급 확인해야지!!! (좋아서 가방에서 통장 꺼내는) |
| 은 호 | (보고 웃고) |

S#28. 은행 365코너 (N)

| 단 이 | 첫 월급이다! |

– 은호에게 웃어 보이고 통장 밀어 넣는다. 두근두근하는 단이. 통장 나오면 가슴에 그대로 안고. 은호, 그런 단이 예쁘게 보고.

단 이   한 달 동안 고생 많았어, 강단이! (하고 펼쳐보는. 그러다 순간 멈추고 놀란 얼굴로 은호 보는) 미쳤나 봐. 홍동민.

은 호   (아, 위자료 넣었구나)

단 이   이거 봐.. 나 잘못 본 거야?

은 호   (보는)

단 이   뭐지?

은 호   뭐.. 위자료 같은 거 아닐까?

단 이   헤어질 때도 딱 입 씻고 한 푼도 없댔는데? 돈 없다구 했어.

은 호   ....뭐 전화 같은 거.. 못 받았어?

단 이   재희한테도 연락 한 통 없었대.

은 호   그럼 뭐 이메일 같은 거라도.. 왔을지 모르잖아..

S#29. 은호의 집, 서재 (N)

– 은호, 옷 갈아입고 들어서는데.

단 이   (노트북으로 이메일 확인) 대박. 웬일이야. 정말 홍동민 쩐다. 완전 노답이었는데. (은호 보며) 위자료 맞대. 재희 학비에 보태래.

은 호   대박, 쩐다, 노답. 그런 말 쓰지 마. 책 만드는 사람이.

단 이   재밌잖아. 다시 옛날 날라리로 돌아온 것도 같고. / 근데 홍동민 웬일이지..? 갑자기 우리 재희한테 죄책감이 밀려든 건가..?

은 호   (그런 단이 보다가, 문득) 누난 형이 왜 좋았는데?

단 이   (은호 보면)

은 호   난 아직도 잘 모르겠어. 누나가 형을 왜 사랑했는지...

난 이   (웃으며, 담백하게) 나도 잘 모르겠어. 한번도 사랑이라는 걸 깊게 생각해본 적이 없는 것 같아. 그냥... 처음 만났을 때부터 그 사람이 재밌었어. 나한테 잘해줬구. 그땐 그게 사랑인 줄 알았지. 바보처럼...

은 호   지금은 어떻게 생각하는데?

단 이   글쎄... / 겨우 그런 게 사랑이면.. 좀 시시한 것도 같고.. 그때는 진심이었으니까, 그거면 됐다 싶기도 하고.

은 호   누난 사랑 안 해본 거네. 그러면.

단 이   그래도 할 수 없고..

은 호   (보는데)

단 이   (메일 다시 보며 무심히) 다 끝났지, 뭐. 나한테는.

은 호   (마음 아파서 보는데)

단 이   주말에 놀러가자. 돈 생겼는데, 내가 쏠게. 진짜 간만에.

S#30. 몽타주 (D)

- 대학로 정도의 번화가. 젊은 사람들로 북적이는 거리. 한쪽에서는 노래를 하고, 또 다른 한쪽에서는 모여 춤을 추고... 신기하게 그 광경들을 보는 단이. 그런 단이를 미소로 보는 은호. 거리 공연에 정신 팔린 단이, 지나가는 사람들에게 치이자... 은호, 단이의 팔을 붙잡아 가까이 당긴다. 단이, 은호 보면, 웃으며 다시 단이 이끄는 은호.

- 커다란 피자 조각이 담긴 접시를 들고 나와 가게 앞에 서서 먹는 단이와 은호. 단이, 얼굴만한 피자 조각을 들어 신기하게 보다가 크게 한입 먹고... 엄지 척 들어 보인다. 은호, 웃으며 보다가 단이 입가에 묻은 피자소스 휴지로 닦아주고.

- 어느 펍. 구석자리에 앉아 맥주를 홀짝이고 있는 단이... 신기하게 주위를 둘러본다. 바에 앉은 사람들은 칵테일을 마시고, 한쪽에서는 포켓볼을, 또 다른 한쪽에서는 다트게임을 하고 있다. 한 여자, 다트를 던지지만 과녁판 맞추지 못한다. 아쉬워하는 일행들과 지켜

보던 단이. "이렇게 해야지..." 하며 다트 던지는 흉내 내는데, 그런 단이 손에 쥐어지는 다트. 보면, 은호다. 해보라는 듯 고갯짓하고... 과녁판 정중앙에 딱 꽂히는 다트! 다트 던진 사람, 단이다. 환호하는 단이와 은호, 지켜보던 주위 사람들. 은호를 비롯해 처음 보는 사람들과도 하이파이브 하며 즐겁게 어울리는 단이.

- 어느 뒷골목. 단이, 어둡고 좁은 골목. 은호가 단이의 손을 잡고 간다. 어느 낡은 건물 앞으로 간다. 문 앞에 서 있는 험악한 인상의 남자에 움찔 놀라는 단이... 그 남자에게 티켓 건네는 은호. 남자, 문 열어준다.

- 어느 지하 재즈바. 열정적으로 공연하고 있는 밴드와 열광하는 사람들... 은호 따라 들어온 단이, 황홀하게 그 광경 본다. 단골들만 들락거리는 오래된 재즈바 느낌. 은호가 먼저 음악에 맞춰 뛰기 시작하고, 단이도 그제야 신나게 소리 지르며 뛴다. 어느 순간, 은호.. 핀 조명 아래서 빠른 리듬으로 재즈 피아노 치고.. 단이 신나하며 듣는.

S#31. 어느 번화가 거리 (N)

- 한적해진 번화가 밤거리를 나란히 걷는 은호와 단이.
- 단이, 한쪽에서 통기타로 버스킹을 하고 있는 사람을 보고 걸음을 멈춘다. 은호도 그 옆에 와 서고. 동전을 지갑에서 꺼내 넣는 단이와 은호. 마주 보고 웃다가 다시 걸어간다. 은호가 손을 잡는다. 단이 자연스럽게 그대로 걷는다.

단 이	첫 월급 타면 너 선물 하나 사려고 했는데, 뭐 갖고 싶어?
은 호	글쎄.. 뭐 갖고 싶지?
단 이	생각해봐. 괜찮은 걸루.
은 호	누나.. 첫 월급 타서 나 패딩 사준 거 기억나?

단 이	어.
은 호	왜 그랬어, 그때?
단 이	왜 그러긴. 겨울이었고 추웠으니까 사줬지.
은 호	왜 내 패딩이냐고. 겨울이었으니까 다른 사람도 추웠을 텐데. 왜 내 패딩이었냐고.
단 이	그래서 꼽냐? 불만이야?
은 호	아니.. 불만은 아닌데. 그걸 좀 생각해보라구. 누나도.
단 이	생각하고 말고 그럴 게 뭐가 있니. 겨울인데, 너 교복 위에 입으면 좋을 거 같았으니까 사줬지.
은 호	됐다, 말을 말자. 밥통. (손 놓고, 먼저 가버린다)
단 이	왜 저래.. (따라 붙으며) 너 가끔 되게 또라이 같을 때 있어.
은 호	그래. 내가 미친놈이야. 됐냐?
단 이	으우 미친놈.. (또 따라 붙으며) 너 술 취했지?
은 호	....
단 이	너 오늘은 그 집 안 가나? 전에 술 취해서 갔던 집. 걘 또 누구야? 송해린인 줄 알았더니.
은 호	알 거 없어. 누난 말해도 몰라.
단 이	복잡해.
은 호	그래. 내가 또라이고 미친놈이고 복잡한 놈이야! 됐어.?
단 이	왜 시비야.. 오늘 되게 좋았는데 꼭 막판에 초를 쳐.
은 호	초 치는 건 누나거든?
단 이	(치.. 하고 손잡는다)
은 호	(손 보여주며) 왜 이래? / 왜 가만있는 남자 손을 잡지?
단 이	아까부터 잡고 있었잖아.
은 호	(다시 웃고) 맞아. (하고 잡고 간다)
단 이	어, 저거 먹자. (적당히 길거리 와플이나?)
은 호	(가려는 단이 확 끌어당기며) 그냥 가.
단 이	먹구 가자. (다시 가려고)
은 호	(확 끌고 와 어깨 감싸며) 그냥 가. 살쪄.
단 이	맛있을 거 같은,

은 호	(OL, 끌어당기며 얼굴을 더 가깝게) 으허. 그냥 가.

    – 그렇게 연인처럼 어깨 두르고 가는 둘에서, F.O

S#32. 콘텐츠 개발부 (D)

    – 자리에 앉아 지율이 해온 교정원고를 보고 있는 해린. 지율은 그 옆에 서서 해린의 눈치를 보고 있고. 원고 들고 있는 해린의 손, 부들부들 떨린다. 폭발 직전처럼 보이는 모습에 긴장해서 서로를 보는 은호, 지홍, 송이인데... 송이 옆으로 트위터 화면 뜬다.

송이(E)	고슴도치는 오늘도 화가 났다. 또... 새끼 캥거루 때문이다.
해 린	오지율 씨... (탁!! 책상 위에 지율이 원고 세게 내려놓으며) 교정원고 문장을, 누가 수정액으로 지웁니까?

    – 헉, 놀라는 은호, 지홍, 송이. 다들 다가와 지율의 교정원고를 본다. 교정부호 같은 건 없고, 수정액으로 틀린 문장과 단어를 지우고 그 위에 색깔 펜으로 예쁘게 고쳐놨다.

지 율	틀린 건 아예 지우고 고쳐놓는 게 깔끔할 것 같아서...
해 린	지금 그걸 말이라고... (어이없어 말문 막히는) 오지율 씨는 본인 직업이 뭔지 알기는 해요? 편집자가 기본 중의 기본인 교정교열법도 모른다는 게 말이 된다고 생각합니까?!
지 율	(겁먹은, 기어들어가는 목소리로) 죄송합니다...
지 홍	(얼른 끼어들어 중재하려는) 그래, 죄송하겠지. 당연히 죄송해야 하는 일이야, 이건! (원고 들어 마찬가지로 말문 막혀 보다가) 근데 이거 설 작가 소설 아냐? 초고 엉망이었는데... 맞춤법이나 문맥 흐름은 제법 잘 고쳐놨네...
은 호	(얼른 책 한 권 지율에게 주며) 교정교열 실무 작업*에 도움 될 거

	예요. 외우다시피 봐둬요.
지 율	(받고) 감사합니다...
해 린	(그런 지홍과 은호를 가볍게 흘기는데...)
배달기사(E)	오지율 씨!

– 모두 소리 나는 방향을 보면 배달기사가 거대한 회전의자를 어깨에 지고 서 있다. 다들 또 헉, 놀라는데... 슬그머니 손을 드는 지율. 배달기사, 지율 자리에 놓고 간다. 일반 사무의자가 초라해 보일 정도의 고급 의자... 일동, 황당하게 지율을 본다.

지 율	(눈치) 교정 때문에 퇴근도 늦게 하고 그러니까... 엄마가 의자라도 편해야 하지 않겠냐구 하셔서요... / 안 되나요...?
지 홍	(황당하지만) 개인의자를 사용하면 안 된다는 사칙은 없긴 한데...

– 지홍, 해린의 눈치를 보면... 해린, 심각하게 이마를 짚는다. 들고 있던 원고 조용히 내려놓고 자리로 돌아가는 지홍. 은호와 송이도 자리로 가고... 훈, 고개 절레절레..

송이(E)	새끼 캥거루 때문에 동물원이 한 순간도 조용할 날이 없다...
해 린	오지율 씨. (후, 심호흡하고... 책상 위에 놓여 있던 일간지들 내밀며) 이것들 읽고 책으로 낼 만한 기획 아이템 열 개 찾아서 정리해줘요.
지 율	(헉) 신...문에서요? 열 개나요...?
해 린	왜? 적어요? 스무 개로 할까요?
지 율	(얼른 고개 젓고) 아닙니다...! (일간지 받으려는데)
해 린	(일간지 뒤로 빼며 매섭게 보는) 이 정도는 제대로 할 수 있겠죠?
지 율	네...
해 린	(그제야 다시 일간지 내미는)

• 안종군, 〈출판 편집 백서-출판 편집 전문가를 위한 교정 교열 윤문 실무서〉, 투데이북스

지 율	(서럽다... 받고)
송이(E)	아마 새끼 캥거루는 곧... 고슴도치의 가시에 찔려 죽을 것이다.
은 호	(고개 절레절레 하며 다시 업무 보는 위로)
송이(E)	꽃사슴은 걱정이 많지만, 고슴도치의 성격을 알기에 한숨만 쉴 뿐.

     – 단이 물조리개 들고 와 화분에 물을 주는데,

해 린	강단이 씨. 우리는 회의를 좀 해야 될 거 같은데요.
단 이	그쵸.. (얼른 자리로 가며, 가제본 찾으면서) 제가 주말에 핵심문구 좀 뽑아봤는데요..

S#33. 회의실 (D)

해 린	(단이 자료 넘겨보며) 나랑 되게 비슷하게 뽑았네요.
단 이	(마주 앉아서) 책이 정말 좋아요. 많이 팔렸으면 좋겠어요.
해 린	(웃는다) 또 다른 생각은 없었어요?
단 이	수록된 단편 중에 '백의 선언'은 제외하는 게... 어떨까, 싶긴 했는데.
해 린	(입 딱 벌어지고) 사실 나도 그 단편 뺄까 했는데.. / 작가가 하도 우겨서.
단 이	그 작품은 다른 작품이랑 칼라가 완전 달라서, 분량을 좀 늘여서 중편으로 따로 만들면 어떨까 싶었어요.
해 린	출간일 얼마 안 남았으니까 작가님 만나서 한번 더 설득해봐요, 우리.
단 이	네. (웃는) 작가님은 어떤 분이세요? 글을 보니까 너무 궁금해지더라구요. 소설은 되게 하드코언데.
해 린	실제론 엄청 마음 약하신 분.
단 이	정말요? 쓰는 글이랑은 다른가부다..

S#34. 회의실 앞 (D)

     – 마주 앉아 회의하고 있는 단이와 해린의 모습이 회의실 창 너머로 보인다. 잘 맞는 듯한 둘의 모습을 못마땅하게 지켜보는 유선이고.

S#35. 이사실 (D)

     – 책상에 앉아 일하고 있는 유선. 그때 노크 소리 들리고, 문 열리며 단이가 들어온다.

단 이	부르셨어요, 이사님?
유 선	이제 송 대리랑 회의 끝났나봐?
단 이	(여태 들뜬) 네. 생각보다 추가로 알아봐야 할 것들이 많아서요.
유 선	(보던 자료 탁 덮으며) 내가 일전에 말했지.
단 이	네?
유 선	(차게 보며) 본인이 맡은 일이나 잘하라고.
단 이	...
유 선	(쇼핑백 하나 책상 위에 올려두며) 세탁소. (다른 쇼핑백 또 하나 올리며) 우체국. (빨리 가라는 듯 고갯짓 하고)
단 이	(화나지만 참으며, 두 쇼핑백 가져와 들고)

S#36. 단이 몽타주 (D)

     – 우체국. 택배 붙이는데, 전화 울린다. 보면 '이사님'이고.
     – 회사 일각. 문서 한아름 들고 나와 인쇄기 앞에 서서 열심히 복사한다.
     – 이사실. 커피 쟁반에 받쳐 들고 유선 앞에 놓는 단이.
     – 거리. 단이가 유선의 세탁된 옷을 들고 달려온다.

- 이사실 앞. 나오는 단이 품에 이번엔 상자가 하나 들려 있다.
- 사내 도서관. 상자에 든 책 사내 도서관에 꽂는 단이. 하지만 또 진동하는 핸드폰. 유선이라 예상하고 분노로 주먹 불끈 쥐는 단이...

단 이   (후, 심호흡하며) 단이야... 넌 이제 날라리 아냐. 지성인이잖아... 사람을 해치면 안 돼... 그러면 안 돼요... (하지만, 울컥) 지성인이고 뭐고 아주 그냥...!!!

- 단이, 무서운 기세로 핸드폰 한번 던져버리려다가, 확인하면... 해린이다.

해린(E)   일이 생겨서 회사 밖으로 나왔어요. 메일로 추가 자료 정리한 거 보냈어요. 확인하고 내일 다시 회의해요.

단이(E)   (신나서 답 찍는) 네. 꼼꼼히 살펴볼게요!

- 답 보내자마자 울리는 전화벨. 보면 '이사님'이고. "네 이사님!" 하고 대답하며 뛰어가는 단이에서.

S#37. 회의실 (D) - 다른 날

- 탁자 위에 널려 있는 여러 종류의 랩핑 포장지, 포장끈으로 포장된 샘플들. 화이트보드 위에 적힌 여러 키워드*들. 마주 앉은 단이와 해린, 회의 중이다.

해 린   (크라프트지로 포장된 샘플 들며) 랩핑은 이게 제일 낫겠죠?

단 이   (끄덕이고) 과하지 않고 단정해서요. 지적인 느낌도 나고. (다양한 폰트가 인쇄된 종이 들어 보며) 폰트는 만년필체가 어울리겠어요.

•   '블랙유머' '사회풍자' '희귀한 소설' '웃음과 미스터리' '인간 내면의 나쁜 마음' '기발한 소재' '기묘한 장난끼' '삶의 섬뜩한 단면' '우리의 얄팍한 속내를 꼬집는다' 등등

해 린	좋아요.
단 이	(자료 보여주며) 제가 캘리그라피 작가들 좀 알아봤거든요. 이 글씨체는 어때요?
해 린	배고파요. (벽시계 가리키며) 점심 먹구 해요.

   – 하는데, 해린의 핸드폰이 울린다. 해린, "어, 작가님이네?" 하고 무심히 "여보세요." 하고 받고. 단이, 보는데.

해 린	네. 마케팅 관련해서 보낸 자료 읽어보셨어요? (굳는) 네? 작가님.. 왜, 갑자기...
단 이	(표정 군은 해린의 얼굴 심상치 않고)
해 린	작가님.. 곧 출간인데. 마지막 교정지만 인쇄소 넘기면 되는데, 갑자기 이러시면.. (들으며, 얼른 볼펜 집으며 단이에게 뭔가를 적어 보여준다)
해린(E)	박정식 작가님, 강릉 가셨다고! 얼른 편집장님께 차 좀 부탁한다구!!!
단 이	(무슨 일이지?)
해 린	(한손으로 핸드폰 막고) 빨리요.

S#38. 겨루 출판사 일각 (D)

   – 승진, 자료 프린트하고 있는데... 팩스가 들어온다. 무심코 돌아보던 승진. 팩스 내용 보며, 굳는. 보면, '계약 해지 통보서'라고 적혀 있고.

S#39. 콘텐츠 개발부 (D)

   – 다들 점심 먹으러 나가려는 참인데, 단이가 뛰어와서 은호에게 해

린이 적은 종이를 보여준다.

은 호   언제? 지금이요?

단 이   네.

해 린   (회의실에서 달려 나오며) 어떡해. 또 이래, 또!!! (막 가방 챙기고)

은 호   (겉옷 등등 챙기며) 강단이 씨. 가방 챙겨요. 우린 지금 강릉, 갑니다.

단 이   네? (허둥지둥 영문 모르고 챙긴다)

지 홍   왜? 박정식이 또 강릉 갔어?

승 진   (나오며) 아휴.. 또 날라왔어, 또! (팩스 보여주며) 계약 해지 통보
           서!!!

지홍,영아,광수 (동시에) 아흐, 또 왜 그래..!!!

송 이   진짜!!!! 심심하신가봐!

        – 훈, 지율, 영문 모르겠는데. 단이와 은호, 해린은 후다닥 달려 나간다.
        – 소란에 재민과 유선도 나와 보는데..

재 민   무슨 일이야? 점심 먹으러 안 가?

승 진   (말없이 해지 통보서 보여주는)

재 민   (보고) 아흐!!!

유 선   (가져와 보고.. 옅게 싱긋) 마케팅이 마음에 안 드셨나....?

광 수   이번이 몇 번째야.

지 홍   저게 말이 안되는 게 계약금만 돌려주면 해약이 되냐구. 책 출간하
           느라 우리 고생한 건 다 뭔데? / 송해린이 그동안 애쓴 건 다 뭐구.

훈   (영아에게) 무슨 일이에요?

영 아   송해린이 맡아서 편집하고, 지금 강단이 씨가 맡아 마케팅하고 있
           는 그 박정식 작가! 책 안 내겠대. 자기 책 내지 말래. 계약 해지 통
           보서 보내왔어.

지 율   (입 딱 벌어지는데)

송 이   이번이 세 번째일걸?

S#40. 도로 (D)

    – 달려가는 은호의 차. 강릉 이정표 보이고.

S#41. 은호의 차 안 (D)

    – 은호 운전하고. 은호 옆에 해린. 뒷자리에 단이, 가운데로 고개 내밀고..

단 이	아니 그럼 작가가 해지하자면 해지가 되는 거예요? 우리, 책 못 내는 거냐구요.
은 호	말처럼 그렇게 쉽진 않아요. 그동안 회사가 쓴 비용이 있으니까.
해 린	(핸드폰 계속 뒤지며) 그걸 작가에게 받아낼 수도 없고, 그렇다고 출간 코앞인 책을 안 낼 수도 없고.
단 이	무슨 수를 써서라도 설득해야 하는 거네요?
은 호	(해린에게) 너 아직 못 찾았어?
해 린	작년에 간 그 펜션인 거 같은데.. 이름이 기억이 안나. / 지금 검색하는 중인데...
단 이	어디 근처였어요? 저도 찾아볼게요.
은 호	그 정동진 인근이었는데.. (해린에게) 그치?

S#42. 어느 펜션 입구 (D)

    – 들어서는 은호의 차.

은 호	(차 안에서) 맞지, 여기.

    – 해린 끄덕이고 차에서 내린다. 정말 화나는 듯 주먹 쥐고 펜션 노려

보는 해린. 은호와 단이도 내리는데.

해 린   정말.. 죽여버릴 거야. 내가 삼 년을 얼마나 고생했는데!!! 지가 작
        가면 다냐고!!! 저만 고생했냐고!!! (주먹 불끈) 오늘. 각해린, 각 제
        대로 보여준다!!!!

– 해린, 주먹 쥔 채 분기탱천 안으로 걸어 들어간다.

단 이   (놀라서, 은호에게) 말려야 되는 거 아냐?
은 호   뭘 말려. 나도 가만 안 둘 건데. (마당으로)
단 이   어머, 쟤들 좀 봐.. 큰일 났네.. (후다닥 따라 들어가는데)

S#43. 펜션 마당 (D)

– 해린, 별채로 또각또각 걸어간다!! 은호도 뒤따르고.

단 이   잠시만요. 송 대리님. 편집장님.. (걱정으로)
해 린   (별채 앞에서 화난 듯 벨 누른다. 후– 심호흡하고) 작가님!!! / 저
        송해린 편집잡니다!! 나와서 저랑 이야기 좀 하시죠!!!
은 호   (뒤에 서서 노려보다가 문 탕탕탕 친다) 박정식 작가님!!!
단 이   (아니.. 이러면 안 될 것 같은데..)
해 린   야, 너 안 나와? / 박정식!!! 너, 문 안 열 거야?!!!!
은 호   피한다고 해결되는 게 아닙니다!!!!
해 린   어유, 이 또라이. 심심하면 잠수타고, 심심하면 도망가고!!!! 너 오
        늘 내 손에 죽어봐라!!! 나와!!!
은 호   이게 몇 번 쨉니까!!!! 나와서 대화로 해결하시죠?!!!!
단 이   (둘을 당겨 한쪽으로 놓고) 왜들 이래요.. (얌전히 노크한다) 작가
        님.. 저 마케팅을 맡은 강단인데요.. (귀를 대고) 저희들이 지금 서
        울에서 여기까지..

주인남(E)	거기 아무도 없는데요?
셋	(놀라서 돌아보고)
주인남(E)	한 시간 전에 나갔어요. 젊은 그.. 글쓰는 양반.
해 린	어머, 잘됐다.. (은호에게 헤- 웃어 보이고. 얼른 주인남에게 뛰어가는) 저, 아시죠? 작년하고 재작년에 여기 왔었는데. / 언제 돌아온 대요, 우리 작가님?
단 이	(어이없어서 은호를 보는데)
은 호	(씨익) 난 없을 줄 알았어. 차가 없더라고.
해 린	(주인남에게) 혹시 방 남은 거 있어요?

S#44. 펜션 입구 (D)

– 은호가 핸드폰으로 셀카를 찍는다. 은호 뒤에 와서 애써 웃는 단이 와 해린. 찰칵 찍히며 정지화면. 그 옆에 문자메시지.

은호(E)	작가님. 저희들 서울에서 1시간 전에 도착했습니다. ^^

– 은호, 단이의 사진을 찍는다. 그 옆으로 문자메시지.

은호(E)	이번에 작가님 책 마케팅 할 강단이 씨입니다.
은호(E)	작가님의 1호 팬입니다! ^^

– 은호, 멋지게 포즈 취하고. 해린이 사진을 찍는다.

해린(E)	우리 편집장님이 여기까지 운전해 오셨어요.

S#45. 펜션 마당 (D / N)

- 펜션, 마당에서 자장면 먹는 셋. 사진 찰칵.

해린(E)   작가님. 저희들 여기까지 와서 자장면 먹어요. 회 먹으러 간 사이
            작가님 돌아오실까 봐 걱정이 돼서요. ㅜㅜㅜ

- 어느새 밤. 모닥불 피워 놓고 셋 앉아 있다. 모닥불 사진 찍는 은호.

은호(E)   작가님. 저희 방이 없어서.. 추운 데서 이렇게 기다리고 있습니다.

- 본채의 이층 테라스에서 주인이 나온다.

주 인   아, 방 있다니까 그냥 하나 쓰지. 추운데 왜 그러고 있어요?
셋   (동시에 고개 젓는. 그러면 안 된다고)
해 린   방 있다고 그러시면 안돼요, 사장님. 우리 하루 종일 이러고 있었다
            고 전해주셔야 돼요!!!
주 인   에잇.. (짜증내며 들어가버리고)
은호(E)   (메시지 쓴다) 작가님. 강원도는 참 춥네요.. 이 추운 데서 외로우셨
            을 것 같습니다.

- 셋이 처량하게 앉아 있다. 은호와 해린은 입구 쪽을 보고. 단이는
   입구를 등지고.

해 린   그래도 작년보단 낫다. 그때는 한겨울이었잖어.
은 호   작가 관리 좀 잘해, 송해린.
해 린   배고프다. 점심 굶고, 네 시에 자장면 한그릇.
단 이   피자라도 시킬까요?
해 린   먹다가 딱 걸리면요?
은 호   아까 죽여버릴 거라고 주먹 쥔 게 누구더라?

해 린	선배는 뭐 안 그랬나...?
단 이	근데요... 작가들은 원래 이렇게 또라이들이 많아요?
해린,은호	(자기들도 모르게 끄덕이다가.. 헉! 하고 단이의 등 뒤를!!!)
단 이	(모르고) 아니면 박정식 작가만 또라이예요?
해린,은호	(굳어서 아니라고, 고개만 흔드는데)

- 단이, 이상해서 둘의 시선을 따라 등 뒤를 보고 으악!!! 하고 주저앉
  아버린다!
- 검정 패딩에 모자까지 눌러쓴 박정식(33세, 남)이 술이 든 것 같은
  봉지를 들고 서 있다!!!!

해 린	자, 작가님!!! (얼른 일어나는데)

- 박정식 외면하고 별채로 걸어간다. 해린과 은호 얼른 따라가며, "작
  가님, 잠시만요.." 하는데. 별채, 문을 열고 뒤따르는 둘을 밀어내고
  문 탁 잠그고. 닫힌 문 앞에서 은호와 해린, 단이를 원망스럽게 흘
  겨보는.

S#46. 은호의 차 안 (N / M)

- 셋이 차에서 자고 있다. F.O.
- F.I. 박정식이 나와 셋이 잠 든 차를 본다. 셋이 자고 있다. 옆 차에
  올라타서 시동을 건다. 소리에 얼핏 잠이 깬 은호. 박정식의 차가
  움직이고 있다. 화들짝 놀라서 튀어나오는 은호. "작가님!!" 하는데..
  박정식의 차, 멀어진다. 은호, 속상하다.

S#47. 바닷가 보이는 카페 (M)

　　　　－ 커피 앞에 두고 앉은 은호, 단이, 해린. 해린이 핸드폰을 자꾸 본다.

단 이　　　답 없어요?

해 린　　　(그렇다고 끄덕이고) 여기서 기다린다고 했는데. (은호에게) 안 오
　　　　　면 어떡하죠?

은 호　　　오겠지.. 250페이지를 써놓고.. 이대로 작품을 버릴 수 있는 작가는
　　　　　없어.. (하는데 전화벨 울린다. 김재민 대표다.)

해린,단이　(혹시 박정식인가, 보는데)

은 호　　　대표님.. (이야. 하고, 핸드폰 들고 나가며) 네. 대표님. (밖으로 이
　　　　　동) 아직 강릉입니다.

S#48. 카페 앞 (D)

　　　　－ 은호, 통화하며 나온다.

은 호　　　어젯밤에 얼굴만 뵙고 아직 제대로 된 이야길 못 들었습니다. / 제
　　　　　생각에는..

　　　　－ 은호, 멈춘다. 저만치... 박정식이 서 있다.. 은호, 박정식에게 정중하
　　　　　게 인사하면.. 등 돌려 가려는 박정식인데, 은호.. 그에게 말하듯이,

은 호　　　제 생각에는..! 출판 앞두고.. 두려워서, 그러셨을 겁니다!

박정식　　(멈추고)

은 호　　　저도 그렇거든요. 쓸 때는 최선을 다해 썼지만.. 막상 이 글이 세상
　　　　　에 나간다, 생각하면.. 앞이 캄캄해지니까요. / 지난번에 그런 말씀
　　　　　하셨어요. 본인한테 이 글을 끝낼 재능이 있는지 모르겠다고...

박정식　　(돌아본다)

은 호	(박정식 보며 말하는) 이 세상에 천재 같은 건 없어요. 제가 알기로는. 아마 박 작가님도 알고 계실 겁니다. 다들 자기 원고지랑 씨름하면서 하루하루 쓸 수밖에 없다는 걸요. / 그리고 그렇게 쓴 글을.. 이대로 세상에 안 내보내면.. 저 이야기들은 어떻게 되겠습니까. 작가한테는 자식이나 다름없는데.

S#49. 대표실 (D)

재 민	(통화) 너, 지금 뭐라는 거야. 박 작가 이야긴 됐고, 이번 달 매출 말이야, 매출!!! (서류) 너 이거 봤어?!!!

S#50. 카페 앞 (D)

은 호	대표님. 박 작가님 오셨어요. 다시 마음 잡으셨나 봐요.

- 은호, 끊고 박정식을 보는 데서.

S#51. 바닷가 (D)

- 은호와 박정식이 바다를 보며 서 있다. 해린과 단이가 파도와 장난을 치며 논다.

박정식	정말 그 마음이었어요. 출판 날짜가 다가오니까.. 내 소설이 쓰레기 같고.. 겨우겨우 마음잡고 있는데.. 마케팅 자료 받으니까 더 무섭더라구요. 내게 하는 선물 같은 책이란 컨셉이라던데, 그러면 읽어보고 더 실망할까봐.. / 이게 선물이냐? 쓰레기다, 이럴 까봐...
은 호	작가님.. 솔직한 위로.. 하나 해드릴까요?

박정식	(보는)
은 호	작가님 책.. 많이 안 팔릴 겁니다..
박정식	네?
은 호	요즘 사람들이 책을 참 안 사 봐요..
박정식	.....
은 호	베스트셀러 아니면.. 삼천 권 팔기도 어려워요. 무슨 말이냐면요. 망신 당해봐야 삼천 명이고, 작품 엉망이다- 욕해봤자 삼천 명이에요.
박정식	정말 그렇게 책들을 안 사요? / 그래도.. 저한테 준 계약금 나와요?
은 호	많이 팔고 싶으세요? 그럼 많이 팔게요. 우리가 있는 힘을 다해 팔게요.
박정식	어휴.. 지금은 안 팔린다는 말이 더 위로가 돼요. / 삼천 명.. 뭐, 내가 쓰고 싶은 글 쓰고.. 그 정도 사람들한테 욕 좀 먹고.. 금방 잊고 잊히면 돼죠, 뭐.
은 호	하지만 우린. 박 작가님 글 좋으니까 정말 열심히 팔 거고, 꼭 2쇄, 3쇄 찍어서 많은 사람들에게 읽히고 싶습니다-! 글 좋아요, 작가님.

– 웃으며, 단이와 해린을 보는데..

박정식	사실.. 제일 미안하죠. 송 대리님한테. / 흔들릴 때마다 잡아주셨는데..
은 호	(해린 보는)
박정식	그리고.. 저분 강단이 씨요.. 어제.. 많이 위로가 됐어요..

S#52. 은호의 차 안 (N) – 어젯밤

– 잠든 해린과 은호.. 안 깨게 조심조심 나가는 단이.

S#53. 펜션 별채 앞 (N) - 어젯밤

- 단이가 별채 앞에 조심조심 걸어가서 선다.. 노크를 몇 번 해본다. 작가님.. 작가님..

S#54. 펜션 안 (N) - 어젯밤

단이(E)   작가님.. 거기 계시죠?

- 맥주를 마시던 박정식, 현관 쪽을 보는. 이하 별채 앞의 단이와 교차편집.

단 이   작가님.. 거기 계시면 제 이야기 좀 들어주세요. / 저는 십일 년 동안 가정주부로 살았어요.. 아이 때문에 일을 포기했었거든요.. 그리고 한 달 전에 재취업했어요. 칠 년 만에요.

박정식   (현관 쪽으로 걸어가서 듣는)

단 이   이 출판사에 들어오기 전에.. 면접을 보면서.. 나, 뽑아만 주면 정말 잘 할 텐데.. 했어요.. 근데 막상 합격을 하고 나니까.. 갑자기 겁이 나는 거예요.. 내가 잘할 수 있을까, 못 해내면 어떡하지..? / 근데 그런 마음은 한발짝 앞으로 나오니까 없어졌어요. 일단 시작하고 나니까 두려움도 사라지고, 점점 잘 해내고 싶은 마음만 남았어요. / 지금은 일하는 게 재밌어요. 이번에 작가님 책 마케팅도 맡게 됐구요.. 저, 정말 열심히 하고 싶어요.

박정식   (문을 연다)

단 이   (놀라서 멈췄다가, 보며) 작가님 책 너무 좋아요.. 꼭 출판되어 사람들이 읽었으면 좋겠어요!

박정식   어디가 좋은데요?

S#55. 바닷가 (D)

박정식   (단이 보며) 책을 한 번 읽은 게 아니더라구요. 몇 번을 읽었는지..
          좋은 문장을 달달 외고 있더라구요..

은 호   (따뜻하게 듣는)

박정식   그래서 아침에 이발소 가서 머리 자르고, 새 마음으로 온 겁니다.
          사실은.

         – 그들의 시선이 닿는 곳. 단이와 해린이 깔깔 웃으며 뛰고 있다..

S#56. 돌아오는 은호의 차 안 (D)

         – 운전하는 은호. 룸미러를 내려 뒷좌석에서 잠든 단이를 본다. 그리
          고 룸미러 방향 바꿔서 해린을 보고. 둘이 서로에게 기대어 잠들어
          있고. 은호, 음악 볼륨을 낮추며 운전해서 간다.

S#57. 콘텐츠 개발부 (N)

         – 단이와 해린이 포장지에 묶인 박정식의 책을 보고 있다. 샘플북이다.

해 린   어제까지 없던 거예요...

단 이   (벅차서) 그러게요.. 송 대리님이 만든 책이에요..

해 린   (끄덕이며 눈물 그렁그렁) 이 말.. 우리 대표님이 신간 나올 때 마다
          하는 말인데... 어느새 나도 하게 되더라구요..

단 이   (끄덕끄덕, 샘플북 보며, 역시 그렁그렁) 예쁘다...

해 린   새 책이 나오면... 괜히 눈물나요.

단 이   세상에 나가서 사랑받았으면 좋겠다..

해 린   그니까요. 우리한테는 얼마나 귀한 자식인데 (손으로 눈물 조금 훔

치며) 잠깐만요. 오늘을 그냥 넘길 수 없죠..

단 이	아, 사진이요? (하고 핸드폰 꺼내 셀카 준비)
해 린	(서랍에서 팩소주 두 개를 꺼내고) 짜잔!!!!
단 이	(핸드폰 그대로 찰칵!!! 찍고, 돌아보며) 어디서 났어요?
해 린	(자기 책상 서랍을 발로 툭 차고) 여기요.
단 이	거기 그런 게 들었어요?
해 린	(끄덕끄덕) 비밀이에요. (웃고 하나 내민다)
단 이	(받는)

S#58. 나경의 편집숍 (N)

- 은호, 단이의 트위터를 보고 있다. 팩소주 든 해린의 사진이 단이의
  셀카로 보이고.

단이(E)	드디어 새 책이 나왔도다! 개봉박두!

- 은호 피식 웃는데.. 나경이 들어선다.

은 호	어딜 돌아다녀, 가게는 직원한테 맡겨놓고.
나 경	(웃으며) 많이 기다렸어?
은 호	가방이나 줘.
나 경	공짜로 물건 얻으러 온 주제에. (노려보는데, 직원이 가방 몇 개 가져오고) 언니한테 어울릴지 모르겠다.
은 호	예쁜데? 뭐든 안 어울릴까, 강단이한테.
나 경	나랑 사귈 땐 맨날 바쁘다더니. (가방 들어 보이며) 단이 언니 가방 있다니까 총알처럼 온다?
은 호	오는 길이었다니까.
나 경	정말 오는 길이었어?
은 호	응.
나 경	(그런 은호 보다가) 그런 식으로 말하면 언니는 정말 그렇게 알아

들어? 오는 길에 잠깐 들린 거구나.. 그렇게?

은 호   (멈춰서, 나경 보면)

나 경   자꾸 빙빙 돌지 말고. 사실대로 말하라구, 이제.

은 호   뭘?

나 경   좋아하잖아. 강단이.

은 호   !

S#59. 콘텐츠 개발부 (N)

– 적당히 편하게 팩소주 마시는 단이와 해린. 이미 팩소주 두 개가 옆에 비어 있고.

단 이   송 대리님 일할 때 보면.. 일을 정말 좋아하는 거 같애요.

해 린   단이 씨도 열심이잖아요. 나, 신입 때 사수가 (은호 책상 턱짓으로) 차은호였거든요? 얼마나 무서웠게요.

단 이   (웃는)

해 린   그때 왜 그렇게 나한테 모질게 하나, 싶었는데.. 나도 신입들 사수가 되어보니 알겠어요. 열심히 하면 이쁘고, 열심히 하지 않으면 밉고.

단 이   저는 어때요, 선배님?

해 린   (엄지 척!)

단 이   (웃는데)

해 린   연애가 안 되니까 점점 더 일만 하게 되는 거 같애요..

단 이   왜요. 송 대리님 이쁜데. 원하면 누구나 만날 수 있을 거 같은데.

해 린   내가 좋아하는 그 사람이 날 안 좋아해요. 내가 좋아하는 줄도 몰라.

S#60. 나경의 편집숍 (N)

나 경   왜 대답을 안 해? 강단이 사랑하잖아.

은 호	(생각하는)
나 경	(웃으며 얼굴 들여다보고) 아냐?
은 호	(한참 생각하다가) 맞아. 그런 거 같애.

S#61. 콘텐츠 개발부 (N)

해 린	내가 좋아하는 그 사람이.. 어느 날 나한테 그랬어요. 술만 마시면 보고 싶은 사람이 있다구.
단 이	(웅??)
해 린	그래서.. 술만 마시면 그 사람 집에 간다구.

　　　　　　— 플래시백. 4부 8씬.

단 이	어젯밤 어디, 갔었는데?
은 호	좋아하는 사람 집에.

단이(E)	(생각하다가) 짝사랑하는 거야, 은호를? (놀라서 해린을 보는)
해 린	그래서.. 나도 술만 취하면.. 그 사람 집에 갔었거든요. 나도 술취하면 좋아하는 사람 집에 가는 사람이다- 그런 뜻으로. / 근데 모르더라구요. 내 마음은.
단 이	(대답할 말이 없어서 팩소주 마시고)

S#62. 나경의 편집숍 (N)

은 호	강단이가 웃으면.. 좋고.. 강단이가 울면.. 마음이 아파서 미치겠고.. 강단이가.. 힘들면 나도 힘들고... / 옆에 없으면 보고 싶고. 그게 사랑이라면.. 사랑이겠지..
나 경	그럼 말을 해야지. 언니한테.
은 호	근데.. 그게 누나로서 좋은 건지, 사람으로 좋은 건지.. 그걸 모르겠

어.. / 나도 궁금해, 내 마음이.

나 경 너무 신중한 거 아냐? 내가 아는 차은호는 좀 더 뜨거운데.

은 호 그래. 신중해. 근데 나는 우유부단하다, 소리 들을 만큼 더 신중해지
려고. / 내 마음은 어디까지인가.. 그 사람 마음은 어디까지인가.. 백
번을 더 확인해보고 싶어. 그 사람 마음이 내 마음이 있는 곳에 걸
어올 때 까지 기다려주고 싶기도 하고. (나경 보며) 쉽게 만나고, 쉽
게 헤어질 수 있는 사람이 아니니까. / 나한테는. 강단이, 정말 소중
한 사람이니까.

S#63. 동네 공원 (N)

－ 단이, 걸어온다.
－ 플래시백, 앞 씬.

은 호 술 취하면 우리집에 가끔 와. 남친 이야기도 하고, 일 이야기도 하고.

S#64. 은호의 집 앞 거리 (N)

－ 단이가 걸어온다.

단 이 뭐야. 그럼, 송 대리는 은호를 좋아하고. 은호는 술 마시면 다른 여
자를 좋아해서 다른 여자 집엘 가고. (하다가, 헉!!)

－ 단이 놀래서 어느 집 대문에 딱 붙어 숨고. 단이.. 다시 빼꼼 고개를
내민다. 은호의 집 앞에 은호의 차가 서 있고.. 해린이 걸어오고 있
다!!!!
－ 해린.. 걸어와 은호의 집 앞에 선다. 은호의 집을 보는 위로.. 4부 11
씬의 은호 목소리만.

은호(E) 술 마시고 오지 마, 우리집. / 이젠 안 돼. (굳이 정색하지 말고)

은호(E)	(웃으며, 편하게) 나, 여자랑 살아. 그래서 안 돼. (하고 간다)

- 해린, 후-! 심호흡하고 벨을 누른다. 확인하고 싶다. 정말인지. 정말이면 누군지.

S#65. 은호의 집, 거실 (N)

- 은호, 물 마시며 모니터를 보고 있다. 난감한. 시계 보는 은호.

S#66. 은호의 집, 앞 (N)

- 대문이 열린다. 해린이 들어선다.
- 숨은 곳에서 나와 휴우.. 하는 단이. 단이 살금살금 집 쪽으로. 현관으로 나와 해린을 보며 웃는 은호. 은호 쪽으로 걸어가는 해린. 숨어서 보는 단이..

S#67. 버스 정류장 (N)

- 혼자 앉아 있는 단이. 막막하다. 빈 거리 보면서..

단 이	갈 데가.. 없네.. / 또 갈 데가 없어.. (춥다)

- 그때 버스 한 대가 와서 멈춘다. 내리는 서준.

서 준	어, 대파 씨.
단 이	(앗, 하고 보는 데서)

- 그런 둘에서. 5부 엔딩!!!!

강릉, 바다에서 뛰어노는 단이 보고 웃는 은호 (55씬)

엄마가 돌아가시고, 처음 맞는 생일이었다. 텅 빈 집을 생각하고 들어서는데,

보글보글 찌개 끓는 소리와 구수한 참기름 냄새가 났다.

강단이가 주방에서 요리를 하고 있었다. "누나 일 바쁘잖아" 묻자,

그녀는 가볍게 어깨를 으쓱했다. 내 인생 최고의 생일이었다.

샌드위치 가게, 마주 보고 웃는 은호와 단이 (10씬)

긴 장마 후의 햇살. 침대 옆에 놓인 작은 꽃다발,

문득 받은 초콜릿, 마주앉아 밥을 먹는 우리.

존재가 선물인 관계가 있다. 우리가 그렇다.

회의실, 랩핑 마케팅 아이디어 채택되고 주먹 쥐며 기뻐하는 단이 (17씬)

남은 내 인생은 반짝이는 순간이 영영

지나고 남은 빛바랜 자국이 아닐까 불안했다.

도전할 날이 많다고 스스로를 다독였지만 문득,

더는 달리지 못할 거란 두려움이 있었다. 다시 달릴 수 있을 것 같다.

겨루, 퇴근하고 웃으며 걸어 나오는 은호 (24씬)

강단이의 마음이 궁금할 때면 그녀가 읽은 책을 펼쳤다.

종이 위엔 그녀가 웃고, 울고, 자신을 되돌아본 문장이 있다.

나는 강단이가 어떤 마음으로 이 문장에 밑줄을 그었을까 궁금해하며,

그 감정을 느껴보려 애쓰며 책 한 권을 읽어나간다.

강단이가 좋아하는 책을 읽으며, 그녀를 더 알아간다.

겨루, 자리에 앉아 능청스레 칼라 깃 세우는 은호 (32씬)

출판사 입사 초기, 해내야 할 일에 몸이 지치고 있었다.

수화기 너머로 요즘 힘드냐고 몇 번 묻던 강단이는,

어느 주말 갑자기 집에 찾아왔다. 그녀의 손에 끌려 아무 버스나 탔다.

어디로 가는지, 어디서 내릴지 모르고 몸을 맡겼다.

창밖으로 이름 모를 호수가 보였다.

"여기 좋다."라고 내가 말하는 순간 강단이가 정차버튼을 눌렀다.

데이트 몽타주, 잡은 단이 손에 입김 불어주는 은호 (31씬)

첫 월급을 받은 기념으로 은호와 놀러갔다.

내가 추위를 많이 타는 걸 아는 은호는, 수시로 내 손을 잡는다.

차가운 손에 온기를 불어주는 사람과 함께 시간을 보내는 건, 편안하고 행복하다.

은호와 있으면 문득, 이 순간이 계속되길, 하루가 더 길어지길 바라게 된다.

회사에서 다정히 웃는 단이 (57씬)

삶이 버거운 날, 은호에게 전화를 했다. 은호는 낮은 내 목소리를 듣고

힘든 일이 있다는 걸 눈치 채지만, 아무것도 묻지 않는다.

우리는 실없는 대화를 나누다 전화를 끊는다.

6부

이미 안다고 생각하는 것도
다시 처음부터…

S#1. 은호의 집, 앞 (N)

– 5부 66씬 상황. 은호가 나와서 현관 앞에 선다. 마당을 해린이 걸어
온다.

은 호   (웃으며) 너, 또 술 마셨어?
해 린   (치.. 흘기며 걸어가고)

– 집 앞 단이의 시선으로 해린을 데리고 들어서는 은호. 닫히는 현관
문. 난 어떡하지? 난감한 단이.

S#2. 은호의 집, 거실 (N)

– 거실로 들어서는 해린. 익숙하게 소파로. 그런 해린을 골치 아프게
보는 은호.

은 호   (못 말리겠다는 듯) 이젠 술 마시고 오지 말랬잖아..
해 린   버릇이 하루아침에 없어지나...? 정신 차리고 보니까 선배 집 앞이
던데 뭐.
은 호   (귀여워서) 누가 너더러 마녀라고 하는 거야? (주방으로 가며) 커
피 마실래, 차 마실래?

| 해 린 | (결국 받아주는 은호가 좋고) 차. (하고 헤- 웃고) |

- 주방으로 가는 은호를 보다가... 집을 둘러보는 해린. 어디에도 여자의 흔적은 없다. 닫힌 단이의 방문 쪽도 보다가... 여자랑 산다더니? 갸웃하는 해린이고.

| 해 린 | 나, 서재에서 기다린다-! (하고 서재로) |

- 포트에 물 올리는 은호. 서재로 들어간 해린 한번 돌아보고, 핸드폰 꺼내 단이에게 문자메시지 보낸다.

| 은호(E) | 누나... 지금 어디야? 송 대리가 또 술 마시고 우리집에 왔어. |

S#3. 은호의 집 앞 (N)

- 집 앞에서 은호가 보낸 문자메시지 보는 단이.

| 단 이
단이(E) | (조금 툴툴대며) 지금 집이다, 집... (하다가 짧게 한숨, 답 문자 찍는) 아니야. 나 아직 회사야. 출발할 때 문자할게. |

- 문자 보내고 창문으로 불빛 새어 나오는 은호의 집 잠깐 봤다가... 돌아서는 단이.

S#4. 은호의 집, 서재 + 동네 공원 (N)

- 해린이 열린 문으로 주방에서 차를 준비하는 은호를 잠깐 보고, 가방에서 '편지'를 꺼낸다. 보는 해린.

- 동네 공원에서 편지를 쓰는 해린.

해린(E)   선배. 벌써 열세 번째 편지야. 난 또 동네 공원이고.

- 서가를 기웃거리는 해린. 책과 책 사이에서 숨겨놓은 첫 번째 편지
  를 꺼낸다. 봉투에 〈1〉이라고만 써져 있다. 다시 숨겨놓고. 다른 곳
  에 두 번째 편지, 세 번째 편지, 네 번째 편지..*
해린(E)   술에 취해 선배 집에 갈 때마다 이렇게 편지를 써서 선배네 책꽂이
  에 숨겨놨는데, 선배는 아직 하나도 못 읽었나봐.

- 해린, 〈13〉이라고 쓰인 편지를 어디쯤 숨긴다. 제일 위 칸 정도..
해린(E)   같이 사는 여자가 있다는 말.. 거짓말이었으면 좋겠어요.

- 동네 공원. 편지를 쓰다가 잠깐 멈추고 눈가가 젖어서 멀리 보는
  해린.
해린(E)   사실이라고 해도.. 나는 쉽게 마음이 접힐 것 같지가 않아.

- 해린, 숨긴 편지를 다시 한 번 감추고 보는데.. 은호가 환히 웃으며
  차를 들고 온다.
해린(E)   (보며) 나는 이미 선배한테 마음을 다 줘버렸거든.

- 은호, 차를 내려놓고 앉으라고 해린에게 의자를 빼준다. 다정하게
  보는 해린.
해린(E)   (편지 내용, 그대로 이어서) 이제 나도 내 마음을 어쩔 수가 없어.
  그게 사랑이잖아. (은호, 애틋하게 보는 위로) 사랑해. 선배.
은 호   (그런 마음 모른 채, 웃으며 차를 내민다)

• 그동안 단이가 이 집을 청소했으므로 일상적으로 찾을 수 없는 곳에 숨겼어야 합니다. 책과 책 사이, 책들
  의 바닥에.. 책들의 뒤에 등등.

해린(E)	(차를 받는다) 사랑이라는 말은 처음 썼네요. 열세 번째 편지에서 겨우.

S#5. 버스 정류장 (N)

- 5부 67씬 상황. 혼자 벤치에 앉아 막막하게 빈 거리 보고 앉은 단이.

단 이	갈 데가.. 없네.. / 또 갈 데가 없어.. (춥다)

- 그때 버스 한 대가 와서 멈춘다. 내리는 서준.

서 준	어, 대파 씨.
단 이	(앗, 하고 일어서는)
서 준	여기서 뭐해요?
단 이	(둘러대는) 어... 나도 방금.. 내렸나?
서 준	(응? 갸웃하는데)
단 이	(서준이 들고 있는 마트 봉투 보는, 쪽파 끝이 삐죽 나온 게 보이고)
서 준	(단이 시선 따라 보다가) 아... 일기예보에서 내일 비 온다고 하길래... 그때 우리, 비 오는 날 파전 이야기 했었잖아요. 그게 생각나서.

- 플래시백, 4부 38씬.

단 이	비 오는 날엔 파전이죠.

- 자신이 했던 말 떠올리고 아... 하는 단이인데... 갑자기 후두둑 비가 떨어진다. 단이와 마주 보고 서 있다가 얼른 정류장 안으로 들어오는 서준. 버스 정류장에 나란히 서서 동시에 하늘 올려다보는 서준과 단이.

난 이	오늘부터 내리나 봐요?
서 준	그러게요... (하다가 웃고) 되게 신기하다. 어떻게 대파 씨를 이렇게

	딱 만나지? 마침 비도 딱 내리고... 같이 파전 먹을 운명인가?
단 이	(웃고) 말도 안 돼..
서 준	(보다가 문득) 근데... 내 우산은 언제 돌려줄 생각이에요?
단 이	아, 맞아요. 우산. 어떡하지?
서 준	우리집까진 오 분. 대파 씨 집까지는 몇 분?
단 이	한... 칠 분?
서 준	그럼 일단... 우리집부터, 아니다-. 저녁 먹었어요?
단 이	(아니라고) 우산 씨는요?
서 준	그럼 일단 저녁부터 먹어요. 내가 괜찮은 우동집을 하나 아는데.
단 이	그 집 내가 아는 집 같애요. (근처 가리키며) 저쪽..
서 준	(끄덕이고) 그럼 갈까요?

- 단이, 웃으며 끄덕이고. 들고 있던 가방으로 머리 가리고 버스 정류
  장 밖으로 뛰어나가려는데... 그런 단이 팔을 얼른 붙잡는 서준의 손.

서 준	(단이를 다시 버스 정류장 안으로 들이며) 잠깐만요.
단 이	(응? 해서 보면)
서 준	(웃으며) 원래 비 맞는 게 취밉니까?
단 이	아니 그건 아닌데... 우산이 없잖아요.
서 준	우산이 왜 없어요?
단 이	(우산이 어디 있어? 서준의 두 손이며 주위 둘러보는데)
서 준	(어깨 잡아 건너편 가로수 쪽으로 돌려세우고, 가리키며) 저기 저 나무 보이죠. 저 나무 딱 일 분만 보고 있어 봐요. 내가 우산을 구해 올 테니까.
단 이	(서준이 가리킨 나무 보며) 아니 마트도 먼데 어디서 일 분 만에 우 산을 구해와요? (하지만, 시키는 대로 보는) 벌써 십 초 지났어요.

- 그런 단이 귀엽게 보며, 뒤로 물러나 조용히 가방에서 우산을 꺼내
  는 서준. 딱 펼쳐들고 단이에게 씌우는. 응? 해서 서준을 보는. 서준,
  싱긋 웃어 보인다.

단 이	(우산) 어디서 났어요?
서 준	마술. / 갑시다.
단 이	(흘기며) 원래 갖고 있었죠?
서 준	장난 한 번 쳐본 건데 안 속네?
단 이	(믿지 않게 흘기며) 재미없거든요?

– 그렇게 함께 우산을 쓰고 빗속을 가는 단이와 서준이고...

S#6. 은호의 집, 서재 (N)

– 차 마시는 해린과 은호.

해 린	왜 안 와? 선배 하우스 메이트. / 같이 사는 여자 있댔잖아.
은 호	그럼 안 왔어야지. / 알면서 왜 와?
해 린	(조금 떠보듯) 없는 거 같은데...? 같이 사는 여자.
은 호	있어.
해 린	(이제 확신으로) 없지?
은 호	아냐, 있어. 함께 사는 사람.
해 린	(진짜 있구나!! 애써 가볍게) 나 입사하고 선배 여자 몇 번 바뀌었는지 알아?
은 호	(웃으며 고개 젓고)
해 린	(손가락 다섯 개 펼쳐 보인다)
은 호	와.. 나, 잘나갔구나?
해 린	다섯 번이나 차였단 소리야. / 다섯 번이나 차이는 동안에 선배 옆에 있는 사람, 누구야. (가슴 탁 치며) 후배. 송해린.
은 호	내가 아는 것만 해도 너도 세 번이 넘어. 다 니가 채웠고.
해 린	(가볍게) 우리 자꾸 차이는 사람끼리 잘해볼까?
은 호	나, 같이 사는 사람 있거든?
해 린	이번엔 언제 차일 건데? 내가 기다릴게. (헤헤)

은 호	또 말 안 되는 소리 하지? (어휴, 하고 손가락 까닥)

- 해린, 싱긋 웃으며 기꺼이 이마 내준다. 은호, 때리기 전에 호- 손가락에 입바람 부는데, 문득 눈에 들어오는 창밖. 비가 내리고 있다. 엇, 하고 창가로 가는 은호.

은 호	(창밖 보며 단이 걱정, 돌아보며) 해린아. 너 가야겠다. 밖에 비 온다.
해 린	(비 오는 창밖을 돌아보는)

S#7. 동네 우동집 (N)

- 우동을 먹는 단이와 서준.

서 준	따뜻한 사케 한잔 할래요?
단 이	그럴까요? (돌아보며, 저만치 서 있는 직원에게) 여기 사케 있죠?
서 준	(핸드폰 주며) 우리, 이제 우연히 만나지 말고 전화하고 만나죠?
단 이	(웃으며 핸드폰 받아 자기 번호 입력 시키고, 자기 핸드폰 울리면 보여준다)
서 준	(전화번호 입력하려다가, 단이 보는) 이제 이름 아는 게 자연스럽지 않나..?
단 이	강단이에요.
서 준	지서준입니다.

- 둘이 그렇게 웃는데.. 창밖으로 지나가는 은호와 해린.

S#8. 동네 우동집 앞 거리 (N)

- 은호가 해린과 한 우산을 쓰고 서 있다. 택시를 기다린다. 은호, 지

나가는 택시를 세운다.

은 호   도착하면 전화해. 걱정되니까. (하며 다른 우산 쥐어주고, 차 문을
            열어준다)

해 린   (타며, 동네 말하고)

은 호   (기사에게) 잘 부탁드립니다. (해린에게) 술 마시고 오지 마. 이제,
            안 봐줘. (웃으며 차, 문 닫는 은호)

            - 인서트, 택시 안. 멀어지는 은호를 돌아보는 해린.. 후.. 하며 다시 앞
              을 보고.
            - 은호, 해린이 타고 가는 택시를 보다가, 걸어간다. 다시 우동집 앞을
              지나간다. 창 안의 우동집에서 사케 마시는 단이와 서준이 보이고.
              은호 정류장 쪽으로.

S#9. 다시 동네 우동집 (N)

서 준   (은호 사라지고 나면. 비 내리는 창밖 보며, 혼잣말처럼) 날비네요...

단 이   (따라 창밖 보는)

서 준   징조도 없이 갑자기... 가늘게 비끼며 내리는... 그런 비...

단 이   아는구나. 날비 뜻 아는 사람 잘 없는데. / 혹시 강병준 작가님 〈4월
            23일〉 읽었어요?

서 준   (멈칫, 잠시 말없다가, 덤덤히) 워낙 유명하니까요.
            첫 문장이 이렇게 시작하잖아요. '날비가 내리는 산길을 검은 비옷
            을 입은 한 사내가 뚜벅뚜벅 걸어 내려오고 있었다.'

단 이   (옅게 웃으며) 어, 외우기까지 하고. / 그럼 그거 알아요? 〈4월 23일〉
            그 소설, 제목의 비밀*??!!

•   4월 23일은 서준의 생일입니다.

서 준	(보는)
단 이	몰랐죠? / 〈4월 23일〉이 마지막 작품이잖아요. 절필 선언과 동시에 나온 작품. 근데, 줄거리 어디에도 4월 23일과 관련 있는 내용이 없 거든요. 이상하잖아요? 그래서 제가 찾아봤어요. 4월 23일이 무슨 날인가! / 예전에 같은 날 사망한 작가들이 있더라구요. 세르반테 스랑 셰익스피어! 문학계의 두 거장이 죽은 날. 4월23일. / 무슨 날 이냐면, 강병준 작가에게 〈4월 23일〉이란 소설은 무덤이다-! 제삿 날이다-! 작가로서 끝이다-! 그렇게 마지막 작품으로, 딱! 선언하 신 거죠!
서 준	그렇다면 〈4월 23일〉을 쓰기 전에 이미 절필을 결심하셨겠네요.
단 이	(바로 그거) 그쵸!!! / 뭘 모르는 사람들이 괜히 어, 겨루라는 출판 사에서 강병준 작가님을 감금했다-, 감금하고 절필선언문을 받았 다, 그렇게 떠들어대는데,
서 준	(OL) 사실일 수도 있잖아요...
단 이	에휴.. 설마요. 나도 그 강병준 작가님 팬사이트 들어가봤는데.. 참, 할 일 없는 사람들 많아요. 멕시코에서 봤다는 사람도 있고, 칠렌가 뭐 거기서도 봤다는 사람들이 있던데.
서 준	(애써 가볍게) 그것도 그 출판사에서 낸 소문이란 말도 있던데요.
단 이	아니라니까요. 제가 지금 그 출판사에 다니고 있는데요?!
서 준	!!! 아... 출판사에서 일하는 줄은.. 몰랐네요...
단 이	입사한 지 한 달 밖에 안 됐어요. 재밌어요. 이번에 처음으로 일 같 은 일, 맡았거든요. 신간 마케팅이요.
서 준	(애써 무심하게) 겨루에서는 강병준 작가 이야기 따로 안 해요?
단 이	(안 한다고 고개 젓다 문득) 아, 내일 보육원 봉사가요. 강 선생님 저작권료 기부하는 곳.

- 하는데, 단이의 핸드폰 울리고. 보면 은호다. "잠시만요." 하며 받는 단이.

S#10. 버스 정류장, 거리 (N)

은 호   왜 안 와? / 아직도 회사면 데리러 가구. (사이) 우동집? 나, 방금 거기 지나쳐 왔는데? (다시 되돌아가다가 멈추는) 뭐? 누구랑 같이 있다구?

　　　 - 우동집과 교차편집.

단 이   (서준 한번 보고, 웃으며) 전에 말했잖아. 동네친구.
은 호   (그 남자가 누구든 싫어서 비꼬는) 라면에 우동에. 걘 엄청 면을 좋아하는가봐?? / 나도 면 참 좋아하는데.
단 이   (잠깐 핸드폰 막고, 서준에게) 동생 오라구 해도 돼요?
서 준   (은호인 줄 모르고, 끄덕)
단 이   너, 올래?
은 호   (빠르게 걸으며) 벌써 가고 있는 중이거든? 원래부터 우동이 먹고 싶었던 중이고. / 그리고, 내가 우동집 가는데 그 사람한테 허락은 왜 받아? 그 사람이 우동집 주인이야? / 그리고 누나는 왜 자꾸 그 사람을 만나? 내가 만나지 말랬잖아! 아무것도 모르는 남자를 왜 자꾸 만(나?)

　　　 - 은호, 말을 채 끝맺지 못하고, 딱 멈춘다.. 우동집 앞이다. 단이와 서준.. 창가에 앉아 있다. 단이, 핸드폰 내리고 손을 흔든다. 서준도 은호도... 서로일 거라고는 생각 못했기에.. 놀라서 서로를 보고.
　　　 - 플래시백, 4부 46씬. 서준의 멱살을 잡은 은호.

은 호   강 작가님 팬인가 본데. 팬이라면 더 잘 알겠지. 절필선언문은 자필이었고, 누구에게나 잊힐 권리가 있어. 그분은 그걸 원했던 거고.
서 준   그래서. 실종입니까, 감금입니까.
　　　 - 그 기억 떠올리며 서로를 보는 은호와 서준.

은 호   (핸드폰 내리며.. 혼잣말, 어이없고) 동네친구가 지서준이야?

서 준	(단이 보며) 차은호 작가님이 동생이에요?
단 이	은호 아세요?
서 준	네. 뭐. 조금.
은 호	(거리. 짜증난다는 듯이 흘기며) 아, 진짜.. 나 저 자식 안 반가운데.
단 이	팬이세요?
서 준	네. (그대로 창밖의 은호 보며) 팬이라면 팬이고.. 궁금한 게 많죠. 차 작가님한테. (창밖의 은호에게 싱긋 웃는)
은 호	(서준을 보며, 혼잣말) 미친...놈... (노려보다, 입구로)

S#11. 동네 우동집 (N)

- 은호, 들어선다. 서준, 웃으며 일어서고. 은호도 자리로.

서 준	이렇게 또 보네요, 차 작가님.
은 호	그러게요. 한동네 사는 줄은 몰랐는데. (하고 단이 옆에 앉아서)
단 이	(직원에게) 여기 우동 하나 더 주세요.
은 호	(두 사람이 마신 사케를)
서 준	(직원에게) 잔도 하나 더 주시구요.

S#12. 훈이네 동네, 카페 (N)

- 지율이 맞선을 본 차림으로 앉아 있다. 훈이가 집에서 막 나온 차림
으로 우산을 쓰고 길을 건너오는 게 보인다. '엄마'로부터 전화가
오면 지율이 거절버튼 눌러버린다. 훈이 들어선다. 두리번거리다가
지율 발견하고, 오는.

훈	웬일이냐. 이 시간에 우리 동네까지. (앉으며)
지 율	미리 시켜놨어. (하고 음료 밀어주고)

훈	(늘며, 문득 웃보고) 또 선봤냐?
지율	(끄덕끄덕) 고릴라 같이 생긴 사람하고. (그래서 몹시 실망했어)
훈	(픽 웃고) 능력은 좋을 거 아냐. 사람은 하나만 보면 돼. 얼굴 좋고 몸 좋고 뇌까지 좋은데 집도 있고 차 있고 부모까지 잘 만난 놈이 어딨냐?
지율	그런 놈 만나려고 선보는 거야. 대충 만날 거면 오다가다 만났지.
훈	그럼 계속 만나봐. 산 좋고 물 좋은 놈 나올 때까지!!!
지율	영화 보러 갈래?

‑ 하는데, 전화가 또 온다. 또 엄마다. 또 거절하는 지율이고.

훈	집에 들어가야 되는 거 아냐?
지율	때가 됐어. 내가 한 달에 한 번은 반항을 하거든. 오늘이 그날이야.
훈	너 엄마랑 밀당하냐?
지율	그럼 어떡해. 나도 숨 막혀 죽겠는데. / 영화 보러 가자.

‑ 훈, 대답도 하기 전에 지율의 핸드폰에 문자가 온다. 보는 지율. 남자 사진들이다. 첫 번째, 또 고릴라다. 두 번째 원숭이다. 세 번째, 오징어다. 한숨만 나오는 지율. 건너편 훈을 본다. 말끔하다. 갑자기 지율, 엄마에게 전화를 한다.

지율	엄마.
훈	(엄마한테 전화?)
지율	나, 선 그만 볼래. / 엄마한테 말 못했는데. 나 또 사귀는 남자 있어.
훈	(웅? 정말?)
지율	우리 회사 입사동기. 이름은 박훈.
훈	(헉!!!)
지율	나, 오늘부터 얘 사귈 거야. 얘 되게 멋있어. 그냥 사랑에 푹 빠져버릴 거야. / 그러니까 나한테 선보라 그러지 마. 나, 얘가 계속 좋으면 그냥 얘한테‑‑ 시집 갈 거야!!!

훈	(헉!!! 충격에 음료 도로 다 컵에 뱉어내고)
지 율	(태연하게 음료 마신다)
훈	너... 방금 한 말.. 사실이야? 나랑.. 사랑에 빠질 계획이라는 거..
지 율	돌았니? / 이번 주라도 시간을 벌어야 할 거 아냐?!!! 주중에 한 번, 주말에 한 번. 일주일에 선을 두 번씩이나 보는데, 내가 어떻게 살아?!!!
훈	그지.. 못 살지... / 그래!! 잘 했어!!!! 너, 이제 정말 엄마한테 독립 좀 해라!! 우리 인생은 우리 꺼야!!!
지 율	그니까 우리 영화 보러 가자.
훈	그래! 너, 독립기념으로 내가 오늘 영화 쏠게!!! 콜?!
지 율	콜!!

S#13. 동네 우동집 (N)

    – 은호에게 술을 따르는 서준.

서 준	차은호 작가님이 동생인 줄은 몰랐네요.
단 이	어떻게 알아요? 두 사람.
은 호	아직 이름도 몰라?
단 이	알아. 지서준 씨.
은 호	지서준. 북디자이너. 어디서 많이 들어본 이름 같지 않아? (하다가 문득, 멈추고) 잠깐만. (서준에게도) 잠깐만요!!!

    – 은호, 핸드폰을 꺼낸다. 서준, 왜 저러지? 하는데.. 한쪽으로 고개 돌려 톡을 보낸다. 단이의 핸드폰에 알람이 온다. 기막히는 서준. 둘이 나란히 앉아 메시지 주고받는 걸 보는 서준.. 어이없다.

은호(E)	누나. 얘 우리가 같이 사는 거 알아?
단이(E)	응.

은호(E)	그걸 말하면 어떡해?
단 이	(왜? 하는 얼굴로 은호 보는)
은호(E)	그때 회의할 때 지서준 디자이너 이야기 들었지?

- 플래시백, 5부 17씬.

영 아	지서준 잡아온다길래, 초판 발행을 만 부! 딱 적어놨는데!!!
영 아	두 분 가서 뭐 했어요? 어떻게든 지서준 잡아온다더니.

- 단이, 얘가 걔구나!!! 싶어서 "어머!" 하고 지서준을 보는데.
- 서준, 둘이.. 뭐하냐?

은호(E)	(폭풍문자) 누나 우리 출판사 다니는 건 말하지 마. 괜히 직원하고 같이 사는 거, 소문나면 이상하니까. / 회사에선 누나랑 내 관계 아무도 모르는데, 지서준도 같은 업계 사람이잖아.
단 이	(이미 말해버렸는데. 어떡하지? 은호 한번 보고 서준 한번 보고)
은 호	(핸드폰 놓고) 그것도 이미 말했어?!!!!
단 이	..... (끄덕)
서 준	(테이블 노크) 저기요...
은호,단이	(보는)
서 준	사람 앞에 놓고 둘이서 지금.. 문자, 주고받고. (은호에게) 뭐 하는 거죠? / 설마. 방금 주고받은 문자가... 강단이 씨도 겨루 직원이라는 거 말하지 말라... 그런 내용이에요?
은 호	(단이 보는)
단 이	미안. 이미 말했어...
은 호	뭐 꼭 숨겨야 할 이유가 있는 건 아니니까.
서 준	근데 왜 숨기려고 했죠? 남매가 같은 직장 다니는 게 뭐 어때서요?
은 호	(말 돌리는) 누나는 동네친구라던데. 맞아요?
서 준	동네친구 아니면 뭐 같은데요?
은 호	질문을 하면 보통은 대답을 하지 않나?
서 준	물음표는 차 작가님도 단 거 같은데, 안 그래요?

은 호	물음표가 싫으시면 먼저 떼든가요. 나 봐요. 딱 떼잖아!!
서 준	잠깐만요. (단이와 은호 번갈아 보다가) 친남매 아니죠? 성이 다르잖아요. 차은호 씨 강단이 씨. / 그러고 보니 이거 때문에 말 안하려고 했구나? 같은 출판사 다니는 거. / 다른 직원들은 함께 사는 거 모르는 거죠. (그쵸?)
은 호	...
서 준	(은호에게) 친남매 아니면 뭐죠? / 이런 질문, 좀 실롄가? 근데 난 강단이 씨한테 관심이 좀 많아서...
단 이	(능청스럽게 관심이라는 말이 만족스럽다는 듯이 *끄덕끄덕*)
은 호	(요것들 좀 봐.. 고개 끄덕이는 단이 어이없고)
서 준	(단이에게, 웃으며) 뭐죠, 두 사람?
단 이	그냥.. 아는 동생...
은 호	(좀 기분 나빠서, 툭) 그렇게 말하기엔 좀 복잡하지 않나...?
서 준	(그 말에 단이 보는데)
단 이	뭐가 복잡해. 친남매나 다를 바 없는 동생. 이보다 어떻게 더 심플해? 그냥 아는 동생, 누나예요. 좀 많이 친한.
은 호	(왠지 서운하고) 그냥 아는 동생하고 누나가 같이 사냐?
단 이	(서준에게) 사정이 있어서 같이 살아요. 제가 애 집에 얹혀서.
은 호	(단이 못마땅하게 보며) 뭘 그렇게 변명하듯 설명을 해.. (흘기고)
서 준	아, 그래서 방을 구하러 다닌 거구나..
은 호	안 나가기로 했어요. 계속 같이 살 겁니다.
단 이	아냐. 돈 벌어 나갈 거야. (술잔 비우고)
은 호	(따라주려고 술병에 손 가져가는데)
서 준	(쓱 먼저 가져가서 단이에게 따라주며) 금비는 안 보고 싶어요? 금비, 보러 한번 와야죠.
은호(E)	금비는 또 누구야.. (쳇. 둘을 번갈아 흘기며) 내가 모르는 게 왜 이렇게 많아?

S#14. 은호의 집, 거실 (N)

– 들어서는 은호. 뒤이어 들어오는 단이.

단 이	뭣 땜에 화가 났는데.
은 호	(물 찾아 마시며, 대답 없고)
단 이	화났지? 화난 거 맞지? 오는 내내 말 한마디 없이 부어터져.
은 호	(OL, 컵 탁 놓으며, 노려보는) 말이 왜 그래? 부어터지다니. 내가 뭘 어쨌다구.
단 이	내내 지서준 흘겨보고.
은 호	나만 그랬어?
단 이	지서준 씨랑 안 좋아?
은 호	안 좋을 게 뭐 있어? 계약하러 갔다가 못 하고 온 거 말구, 오늘 첨 인데.
단 이	근데?
은 호	그래. 난 그냥 아는 동생이다. 근데, 그냥 아는 동네 남자가 관심이 많다는데 끄덕끄덕 고개나 끄덕이구.
단 이	(만족, 싱긋, 신기하다는 듯이) 맞다. 야, 나 아직 안 죽었나봐..?!
은 호	.... (뭐지? 이 반응은?)
단 이	걔 몇 살이니? 많이 어리지 않아? 근데 내가 여자로 보인다는 거지, 관심이 그 말 아냐? (그 사실 자체가 싫지 않은)
은 호	나이도 모르는 사람을 뭘 믿고 자꾸 같이 놀아? 금비는 또 누구고. 방 구할 때도 지서준을 데리고 다녔어? / 직업이 뭔지도 몰랐던 사람을?
단 이	첫째, 내가 위험한 순간에 딱 하고 나타나 날 구해준 남자야. 둘째, 비오는 날 하나밖에 없는 우산을 나한테 빌려준 남자고. 셋째, 내가 잃어버린 신발을 찾아준 사람이면서. 넷째, 그 신발을 차마 못 버리고 하루 종-일 들고 다녔던 사람. 마지막. 그날 주운 개를 키워. 걔 이름이 금비야.
은 호	...
단 이	그런 사람이 이상할 리가 있어?

은 호	그날 이야기 좀 더 해봐. 어디서 어떻게 만났는지. 운명 같은 이야기 하지 말고. 신발 찾아줬다구 신데렐라, 왕자님, 그런 이야기도 하지 말구.
단 이	어. (웃음) 그 이야기 우리도 했는데. 신데렐라 얘기.
은 호	(기막힌, 노려보는) 우리? 어떻게 거기랑 누나가 우리야?! 누가 누구하고 우린데?! (단이와 자신 가리키며) 우리가 우리야, 지서준은 지서준 혼자인 거고!!
단 이	암튼..! 집에 송해린 와 있어서, 버스 정류장에 앉아 있다가.. 만났어. / 배는 고픈데, 갈 데가 없잖아, 갈 데가.
은 호	(OL, 오버) 갈 데가 왜 없어. 내가 여기 있는데!!!!
단 이	(보는)
은 호	전에부터 계속 그런 말 하는데, 그런 말 좀 하지 마! / 내가 있는 데가 누나 집이야. 언제든지 나한테 오면 되잖아!!!!
단 이	(빤히 보면)
은 호	(그렇게 보니까 또 서서히 얼굴 빨개지고)
단 이	너, 왜 그래...? 왜 말을 그렇게 하고 그래. 드라마에 나오는 남자처럼. 느끼--하게.
은 호	......
단 이	여자들이 그런 거 안 좋아해, 은호야. / 니가 그래서 연애가 안 되는 거야.
은 호	....
단 이	으우, 닭살이야. (방으로 가다가) 참, 송해린은 잘 갔어? (걔 너 좋아하는데.. 잠깐 살피다가) 별 말 없었어?
은 호	몰라. 방에 나경이 준 가방 있어. 누나 주래. (하고 방으로)

S#15. 단이의 방 (N)

– 쇼핑백 열어보는 단이. 나경이 준 핸드백 들어 있고. "이쁘다." 하는 단이.

S#16. 은호의 집, 욕실 (N)

　　　－ 은호, 치약을 칫솔에 짜다가 문득 조금 전 일이 떠오르는.

S#17. 동네 우동집 (N) - 조금 전

　　　－ 은호, 계산대 앞에 서 있고. 단이, 은호에게 가방 맡기며 "나, 화장
　　　　실." 하고 안쪽으로. 은호, 계산 마치고 밖으로. 밖에 서 있는 서준을
　　　　흘기며.

S#18. 동네 우동집 앞 (N) - 조금 전

　　　－ 은호, 나오면 서준 우산 들고 서 있고.

서 준　　잘 먹었습니다.

은 호　　(끄덕이는데)

서 준　　그날 제 먹살 잡았던 거, 사과 안 하세요?

은 호　　실례는 지서준 씨가 먼저였죠.

서 준　　강병준 작가님 일에 그렇게 예민하신 줄 몰랐습니다. 전 그냥 떠도
　　　　는 소문이 궁금했을 뿐인데.

은 호　　하도 그런 말 안 되는 소문을 많이 들어서요.

서 준　　그건 뭐 그렇다 치고. 단이 씨 같이 사는 동생이 친동생 아니라는
　　　　거 알고 살짝 긴장했습니다.

은 호　　무슨 뜻입니까.

서 준　　단이 씨, 호감으로 보는 중이라서요. / 아까 무슨 사이냐 물었을 때
　　　　뭐라고 해야 하나.. 싶었는데. 방금 생각났어요. 썸 타는 중입니다.
　　　　우리.

은 호　　강단이는 그냥 동네친구라고 했는데요?

서 준	그렇게 시작하는 거죠. (웃는) 그러니까 썸인 거고.
은 호	친남매도 아닌데 같이 사는 게 이상하지 않아요? 서울 시내 집이 몇챈데, 강단이가 왜 우리집에 왔을까.. 얼마나 가까운 사이면.
서 준	남녀 사이는 아니잖아요. 일 분만 같이 있어도 그렇겐 안 보이던데.

– 은호, 할 말 없는데.. 단이가 나온다. 은호의 우산 속으로 들어오는.

| 단 이 | (서준에게) 또 봐요.. (하는) |

– 은호, 단이 데리고 걸어간다. 서준이 가는 둘을 재밌다는 듯이 보는데.. 은호가 단이의 어깨에 손을 턱 올려 감싼다. 서준, 나 자극하려는 거구나? 싶어 픽 웃고.

| 서 준 | 내가 싫은 거야.. 아니면, 강단이를 좋아하는 거야? |

S#19. 은호의 집, 욕실 (N)

– 양치질 마치는 은호.

| 은 호 | 썸은 무슨. (멈칫) 설마.. 진심은 아니겠지..? (아닐 거야) |

– 은호, 고개 흔드는 데서. F.O.

S#20. 보육원 외경 (D)

S#21. 보육원, 일각 (D)

　　　　　－ 어딘가를 노려보는 화난 해린 얼굴 클로즈업.

해 린　　　너 정말 나쁜 아이구나?! 엄마한테 다 이를 거야!!!

　　　　　－ 해린이 아래를 손가락질하면, 울상으로 쭈그려 앉아 있는 여자, 지
　　　　　　율이다!

지 율　　　잘못했어.. 다신 안 그럴게.. 뭐든 시키는 대로 할게.
훈(E)　　　새엄마는 팥쥐는 매우~ 귀여워했지만, 콩쥐에겐 힘든 일만 시켰
　　　　　어요!

　　　　　－ 프레임 넓어지면... 어설픈 연극 복장으로 무대에 있는 해린과 지율.
　　　　　　뒤로 '도서출판 겨루 봉사단' 현수막과 '햇살 보육원 어린이를 위한
　　　　　　연극 - 콩쥐팥쥐' 포스터 붙어 있다. 무대 앞에 모여 앉은 아이들[*]
　　　　　　이 집중하면, 훈, 그런 애들 보고 웃으며 책[**] 다음 장을 넘긴다. 그
　　　　　　한쪽에는 키보드 건반 놓고 효과음 넣고 있는 은호.
　　　　　－ 유선이 나타나자 "엄마~" 하며 해린이 안기고, 해린 쓰다듬으며 지
　　　　　　율 흘기는 유선.

유 선　　　나와 팥쥐는 먼저 마을 잔치에 갈 터이니 (지율 손가락질) 콩쥐 넌!
지 율　　　....
유 선　　　콩쥐 넌!! 항아리에 물 채우고, 벼 찧고, 베도 다~ 짜놓고 잔치에 오
　　　　　너라!
해 린　　　(의기양양한 웃음) 오호호호!

---

* 　5세~초등학교 저학년 정도.
** 　김순정 (글), 김선진 (그림), 〈콩쥐 팥쥐〉, 을파소

- 팥쥐 역할 하는 해린 보고 웃는 은호.
- 무대에서 떨어진 일각. 단이가 박스에서 책 꺼내 정리한다. 박스 위에 '도서출판 겨루, 햇살 보육원 기증용'이란 스티커 붙어 있다.

훈 새엄마가 준 항아리는 바닥에 구멍이 나 있어 물이 채워지지 않았어요! 그때 두꺼비가 나타나 말했어요.

송 이 (엉금엉금 기어 나오며) 두껍! 두껍! 아가씨! 제가 항아리 안에 들어가 구멍을 막을게요!

훈 항아리에 물을 다 채운 콩쥐가 벼를 찧으려 하자, 참새들이 날아왔어요!

송 이 (그 자리에서 벌떡 일어나 참새연기) 짹짹! 짹짹! 콩쥐 아가씨, 우리가 벼를 모두 찧어 드릴게요!

훈 (구석에 있는 단이 보고 씨익, 애들에게) 어머! '참새들'인데 참새가 한 마리밖에 안 왔네요? 여러분~ (단이 가리키며) 저기 있는 참새를 불러볼까요?

- 일동, 단이에게 시선, 모두가 자신을 보고 있단 걸 알고 당황한다. 단이 은호 보며 싫다는 듯 고개 젓는데.. 은호가 놀리듯 반주 넣고.. 훈이 그에 맞춰서.

훈 여러분! 저기~ 혼자 떨어져 있는 참새를 불러볼까요? 참새야 나와라!

애 들 (신나서) 참새야! 나와라!!

단 이 (반주하는 은호를 흘기며, 못 말리겠네! 하는)

은 호 (자신 흘기는 단이 보고 픽 웃는, 입 모양으로 '얼른 나와' 한다)

애 들 (단이 등장에 환호하는) 참새야! / 참새야 나와! / 짹짹 참새야!

단 이 (눈 질끈 감았다 뜨고, 이왕하는 거 확실하게) 짹짹! 아가씨! 우리가 벼를 모두 찧어 드릴게요!!

- 애들 환호하고, 따뜻하게 웃으며 엄지손가락 들어 보이는 은호.

S#22. 일각 (D)

- 한손에 가위 들고 멀뚱히 서 있는 광수와 승진. 뒤로 '겨루 이발소' 이름표 붙어 있고, 의자, 가위 등 머리 자를 준비물 세팅돼 있는데.. 애들이 아무도 안 온다!

광 수 애들아! 이리 와봐!! 내가 니들 머리 잘라줄라고 자격증두 땄어!!

- 지나가던 남자애1, 2 멈추면. 좋아서 이리오라고 손짓하는 광수와 승진. 하지만.. 미심쩍은 얼굴로 '겨루 이발소' 이름표를 보는 남자애1, 2.

남자애1 아저씨들, 진짜 자격증 있어요?
광수,승진 당연하지!
남자애2 (OL, 남자애1에게) 야, 안 돼! 저번에도 믿고 맡기래서 철민이가 저기 앉았다가 더벅머리 돼서 나왔잖아.
남자애1 (맞다!) 헐! 맞아! (자신의 머리를 감싸며, 도망가는)
광 수 (앗) 야야.. 이번엔 진짜 자격증 땄어!
승 진 머리 자르면 용돈 줄게!! 천 원!!

- 남자애1, 2 멈춘다. 광수, 승진 먹혔나 싶어 마주 보는데, 돌아보는 남자애1, 2 표정이 심드렁하다.

남자애2 요즘 천 원으로 뭐해요.
광 수 (기죽어서) ...그럼.. 이천 원...?
남자애1 (씨익) 이쁘게 잘라주세요! (의자에 앉고) 맘에 들면 용돈 안 받을게요!
승 진 (신남, 2에게) 너도 와. 얼른. 넌 삼천 원!

S#23. 일각 (D)

- 선물들 풀어놓고 아이들에게 나눠주는 재민과 유선. 인형, 옷, 망원경, 가방 등등.

재 민	여러분~ 책을 많이 읽어야 해요. 알았죠?
애 들	네!
유 선	어느 출판사 책을 읽어야 한다고요?
애 들	겨루요!
재 민	(미소) 맞아요! 겨루 이름 뜻이 뭐라고요?
애 들	(거기까진 모르는데.. 당황해서 웅성웅성)

S#24. 일각 (D)

- 해린, 어딘가를 보고 있다. 은호가 아이들과 동요를 부르며 피아노를 치고 있다. 애틋하게 보는 해린.
- 훈과 지율, 송이와 단이. 빨래 바구니에 빨래 잔뜩 담아 들고 널러 가는. 단이가 해린의 시선이 닿는 곳.. 은호를 본다. 해린은 그런 줄도 모르고 은호만 보고 있는. 왠지 신경 쓰이는 단이고. 그런 줄도 모르고 환하게 웃으며 아이들과 노래 부르는 은호..
- 창밖을 망원경으로 보고 있던 여자아이1.. 망원경에 강렬하게 빨간 머리로 염색을 한 선글라스의 여자가 혼자 걸어오고 있다. 빨간 스타킹에.. 전체적으로 미친 여자 같다. 헉, 해서 잠깐 눈을 떼었다가 다시 보는 여자아이1.

여자아이1	(아이들 보며) 이상한 여자가 나타났다!!!!!

- 아이들 우르르 몰려가고. 은호, 응? 해서 보는.

S#25. 일각 (D)

- 빨래를 널던 단이.. 문득 하늘거리는 커튼 빨래 사이로 언뜻 보이는 빨간 스타킹의 여자.. 뭐지? 하고 보면 영아다!

지 율   어머, 서 팀장님 아니에요?

훈   (그 말에 널던 이불 사이로 고개 내밀고) 어, 진짜 우리 팀장님이네..

- 영아, 유유히 걸어와서 선글라스를 벗는다.

영 아   미안. 내가 조금 늦었지?

일 동   (모두 영아의 기이한 패션에 할 말을 잃었는데)

영 아   나, 오늘 이혼하고 오는 길이야...

일 동   (무슨 말인지 몰라.. 멍-하고 있다가, 갑자기, 동시에) 네???

송 이   무슨 말씀이세요? 정말 이혼했어요?

영 아   (갑자기 깔깔 웃는다)

일 동   (무섭다)

영 아   미안. 인생이 어찌나 해피한지... 아우, 후련해!!! 그런 기분 알아? 내 인생을 가로막고 있는 커다란 돌덩어리를 하나, 딱 치운 느낌.

일 동   ......

S#26. 일각 (D)

- 겨루 이발소. 광수와 승진. 짠하게 지홍을 보고 있다. 지홍은 꾀죄죄..

광 수   그냥 잘못했다구 하지, 그랬어요.. 다신 안 그런다고..

지 홍   (한숨..)

승 진   뭘 다시 안 그래요? / 교도소에 들어가 있는 형 대신 형수랑 조카들

	건사하는 게 뭐 팀장님 탓이야?!!!
광 수	그래도 여자 입장에선 안 그렇죠!
승 진	뭘 안 그래. 가족이 괜히 가족이야! 입장을 바꿔 생각해야지. 처가 식구들한테 일 생겼어봐. 봉 팀장님이 안 돕겠냐구!!!
광 수	그게 일 이 년이 아니니까 그렇죠... 뒤에 딸린 식구들이 몇이야. 도 대체.
지 홍	(착잡한 한숨만 쉬더니 갑자기 주머니에서 이혼신고서 꺼낸다) 내 가 이걸 그냥... (미친 듯이 찢어버리고)
광 수	이걸 찢어버리면 어떡해요, 팀장님. (줍는데)
승 진	그거 여자 쪽도 가지고 있으니까 아무 상관없어. 그냥 한 사람이 구 청 가서 신고만 하면, (돼! 하려는데)
훈	(OL, 뛰어 들어오며) 빅뉴스-!!!! 빅뉴스예요. 서영아 팀장님. 우리 마케팅 팀장님!!! 오늘 이혼하셨대요!!!
지홍,승진,광수	(조용히 한숨)
훈	속이 엄청 후련하대요. 지금 완전 자유의 몸이라구, 흥분해가지구.. 남자가 얼마나 이상한 놈이면 저러겠어요. 보통 이혼을 하면 마음 이 좀 허하고 괴롭고, (하다가 분위기에) 무슨 일 있어요? / 엇, 봉 팀장님 언제 오셨어요.?
지 홍	(멀리만 보고 앉았고)
승진,광수	(하지 말라고 고갯짓 하는데)
훈	봉 팀장님 무슨 일 있으세요? 어디 아프세요?
지 홍	나도 이혼하고 오는 길이다...
훈	(헉) 와.. 한 회사에서 두 분이나... 갑자기 이게 무슨 일이래요..?
지 홍	.....
지 율	(달려와) 저기요. 다 같이 기념 촬영 한다구 다들 오시래요!

S#27. 보육원, 운동장 (D)

– '도서출판 겨루 봉사단' 현수막 중앙에 들고, 사진 남기는 겨루 직

원들. 카메라에 예쁜 모습이 담기고..

S#28. 보육원 입구 (D)

재 민   오늘 고생 많았어요. 신입들은 첫 봉사활동이라 어색하고 어쩌면
                  불편했을 수 있지만, 다들 잘해줘서 고마워요. / 봉사가 처음엔 낯
                  설어도 하다보면 분명 본인이 얻는 게 더 많을 거예요. 앞으로도 잘
                  해봅시다!

신입들   (활기차게) 네!

    – 겨루 직원들, 서로 인사하고. 하나둘 헤어지는 분위기.

유 선   (재민에게) 대표님, 바로 댁으로 들어가시나요?
재 민   (멈칫했다가, 부드럽게) 아뇨, 어디 좀 들렀다 가려고요.
은 호   (재민 힐끗 본다)

    – 다들 미니버스로 가고.. 단이 은호를 한번 보고, 은호 고개 끄덕이
      면.. 버스 탄다.

훈   (지율이 잡고, 소곤) 대박. 봉 팀장님도 오늘 이혼하셨대.
지 율   정말?
훈   회사가 이상해. 다들 이상해. (하고 타고)

    – 둘만 남은 재민과 은호.

재 민   (은호가 왜 남았는지 알지만, 모르는 척) 넌 왜 안 가냐.
은 호   (덤덤히) 저도 인사드리고 가려고요.
재 민   그러는가. (몸돌려 걷는다)
은 호   (보다가 따라 걷는)

단 이	(차 안에서 가는 은호를 보는)

S#29. 미니버스 안 (D)

- 다들 버스를 타는데.. 영아, 창가에 앉아 선글라스 끼고 무표정하게 밖을 본다. 막 올라탄 지홍이 통로를 지나가다가 그런 영아를 보고 짠하게 보다가 옆에 앉는다.
- 반대편 뒷자리에 앉은 지율과 훈. 마주보며, 이상하다는 시선 주고 받고..

영 아	(그대로 창밖 보며) 다른 데 앉아.
지 홍	....그냥 같이 가자..
영 아	(그대로 창밖만 보며) 내가 다른 데로 갈까?
지 홍	(손 한번 잡아준다)
영 아	(그대로 잡힌 채.. 창밖만)
지 홍	(순하게 일어서서 그 옆 창가로 간다)

- 지홍이 새로 앉은 자리의 바로 뒤에 앉아 있던 지율과 훈.

훈	(속닥) 나, 딱 감이 왔어. 방금.
지 율	?
훈	(지홍과 영아 손가락으로 가리키며) 두 사람. 불륜이야.
지 율	뭐어? (화들짝 놀랐다가, 다시 입 막고)
훈	봉 팀장님이랑 서 팀장님.. 서로 사랑하는 사이라고.
지 율	(헉. 입 벌렸다가, 지 손으로 지가 입 닫고)
훈	두 분이 사랑하셔서 각자 남편이랑 와이프랑 이혼한 거라구. 지금.
지 율	(그렇구나! 그렇구나!!!!)
훈	모른 척해. 이런 일, 괜히 아는 척해서 신입한테 좋을 게 없어. 알았지?

지 율   (응응. 얼른 끄덕이고)

　　　 　 — 창밖을 보던 영아가 운다..
　　　 　 — 반대편 창밖을 보는 지홍이 운다..
　　　 　 — 영아 앞에 있던 단이가 백에서 손수건을 꺼내 영아에게 준다. 받아
　　　 　 　 서 얼굴 파묻고 우는 영아.. 그런 영아를 물끄러미 보는 지홍. 영아,
　　　 　 　 코 풀고 손수건 지홍에게 던져준다. 지홍 받아서 눈물 닦는다.
　　　 　 — 훈과 지율, 저것 봐.. 하며 끄덕끄덕.
　　　 　 — 직원들 모두 지홍과 영아의 울음소리 들으며 간다..

S#30. 숲길 (D)

　　　 　 — 은호와 재민, 말없이 걸어간다. 재민이 은호 손을 쓰윽 잡는다. 은
　　　 　 　 호, 멈칫 하고 보다가 슬쩍 놓는다. 재민이 말없이 가다가 다시 쓱
　　　 　 　 잡는다. 은호, 이번에는 제법 눈에 힘을 줘서 찌릿- 본다. 탁 놓고
　　　 　 　 빠르게 걸어간다.

재 민   그냥 한번 잡아봤어. 옛날 생각이 나서...

S#31. 초창기의 겨루 출판사 사무실 안 (D) - 과거

　　　 　 — 2부 15씬 상황.
　　　 　 — 재민, 새 책상 하나를 낑낑대며 옮기다가, 문 앞에서 서성대는 은호
　　　 　 　 와 눈이 딱 마주친다! 책상 얼른 놓고 다가가는 재민.

재 민   아이고! 편집위원님 오셨습니까? (손 덥석 잡고)
은 호   (슬쩍 손 빼고) 아니.... 왜 책상이 하나... (이제 막 가져온 다른 책상
　　　 　 　 보며) 두 개... (하다가 퍼뜩 알아차리고) 여기 독립출판삽니까? 직

원, 대표님 혼자죠?

재 민   (다시 손 덥석 잡고) 오늘부터 둘입니다!

은 호   네?

재 민   (손짓으로 너랑 나, 둘)

은 호   그러니까 어제까지는 일인 출판사,

재 민   (OL, 잡은 손에 힘주며) 잘 해봅시다. 차 작가님! 대 도서출판 겨루
         의 창립멤버가 되신 것을 축하드립니다!!!! / (주먹 쥐며) 겨루! 지
         지 말고 파이팅! (여기까지 2부 15씬. 그대로 연결해서)

은 호   (손 단호하게 빼고) 저 계약하러 온 거 아닙니다.

재 민   (황당한) 아니.. 그럼 왜..

은 호   (적당한 자리에 앉아 둘러보며) 그냥 이 출판사가 궁금해서 와봤습
         니다. 계약할 만한 곳인지 아닌지.. 오늘부터 좀 볼려구요..

재 민   (어이없는)

– 다른 날. 재민이 컴퓨터로 '출간제안서'를 작성하고 있다가.. 앞을
   보면. 자리에 앉아 턱을 괴고 가만히 재민을 보고 있는 은호.. 잘 보
   이고 싶어, 씨익 애써 웃는 재민. 은호, 무표정으로 보고 있고.

– 다른 날. 멀쩡한 책상 놔두고, 바닥에 돗자리 깔고 앉은 재민. 아빠
   다리 사이엔 첫째 딸*이 있다. 딸이 심심하지 않게 계속 다리 들썩
   이며 프린트한 '출간제안서'** 펜 들고 확인하는 재민. 재민, 딸 입
   에 아기치즈 한 조각 넣어주는데.. 절반만 씹고 뱉는 딸. 재민, 딸 이
   쁘게 보며 뱉은 치즈 홀랑 입에 넣다가.. 옆보면, 책상에 정자세로
   앉아 책 펴놓고 재민 빤히 보는 은호. 둘 시선 마주치자, 은호 태연
   하게 고개 돌려 책마저 읽는다. 재민, 첫째 딸 입가 물티슈로 닦아
   주며 '뭐하자는 거지?' 느낌으로 은호 보는데..

•   3세.
••   작가에게 해당 주제로 글을 써달라는 제안서. / 제안서에 적힌 키워드 '복고' '90년대' '따뜻한 마을 이야기'
     '청춘' 등등..

- 다른 날. 재민 핸드폰 울린다. 발신자 '둘째 봐주시는 이모님' 보고 후딱 받는 재민.

재 민   네, 이모님! (사이) 아.. 저희 둘째가 밥을 안 먹는다고요..? (익숙한 일이다) 냉동실에 보시면 현미 말고 흰쌀밥 얼려논 거 있어요. (사이) 네, 흰밥으로 이유식 끓여주세요. (하다가.. 시선 신경 쓰여 옆 보면)

은 호   (재민 빤히 본다)

재 민   (눈치 보인다) 아, 둘째는 시금치 말고 단호박 좋아해요. 네, 호박은 덩어리 좀 커도 잘 먹어요. 항상 감사합니다! 수고하세요! (끊고, 은호 보며) 애들이 아직 어려가지구...

- 대답 없이 태연하게 책 읽는 은호. 눈치 보이는 재민..

S#32. 길가, 카페 앞 (D) - 과거

- 다른 날. 재민, 카페 앞으로 걸어오며 전화중이다. 반대 손엔 서류가 방 들렸고.

재 민   네, 작가님! 저 도착했습니다! (사이) 아.. 좀 늦으신다고요. 괜찮습니다! 천천히 오세요. 기다리고 있겠습니다! 넵! (끊고, 획 뒤를 보면)

- 뒤따라오던 은호, 멈춰서 재민 본다. 재민이 '또냐' 싶어서 한숨 쉬는데.. 은호, 태연하게 먼저 카페 문 열고 들어간다. 재민 앞에서 닫히는 문. 어이없는 재민이고.

S#33. 카페 (D) - 과거

    – 은호, 한쪽에 느긋하게 앉아서 어딘가를 본다. 그 옆 테이블에 마주
    보고 앉은 재민과 남 작가.* 남 작가 앞엔 출간제안서**가 있고, 재
    민 앞엔 다른 자료들이 수북하다. 남 작가가 출간제안서 보면.

재 민   (옆에서 자료*** 꺼내 보이며, 열정) 제가 이 기사를 봤는데, 선생님
         과 딱 어울리는 소설 소재인 것 같아서요. 장편으로 써보시면 어떨
         지..

남작가   (OL) 김 대표.

재 민   (멈추고, 거절 눈치 채서) ...네.

남작가   오늘은.. 김 대표가 그동안 메일을 열 통을 넘게 보내서.. 미안하고,
         죄 짓는 것 같아서 나온 겁니다. 나 먼저 잡힌 계약 많은 거 알잖
         아요.

재 민   (보다가, 방긋 웃으며) 아유, 알죠 선생님! 전 선생님이랑 이런저런
         책 얘기하는 것만으로 좋습니다! 제가 선생님 왕 팬이잖아요!

    – 문 열리는 '딸랑' 종소리 들리고, 남 작가 나가는 뒤로, 재민 고개 숙
    여서.

재 민   또 연락드리겠습니다 선생님! 다음엔 제가 술 한잔 사겠습니다!!
         (고개 휙 들고, 옆 노려보며) 야!!!

    – 보면, 옆 테이블에 앉아 있는 은호. 은호가 태연하게 재민 올려보면.

•   50~60대. 반듯한 교수 스타일.
•• 앞 씬에서 재민이 보던 출간제안서.
••• 기사를 프린트한 종이. 기사 제목 '다시 돌아온 복고 열풍' 정도. 클로즈업할 필요 없습니다.

재 민	(폭발) 야 이 자식아!! 너 나 왜 따라다녀?! 어린놈우 새끼가 사람 간 보는 것도 아니고! 계약 안 할 거면 그냥 여기서 때려쳐! / 너 스 토커야? 아니면 나 좋아하냐?!!
은 호	(차분히) 네, 좋아합니다.
재 민	(흠칫)
옆테이블1,2	어머.. (헉. 하고 은호와 재민 번갈아보고)
재 민	(그 시선 느끼며.. 다시 은호를 보는데)
은 호	좋아하게 됐습니다....
옆테이블1,2	(어떡해..)
재 민	미친놈.. (하며 가방 서둘러 챙기는데)
은 호	대표님이 믿을 만한 사람인지 아닌지 확인한 겁니다. / 계약시, 쓰 시죠. 저랑.
재 민	(멈추고 은호 보는)
은 호	(마찬가지로 곧게 재민 보면)

S#34. 숲 속 어느 나무 앞 (D) - 과거

- 재민과 은호. 나란히 한 나무 앞에 서 있다. 나무 팻말이 걸려 있다. '故 유수진' '1978. 12. 10.~2009. 5. 26.'

은 호	(팻말 보고 멈칫, 재민 보면)
재 민	(덤덤하지만, 따뜻하게) 네, 제 아냅니다.
은 호	(나무 보다가.. 정중히) 안녕하세요, 사모님. 차은홉니다.
재 민	(그런 은호 보고, 슬핏 웃는. 밝게) 여보! 인사해. 우리 겨루가 처음 으로 계약할 작가야. 당신이 좋아하는 피의 계약 시리즈, 그 작가님..
은 호	.....
재 민	(가방 지퍼 열며) 오늘, 우리 여기서 도원결의 할 거야!!! 당신 보는 데서 계약서에 도장 찍으러 왔어! (은호 보며) 여기가 저한테는 제 일 중요한 장솝니다. 우리 둘째가 태어나자마자 이 사람이.. 죽었습

니다. 이 나무 아래서 낮이고 밤이고 사흘을 울다가.. 그냥 딱 죽으려는데.. 애들 생각이 나서 안되겠더라고요.. 삼 일째 되던 날, 그래.. 내려가자. 내려가서.. 우리 애들 잘 키우자.. 내 인생, 엉망진창이지만.. 다시 한 번 살아보자.. 내 인생한테도, 세상한테도, 지지 말자-. 지지 말고 겨루자!!!! / 그래서 우리 출판사 이름이 겨룹니다.

은 호   (재민 똑바로 보며) 여기서 저하고 약속하면.. 그 약속은.. / 반드시.. 지키겠네요?

재 민   (뭔가 있구나, 진지하게 은호 보며.. 다음 말 기다리는데)

         – 은호, 그런 재민을 보다가... 가방에서 봉투 하나 꺼낸다. 그걸 재민 앞으로 내미는 은호. 재민, 의아하게 보면 열어보라는 듯 고개 끄덕이는 은호고. 재민, 봉투를 열면 달랑 종이 한 장 들었다. 꺼내보고 놀란다. 은호를 보는 재민. 은호, 그대로 재민을 보고 서 있고... 다시 종이를 보는 재민..

재 민   이건...
은 호   (침착한) 강병준 작가님의... 절필선언서입니다.

         – 충격으로 강병준의 자필 절필선언서*를 보는 재민. 믿을 수 없다.

재 민   얼마 전까지 계간지에 수필 연재 하시던 분이 갑자기 무슨... / 절필선언이라니, 작가님이 은퇴하신단 겁니까? 이거 진짜에요?
은 호   못 믿겠으면 필적감정을 하셔도 좋습니다. 평소 육필원고를 쓰셨던 분이니 감정을 더 정확하게 할 수 있겠죠...

* 내용 : 글쓰기는 나에게 있어 생에 대한 열망이자 존재의 의미를 찾아나서는 항해와 같았다. / 그러나 육십 평생 찾아 헤매 목도한 것이 결국은 업이라.. 두 손에 남은 건 수치뿐이다. / 모든 것은 의미를 잃고, 열망은 식고, 길은 잃은 지 오래다. / 이제 나는, 강제로 내몰린 척박한 평야 위에 홀로 남아 / 사라진 어제의 나를, 최후의 나를 이야기하려 한다. / 이제 나는, 강제로 말라버린 나의 빈 우물 속에서 / 죄 많은 자유를 누리고자 한다. / 이에 나 강병준은 절필을 선언하는 바이다. / 2009년 6월 19일 강병준

재 민	(여전히 믿을 수 없다, 날카롭게 은호 보며) 이게 사실이라고 칩시다. 그렇다 하더라도 강 작가님의 절필선언서를 왜 차은호 씨가 가지고 있는 겁니까?
은 호	...저작권도 겨루에 위임하시겠답니다.
재 민	!!!!
은 호	그래서 대표님을 계속 지켜봤던 겁니다.
재 민	강병준 작가님과 차은호 씨... 대체 무슨 사입니까?
은 호	(눈가 붉어져서 한참 재민을 보는)
재 민	?
은 호	아버지...
재 민	!!!
은 호	(단단한 눈으로 보며) 아버집니다.*

S#35. 숲 속 어느 나무 앞 (D) / 현재

- 재민과 은호 담담하게 나무 아래 서 있다.

재 민	수진아.. 오랜만이다.. / 내가 니 생각 많이 하는데.. 바빠서 자주 못 온다.. / 잘 있지..? (나무 어루만지며 그리운)
은 호	(담담히 옆에 서 있고)
재 민	애들은 잘 크고 있다.. 서윤이는 남자친구 생겼고.. 서현이는 당신 닮아서.. 발레를 잘해.. / 애들 사진 가지고 왔는데... (가방에서 코팅된 사진, 꺼내서 나뭇가지에 걸며) 우리 애들 꿈에.. 한번만 다녀가라.. 내 꿈에는 안 와도 되니까.. / 애들이.. 너 보고 싶어 한다..

- 재민.. 그대로 나무 보고 있고.. 은호, 가만히 손을 뻗어 재민의 등을

* 연결씬 있습니다.

쓸어주는 뒷모습..

    – 시간 경과. 은호, 어디쯤 앉아 있다. 지친 듯 돌아본다. 재민이 혼자 나무 앞에 서 있다.

재 민   그니까 오늘 봉지홍 팀장이랑 서영아 팀장이 이혼을 하고 왔는데, 두 사람은 지들 알아서 잘 살겠지만, 앞으로 회사가 어떻게 될지.. 난 그게 진짜 걱정이야.

은 호   끝도 없네, 끝도 없어..

재 민   참, 내가 신입사원 들어온 이야기는 했나? 난 그렇게 생각한다, 수진아. 인사가 만사라고. 그래서 내가,

은 호   아, 그만 좀 갑시다!!!

재 민   (전혀 신경 안 쓰고) 암튼 얘네가 한참 일을 배우고 있는 중인데..

은 호   (크게 한숨, 재민 흉내) 갈 길이 멀다.. 갈 길이 멀어...

S#36. 서준의 집, 거실 (N)

    – 어디쯤 완성되어 있는 웨딩숍 앞에 서 있던 단이 그림.. 비어 있는 거실. 금비가 앉아 있다가.. 카메라 서서히 비밀의 방으로 다가가면. 안에서 열리는 소리 들리고.. 그 소리에 방 문 앞으로 가는 금비. 책 한 권 들고 비밀의 방에서 나오는 서준. 금비 웃으면서 한번 만져주고.. 그대로 소파로. 손에 든 책은 강병준의 책, 〈4월23일〉. 표지를 보는 서준..

    – 플래시백, 앞 씬.

단 이   그럼 그거 알아요? 〈4월 23일〉, 그 소설, 제목의 비밀??!!

단 이   줄거리 어디에도 4월 23일과 관련 있는 내용이 없거든요. 이상하잖아요?

단 이   강병준 작가에게 4월23일이란 소설은 무덤이다-! 제삿날이다-! 작가로서 끝이다-! 그렇게 마지막 작품으로, 딱! 선언하신 거죠!

    – 아니다. 그날은 자신의 생일이다.. 4월23일이란 글자를 손가락으로

만져보는 서준. 그리운 듯이.. 복잡한.

S#37. 겨루 출판사 외경 (D)

재민(E)   샘플북이 나왔어?

S#38. 회의실 (D)

　　　　　– 간부들인 재민, 유선, 은호, 지홍, 영아. 그리고 담당자인 해린과 단이. 박정식 작가의 샘플북 놓고 본다.

지 홍   마케팅 컨셉 잘 잡았다. 나한테 주는 선물..
영 아   서점에 내놓으면 시선은 잡겠어요.
은 호   오늘부터 인쇄, 들어가는 거죠?
해 린   네.
재 민   고생했어요. 두 사람.
해린,단이   (마주 보고 웃는데)
유 선   (펼쳐본다. 못마땅해서 넘겨보고) 그래도 책이란 건 내용을 좀 보고 사는 건데.. (하다가 마지막 장에서 멈추고, 단이를 한번 보고는 책 덮고) 편집장님하고 송 대리, 인쇄 들어가기 전에 내 방에서 이야기 좀 할까요?
은호,해린   네.. 이사님.
유 선   (단이 힐긋 보고, 책 들고 나간다)
은호,해린   (뒤따라 나가고)
단 이   (남은 포장지를 집는 데서)

S#39. 이사실 (D)

- 유선, 들어와서 '이걸 어떡하지?' 싶은데. 은호와 해린이 뒤따라 들어
  온다.

유 선   (맘에 안 드는) 이게 맞아?
해 린   네?
유 선   판권면 말야. 마케팅에 강단이 씨 이름 넣는 게 맞냐구요.

S#40. 콘텐츠 개발부 (D)

- 단이, 설레는 듯이 마지막 장 판권면을 보고 있다.. 손바닥으로 다
  막고.. 심호흡하며.. 천천히 손바닥을 내린다.. 회색세계, 1판1쇄 인
  쇄 2019년 2월 10일 / 지은이, 박정식 / 펴낸이, 김재민 / 펴낸 곳,
  도서출판 겨루 / 편집장, 차은호.
- 단이 은호 이름을 가만히 본다.. 다시 천천히 판권면을 가린 손바닥
  을 내린다.. / 편집, 송해린 / 디자인, 정다연 / 마케팅, 강단이.*
- 단이.. 자기 이름을 본다.. 눈물이 차오른다..
- 플래시백, 5부 17씬.

단 이   (OL, 손 조심스럽게 들며) 저기...
단 이   저도 아이디어.. 준비했는데...

- 그때.. 사람들이 모두 어이없는 얼굴로 단이를 보던 것도..

단 이   (다시 손 번쩍 들며 소리 높여) 차라리 감추면 어떨까요?!!!!!

---

* 그 밑에 더 있습니다. 제작, 배광수 제작처, 경신사

333

- 그랬던 시간.. 떠올리는 단이. 해냈다. 내가!!! 결국 눈물이 툭 떨어진다. 마케팅, 강단이. 그 이름 위에 툭 떨어지는 눈물.. 단이, 손가락으로 그 얼룩 만져보는..

S#41. 이사실 (D)

유 선   강단이 이름 빼.

은 호   (짐작은 했지만..)

해 린   그럼 마케팅 담당자는,

유 선   (OL) 서영아 팀장 이름 넣어요.

해 린   아.. (잠깐 생각하다가) 네. 알겠습니다.

유 선   강단이는 업무지원팀이야. 말 그대로 업무를 지원한 것뿐이라고. 내 말 뜻 모르겠어?

해 린   무슨 말씀이신지 알겠습니다. 이사님. (인사하고 나가는)

은 호   (그대로 남아 있고)

유 선   할 말이 남았어요, 차 편집장?

은 호   〈회색세계〉 마케팅 업무는 강단이 씨가 진행했습니다. 박정식 작가를 설득하러 가는 길에도 동행했구요. 자기가 맡은 마케팅 업무를 충실히 해냈습니다.

유 선   (어이없는) 마케팅 부서 소속도 아닌 사람을, 어떻게 마케팅 담당자로 올리지?

은 호   어디 소속인지는 중요하지 않다고 생각합니다. 저는 단지 강단이 씨가 마케팅을 했기 때문에, 일한 사람을 판권면에 올리는 게 당연하다고 생각할 뿐입니다.

유 선   단순히 마케팅 아이디어를 냈다고 책임자라고 볼 수 있어요? / 책임자는 책임을 지는 사람이에요. 앞으로 마케팅이 끝날 때까지 강단이 씨가 그 일을 맡아 책임질 수 있을까? 본인의 업무가 따로 있는데?!

은 호   ...

유 선	차 편집장 의도가 순수하다는 것도 알고 그러는 게 공정하다는 것도 알아요. 하지만 회사는 조직이잖아. 원칙이 있어야 해요. 자기 담당 부서가 있는데 하고 싶은 일이 따로 있고, 전부 하고 싶은 일만 기웃거린다면 어떻게 될까, 회사가.
은 호	네. 알겠습니다. 제 생각이 짧았습니다. (인사하고 나가려는)
유 선	(본다)
은 호	(나가려다 잠깐 멈추는. 다시 돌아본다) 이사님..
유 선	(보는)
은 호	이사님 말이 다 맞습니다. 그런데요.. 조직을 만드는 건 사람입니다.. 자기 일을 잘 해내는 것도 중요한데.. 조직이 자기 일만 맡겨놓는다면.. 누구도 그 이상을 하지 않을 겁니다.
유 선	!
은 호	(다시 목례하고 나가는)

S#42. 이사실 앞 (D)

– 은호, 착잡하게 나온다.

S#43. 콘텐츠 개발부 (D)

– 은호, 오는데.. 해린이 멈춰서 어딘가를 보고 있다.
– 단이의 책상에 모여 샘플북을 보고 있는 훈과 지율. 훈은 견과류를 먹고 있고.

지 율	대박!!! 신입사원들 중에 판권면에 제일 먼저 이름을 올렸어!
훈	님 좀 짱인 듯. / (견과류 봉지 들어 보이며 넉살) 내가 이거 챙겨준 덕도 있는 거 알죠? 두뇌회전!!!
단 이	(좋아서 웃고) 네.

지 율	그냥 탕비실에 있는 건데 생색은. (하면서도 훈 거 뺏어 먹고) 맛있긴 해... (아예 가져가서 먹는)
훈	이렇게 책에 이름이 실린 기분이 어때요?
단 이	말로 설명할 수 없는 기분? / 다음에 한번 실려봐요. 표현이 안 돼..
해 린	(그대로 보며, 옆에 선 은호에게) 또 나, 악역인가 봐.
은 호	해봐. 어제 끝줘 잘하더라. (어깨 툭 치고 자리로 가고)

- 은호, 노트북 보는데. 해린 자리로 간다. 해린 전화기를 든다.

해 린	도서출판 겨루의 송해린입니다. 죄송한데 저희 오늘부터 인쇄 들어가는 책이요. / 네, 〈회색세계〉에 수정사항이 좀 있어서요.
단 이	(〈회색세계〉란 말에 문득 해린 보는)
훈,지율	(역시)
해 린	본문은 아니구요. 판권면에 변경사항이 하나 있어요. 잠깐 기다려주시면 제가 수정해서 보내드리겠습니다. (하고 끊고)
단 이	(해린을 보는데)
해 린	강단이 씨. 잠깐 업무 착오가 있었어요. / 판권면 마케팅 담당자는 서영아 팀장 이름으로 바꿀 거예요.
은 호	(그쪽 안 보는. 다 듣고 있는)
단 이	왜요..? 일은 제가 했잖아요.
해 린	업무지원팀이잖아요. 우리 회사 아이디어 회의는 누구나 참석하는 거고. 거기서 아이디어를 냈다고 판권면에 올리진 않았어요.
단 이	....
해 린	미안해요. 제가 일처리를 잘못한 거예요.
훈,지율	(슬며시 분위기 살피며 자기 자리로)
단 이	......
은 호	(그대로 앉았는데)
해 린	(적당히 한쪽에 있는 서류 주면서) 서평단 이벤트 지원자들 리스트인데, 블로그 한번 확인해서 스무 명만 추려줘요. 이번 주까지.
단 이	네. 알겠습니다. (하고 앉고)

은 호	(후.. 긴장하고 있다가 한숨 내뱉고)
단 이	(자기 자리에 앉아서 펼쳐져 있던 샘플북 덮고. 리스트 넘겨보는데)

– 단이 핸드폰 울린다.

단 이	네. 이사님. / 네. 알겠습니다. (하고 이사실로)
은 호	(그제야 고개 들어 단이 가는 쪽을 보고)

S#44. 이사실 (D)

– 단이 들어서는데. 쇼핑백 하나를 올려놓는 유선.

유 선	(주소 메모) 이거, 이 주소로 갖다줘.
단 이	(보면, 분당쯤의 아파트 주소고)
유 선	김수영 작가님 사모님 생일 선물이야. 밑에 전화번호 있으니까 전화 먼저 드리고.
단 이	네. 알겠습니다.

S#45. 엘리베이터 앞 (D)

– 단이, 걸어가는데.. 엘리베이터에서 나오는 영아와 승진.

단 이	서점 다녀오세요.
영 아	어. 어디 가?
단 이	고 이사님 심부름요. 김수영 작가님 댁이요.
영아,승진	(마주 보는)
승 진	아니, 그런 건 퀵서비스로 보냈는데...?

영 아	퀵서비스 전화번호가.. (하며 핸드폰 꺼내는데)
단 이	아닙니다. 이사님이 직접 가라고 하셔서요. (인사하고 엘리베이터 안으로)
영아,승진	(뭐지? 싶은)

S#46. 콘텐츠 개발부 (D)

- 은호, 문자를 쓴다. "누나.."라고 써놓고 다른 말을 써넣지 못하고 있는데.
- 해린에게 톡이 온다.

해린(E)	회사 싫어.
은호(E)	(보다가 답을 쓴다) 싫을 게 뭐 있어. 일은 일인데.
해린(E)	선배. 냉혈인간이지?
은호(E)	(가만히 보다가) 그런가봐.

S#47. 지하철 (D)

- 달리는 전철 안. 단이, 유선이 준 쇼핑백을 안고 서 있다. 창으로 어두운 자신의 얼굴이 보인다. 담담히 보는 단이.
- 사람들과 함께 긴 계단을 고단하게 올라가는 단이..

S#48. 신도시 어느 아파트 앞 (D)

- 50대 여자가 단이가 내민 봉투를 받는다.

50대	아휴.. 이런 날 챙기는 것도 고마운데.. 여기까지 들고 왔어요, 이걸?

단 이	(작은 꽃다발을 내민다) 생일 축하드려요. 사모님. 이건 제 선물이에요.
50대	(감탄) 어머.. 고맙다. 정말.. / 이름이?
단 이	업무지원팀 강단입니다.
50대	고마워요. 들어와 차 한잔 하고 가요.
단 이	아닙니다. 회사로 들어가봐야 해서요.
50대	돌아갈려면 또 한참인데.. 미안해서 어떡해..
단 이	(웃는) 괜찮아요. 바람 쐬고 좋았어요.
50대	잠깐만. 내가 택시비 줄게, 택시 타구 가.
단 이	아니에요. 괜찮아요. 저 갈게요. 사모님.. (인사하고 얼른 돌아 나온다)

S#49. 아파트 마당 (D)

- 단이가 걸어 나온다. 후- 하고 심호흡을 하는데.. 눈가에 눈물이 어린다. 비참한 기분.. 잠깐 눈가 닦아내고 감정 눌러보려 호흡하는데.. 핸드폰 벨이 울린다. 딸 재희에게 온 영상통화다. 얼른 허둥지둥 가방에서 이어폰 찾아 꽂는 단이.

단 이	(환하게 웃어 보이며) 어, 재희야..

- 이하, 숙소로 보이는 곳에서 영상통화하는 재희. 재희, 원피스 입고 빙그르 돌아 보이는.

재 희	어때? 엄마가 사준 원피스, 어울리지?
단 이	와.. 우리 재희 금방 아가씨 되겠네..?
재 희	엄마 닮았대. 우리 유학원 선생님이.
단 이	그래? 그래서 기분이 좋았어?
재 희	응. / 엄만 새 직장 어때? 출판사랬지? (이제 굳이 재희 안 나와도 됨)
단 이	(핸드폰 보며) 어.. 재밌어.. 힘들긴 한데.. 힘들어. 힘든 건 사실이

야.. / 근데 나는 니 엄마잖아.. 너한테 엄마처럼 살고 싶지 않다는
말은.. 안 듣고 싶어. 나는 외할머니한테 그런 말 한 적 있거든.. 내
가 아무리 열심히 살아도.. 넌 그런 말을 내게 할 수도 있겠지만.. 나
는 그런 말 안 들으려고 노력해볼려고. / 재희야, 나는 니가.. 엄마가
롤모델이라고 말해줬으면 좋겠어. 그런 엄마가 되고 싶어.. 너한테.
(사이) 아니야. 엄마 안 울어.. 왜 울어, 더 열심히 하면 되는데..

- 따뜻하게 웃으며 통화하는 단이에서.

S#50. 몽타주 (D)

- 오픈 전 서점, 입구 근처 매대. 직원이 '대(代)책(冊)없는 프로젝트-
  대신할 책 없는, 당신이 고른 당신만의 책! 당신이 당신에게 주는
  특별한 선물!'이란 광고문구 아래 단이의 랩핑도서를 진열한다.
- 오픈한 서점. 사람들 하나둘씩 들어오며 랩핑도서에 관심을 보인다.
  호기심으로 들어보기도 하고, 재밌다는 듯 키워드를 읽기도 하고...
- 계산대 앞. 랩핑도서를 들고 줄을 기다리는 여러 명의 사람들. 그
  뒤에 독자인 척 몰래 줄 서 있는 재민.
- 이사실. 유선, SNS로 반응 살피고 있다. 랩핑도서 사진과 각자의 랩
  핑도서 위 문구들을 적어 올리며 "신박한 이벤트 발견!" "대체 무슨
  책일까? 두근두근!" 등등 좋은 반응들 많은 것 보고 착잡한 유선.
  그래도 고개 끄덕이고.
- 콘텐츠 개발부. 단이가 A4용지 묶음 들고 오는데.. 은호 전화를 받
  는다. "네. 알겠습니다!" 하고.

은 호	여러분!!!! 박정식 작가님 〈회색세계〉 오늘 2쇄 들어갑니다!!!
해 린	(주먹 쥐고) 꺄악!!!
단 이	(웃는)
광 수	정말? 서점 나간 지 열흘도 안됐는데?!

은 호	네. 2쇄는 만 부 찍겠습니다!!
영 아	알았어. 우리가 죽자고 팔아볼게! (승진에게 주먹 쥐어 보이고)
은 호	송해린 대리!
해 린	네. 네. 제가 주인공입니다. (하고 인사하고)
일 동	(와.. 박수쳐주고)
단 이	(A4용지 박스 들고... 물끄러미 보는 데서. 소외된 기분..)

S#51. 이사실 앞 (D)

– 우편물 들고 노크하는 단이. 대답 없으면 문 열고 들어선다.

S#52. 이사실 (D)

– 단이 들어온다. 유선이 없다. 우편물 한쪽에 놓고, 흩어진 물건들 정리하는데.. 문득 유선의 수첩이 보인다.. 수첩도 펼쳐진 그대로 한쪽으로 치워놓는데. 문득 눈에 들어오는 무언가가 있다!!!!!

– '〈창백한〉 헤드카피' 그 밑으로 여러 개의 헤드카피 주르르 써져 있는데... 나머지는 빨간 펜으로 죽 줄이 쳐져 있고.. 중간 정도에 단 하나의 카피만 남아 있다. 〈첫 장을 넘기는 순간, 등골을 잡아당길 숨 막히는 두뇌싸움〉

– 놀라는 단이.

– 플래시백. 4부 14씬.

유 선	내가 강단이 씨 카피 뺏었다고 생각해? / 그 카피, 나도 생각했던 거야.
유 선	설마 강단이 씨가 생각한 걸 내가 생각하지 못했을 거라고 오해한 건 아니지?

– 노트를 집어 찬찬히 보는 단이..

단이(E)	고 이사님의 그 말은.. 사실이었다.. (충격)

– 단이, 노트를 내려놓는데. 유선이 들어온다. 앗, 하는 단이. 유선 천천히 외출복 벗으며..

유 선	무슨 일이지?
단 이	우편물이 와서..
유 선	(근데? 하고 돌아보고)
단 이	이사님 책상을 치우다.. 노트를 봤어요.
유 선	(자리로. 노트 얼핏 보는)
단 이	〈창백한〉 헤드카피 읽으.. 제가 오해했습니다.
유 선	그래. 이제라도 알았으면 됐어. / 이제 주제 파악은 잘 하겠네?
단 이	(잠깐 생각하다가) 그래도.. 전 계속 노력해볼려고요.
유 선	(보는)
단 이	시키는 일만 하면.. 제가 이 회사에서 성장할 수가 없잖아요.. 저도 제가 할 수 있는 일에는 도전해보고 싶어요. / 제가 여기 와서 처음에 원한 건.. 경력을 쌓아서.. 다른 데로 옮기는 거였어요. 근데 지금은 그냥 책이 좋아요.
유 선	...
단 이	이번에 안 건데.. 저도 그 마음을 알게 됐어요. 좋은 책이니까, 많이 팔고 싶고.. 많이 파는 데 아이디어를 내고 싶고.. 그렇게 됐어요.
유 선	...
단 이	다시 처음부터.. 제 일부터.. 잘하겠습니다.
유 선	(보다가) 말 끝났으면 가봐.

– 단이 인사하고 나간다.

S#53. 콘텐츠 개발부 (D)

– 콘텐츠 개발부 직원들, 다들 자리에서 일하고 있다. 훈과 단이 자리
만 비었고... 그때 훈이 사무실로 들어온다.

훈	(양손에 들린 봉투 들어 보이며) 샌드위치 배달 왔습니다!
광 수	웬 샌드위치?
훈	외근 갔다가 오는 길에 샌드위치 가게가 보여서요. 시간이 딱! 다들 출출할 때잖아요.
지 홍	오, 센스! 배고팠는데 잘됐다.

– 훈, 직원들에게 샌드위치 나눠주는데 단이가 들어온다.

훈	단이 씨! 샌드위치 드세요.
단 이	네... 고마워요.
영 아	(샌드위치 한 입 먹고, 훈에게) 박훈. 보도자료 언제 넘길 거야..
훈	(주며) 여기요. 한번 봐주세요. 팀장님.
영 아	아니 이거 말고. 유홍주 작가 꺼.
훈	그거 아직 안 썼는데요.
단 이	(얼른 와서) 유홍주 작가님 신간 보도자료 제가 한번 써볼게요.
영 아	(돌아보며) 안 바빠?
단 이	네. 오늘 밤까지 해볼게요.. (자리로 가려는데)
해 린	강단이 씨 서평 이벤트 건은 정리 됐어요?
단 이	네. 대리님. (얼른 자료 찾아서) 블로그 다 훑어봤는데.. 그 전에 다른 출판사 서평이벤트 지원한 사람들도 많더라구요. 근데, 내용이 너무 부실해서요. / 그래서 제가 다시 추려봤는데 한번 봐주세요.
해 린	(눈으로 보고) 잘 알아서 했겠죠. 그대로 할게요.
송 이	(오며) 강단이 씨 커피 주문해야 할 거 같던데요?
단 이	아니 아직 많이 남았어요. 제가 찾아서 정리해놓을게요.

S#54. 탕비실 (D)

    – 단이가 탕비실 청소를 한다. 정수기 주변을 청소하고. 커피를 찾아 다시 뜯어놓고.. 컵들을 정리하는 그 위로..

단이(E)   다시 시작한다. 빛이 나지 않는 일부터. 나한테 주어진 일부터. / 다시 일을 배운다. 이미 안다고 생각하는 것도 다시 처음부터. / 나는 신입사원이니까.

    – 은호, 뒤에 무언가를 감추고 들어선다.

단 이   (단이 돌아보고) 커피 드시게요. 편집장님?
은 호   강단이 씨. 선물. (하고 샘플북 올려놓는다)
단 이   (컵 가지고 돌아서다가 문득 보는)
은 호   (웃는다) 이 책의 컨셉은 나한테 주는 선물이에요.

    – 단이, 치이.. 하고 흘기다가 뜯어본다. 책장을 넘긴다.. 맨 뒷장 판권면. 마케팅 강단이.. 단이, 한참 보다가 은호를 올려다본다.

은 호   세상 사람들이 다 몰라도.. 내가 알아요. 강단이 씨가 이 책 마케팅한 거.
단 이   (끄덕이고)
은 호   이번 마케팅, 흠잡을 데 없이 훌륭했어요. 편집장으로서 하는 말입니다.
단 이   네. 감사합니다. 편집장님..

    – 둘이 마주 보고 웃는데. 빈 컵을 들고 들어서던 해린. 마주 보고 웃는 은호와 단이를 보고, 앗! 하는. 이상하게 다정한 느낌인데.
    – 테이블 위에 올려둔 단이의 핸드폰이 울린다. '지서준'이라는 이름이 뜬다. 보는 은호. 앗!

－ 단이 핸드폰을 받는다.

단 이   네. 우산 씨.

－ 인서트, 겨루 앞에 서 있는 서준.

서 준   퇴근 안 해요, 단이 씨? / 나, 지금 단이 씨네 회사 앞인데. 같이 저
          녁 먹을까요? / 이때까지 우연히 만났는데.. 이건.. 우연 아니에요.
          데이트 신청입니다!

－ 단이, 은호를 잠깐 올려다본다. 은호, 그런 단이 보는.
－ 들어서다 둘을 보는 해린. 전화하는 서준. 단이와 은호. 네 명의 화
  면이 분할되면서. 6부 엔딩!

꼬리말

어깨동무하고 수목장을 향해 웃으며 걷는 재민과 은호 (30씬)

어느 순간 깨달았다. 이 사람과 인연이 길 것 같다고. 이 사람을 계속 응원할

것 같다고. 먼 길을 함께 걷는 친구가 돼버렸다고.

우동집 창 너머 은호 보고 웃는 단이와 서준 (10씬)

다른 남자와 있는 강단이가 싫다. 내 속에 숨어 있던 질투심을 본다.

나는 강단이 앞에서 자꾸 바보가 된다.

서준 앞에서 문자하는 은호와 단이 (13씬)

어느 휴일, 우리는 산을 올랐다. 앞서가는 백발의 할아버지를 본 강단이는

내 얼굴을 빤히 보다가 깔깔 웃었다.

"너 늙으면 되게 웃길 거 같아" 나는 가볍게 흘기며 대꾸했다.

"누나가 먼저 늙겠지" 몇 분간 티격태격하다가,

둘 다 늙으면 사진관에 가자는 이야기를 했다.

중쇄 결정에 기뻐하는 겨루 직원들 (50씬)

어쩌면, 책 만드는 건 미련한 일일지도 모른다. 정보가 쏟아지는 세상에서,

삼 년 동안 글을 쓰고, 육개월간 오타를 찾는 사람들.

어떤 책은 겨우 백 명도 읽지 않을 걸 알면서 성실하게 일하는 사람들.

세상이 급변하며 휘청일 때, 무너지지 않는 건

이런 사람들이 버텨주기 때문일 수 있다.

지하철역에 쓸쓸히 서 있는 단이 (47씬)

판권면에 강단이 이름이 빠졌다.

눈물을 흘리지도, 화를 내지도 못하는 그녀를 보며 마음이 아팠다.

손을 잡고 그녀를 빼오고 싶었지만, 내 역할은 그게 아니란 걸 안다.

나는 넘어져서 까진 무릎이 덧나지 않게, 연고를 발라주기만 하면 된다.

믿고 있다, 강단이는 스스로 일어나 다시 나아갈 거란 걸.

단이 동네친구가 서준인 거 보고 굳은 은호 (10씬)

강단이는 모른다. 내가 무슨 마음으로 동네친구를 만나지 말라고 하는지.

어떤 감정으로 내가 있는 곳이 누나 집이라고 소리치는지.

그녀의 짧은 말로 내 기분이 얼마나 오르락내리락하는지.

강단이는 모른다. 어떤 날은 그 사실이 사무쳐 아리지만,

그날이 아닌 모든 날은 강단이와 함께하고 있음에 그저, 감사하다.

판권면에 실린 '마케팅 강단이' 확인하고 기뻐서 울먹이는 단이 (40씬)

판권면에 내 이름이 빠졌다. 다시 시작한다, 빛이 나지 않는 일부터.

나한테 주어진 일부터. 다시 일을 배운다.

이미 안다고 생각하는 것도 다시 처음부터. 나는 신입사원이니까.

7부

나 여기서 기다린다고
전해줘요!

S#1. 겨루 출판사 앞 + 탕비실 (N)

　　　　－ 건물 올려다보며 서 있는 서준. 설레는 느낌.

서 준　　퇴근 안 해요, 단이 씨? / 나, 지금 단이 씨네 회사 앞인데. 같이 저
　　　　녁 먹을까요? / 이때까지 우연히 만났는데.. 이건.. 우연 아니에요.
　　　　데이트 신청입니다! (여기까지, 6부 엔딩, 그대로 연결해서)

　　　　－ 대답을 기다리는 서준. 긴장하는.
　　　　－ 인서트, 탕비실. 핸드폰 귀에 댄 채 대답 없이 가만히 있는 단이. 역
　　　　　시 긴장해서 보는 은호.
　　　　－ 왜 대답이 없지? 싶은 서준. 역시 답만 기다리고 있는데..
　　　　－ 다시, 탕비실. 해린이 보다가 쓱 들어선다.

해 린　　벌써 퇴근 시간이네요. (적당히 들고온 잔을 놓고)
단 이　　(핸드폰) 네.. 그럼 십 분 정도, 기다려줄 수 있어요?

　　　　－ 서준, 소리는 없이, 예스! 주먹 쥐고. 혼자.
　　　　－ 탕비실, 은호 단이를 보는데.

단 이　　지금 챙겨서 나갈게요.

– 하고 끊고. 은호를 잠깐 보고 으쓱 하고 나간다. 은호, 샘플북 한번
보고. 이걸 놓고 나갔어? 서운한데.

해 린　　　(픽 웃고, 놀리는) 또 멋있는 척했구나? (다 알겠다.. 나가고)
은 호　　　(단이가 놓고 간 샘플북만 보고 상처받은)

S#2. 콘텐츠 개발부 (N)

– 송이 이미 퇴근하고 없고. 지율과 훈 "먼저 퇴근하겠습니다." 하고
나가는. 단이 돌아와 가방을 챙긴다. 영아, 역시 퇴근 준비하는데.
톡이 날아온다.

지홍(E)　　　저녁 같이 먹을래?
영 아　　　(확인하고 지홍을 본다)
지 홍　　　(간절하고 불쌍한 눈빛 쏘고)
영 아　　　(외면하고) 오늘 나랑 클럽 갈 사람??!!!! (하고 단이를 보는)
지 홍　　　(헉)
단 이　　　죄송한데.. 전 약속이 있어서요.
지 홍　　　(조심조심 손 한번 들어보는데)
영 아　　　(오는 해린에게) 송 대리, 나랑 클럽 안 갈래?
해 린　　　엄마가 아파서요. (못 간다고)
지 홍　　　(나랑 가자. 싫겠지만...)
영 아　　　(오는 은호에게) 편집장님, 오늘 나랑 클럽..
은 호　　　(OL, 단호하게) 일이 좀 남았어요. (하고 샘플북 단이 책상 위에 탁
놓고, 보는)
단 이　　　어, 고마워요. 깜박 잊었었네..
은 호　　　(노려보며, 자리로)
지 홍　　　나, 시간 많은데...
영 아　　　(찌릿 노려보고)

지 홍	(말없이 고개 숙인다)
단 이	먼저 퇴근하겠습니다. (일어나 나가려는데)
은 호	강단이 씨.
단 이	(멈추고 보는)
은 호	(서류 하나 주면서) 채송이 씨가 제작발주서 올린 건데. 빨간색으로 표시한 거 좀 수정해줘요.
단 이	(.........지서준이 밖에서 기다리잖아.. 물끄러미 은호를..)
해 린	아까 전화 받지 않았어요? 누가 기다리는 거면 내가, (받으려는데)
은 호	(해린 손 피해, 단이에게 서류 주는)
단 이	(받는) 네.. (받아서 다시 앉는다)
해 린	(두 사람 뭐지? 으쓱..)

S#3. 겨루 출판사 앞 (N)

– 시계 보며 서있는 서준. 십 분이 지났는데? 느낌으로 입구 한번 돌아보고. 그 옆을 지나가는 지율과 훈.

훈	오늘 좀 일찍 끝났다. 그치?
지 율	어. 나 당분간은 완전 자유야. 우리 엄마 충격 받았어. / 내가 남자 만나면서 사랑 운운한 건 처음이거든. 이번엔 겁 좀 먹었나봐. 선 이야긴 쏙 들어갔어. 그래봤자 한 달이겠지만.
훈	그럼 우리 오늘 저녁 같이 먹을까?
지 율	(말도 안 돼!) 친구들이랑 약속 있어. 완전 핫한 데 가서 밤새도록 놀 거야!! (시계 보고) 나 간다~!!! (하고 뛰어가는)
훈	(아쉬워서.. 보는)

S#4. 콘텐츠 개발부 (N)

– 은호와 단이밖에 없는 회사. 단이, 빠르게 제작발주서 수정한다! 은
호, 표정 없이 일하는 것처럼 보이고. 단이 인쇄버튼 거칠게 누르며
은호 흘겨보고. 인쇄되어 나오면, 은호의 책상 앞에 탁 놓는.

단 이	이제 퇴근하겠습니다. 편집장님!
은 호	잠깐만요. (하고 느긋하게 한 장 한 장 넘겨보며 확인하는데)
단 이	(시계 보는)
은 호	(넘기며, 무심하게) 지서준이야? / 지서준 전화던데.
단 이	어. 저녁 같이 먹자구. / 알면서 (서류 가리키며) 그걸 시키냐?
은 호	(놓고 빤히 본다)
단 이	집에 밥 없어. 간단히 먹구 들어가. / 참, (샘플북) 이거 집에 좀 갖 다놔. 나, 간다. (하고 가는)
은 호	(가는 단이 보며, 시무룩..)

S#5. 엘리베이터 앞 (N)

– 단이 총총 와서 버튼 누르고, 립스틱 꺼내어 살짝 바른다. 어른거리
며 비치는 엘리베이터에 전체 한번 보고.

은호(E)	오늘 밤에 좀 추울텐데. (퇴근 차림)
단 이	그래? (살짝 옷깃 여미는데)

– 은호 목에 두르고 있던 머플러를 푸는데.. 엘리베이터 오면 타는 둘.

S#6. 엘리베이터 안 (N)

　　　　- 은호 손에 머플러를 들고.. 말없이 내려간다. 은호, 단이 힐끗 보는
　　　　데. 단이는 아무런 느낌 없이 앞만 보고 있는데. 툭, 머플러 내미는
　　　　은호. 보는 단이.

은 호　　　추워. 밖에.
단 이　　　(받아서 어깨에 걸치는데)
은 호　　　(보다가 따뜻하게 매준다)

S#7. 겨루 출판사 앞 (N)

　　　　- 단이와 은호 나오는데. 서준이 돌아본다. 단이 보며 싱긋 웃는 서준.
　　　　은호.. 그런 서준을 못마땅하게 보고.

단 이　　　많이 기다렸죠?
서 준　　　아뇨. 괜찮아요. (눈으로 은호에게 인사하고)
은 호　　　(눈으로만 인사 받고, 가며 단이에게) 일찍 와. (차 쪽으로 간다)
단 이　　　(서준에게 웃어 보이는데)
서 준　　　어디, 가고 싶은 데 없어요? (하고)

　　　　- 은호, 혼자 차에 올라타면.. 등 돌리고 반대 방향으로 걷기 시작하는
　　　　단이와 서준.
　　　　- 은호, 운전석에 앉아서 본다. 싫다..

S#8. 훈의 원룸* + 원룸 현관문 앞 (N)

- 잘 끓인 라면, 아일랜드 식탁 위에 탁 올려놓는 손, 훈이다. 핸드폰
으로 사진 찍는 훈.

훈   이 정도면 라면 집 내야 돼. 먹기가 아깝다, 정말.

- 젓가락 딱 들려고 하는데.. 딩동! 현관벨 소리.

훈   (젓가락 놓고 현관 앞으로) 누구세요?
지율모비서(E)   부동산인데요.
훈   부동산요? (갸웃) 집주인 아줌마가 말도 안 하고 집을 내놨나...?

- 의아해하던 훈, 일단 현관문을 연다. 문 열면 고급스러운 차림의 여
자(50대 초반), 지율모와 비서가 있다! 지율모인 줄 모르는 훈..

훈   저 집 안 내놨는, (데요)

- 훈의 말이 끝나기도 전에 훈을 지나쳐 획 집 안으로 들어가는 지율
모. 그런 지율모를 황당하게 보다가 "지금 뭐하시는 거예요?" 하려
는데 지율모의 비서가 탁 막아서고.
- 도도하게 방을 둘러보는 지율모. 가소롭다. 이런 남자를..

지율모   자가예요?
훈   (뭐야, 도대체!) 반전센데요!!! 삼천에 오십!!! (뭐 어때서?)
지율모   자가도 아니고, 전세도 아니고 반전세?

•   10평 정도의 원룸. 침대와 책장 딸린 책상, 적당한 크기의 옷장을 제외하고는 가구랄 것도 딱히 없는 단출
한 살림.

훈	(뭐야, 이 아줌마?) 주인 아줌마가 뭐라고 하셨는지 몰라도 전 집 안 내놨거든요. 계약 기간도 아직 한참 남았는데.
지율모	(무시하고) 형제관계가 어떻게 되죠?
훈	(왜 물어?) 아줌마는 형제관계가 어떻게 되는데요?
지율모	묻는 말에 답이나 해요. 다 이유가 있어서 묻는 거니까.
훈	저기요.. 지금 아줌마가 여기 온 목적부터 말씀하시는 게 순서예요. 이거 가택 침입이거든요?
지율모	도서출판 겨루에 다니는 박훈 씨죠? 나, 지율이 엄마예요...
훈	(헉)
지율모	(이제 알았어? 도도하게 보는)
훈	지율이 어머님이시면.. 막 이렇게 (비서) 이런 사람 데리고 들어와서 남의 집을 막.. 이래도 되는 거예요?
지율모	재밌네..? 보통은 내가 지율이 엄마라고 하면 움찔하던데. / 형제가 몇이에요?
훈	누나만 셋요.
지율모	(오.. 아찔하다. 정신 챙기고) 부모님은 뭐하세요?
훈	지금 이 시간엔 저녁 드시고,
지율모	(OL) 직업이 뭐냐구요.
훈	아버지는 초등학교 교감이시구 엄마는 가정주부신데요?
지율모	우리 지율이랑 사귄다면서요?
훈	(내친김이다) 네. 서로 좋아합니다!!!
지율모	(매섭게) 우리 지율이가 어떤 딸인 줄 알고... 걔가 물려받을 부동산이 얼만데!!! 그쪽과는 전혀 안 어울리는 거 알죠? 그러니까 서로 시간 낭비하지 말고 이쯤에서 당장!!!! 헤어져요! (죽일 듯 눈빛 쏘고)
훈	(전혀 기죽지 않고, 단호) 싫은데요.
지율모	헤어지라니까.
훈	싫습니다. 헤어지기엔 제가 지율이를 너무 좋아합니다!
지율모	(어이없다) 누나가 셋이나 되고 꼴랑 이런 집에 반전세로 살면서 감히... / 내 재산이 얼마나 되는 줄 알아?!!! / 혹시라도 우리 집안

	돈 보고 이러는 거라면,
훈	(OL, 연극적으로, 애절하게) 집안! 돈! 전 그런 거 상관 안 합니다. 그냥 오지율이라는 한 사람... 그 사람 자체를 순수하게 사랑하고 있는 겁니다, 어머님!!
지율모	(진저리) 어머님은 누가 어머님이야! 당장 우리 지율이 옆에서 떨어지지 못해?!
훈	(안 되겠구만... 강렬한 눈으로 지율모를 보며) 그동안 지율이가 만났던 남자들... 다 이런 식으로 떨어뜨려 놓으셨나 본데!!! 전 그 남자들관 다를 겁니다... / 어머님이 자꾸 이렇게 나오시면, / 지율이 데리고 그냥 확, 사라져버리겠습니다!!!!
지율모	(헉!! 경악)
훈	그렇게 되면 어머님은 우리 지율이를 영영 만날 수 없을 겁니다!!!! 평생- 죽을 때까지!!!! / 그러니까 우리 그냥 사랑하게 해주세요!!! 제발!!!

S#9. 훈의 원룸, 건물 앞 (N)

- 황급히 건물에서 나오는 지율모. 비서가 뒤따라 달려와 차 문을 연다. 놀란 심장 달래듯 고상하게 가슴팍 위로 손 올리며 차에 올라타려다 확 뒤돌아 건물을 째려보고...

지율모	어머머, 강적이야. 저러다 우리 지율이 데리고 도망가면 어떡해..? / 박 비서, (오피스텔 가리키며) 저 놈, 그러고도 남을 놈 같지?
비 서	네. 저도 그렇게 봤습니다!

S#10. 은호의 집, 거실 (N)

- 은호, 퇴근한 그 차림 그대로 앉아 있다. 옆엔 집에 가져온 샘플북

놓여 있고. 코트도 안 벗은 채.. 멍하니 앉아 있다. 소파에 다리 뻗고 누워본다. 멀뚱멀뚱 천장을 본다. 자세를 바꿔 누워본다.. 다시 앉아본다. 핸드폰을 꺼내어 본다. 단이의 이름을 띄워서 통화 버튼을 누르려는데,

은호(E) 차은호, 옳지 않아...

— 은호, 보면.. '지성과 이성이 조화를 이룬 또 다른 은호'가 저편에 앉아 있다.

지성은호 (진지하게 충고한다) 하지 마. 전화. / 강단이 지금 지서준이랑 같이 있어. 신경 쓰이는 니 마음은 알겠는데, 그거 못난 짓이야.

은 호 (끄덕끄덕, 이번엔 문자 창을 열어서 '누나'라고 쓴다)

지성은호 안 돼! 문자도 안 돼! / 뭐라고 쓸 건데?

은 호 ..몇 시에 오나.. 물어보려고.

지성은호 (진지하게.. 한심하게 보며) 그것도 안 돼. 구차해 보여. / 넌 아까 사무실에서 이미 구차했어.

은 호 지서준이 나한테 뭐랬는지 알아? 강단이랑 썸 탄다고 말했다니까!!!!

지성은호 그래. 지성과 이성, 감성까지 충만하게 균형을 이룬 내가 생각하기에도 지금은 비상사태야.

은 호 내가 지금 어떤 심정인 줄 알아?!!! 당장 뛰쳐나가서, 온 서울 바닥을 다 뒤져서라도 강단이를 데리고 오고 싶은 심정이야!!!

지성은호 그래. 알아. 니 마음. 그래도 이럴 때일수록 찌질한 보통 남자들처럼 행동해선 안 돼. 옳지 않아.

은 호 그럼 어떡해?

지성은호 (로댕의 생각하는 남자 포즈) 같이 생각해보자..

은 호 (같은 포즈로 고뇌해본다)

S#11. 독립서점 (N)

　　　　— 골목 귀퉁이에 있는 작은 독립서점.* 단이와 서준이 서점에 들어서
　　　　자 클래식한 음악이 들린다. 자리에 앉은 주인여자가 들어오는 둘
　　　　에게 가볍게 인사하고, 노트북으로 작업 계속한다. 단이가 들떠서
　　　　서점 둘러보면.

서 준　　(단이에게, 속닥) 제가 좋아하는 독립서점이에요. 여기 사장님이
　　　　(일하는 주인 여자 눈으로) 셀렉트해놓은 책들이라, 뭘 골라도 대
　　　　부분 좋아요. (웃는)

단 이　　(마찬가지로 속닥) 저도 동네서점 좋아해요. 대형서점이 상품을 진
　　　　열해놓는 백화점 느낌이면.. 이런 곳은 (둘러보다가, 서준 보며 싱
　　　　긋) 책을 소개하는 공간 같아서. / 고르는 재미가 있죠.

　　　　— 단이, 천천히 걸으며 책 살핀다. 따라 걷는 서준. 단이가 책 펼쳐서
　　　　보다가 내려놓으면, 서준이 그 책 표지 만져보는데.. 단이 핸드폰이
　　　　울린다. 보면, 은호에게 온 문자다.

은호(E)　　누나, 밥솥이 고장난 거 같애.

　　　　— 단이, 응? 하며 갸웃하는데.. 연달아 쭈르르 오는 문자들.

은호(E)　　누나. 티슈 어딨는지 알아?
은호(E)　　누나. 이번 달 전기세 안 냈어? 연체 고지서가 날아왔는데?
은호(E)　　누나. 정수기가 고장났나 봐. 물이 갑자기 안 나와.
은호(E)　　누나. 나 배고파.

---

* 참고자료, 해방촌 독립서점들 : https://bit.ly/2EH4B60 저희가 취재한 곳은 '고요서사'라는 곳이었어요.

－ 단이, 어이없다는 듯 웃으며 핸드폰 가방에 넣는데..

서 준   (몇 권 고른 책 들고) 이제 저녁 먹으러 가요.

S#12. 퓨전 레스토랑 (N)

－ 테이블 앞에 놓이는 적당한 음식..

단 이   (먹으며) 맛있어요. 이집.

서 준   진에 어머니랑 온 적 있어요. / 어머니랑 저랑 둘뿐이라서 맛있는 집 있으면 알아보고 모시고 오거든요.

단 이   좋겠네요. 서준 씨 같은 아들 있으면.

서 준   (웃으며) 어릴 땐 안 그랬구요. 엄마가 아프셨어요. 저 고등학교 때. / 그때부터... 좀 애틋해졌죠. 엄마한테. / 참.

－ 뒤돌아 가방에서 뭔가를 꺼내는 서준. 책*을 단이에게 건넨다.

서 준   (받으라고) 선물이요.

단 이   (받고) 고마워요.

－ 단이가 책 앞장 펼치면 면지에 문장 적혀 있다. '2019년, 달빛 스미는 서점, 강단이 씨의 회사 앞으로 찾아가 전화를 했다. 함께 이 서점으로 왔고, 이제 곧 저녁을 먹을 것이다. 레스토랑이 강단이 씨의 마음에 들었으면 좋겠다.'라고 써 있다. 단이 풋, 웃는데.. 음식이 나온다.

*   김선아, 〈너에게 들키고 싶은 혼잣말〉, RHK

서 준	먹어보고 밑에 적어봐요.
단 이	네. (웃는데)
서 준	진짜 선물은 이쪽. (하고 웨딩숍 앞에 서 있는 단이 그림을 준다)
단 이	어, 완성했네요! (받아서 보는데)
서 준	마음에 들어요? (단이 따뜻하게 보는)
단 이	네. 마음에 들어요. 고마워요.
서 준	(적당히 음식 덜어 단이 접시에) 이것도 좀 먹어봐요.
단 이	....네. (하고, 잠깐 망설이다가) 서준 씨..
서 준	(응? 하고 보면)
단 이	혹시나 싶어서.. 미리 말해야 할 것 같아서요..
서 준	뭘요?
단 이	우리.. 동네친구..죠?
서 준	(따뜻하게 끄덕이고)
단 이	근데.. 아까 전화로 데이트라고 말한 게 걸려서요..
서 준	난 그렇다고 생각하는데, 왜요? 나, 싫어요?
단 이	그건 아니지만.. 저에 대해 제대로 알면... 싫어질 수도 있어서..
서 준	?
단 이	그러니까.. 음.. 내 나이라든가.. 과거라든가..
서 준	나이는.. 나보다 한두 살 많을 것 같구.. 사실 별 상관없어요. 더 많아도. 그리구.. 과거는 뭐요? 전과라도 있어요?
단 이	...아니.. 그건 아니구.. 사람에 따라서는 그것보다 더 심하다고.. 생각할 수도 있어서..
서 준	(이제 많이 불안) 뭔데요, 그게?
단 이	저... // 이혼했어요.

- 그때, 바닥에 쨍그랑 소리 내며 떨어지는 서준의 나이프와 포크!!!

S#13. 은호의 집, 거실 (N)

　　　－ 은호, 소파에서 잠들었다. 핸드폰을 쥔 채.
　　　－ 문 열리는 소리에 얼른 일어나는 은호. "누나 왔어?"라는 말이 채 끝
　　　　나기도 전에 단이가 서슴없이 들어온다. 식탁에 서준이 준 그림과
　　　　책을 탁 놓고, 냉장고의 문을 열고 찬물을 쭉 마신다.
　　　－ 무슨 일이지, 싶은 은호.

단 이	으휴, 촌스러운 자식...! / 요즘 세상에 이혼이 뭐..?! 그게 뭐 어때서? 살다보면 그럴 수도 있지!!!
은 호	왜 그래.. 무슨 일, 있었어?
단 이	내가 지서준한테! (하고 잠깐 생각하다가) ...이혼했다구 말했어..
은 호	근데 그게 왜?
단 이	봐. 넌 문제없지? 근데 걔는!
은 호	(슬슬 이 상황이 좋아진다) 걘.. 어쨌는데..?

S#14. 서준의 집, 거실 (N)

　　　－ 서준이 영혼이 나가버린 얼굴로 앉아 있다. 머리를 쥐어뜯는다!!!

서 준	왜.. 하필 그때... 그걸 떨어트려 가지구....

S#15. 퓨전 레스토랑 (N)

단 이	저... 이혼했어요.

　　　－ 바닥에 쨍그랑 소리 내며 떨어지는 서준의 나이프와 포크!!!

서 준	(얼른 주우려고) 아이쿠 죄송합니다.. 미안해요. 단이 씨..
직 원	(와서 줍는다) 새 걸로 갖다드릴게요.
서 준	네. 고맙습니다.
단 이	(그게 그렇게 충격 받을 일이야?)
서 준	(허둥지둥) 단이 씨.. 그게 아니구. 아니, 아니, 저 안 놀랐어요. 이혼 뭐 그런 거 다 상관없고.. 괜찮아요. 근데, 제가 요즘 손목이 좀 안 좋아서...
단 이	두 손이... 다요?
서 준	(양손 정신없이 만지며) 네. 이게 원래는 오른 손목만 그랬는데.. 그 왜 컴퓨터 마우스 많이 쓰면.. 그, 뭐지? 손목 터널증후군... 그거 때문에... (휴, 하고 물을 마시는데)
단 이	(담담히) 사실은 저.. 애도 있어요. 열두 살이에요.
서 준	(품- 물 뿜어낸다)

S#16. 은호의 집, 거실 (N)

은 호	(씨익) 누나, 걔- 안되겠다.
단 이	그지?
은 호	(눈웃음치며 *끄덕끄덕*)
단 이	그뿐인 줄 알아?

S#17. 서준의 집, 거실 (N)

서 준	내가 왜 그랬을까.. 하필이면 그 타이밍에... (괜히 목을 만져본다)

S#18. 퓨전 레스토랑 (N)

단 이   사실은 저.. 애도 있어요. 열두 살이에요.

서 준   (품- 물 뿜어낸다)

단 이   어머... (옷에 묻은 것 털어내고)

서 준   (어떡하지? 냅킨으로 주변을 닦고) 죄송해요. 단이 씨.

단 이   많이 놀라셨나 봐요..

서 준   아니, 아니. 절대로 안 놀랐어요. 애 있는 게 어때서요? 상관없어요.
            갑자기 사레가 들려가지구..

단 이   ..... (풀 죽어서)

서 준   괜찮아요. 단이 씨. 진짜, 이게 다 우연이에요. 진짜 나 터널증후군
            이구, 방금 물도 그냥 나도 모르게...

단 이   (OL, 그래. 그냥 끝까지 가자) 그리구, 저 서른일곱이에요!

서 준   !

단 이   한두 살이 많은 게 아니에요. 서준 씨, 몇 살이세요? 제가 많이 많
            죠?

서 준   저는... (갑자기 딸꾹질 시작)

단 이   (이미 상처 다 받았다. 조용히 먹는다)

서 준   미안, (딸꾹) 저는 (딸꾹) 스물아홉 (딸꾹)

S#19. 서준의 집, 거실 (N)

      - 서준이 처량한 눈빛으로 금비를 본다.

서 준   금비야.. 나 접시 물에 코 박고 죽어야겠지..?

S#20. 은호의 집, 거실 (N)

은 호 진짜 웃기는 놈이잖아?!!! 그래서, 어떡했는데?

단 이 뭘 어떡해.. 나란히 택시 타고 돌아왔지...

은 호 집에도 안 데려다주고?

단 이 데려다주겠다고 했는데.. 그냥 됐다구 했어.

은 호 잘했어. 다신 만나지 마!!!

단 이 이제 다신 나한테 전화 안 하겠지?

은 호 .....그래서.. 속상해?

단 이 ....

은 호 그럼 그냥 말하지 말지 그랬어... / 그냥.. 밥 먹고, 커피 마시고.. 뭐 그럼 되잖아.

단 이 말해야지.. 나 좋아하는 것 같았단 말야...

은 호 걔 마음이 뭐가 중요해! 누나 마음이 중요하지. (확신 얻어내려는 듯, 단이 곧게 보며) 누난 지서준 그냥 동네친구랬잖아.

단 이 (고민하다가) 아니 나도 쪼끔..

은 호 (쿵, 해서.. 단이 보면)

단 이 서점도 가구, 좋은 레스토랑도 가구... 만나면 재밌었는데...

은 호 누난 진짜 남자 보는 눈, 없어!

단 이 그래. 그런가 봐. 홍동민도 그렇구. (풀 죽어 방으로)

‐ 은호, 또 저런 단이를 보니 안됐다.. 아프게 보다가.. 식탁에 놓인 그림을 본다. 웨딩드레스숍 앞에 서 있는 단이 그림.. 맨발..

‐ 플래시백, 6부 14씬.

단 이 첫째, 내가 위험한 순간에 딱하고 나타나 날 구해준 남자야. 둘째, 비 오는 날 하나밖에 없는 우산을 나한테 빌려준 남자고. 셋째, 내가 잃어버린 신발을 찾아준 사람이면서. 넷째, 그 신발을 차마 못 버리고 하루 종-일 들고 다녔던 사람. 마지막. 그날 주운 개를 키워. 개 이름이 금비야. // 그런 사람이 이상할 리가 있어?

- 은호, 단이가 서준에게 선물 받은 책을 펼쳐본다. 서준의 글을 보는 은호..
- 플래시백, 조금 전 단이가 했던 말.

단 이   말해야지.. 나 좋아하는 것 같았단 말야...

- 은호, 마음이 복잡하다. 단이 옷 갈아입고 나온다. 얼른 책 덮는 은호.

단 이   (밥솥 쪽으로) 밥솥 고장났다며?

은 호   (얼른 막아서며) 아냐.

단 이   (응?)

은 호   고장 안 났어. 멀쩡해.

단 이   그럼 티슈는?

은 호   어, 어. 찾았어.. 그, 전기세, 그것도 다른 집 고지서가 잘못 날아왔더라구..

단 이   밥은?

은 호   (갑자기 배고프다) 아, 배고파.

단 이   (웃으며) 국수 해줄까?

은 호   응!

단 이   (흘기며 웃고, 어디쯤에서 국수 찾고, 냄비 챙기는)

은 호   누나.. 지서준.. 그거 너무 신경 쓰지 마.

단 이   끝났어. 이제 괜찮아. / 생각해보니까 이해돼. 너도 입장 바꿔 생각해봐. 니가 막 어떤 여자한테 호감을 느꼈는데, 걔가 너보다 여덟 살이나 많구, 이혼녀에 애도 있어. 그럼 정이 딱 떨어지지 않겠어?

은 호   (툭) ...난..... 안 떨어지던데.

단 이   (쓱 노려보는)

은 호   난.. 상관없더라구. (해놓고, 얼굴 빨개진다)

단 이   (전혀 눈치 못 채고) 너, 이혼녀도 만나고 다녔니?

은 호   ...

단 이   정신 차려.

은 호   계속 좋아하면 어쩔 건데?

단 이   (말이 끝나기도 전에 등짝 후려갈기고) 정신 차리랬지?!

은 호	(아프다고) 아!!! / 방금 딱 정신이 들었어!!!! 그 여잔 내 맘도 몰라! 어차피 바보라서!

    – 은호, 노려보며 방으로 가버린다.

단 이	야, 물이야, 비빔이야? (쾅-닫히는 은호 방문) 깜짝이야. 어휴.. 쟤 저거 사생활 복잡해서 큰일이야..

S#21. 겨루 출판사, 회의실 앞 (M)

    – 회의실 문에 '주간 회의 11:00~' 종이가 붙어 있다.

S#22. 겨루 출판사, 회의실 (M)

    – 회의 중인 콘텐츠 개발부와 재민, 유선.

송 이	강연주 작가님 산문집 초고 무사히 마무리 됐고요. 오래 걸린 만큼 원고 상태도 괜찮아서 늦어도 다음 주 안엔 '오케이 교정'•이 나올 거 같습니다.
재 민	출간일정은 꽤 남았잖아요? 스케줄 앞당길 수도 있을까요?
은 호	강 작가님 스타일에 맞춰 일부러 넉넉하게 잡은 거라서요. 시간 있는 만큼 꼼꼼히 체크하는 게 나을 것 같은데요.
유 선	당길 수 있으면 당기는 것도 나쁘지 않을 것 같네요. 곧 봄이라서.
영 아	잘 팔리겠어요. 말랑말랑한 감성에세이는 요때 딱 좋잖아요. 봄바람 불기 시작할 때.

• 마지막 교정. 최종교정.

지 홍	(대뜸) 봄!

– 갑작스런 목소리에 일동 한 곳을 보면... 회의에 집중하고 있는 다른 직원들과 달리 비스듬히 앉아 아련하게 창밖 내다보고 있는 지홍이고...

지 홍	(분위기 잔뜩 잡고 시* 읊는) 봄이 혈관 속에 시내처럼 흘러... 돌, 돌, 시내 가차운 언덕에 / 개나리, 진달래, 노오란 배추꽃... / 삼동을 참어온 나는... 풀포기처럼 피어난다...

– 신입사원! 단이, 지율, 훈은 '뭐지?' 싶어 서로 보는데... 나머지 직원들은 '또 시작이네...' 싶은 얼굴로 지홍을 보고.

지 홍	(격정적으로) 즐거운 종달새야! 어느 이랑에서나 즐거웁게 솟쳐라!! / 푸르른 하늘은... 아른아른 높기도 한데... (아련하게 끝맺고, 일동을 돌아보며) 윤.동.주...
승 진	(쯧쯧 혀 차고, 혼잣말) 또 재발하셨네...
단 이	뭐가요?
승 진	팀장님이 병이 깊거든... 잊을 만하면 재발하고... 잊을 만하면 또 재발하고...
훈	(심각) 무슨 병인데요?
광 수	시집병이라고... 시집 내서 출판사 돈 깎아먹는 병 있어...
지 홍	이번엔 그게 아냐.

– 지홍, 미리 준비한 카탈로그를 꺼낸다. 일단 정수기.. 쭈루룩 하나씩 놓는 지홍.

* 윤동주, 「봄」

지 홍	집에 정수기 필요한 사람, 없어?

    – 다들 탁탁 챙겨서 일어난다.

지 홍	고 이사, 정수기 하나..
유 선	(찬바람 쌩쌩 도는 눈으로 도도하게 보는)
지 홍	그래. 있을 거야. 안 사도 돼요, 고 이사는.
유 선	(도도하게 가고)
지 홍	(광수 잡고) 정수기 하나 사자.
광 수	우리집은 물 끓여 먹어요.
지 홍	정수기 하나, (잡고 보니 영아다! 얼른 놓고)
영 아	우리집에 정수기 이미 있어요!!! 전남편이 인류애가 넘쳐서, 정금선 시인이 팔던 정수기에 윤석영 시인이 팔았던 변기에! 유민수 작가가 팔았던 안마의자까지!!!!
은 호	(안됐게 지홍을 보는데)
지 홍	(은호 옆에 바짝 붙으며) 편집장. 우리도 시집 좀 내자. 최 시인 알지? 최형수 시인°.. 이번에 봄에 관한 시를 썼는데, 진짜 죽여... 작품성도 있고! 깊이도 있고!
은 호	(시선 돌려 직원들 보고) 저기 강 작가님 책 일정 좀 당겨보죠. 송대리가 크로스로 봐주고, 배 과장님은 인쇄소 일정 좀 체크해주세요.
해린,광수	네.
지 홍	(씨이... 분통) 출판사가 가난한 작가한테 기부 좀 하면 어떠냐?! 한솥밥 먹는 사람끼리 서로 도와가면서, 같이 좀 잘 먹고 잘 살면 어디 덧나냐고!!! (하다가 재민이 나가자 얼른 짐 챙겨 따라붙는다)

• 5부 4씬의 시인1.

S#23. 대표실 (D)

- 카탈로그 들고 들어오는 재민. 따라 들어오는 지홍.

지홍   돈도 많으면서 하나 사라. 야, 박 시인도 오죽하면 이걸 들고 왔겠
        냐..? 지난 번 낸 시집.. 이백사십 권 팔렸단다. 이백사십 권 팔렸으
        면 박 작가 손에 꼴랑 이십사만 원,

재민   (OL) 박 작가 손에 이십사만 원이면. 출판사는 얼마 벌었겠어? 손
        해봤을 거 아냐?!!!!

지홍   우리는 시집 안 내잖아.. 그러니까 이거 정수기라도,

재민   (OL) 형... 형은 이혼을 당하고도 이래?

지홍   !

재민   자기 성찰 같은 거 쫌 해라, 제발!

지홍   ...

재민   다른 사람 안됐고 불쌍해서 돕고 싶은 거.. 다 좋아. 다 좋은데!!! 전
        후가 있어야지!!! 옆에 있는 사람을 먼저 생각해야 될 거 아냐!!! /
        월차만 냈다 하면 형님 교도소로 면회 가고. 연차 내서는 조카들 데
        리고 유원지나 다니고. / 결혼을 했으면 내 식구부터 챙겨야지!!

지홍   그래.. 내가 우리 찬민이 엄마한테 죄가 많지...

재민   시집 문제도 그래? 시집 냈다 하면 출판사 손해란 거 뻔히 알면서.
        팀장이나 돼가지고 계절 바뀔 때마다 시집 내자- 시집 내자- /
        형!! 철 좀 들어라.. 진짜..

- 지홍, 화를 삭이며, 조용히 카탈로그 두고 나가는데... 문 앞에 서류
  들고 서 있는 영아를 보고 흠칫 놀라는 지홍.. 다 들었나..? 싶은데.
  영아, 아무 말 없이 대표 방으로. 지홍, 영아 보고 어깨 축 쳐져서
  간다.

영아   (재민에게) 아까 회의가 이상하게 끝나서. (서류 책상에 올리며) 〈라
        스트코너〉 서점 반응이구요. 이제 하루에 열 부 겨우 나갈 때도 있

어요.

재 민　출간하고 한 달 다 됐으니까... 거의 수명 끝났다고 봐야겠네요..

영 아　그래도 이대로 손 놓기엔 좀 아까워서요. 좀 색다른 방향으로 마케팅을 생각해봤어요. 검토 한번 해주시구요.

재 민　(넘겨보는데)

영 아　근데요.. 대표님.

재 민　(멈추고 보는)

영 아　방금까지는 마케팅 팀장으로 한 말이구요. 제가 형수님으로서도 좀 할 말이 있어서요.

재 민　네.. 하세요..

영 아　봉지홍이 우습냐? 이혼당하고, 쪼다 같이 기죽어 있으니까 우스워?!!!!

재 민　(앗)

영 아　(눈가 잔뜩 붉어져서) 내 전남편이 월급 차압당해서 니가 굶고 살았냐고!!! / 정수기 안 사면 될 거 아냐!!! 시집 안 내면 될 거 아냐?!!! 근데, 니가 뭔데 형 운운하면서 정신 차리라 마라야! / 내가 봉지홍한테 질릴 대로 질려서 나가떨어졌어도 그 사람 좋은 사람인 건 (목이 탁 막혀서) 내가.. 다 아는데. 그 사람이 나빠서 헤어진 것도 아닌데!!! 그냥.. 그 사람 마누라로 살기가 힘들어서.. 그래서 헤어진 건데. 니가 뭔데, 남의 이혼에.. (더 이상 말 못 잇고 운다)

재 민　(짠하게 보다가 티슈 뽑아서 준다)

영 아　(한참 막막하게 서서 감정 추스르다가..) 미안합니다. 대표님..

재 민　괜찮습니다. 형수님..

S#24. 탕비실 (D)

　　　- 지율과 훈이 커피를 마신다.

지 율　너 진짜 우리 엄마한테 그렇게 말했어? 나 데리고 확 사라져버린

	다고??
훈	응. 잘했지?
지율	우리 엄마 완전 충격 받았어! 너 같은 놈은 처음이래!
훈	그래. 맞아. 오지율! 넌 완전 신세계를 만난 거야. 이때까지 니가 만

훈   응. 잘했지?

지율   우리 엄마 완전 충격 받았어! 너 같은 놈은 처음이래!

훈   그래. 맞아. 오지율! 넌 완전 신세계를 만난 거야. 이때까지 니가 만
        난 그렇고 그런 놈들과는 달라! 난, 니네 엄마가 집까지 찾아와서
        겁을 줘도 물러나지 않아!!!

지율   사귀는 거 아니잖아. 우리.

훈   그니까, 넌 날 이용해!! 내가 이용 당해줄게!!!!

지율   (응?)

훈   나를 맘껏 이용해서 찾아. 너의 자유. / 너네 엄마 내가 정말 너 데
        리고 어디 가버릴까 봐 겁먹었잖아. 당분간 니 사생활 간섭 안 하실
        거 아냐?!

지율   어, 정말 그러네?

훈   엄마가 또 간섭하잖아. 그럼 나한테 또 말해. 내가 정말 너 데리고
        사라져줄 테니까.

지율   (감격) 야... 박훈... 날 위해서 그렇게까지... 고마워!! (덥석 훈 끌어
        안고)

훈   (갑자기 안겨 굳은, 당황) 어우, 야... 감동한 니 맘은 잘 알겠는데...

S#25. 콘텐츠 개발부 (D)

- 신나서 들어와 자리에 앉는 지율. 뒤이어 수줍음 모드로 들어와 자
  리에 앉는 훈. 훈, 탕비실에서 가지고 온 견과류 먹으며 지율을 흘
  깃대며 싱글대는 훈인데... 그런 훈을 발견한 옆자리 승진.

승진   뭐 기분 좋은 일 있냐?

훈   맛있는 걸 먹어 그런 모양입니다. (견과류 건네며) 드실래요?

- 견과류 먹어보는 승진. 맛있네... 하며 계속 먹고.

- 단이, 서류를 가지고 영아의 자리로 간다.

단 이   저... 블로그 콘텐츠로 하나 생각해본 게 있는데요.

영 아   (단이를 보면)

단 이   카드뉴스 형식이요.

영 아   카드뉴스? 아, 뭔지 알겠다. 요즘 인터넷 뉴스기사 보면 카드처럼
         이미지로 뉴스를 정리해놓은 기사들 말하는 거죠?

단 이   (끄덕이고) 이렇게요.

- 단이, 준비해온 서류들을 책상 위에 주르르 꺼내놓는다. 카드뉴스
  형태로 정리한 책 소개글.

단 이   일반 뉴스보다 카드뉴스가 시각적으로 눈에 더 잘 들어오니까 인기
         가 많더라구요. 그걸 책 홍보에도 적용해보면 어떨까 싶어서요.

해 린   (가서 보는) 일종의 예고편 같은 거네요. 한 장 한 장 볼 수 있는 카
         드 형태라 블로그 외에 다른 SNS에도 좋겠어요.

영 아   (끄덕끄덕) 괜찮다. 책 정서에 따라 사진을 쓰냐, 일러스트를 쓰냐
         선택할 수도 있고. 흥미 유발도 되고.

해 린   박정식 작가 때도 그렇고 단이 씨 아이디어 되게 좋은데요?

단 이   (배시시) 감사합니다.

은 호   (그런 단이 미소로 보고)

영 아   그럼 이 형태로 SNS 고정콘텐츠 새로 만드는 걸로 할게요.

단 이   (조금 긴장해서) 저, 팀장님. 편집장님. 이 고정콘텐츠, 제가 맡아서
         해봐도 될까요?

영 아   괜찮겠어요? 업무지원팀 일만 해도 많은데.

단 이   할 수 있습니다. 기회만 주시면요.

은 호   (보는)

영 아   (쿨하게) 그래요, 한번 해봐요. 할 수 있다는데 기회 정도는 줘야지.

단 이   (좋아서) 감사합니다! 열심히 하겠습니다!

은 호   (그런 단이 따뜻하게 보는데)

영 아	그런 의미에서.. 자기.. 오늘 나랑 클럽 안 갈래?
단 이	클럽..이요?
영 아	(옷차림 보고) 오늘은 안 되겠다. 다음에 가자. 화끈하게 입구 와.
단 이	(웃는)

– 일각. 직원들 일정 적는 게시판에 무언가를 적는 봉지홍. 지나가다 보는 재민. 지홍은 '최형수 시인과 점심'이라고 적어놓는 중이다.

재 민	아, 형--!!!!
지 홍	뭐? 뭐?
재 민	왜 밥을 사줘? 우리 출판사에서 책 낼 사람도 아닌데!
지 홍	시집은 안 내도 산문집은 낼 수 있잖아!
재 민	최형수, 산문 안 돼! 잡지에 연재하던 거, 일 년도 못 돼 짤린 거 몰라?
지 홍	야, 그건 패션지니까 그랬던 거고.
재 민	그냥 회사 북카페로 불러 이야기 해.
지 홍	용인에 사는 애를 커피 한잔 멕이자고 여기까지 부르냐?!!!!

– 직원들. 모두 본다.. 소란에 유선도 나와 보는.

재 민	우리가 자선사업 하냐?!!! 우리도 먹고살아야 할 거 아냐!!!!
지 홍	그놈의 돈, 돈, 안 하면 니가 대표님 아닌 줄 알까 봐 그래?!
재 민	그래. 대표라서 난 월급날 다가오면 피가 바짝 바짝 말라! 직원들 월급은 땅 파서 주냐?!!!!
지 홍	누가 땅 파서 주래? 땅 파서 줄 거였으면 니가 이 사업을 했겠어? / 베스트셀러에 우리 출판사 책 다섯 권이나 들어가 있더라!!! 거기서 번 돈, 가난한 작가들한테 밥 좀 사주면 안 되냐고!!!
재 민	백반 이상은 사주지 마. 분명히 말했다. 백반 이상은 안 된다고.

– 하고 가버린다. 지홍, 노려보는. 은호, "팀장님.." 하고 지홍 쪽으로 가는데. 지홍이 은호를 홱 뿌리친다. "놔 봐."

지홍	야, 김재민!!!
재민	(그냥 가려는데)
지홍	(홱 돌려세우고) 안 쓴다. 안 써!!!! (지갑에서 법인카드 꺼내서 바닥에 내팽개치며) 법인카드 안 쓴다고!!!!! 내 돈으로 밥 사줄 거야. 한우 사 멕일 거야!!! (하고 간다)
은호	(법인카드 주워서 따라가는)
재민	어휴.. 저런 것도 팀장이라고.
지홍	(듣고 돌아온다) 니가 뽑았어. 새끼야. 사장이면 다냐? (감자 먹이며) 에라이 뿡이다. 그러니까 사람들이 너한테 장사꾼이라구 하는 거야, 새꺄. / 제발 인간으로 살자, 우리! 그래도 우리가 책 만드는 사람인데, 짐승으로 살면 되겠냐?!!!
재민	(화가 나서 죽을 것 같고) 뭐, 뭐, 짐승?!!!
은호	대표님도 그만하세요.
유선	(고개 절레절레 흔들며 안으로)
영아	(아무렇지도 않게 일하고)
재민	(저만치 가는 지홍과 뒤따르는 은호를 보며) 참.. 갈 길이 멀다. 멀어..

S#26. 엘리베이터 앞 (D)

    – 걸어오는 지홍. 뒤따라오는 은호.

은호	팀장님.
지홍	미안하다.. 팀장이 돼 가지구.. 직원들 다 있는데서.
은호	최 시인 동네로 가실 거죠? (지갑에서 카드 주며) 제 카드 쓰세요..
지홍	(보다가.. 면목 없지만.. 받는다) 그래.. 내가 자존심에 법인카드는 못 쓰겠다..
은호	최 시인 만나면 산문집 이야기 한번 해보세요. 컨셉 잘 잡아서 같이 만들어보게요.
지홍	산문집도 안 된대잖아, 대표놈이!

은 호	제가 설득할게요. 컨셉도 우리 편집부에서 같이 잡구요.
지 홍	우리 출판사.. 시집.. 정말 안 낼 거야?
은 호	....돈이.. 너무 안 되잖아요.. 손해만 안 봐도 어떻게 해보겠는데... 우리가 문학 전문 출판사도 아니구...
지 홍	다 죽는다... 어려워서 안 내고, 안 팔려서 안 내고, 안 팔릴 거 같으니까 안 내고... 그러다.. 시가 죽어. 시가 이 세상에서 사라져..
은 호	(토닥이며) 저 미팅 하나 있는데, 마치고 바로 갈게요.. 최 시인 안 본 지도 좀 돼서.. / 술 한잔 하죠, 같이.

- 지홍, 끄덕이고.. 은호, 등을 몇 번 토닥이며 엘리베이터 태운다..

S#27. 최 시인 동네 (D)

- 지홍, 걸어가며 전화를 한다. 전화를 안 받는다. 음성메시지로 넘어가는 전화..

지 홍	최 작가.. 난데 왜 전화를 안 받아? / 오늘 나랑 약속 있는 거 알지? 거기로 가지 말고.. 고깃집으로 와.. 거기 왜 최 시인 집 사거리 슈퍼 옆에 한우집 있지? 거기로 와. 내가 오늘 한우 사줄게. / 일단 메시지 확인하면 전화부터 해.

- 지홍, 끊고 바지런히 걸어간다.

S#28. 한우집 (D)

- 자리에 앉는 지홍. 직원이 와서 메뉴판을 주면,

지 홍	꽃등심 이인분이요. 아, 고기는 일행 오면 주시고요. 일단 맥주 한

병부터.

S#29. 겨루 출판사 일각 (D)

- 단이 일하다가 문득 생각한다.
- 플래시백, 앞 씬. 이혼했다고 말하니 나이프, 포크 떨어트리던 서준, 아이 있다고 말하니 물 뿜어내던 서준.. 나이 이야기했을 때 딸꾹질 하던 서준..
- 서운하고 속상한 단이, 핸드폰을 열어본다. 부재중 전화도 없다.

단 이   영영 끝인 거야. 그날이 마지막이었어.

S#30. 어느 병원 복도 (D)

- 서준, 암병동* 앞에 앉아 있다. 핸드폰 열었다 닫았다 하는. 망설이다가 '강단이' 이름 띄워본다.

서 준   아, 뭐라고 하냐, 진짜... (스스로 생각해도 어이가 없는데)
간호사   지인영 씨 보호자분.
서 준   네. (하고 핸드폰 넣고 가는 데서)

S#31. 겨루 출판사 일각 (D)

단 이   나아쁜―놈. (핸드폰 꺼버린다) 이제 니가 전화해도 안 받아.

• 서준모 정기검진 온 상태.

S#32. 대형마트 (D)

　　　 - 은호가 카트 가득 장을 보고 있다. 화장지, 라면 한 박스, 쌀 10킬로 그램 등등 생필품이 가득이다. 포장된 삼겹살도 몇 개 카트에 넣고, 계산대로.

S#33. 한우집 (D)

　　　 - 맥주를 컵에 따라보려 하는데.. 이미 다 마셨다.. 전화를 해보는 지홍. 어전히 음성메시지로 넘어가고..

지 홍　　　왜.. 전화를 안 받지..?

S#34. 다세대 주택가 (D)

　　　 - 낡은 다세대 주택가를 걸어오는 지홍.

지 홍　　　어디야.. 이 골목 맞는 거 같은데..

　　　 - 일각. 차 트렁크에서 라면 박스 등등 꺼내놓는 은호. 이걸 어떻게 갖고 올라가지? 싶은데.. 저만치 지홍이 보이고.

은 호　　　팀장님! 최 작가님은요?
지 홍　　　전화를 안 받아. 식당에서 내내 기다리다가.. 왔는데.
은 호　　　집에 계신가? (물건들) 이거부터 집 앞에 내려놓고 가려고 했더니..
지 홍　　　최 시인 줄려고?
은 호　　　그냥 오는 길에 좀 샀어요..
지 홍　　　그래.. 최 시인 좋아하겠네.. (나눠 들며) 집엔 있겠지?

379

S#35. 어느 다세대 주택 (D)

     – 옥탑방으로 올라가는 계단으로 향하는 은호와 지홍. 김치통과 쌀이
       든 봉지를 들고 뒤어어 올라가려던 주인 아줌마..

주인아줌마	우리 옥탑방 작가님 찾아 왔나 봐요?
은 호	(인사) 네. 안녕하세요..
주인아줌마	(마트 봉지 보고) 당분간 배곯을 일은 없겠네. 방에 틀어박혀 글만 쓰는 거 참 딱했는데.. 이렇게 챙겨주는 사람도 있었네. (은호 차림새 쪽 보고) 사실 월세도 석 달이나 밀렸는데, 재촉을 못 하겠어.
은호,지홍	....
주인아줌마	나도 김치랑 쌀이랑 좀 챙겨왔는데. / 우리 딸이 애를 낳아서.. 산후조리 해주느라 대전을 좀 갔다 왔는데.. 잘 지내는지 모르겠네..

S#36. 최 시인의 옥탑방 앞 (D)

     – 지홍이 문을 두드린다. 최 시인.. 최 작가.. 형수야.. 불러본다.

은 호	집에 없나 봐요. 팀장님. 그냥 놓고 가시죠.. (물건들)
지 홍	그럴까? 아니.. 저 삼겹살 괜찮을까?
주인아줌마	요즘 날씨에 괜찮을 거예요.. (하며 김치도 내려놓는데, 문득) 문 한 번 열어볼까? 가만 있어봐.. (하며 열쇠 꺼내고)
은호,지홍	(보는데)
주인아줌마	(여러 개의 열쇠 중에 옥탑 열쇠 찾아서 꽂는다.. 문 열며) 최 작가..

     – 주인아줌마, 들어서고.. 은호, 지홍 따라 들어서는데. 주인아줌마, 어
       딘가를 보다가 아이쿠! 하고 주저앉는다. 놀라서... 입을 막는 은호..
       지홍.. 어딘가를 보며 굳어 있는데... 그 위로, 119 구급대 소리 얹
       힌다.

S#37. 대표실 + 다세대 주택가 (D)

- 재민, 일하다가 지홍이 놓고 간 카탈로그가 보인다. 심란하다. 들고
   펼쳐보는데.. 핸드폰이 울린다. 봉지홍 팀장이다.

재 민   (받는) 어.. 형.

- 뒤로 구급차 보이고.. 전화하는 지홍. 그 옆에 착잡하게 서 있는 은호.

지 홍   재민아...

재 민   형.. 아깐 내가 잘못했어.. 최 시인하고 밥 먹은 건 경비처리해.. / 차
   편집장이랑 이야기 했으니까, 최 시인한테 산문집 한번 이야기 해
   보고..

지 홍   재민아..

재 민   ?

지 홍   최 시인.. 죽었다.. (엉엉 운다) 은호가 라면이며 쌀이며 바리바리
   사들고 왔는데.. 애가 축 늘어져서... 숨을 안 쉬어.. / 내가 한우 사멕
   일려고 했는데.. 전에 만났을 때 고기 못 사준 게 마음에 걸려서... /
   재민아... 최 시인 냉장고에 김치쪼가리 하나 없어... / 내가 며칠만
   일찍 왔어도... (목이 메어 말을 더 못 잇는 데서)

S#38. 화장터 (D) - 다른 날

- 화장터 한쪽에 세워져 있는 최형수의 영정. 검정 양복을 입은 지홍,
   재민, 은호..
- 지홍, 많이 울었는지, 눈가가 붉고. 지홍을 토닥이는 재민이고..
- 플래시백. 5부 4씬.

시인1   잘 쓰면 뭘 합니까? 아무도 읽지를 않는데... 내 시는 공짜야. 인터넷
   에 막 돌아다녀. 그냥. / 못된 것들이 시집 한 권을 통째로 옮겨놨

어! (젓가락을 식탁에 내리꽂듯이) 시 하나에 백 원씩만 팔아도 그
게 얼마야?!!!

– 은호, 최형수의 영정사진을 본다.

은호(E)   최형수. 그에겐 이혼한 아내가 있었고, 아이는 없었다. 고혈압과 근
무력증 지병을 앓고 있었지만, 형제들이 부검을 원치 않아 정확한
사인은 알 수 없다. 그의 장례비는 김재민 대표가 지불했다.

S#39. 화장터, 유택동산* (D)

– 지흥. 유골분 뿌리는 곳에 유골함을 조심스레 놓는다. 은호, 유골함
열어 역시 조심스럽게 한지에 쌓여 있는 유골분을 꺼내고. 그 옆에
서 있는 지흥과 재민.

은호(E)   그는 1975년 10월 31일에 태어났다.

– 인서트, 서울 신문 가판대 앞에서 신문 펼쳐보며,
최형수   아버지. 오늘자 제일일보 보셨어요? 저 당선 됐어요! 제가 쓴 시가
당선 됐다고요. 신문에 제 시가 실렸어요. 문화면에 보면...
은호(E)   서른 살에 제일일보 신춘문예에 당선되며 데뷔했다.

– 인서트, 자동차 AS센터 앞. 작업복을 입은 형에게 시집을 내미는 최
형수.
최형수   (이미 주눅 든 느낌이고) 이번에 두 번째 시집이 나와 가지구..
형   (마뜩찮게 시집 넘겨보는)
최형수   맨 뒤에 평론이 실려 있는데.. 한번 읽어봐. 형. 평론 쓴 사람이 연세

• 화장터에 설치된 산골할 수 있는 장소

대 국문과 교순데 내 시에 대해서,

형   (OL) 너 언제까지 이렇게 살래? 누가 요즘 이런 글을 읽는다고!! /
             이거 내봤자 돈 안 된다며!!!

최형수   (멋쩍게 웃으며) 시를 누가 돈 벌라고 써...

형   먹고살기도 힘든 판국에. / 기술이라도 배워서 먹고살아야지. (뒤편
             가리키며) 여기 너보다 한참 더 어린애들도 기술 좀 배워보겠다고
             아등바등하는데. 넌 세상이 우습냐? 만만해?

최형수   (이런 식의 상처가 너무 익숙하지만.. 그래도 항변해보는) 형.. 나도
             아등바등 썼어... // 그거 그냥 써지는 글.. 아니야, 형..

형   (한심하게 보다가) 야. 너, 가. 그리고 다시는 이런 거 들고 오지 마.
             (쓰레기통에 툭 던지고 간다)

             – 눈가가 젖어서 형의 뒷모습을 보며 쓰레기통에서 시집을 꺼내 먼지
               툭툭 털어내는.. 최형수 위로,

은호(E)   그는 세 권의 시집과 한 권의 산문집을 펴냈다. 각종 잡지에 에세이
             를 연재하기도 했다.

             – 인서트, 어느 아파트. 앞이 안 보일 정도로 택배 상자들 가득 들고
               가는 최형수.

은호(E)   그의 수입은 인세와 간간이 했던 아르바이트 등을 포함해서 연봉
             오백만 원이 채 되지 않았다. (아파트 입구로 들어가려다가 택배 상
             자들 놓치며 엉덩방아 찧는 최형수) 그나마도 자꾸 넘어지고 쓰러
             지는 근무력증과 고혈압으로 인한 병원비, 약값 탓에 그의 수중에
             얼마가 있었는지는 가늠조차 할 수 없다. (얼른 택배 상자들 줍는
             최형수) 직업란에 시인이라고 써봤자.. 대출도 안됐고 신용카드도
             만들 수 없었다..

             – 인서트, 어느 세차장. 작업복 차림으로 한쪽 구석에 쪼그리고 앉아
               시를 쓰고 있는 최형수. 문득.. 슬픈 얼굴로 빈 세차장을 본다..

은호(E)	가끔.. 아무도 원하지 않는 글을 혼자 쓰고 있다는 생각이 들었지만.. 그래도 그는 써야만 했다. 시는 매일 그의 마음을 쿵쿵 두드렸고, 그는 그것을 꺼내봐야만 했다.. 그렇게 태어난 사람이었고, 그래야만 살 수 있었던 사람이었다. / 세상은 그렇게 아름다운 사람 하나를 잃었다.

– 은호가 골분을 싼 한지를 펼치고... 지홍이 한줌 쥐어 뿌린다.. "형수야..!" 이름 부르며 우는 지홍.. 그런 지홍의 곁에 서 있는 재민과 은호에서..

S#40. 겨루 출판사 외경 (D)

S#41. 콘텐츠 개발부 (D)

– 은호는 없다. 지홍의 자리가 비어 있다. 영아, 일하다가 그쪽으로 시선이 가면.. 한참 쳐다보며 심란한. 단이 다가와서,

단 이	팀장님.
영 아	(정신 차리고) 어..
단 이	신간 중에 다섯 개 골라서 카드뉴스 정리해봤거든요. 한번 봐주세요.
영 아	(넘겨보는데)

– 지나가던 재민, 지홍의 빈자리 보고 멈추는.

재 민	(해린에게, 빈자리 턱짓으로 가리키며) 며칠째야?
해 린	사흘째요.
재 민	(영아보고) 전화 좀 해봤어요?
영 아	(일하며, 시선 안 주고) 아니요.

재 민	전화 한번 해보세요.
영 아	(말없이 단이가 준 카드뉴스만 넘겨보고)
재 민	서 팀장이 안 가보면 누가 가봐요...
영 아	(카드뉴스 정리한 거 단이 주며) 이대로 진행해도 되겠어요.
단 이	네. 팀장님. (자리로)
재 민	(심란하게 보고 간다)
훈,지율	(얼른 시선 주고받고)
지율(E)	(톡을 한다) 회사가 다 아는 거 같지? 봉 팀장님이랑 서 팀장님 불륜인 거.
훈	(확인하고 지율 보며 끄덕끄덕)
지율(E)	우리 회사 이상해.
훈	(끄덕끄덕. 그러나, 쉿-!)
지 율	(얼른 고개 끄덕이는데, 책상 앞에 턱 쌓이는 원고! 보면)
해 린	신인들이 투고한 원고들인데, 괜찮은 거 있나 봐요. 보고서도 작성하고.
지 율	보고서는 어떻게..
해 린	(보다가) 저는 오지율 씨에게 일을 가르쳐드리진 않습니다. / 일을 배울 생각이 없어 보여서요.
지 율	아니 제가 일을 배우고 싶은지 아닌지 어떻게 대리님이 아세요?
단 이	(긴장)
해 린	일이 배우고 싶으면 먼저 그 전에 선배들이 쓴 보고서들을 찾아보겠죠! 손쉽게 나한테 물을 게 아니라.
지 율	..그 보고서는 어디 가서 보는데요?
해 린	(찌릿-! 그것도 내가 가르쳐줘야 해?)
지 율	....
해 린	(일하면)
단 이	(쪽지를 지율에게 건네고 어디론가 간다)
단이(E)	(쪽지 보는 지율의 위로) 사내 도서관에 있어요. 따라와요.

S#42. 사내 도서관 (D)

    – 도서관 구석에 '독자투고 관리'라고 적힌 서류들 있고. 단이와 함께 넘겨보는 지율.

지 율   별거 아니네, 뭐. / 저자 이름 적고, 줄거리 간략하게 적고, 출간 안 하는 사유 적고, 출판할 원고는 추천 이유 적고.. 마지막에 반려메일 보내면 되고. (치) 이게 뭐 별거라고.

단 이   양이 너무 많던데. 다 읽을 수 있겠어요? / 내가 좀 읽어줄까요?

지 율   (이상하게 보며) 강단이 씨는 계약직이라서 월급도 작다면서.. 왜 자꾸 일을 더 만들어서 하려고 해요?

단 이   뭐든 배워놓으면 쓸 일이 생기니까. 하나를 알게 되면 다른 것도 보이고. 다른 게 보이면 더 앞으로 나갈 수도 있고.. 뭐 그래서요..

지 율   난 그렇게 살기 싫은데.

단 이   (웃고) 원고 반은 내가 읽을게요. 신인작가들은 어떤 글을 쓰나 궁금하기도 하고.

지 율   진짜요? 그러면 정말 대박 감사!! (활짝 웃는)

S#43. 탕비실 (D)

    – 해린과 커피 마시고 있는 은호.

해 린   서희수 작가님! 그저께가 마감이었다? 그것도 나랑 세 번이나 약속을 어기고, 다시 잡은 마감이야. 근데 지금까지 원고를 안 줘. 전화도 없어. / 그래서 내가 전화를 해볼까, 망설이고 있는데.

은 호   전화하지 마. 좀 더 기다려.

해 린   방금 트위터에 뭐라고 올라온 줄 아세요? 딱 세 글자. 심심해! / 심심해. 심심하다니! 그럼 원고를 쓰시든가!!! 지금 심심할 시간이 어딨어? 마감이 그저껜데! 손가락에 모터를 달아도 시원찮을 판국에.

심심해에?

은 호   (픽 웃고) 작업실에 갇혀 있으면 심심해.

해 린   같은 작가라고 편들어?

은 호   그거 힘들단 소리야. 힘든데 징징대봤자 맨날 같은 소리고, 누가 우리더러 작가되랬어? 우리가 스스로 된 거라서 하소연할 데도 없고. 그래서 그렇게 쓰는 거야. 심심하다고.

해 린   (어이없어서) 하여간 글 쓰는 인간들이란...

은 호   내가 작가라서 아는데. 가만 둬. 원고 제때 못 넘기면 제일 괴로운 게 작가니까.

해 린   (치, 하고 커피 한 모금 마시다가, 툭-) 저녁 같이 먹자.

은 호   싫은데? / 바빠.

해 린   (흘기다가, 얼굴 앞에 핑거스냅 한번 하고) 나랑 저녁 같이 먹게 될 걸? 방금 내가 최면 걸었어.

은 호   나 오늘 약속 있거든?

해 린   나랑 같이 저녁 먹게 될 거거든?

S#44. 거리 (N)

- 쇼핑백 하나를 든 서준이 걸어가며 전화를 하고 있다.

서 준   꽃집이죠? / 꽃 주문을 좀 할까 하구요. 저 삼십 분쯤 후에 도착하는데, 바로 받을 수 있겠죠?

S#45. 팟캐스트 스튜디오 (N)

- 녹음실 밖. 음향 엔지니어, 시그널 음악 튼다.
- 녹음실 안. 헤드셋 쓰고 마주 앉아 있는 은호와 유명숙(70대/여) 작가.

| 은 호 | 차은호의 〈종이 밖 책 이야기〉, 이제 본격적으로 시작하겠습니다. 오늘 모신 특별한 초대손님은.. 지난번 예고한 대로, 심리소설의 대가이신, 바로 유명숙 작가님이십니다! / 안녕하세요, 작가님. |

- 은호, 유명숙에게 말하란 신호 공손하게 보내고. 유명숙, 앞에 놓인 마이크를 두 손으로 살포시 붙잡고 조곤조곤 말하기 시작한다.

유명숙	안녕하세요. 청취자 여러분. 저는 유명숙입니다.
은 호	(따뜻하게 보며) 작가님, 드디어 저희 방송에 나오셨어요. 얼마나 기다렸는지 모릅니다.
유명숙	따뜻하게 맞아줘서 고마워요.. 세상이 너무 달라졌어요. 옛날엔 작가는 집에 콕 박혀서 글만 쓰면 됐는데, 요즘은 낭독회다, 사인회다, 다녀야 하고.
은 호	그래도 이렇게 독자분들과 직접 만나시는 건 좋으시잖아요.
유명숙	몰라. 난 숨어서 글만 썼으면 좋겠어.
은 호	듣고 계시죠? 이제 유 작가님 마음 편해지셨어요. 저한테 반말 하셨거든요.
유명숙	우리 차 작가 엄청 어릴 때 봤어요. 대학교 갓 졸업했을 땐가?
은 호	졸업하기 전입니다. 선생님.
유명숙	우리집 앞에 한강으로 난 산책로가 있어서 차 작가가 자주 왔었어요. 어린애가 늙은이 상대하기 힘들었을 텐데, 발 맞춰 걸어주고.
은 호	그럼, 이제 책 이야기 좀 해볼까요..

S#46. 꽃집 앞 (N)

- 서준이 걸어와 꽃집 안으로 들어간다.

S#47. 꽃집 (N)

- 꽃다발 포장 마친 점원, 뿌듯한 표정으로 탁자 위에 곱게 올려놓으면서.

점 원   (미소) 다 됐습니다.

- 서준, 마음에 든다는 듯 보며 꽃다발 집어들려는데,

해린(E)   그거 제가 주문한 건데요.

- 서준, 보면 해린이 한쪽에 앉아 있다가 일어선다.

점 원   저분 껀데..

서 준   아.. 이거 제가 주문한 건데.. 보라색 리시안셔스랑 유칼립투스 섞은 거.

해 린   (지갑 꺼내며) 네. 제가 주문한 꽃이 바로 그거, (하다가 서준을 문득 올려다본다)

- 플래시백, 4부 22씬.

해 린   (설핏 웃고) 참, 선배. 지서준 알아봤다? 선배가 말한 그 디자이너.

해 린   (가방에서 태블릿 꺼내서 거치대에 올린다.) 잘생겼죠?

- 태블릿의 그 얼굴과 똑같다!!!

해린(E)   지서준이잖아!!!

점 원   전화로 주문하신 분이시죠? 지금 그건 만들고 있는 중인데.

해 린   잠깐만요. (하고 꽃다발 서준에게 내밀며) 양보할게요.

서 준   왜요? 난 기다렸다가 (막 포장지 위에 얹힌 꽃 보며) 저거 가져가면 되는데.

해 린	(꽃 들어서 턱 안겨주며) 저한테 신세 지셨어요.
서 준	처음보는 분께 신세 지고 싶은 마음 없는데요.
해 린	앞으로 자주 보게 될지도 모르잖아요. 그때 갚아요.
서 준	(갸웃, 하며 카드 꺼내서 점원에게 건네는)
해 린	(유명숙 작가한테 가는구나!!! 나도 같은 곳인데)
서 준	어쨌든 고마워요. (하고 나가고)
해 린	(보다가 고개 돌려, 점원에게) 저건 취소해주세요. 전 그냥 갈게요. 같은 사람 만나러 가는 거거든요. (하고 뛰어나간다)

S#48. 중국집 안 (N)

- 유명숙과 원탁에 앉아 있는 은호. (은호 옆 빈 의자엔 육필원고 보따리가 있고)
- 은호, 미리 준비해온 화장품이 든 선물 쇼핑백을 유명숙에게 건넨다.

유명숙	어머. 이게 뭐야?
은 호	선생님 생각나서 하나 샀어요.
유명숙	(쇼핑백 열어 보면 화장품이다. 케이스 열어보며) 이런 걸 뭐하러 사와...
은 호	좋은 거니까 열심히 바르세요. 다 쓰시면 제가 또 사드릴게요.
유명숙	고마워.
은 호	(메뉴판 가져와) 전에 드셨던 거 괜찮죠? 그때 좋아하셨는데.
유명숙	그걸 다 기억하구...
은 호	(직원 불러, 메뉴판 가리키며) 이인분이요.
유명숙	아냐. 사인분이야.
은 호	누가 또 와요?
유명숙	(웃으며) 비밀.

S#49. 거리 일각 (N)

- 걸어가는 서준. 뒤따르는 해린. 서준, 어느 건물로 들어서려다가, 문
  득 해린을 본다.

서 준	뭡니까? 왜 따라오죠?
해 린	누가 따라왔다고.. / 제가 치한으로 보이세요?
서 준	아니.. 치한은 아니구요..
해 린	그렇게 보셨네. / 실수하셨네, 나한테.
서 준	아니.. 치한으로 안 봤어요.
해 린	한 번은 신세, 한 번은 실수. 두 번 같아요. (하고 건물로 쑥 들어간다)
서 준	(이상한 여잘세? 보다가 뒤따라 건물로)

S#50. 이층에 있는 중국집 (N)

- 계단을 올라와 이층 중국집으로 들어서는 해린. 뒤이어 오다가, 들
  어가는 해린을 보고 "뭐야.. 진짜.." 하는 서준이고.

S#51. 중국집 안 (N)

- 들어서는 해린. 은호와 유명숙 보고.. 뒤에서 껴안으며, "선생님..!"
  하며 들어가고.

은 호	뭐야, 너야?
해 린	(앉으며) 잘 지내셨어요?
유명숙	응. 우리 송 편집자는?
해 린	그럭저럭이요. (앉으며 은호에게 핑거스냅 해 보이며) 내가 나랑 저녁 같이 먹게 될 거랬죠?

은 호	(웃고) 다른 한 명은 누구, (하다가 들어서는 서준을 보고 딱 굳고)
유명숙	어, 저기 오네..? 이리 와. 지 작가.
해 린	(웃으며) 또 보네요?
은 호	(구면?)
해 린	오다가 꽃집에서 만났어요.
서 준	(꽃 내밀며) 탈고 축하드립니다. 선생님.
유명숙	내가 좋아하는 꽃이잖아!!
서 준	(앉고)
은 호	(지서준 못마땅하게 노려보고)
서 준	원고는 어딨어요? (하다가 빈 의자에 놓인 원고 보따리 보고) 저도 구경 좀... (하고 손 가져가려는데)
은호,해린	(얼른 양쪽에서 막으며) 으허!!!
해 린	부정 타요.
은 호	다른 출판사 분이.
서 준	(싱글) 선생님, 이분들 저랑 일할 생각없나 봐요. (보따리) 못 만지게 하고.
해 린	저희랑 일하시게요? (보따리 가져가려 하며) 만지세요. 살짝.
은 호	(해린 손 탁 때리고) 안 돼.
서 준	(은호 보고 웃음)
유명숙	다들 구면이구나. 그럼 이야기가 쉽겠네. 내 책 지서준 작가가 디자인 했으면 하는데.
서 준	아뇨. 아직 결정 안 했어요. 선생님. (해린, 은호) 두 분 하는 거 보구요.
유명숙	잘해드려.. 내 책에 딱 맞는 디자이너야.
은 호	(후..... 싫은데, 저 녀석)
해 린	(서준에게) 신세 갚아요. 실수도 갚고. 이번 일 하는 걸로.
은 호	나도 결정 안 했어. 송해린. 일단 원고부터 봐야 돼. (하고 서준 보고)
서 준	(자신 있다는 듯, 싱긋)

S#52. 거리 (N)

- 택시에 올라탄 유명숙 배웅하는 은호, 서준, 해린. 택시 떠나고..

은 호	넌 어떻게 갈 거야?
해 린	근천데, 걸어가면 되지 뭐. / 먼저 갈게. 선배. 원고는 내일 회사로 갖고 올 거지? 대표님 보여드려야 하잖아.
은 호	(보따리 내려보며, 끄덕이고) 조심해서 가.
해 린	(서준에게) 또 봬요.. (하고 간다)

- 은호, 서준과 말없이 서 있다가.. 아무 인사도 없이 차로, 간다. 리모콘 들어 누르는데.

서 준	같이 가죠. 같은 동넨데.
은 호	(돌아보는)
서 준	단이 씨도 좀 만날 겸.
은 호	강단이는 왜요? / 안 보는 거 아닌가, 이제?
서 준	왜 안 봐요? (쇼핑백) 선물도 갖고 왔는데?
은 호	(일단 육필원고 보따리 뒷좌석에 넣고, 차 문 닫고. 잠깐 생각하다가) 난 두 사람 만나는 거 싫은데.
서 준	말 참 짧네?
은 호	그쪽도 짧은데, 지금?
서 준	먼저 짧게 한 사람이 먼저 높여야 하는 거 아닌가?
은 호	야. 강단이 만나지 마.
서 준	싫다고 했잖아.
은 호	놀랐다며? 강단이에 대해 제대로 알고.
서 준	나이프 떨어뜨린 거, 사례들린 거, 딸꾹질. 다 우연이야.
은 호	(피식) 안 돼. 그 정도 맘으로는. 우연이 그렇게 세 번이나 세트로 오는 건 니 무의식이야. 넌 온 몸으로 강단이를 못 받아들이는 거라고. (하고 운전석에 올라탄다)

S#53. 은호의 차 안 (N)

— 은호, 운전석에 앉아 안전벨트 매는데. 조수석에 턱 들어와 앉는 서준. 은호, 어이없다는 듯이 보면,

서 준	같이 갑시다. 단이 씨가 전화를 안 받아서 그래요. (안전벨트)
은 호	차단했을 거예요. 아마.
서 준	만나서 물어보죠, 그럼.
은 호	너 스물아홉이라며?
서 준	근데?
은 호	나 너보다 세 살이나 많아.
서 준	나이가 무슨 상관이야. / 그쪽이 누나라고 부르는 사람을 내가 만날 건데!! 나는 나이프 떨어트린 그 순간부터, 나이 같은 건 이제 잊었어!
은 호	(하! 이 새끼, 강적이네...)

S#54. 은호의 집 앞 (N)

— 와서 서는 은호의 차. 은호가 차 안에서 집을 올려다본다. 집에 불이 켜져 있다..

은호(E)	강단이가 집에 없길 바랐다..
서 준	(집 한번 보고 내린다)
은 호	(그대로 앉아서) 난 이성, 지성, 양심, 도덕, 이런 걸 버려야 돼. 저 자식을 태우고 오면 안됐어. 곧 후회할 거야. (한숨 쉬고 내린다)

— 은호 나오면, 서준이 쇼핑백을 내민다.

서 준	단이 씨 줘요. 그리고 나 여기서 기다린다고 전해줘요.

| 은 호 | (말없이 탁- 채어 들고 안으로) |
| 서 준 | (보는 데서) |

S#55. 은호의 집, 거실 (N)

– 은호, 들어오면 단이가 욕실에서 나온다. 은호, 단이 보고 멈칫. 자기도 모르게 쇼핑백 뒤로 숨기고.

단 이	유명숙 작가님 육필원고는 받았어?
은 호	....
단 이	(뒤에 감춘 거) 그거 유 선생님 육필원고지? 나도 구경 좀.
은 호	아냐. 아니야!! (높이 치켜들며) 원고는 차에 있어. 육필원고면 이게 이렇게 가볍겠냐?
단 이	그건 뭐야, 그럼.
은 호	....내 꺼야. (하고 그대로 치켜들고 방으로)

S#56. 은호의 방 (N)

– 은호, 와서 침대로 가서 앉는다. 한숨. 쇼핑백을 본다. 안에 든 걸 본다. 인형이다. 꺼내본다. 대파인형*이다. 은호.. 마음이 복잡하다. 은호, 창가의 커튼을 열어 밖을 본다. 서준이 단이를 기다리고 있다..

| 은 호 | 밤새도록 기다려봐라. 강단이는 안 나가니까. |

– 하고, 은호가 인형을 장롱 안에 넣어버린다. 코트를 벗어 걸고, 장롱

* 서준이 직접 디자인해서 만든 것.

문을 닫는데..

지성은호(E)	차은호. 옳지 않아..
은 호	(또 나타났냐? 한숨 쉬고, 보면.. 그가 또 와 있고)
지성은호	강단이도 지서준 좋아해. 백 프로야.
은 호	그래서 뭐. 어쩌라고-.
지성은호	사랑은 소유가 아냐. 니가 가지고 싶다고 가질 수 있는 것도 아니고.
은 호	됐어. 난 벌써.. 그런 짓 한번 했다가 내내 후회했어.

　　　　　－ 플래시백, 1부 14씬. 웨딩드레스 입은 단이와 예식장으로 돌아가던
　　　　　　은호..

은 호	그때.. 강단이를 안 보냈어야 했어.. 다시는 후회 안 할 거야.
지성은호	나도 그거 아는데... 좋아한다니까, 강단이가. / 계속 핸드폰만 본 거 알잖아.. 지서준 전화 기다렸어. 강단이.
은 호	......

S#57. 은호의 집, 거실 (N)

　　　　　－ 은호가 인형을 뒤에 감추고 나온다. 단이가 주방에 서서 쌀을 씻어
　　　　　　솥에 안치다가 돌아본다.

단 이	왜? 아침 하려던 참인데.
은 호	(말없이 인형 내밀고)
단 이	뭐야.. 그게.. (하고 와서 인형을 받고) 대파 씨네? / 이거 어디서 났어?
은 호	...지서준이 줬어.
단 이	(놀라서 인형 보는)
은 호	나가봐. 밖에 지서준이 기다려.

단 이	(밝아져서) ..정말? 어디서 만났는데?
은 호	그건 지서준한테 물어봐.
단 이	(얼굴 만지며) 야, 나 괜찮냐? 다행히 화장을 안 지웠어!!! 하늘이 도왔어!! 괜찮지, 나? 거울. 거울 어딨어? (허둥지둥, 적당히 거울 앞으로)
은 호	(진짜 슬프고 짜증난다)
단 이	나, 나갔다 올게. (인형 든 채로 나간다)
은 호	....

S#58. 은호의 집 앞 (N)

– 현관문 여는 소리에.. 돌아보는 서준. 단이가 인형을 들고 뛰어나온
다. 웃으며 보는 서준.. 대문으로 나오는 단이..

S#59. 은호의 집, 거실 (N)

– 은호, 그런 둘을 본다.. 둘이 마주 보고 웃는다.. 인형을 보여주는 단
이.. 보고 웃는 서준.. 무슨 말을 하는지 표정이 밝다.. 창가에 서서
그런 단이와 서준을 보는 서글픈 얼굴의 은호에서, 7부 엔딩!!!

꼬리말

시인이 죽고 우는 지홍의 옆에 앉은 은호 (37씬)

우리는 모두 저마다의 고독 속에서 꿋꿋이

가지를 뻗어나가는 나무들이다.

태울 듯 내리쬐는 태양과 전부를 뒤흔드는 태풍 속에서도

지지 않고 싹을 틔워내고 열매를 맺는 나무들이다.

그렇게 우리는 모두 저마다 인생이란

나이테를 깊게 새겨나가는, 아름다운 나무들이다.

서준과 레스토랑에서 데이트할 때의 단이 (12씬)

아직도 가끔 떠오른다.

내가 은호의 생명을 구하고 병원에 갓 입원했을 때.

휠체어를 타고 나가는 것도 버거워 병실에만 있어야 했던 그때.

양팔 무겁게 과자며 만화책을 가져오면서도

이따금씩 소중히 꺾어왔던 들풀 몇 송이.

그 꽃송이를 내밀던 작은 손과 수줍게 웃던 내 기여운 꼬붕의 얼굴.

날 저절로 웃음 짓게 만드는 추억.

카드뉴스 제안하는 단이를 보는 은호 (25씬)

내 시선의 끝엔 항상 강단이가 있다.

혼자서 빛나는 법을 잘 아는 사람.

항상 열심히 행복할 줄 아는 사람.

항상 같은 자리에서 반짝이는 북극성 같은 사람.

서준과 독립서점 데이트하는 단이 (11씬)

손 뻗으면 닿을 곳에 있는 누군가의 삶.

귓가에 속삭이듯 들려오는 이야기들.

하나하나 시선을 마주하며 교감할 수 있는 시간들.

작은 서점을 사랑할 수밖에 없는 이유들.

은호 차에 함께 탄 은호와 서준 (53씬)

어떤 관계는 원치 않아도 맺어지기 마련이다.

그리고 자신도 모르게 맺어진 인연은 얼기설기 이어진

세상 속 어떤 비밀을 푸는 열쇠가 되기도 한다.

서준과 데이트 후 단이와 은호 (13씬)

한 사람이 다른 한 사람에게 기쁨, 설렘, 질투, 고통, 아픔...

그 모든 감정들을 가르쳐주는 일은 쉽지 않은 일이다.

하지만 나는 강단이를 통해 그런 단어들의 뜻을 배웠다.

하나하나 허투루 지나치는 법 없이. 깊고 아프게. 못 견딜 정도로 다정하게.

집 앞까지 찾아온 서준을 만난 단이 (58씬)

삼십칠 년을 살고 다시, 내가 좋아하는 게 뭔지, 나를 기쁘게 하는 게

뭔지 찾아나가고 있다. '강단이' 내 이름으로 불리는 게 기쁘다.

새로운 사람과 만나는 게 즐겁다. 문득문득 웃는 나를 발견하고 놀란다.

강단이, 요즘 웃는 날이 많구나. 그렇게 나를 다시 알아가고 있다.

8부

그 뜨거운 손길은
꿈이었을까?

S#1. 은호의 집 앞 (N)

－ 7부 58씬 상황, 이어서. 단이가 인형을 들고 나와 대문 앞에 선다. 웃으며 단이를 맞는 서준. 단이가 '인형 받았어요.' 하듯 보여주고.

서 준　　나, 기다렸어요?

단 이　　아니.. 뭐.. 기다린 건 아니지만.

서 준　　(인형) 그거, 내가 스케치해서 제작한 건데. 아직까지는 세상에 하나밖에 없는 인형.

단 이　　네. 마음에 들어요.

－ 하는데, 현관문 열렸다 닫히는 소리. 문 쪽으로 돌아보는 단이와 서준. 은호가 단이의 점퍼나 코트 같은 것 들고 걸어온다. 은호가 다가와 단이 위에 점퍼를 푹 씌운다.

은 호　　추워. 겉옷도 안 입고 나가냐?

단 이　　어. 고마워..

은 호　　(서준 한번 보고, 단이에게 못 박듯) 일찍 들어와. 우리 오늘 영화보기로 했잖아.

단 이　　영화? 무슨 영화? 집에서?

은 호　　(씨.. 웃고 있는 서준에게 자존심 상한 듯 한번 보고, 다시 단이에게) 보기로 했어. 누난 맨날 약속 까먹더라? (다시 한 번) 빨리 와.

내 약속이 먼저야. (하고 인형 뺏으며) 이건 방에 둘게. (하고 집으로)

단 이   (은호가 준 옷에 팔 넣어 제대로 입으며, 가는 은호 한번 흘겨보고) 언제 영활 보기로 했다구...

서 준   좀 걸어도 되죠? 같이 가고 싶은 데가 있는데. (방향) 이쪽이요.

단 이   (같이 걷는다)

은 호   (현관쯤 서서 사라지는 그들을.. 시무룩한 얼굴로 보다가 들어가는)

서 준   유 작가님 책 디자인 내가 할까, 싶어서요. 선생님이 부탁하셔서.

단 이   재밌겠다. 우리 출판사에서도 서준 씨랑 같이 일하고 싶어 하는데.

서 준   나, 그 일 할까요? 단이 씨가 하라면 하구요.

— 서준, 말이 끝나기도 전에 단이가 걸음을 멈춘다. 단이가 호주머니에 막 손을 넣었다. 무슨 생각인지.. 호주머니 안에서 무슨 일이 일어난 건지.. 단이가 따뜻하게.. 먼 곳을 보며 웃는다.. 서준, 왜? 싶어서 단이를 보는데..

서 준   왜 웃어요, 갑자기?

단 이   (웃으며, 그대로 손 넣은 채) 지금 내 호주머니에 뭐가 들었는지 알아요?

서 준   (모르겠다고)

단 이   (웃으며 양손을 꺼내 손에 잡힌 것을 보여준다)

서 준   손난로네요.

단 이   은호가 넣어놨어요. 나, 추울까 봐.

— 인서트, 단이 방. 은호가 대파인형을 단이 침대에 놓는다. 그 위로,

서준(E)   차 작가님.. 생각보다 따뜻한 사람이네요..?!

단 이   (끄덕끄덕) 은호는.. 좀 신기한 애예요..

S#2. 은호의 집, 서재 (N)

    – 은호가 책꽂이 앞에 서서 건성으로 책을 꺼내 본다. 단이 생각에 답
    답한지, 다시 덮고 원래대로 꽂아놓고. 손으로 책을 훑다가 어느 책
    꺼내는데.. 툭 떨어지는 해린의 편지. 〈13〉이라고 쓰여 있는. 바닥에
    떨어진 편지를 복잡하게 보는 은호. 그 위로,

단이(E)   알고 지낸 지 이십 년이 넘었는데.. 친동생 같은 앤데도.. 무슨 생각
    을 하는지 잘 모르겠어요.

    – 은호, 해린의 편지를 주워 본다.. 생각 많은 얼굴로 한참 보다가 펼
    치지도 않고 다시 해린이 숨겨놓은 원래 위치에 둔다.

S#3. 동네 거리 (N)

단 이   어떨 땐 진짜 얼음 조각 같이 차가운데. 어떨 땐 더없이 따뜻하고.

    – 플래시백, 7부 6씬. "추워, 밖에." 하며 머플러 둘러주던 은호.

단 이   오늘도 봐요. 나 옷 안 입고 나간 거 알고 (겉옷) 이거 가져오고. (주
    머니에서 손난로) 이것도 넣어놓고.
서 준   (걸으며 듣는)
단 이   나 이혼하고 제일 처음에 든 생각이.. 은호가 알면 속상하겠다.. 그
    거였어요. 이혼하기 전에도 힘들었는데, 은호한테 말을 못 하겠더
    라구요. 은호 마음, 아플까 봐. / 그리구 얼마 전에도 좀 일이 있었
    는데...

    – 인서트, 5부 29씬 상황. 단이가 홍동민이 보낸 메일°을 읽고 있다..
    (그땐 보여주지 않았지만. 이 씬에서 이메일 내용을 보여준다) 단

이의 시선으로 보이는 문장들.. '차은호, 걔 다시는 우리집에 못 오게 해주라. 제발 부탁이야.' '차은호 우리 가게 또 오면 진짜 무슨 일 날지도 몰라.' 그 위로,

단이(E)   분명히 은호가 날 위해 뭔가를 한 것 같은데...

단 이   (걸으며) 고맙다는 말을 하고 싶었는데.. 안 했어요.. / 어차피 고마운 게 한두 개가 아니라서. 나 모르게 또 어디에 신경을 쓰고 있는지, 알 수가 없어서요.

서 준   (끄덕이고) 둘이 어떻게 알게 됐어요?

단 이   우연히요. 좀 사고가 있었어요. 처음엔 어쩌다가 알게 된 건데.. 조금씩 조금씩.. 더 가까워졌어요. 이십 년 동안.

S#4. 은호의 집, 서재 (N)

    – 은호, 펜을 들고 앉아 원고 교정을 보고 있는.
    – 은호의 핸드폰 알람 울리고. 보는 은호.

- 단이야.. 나야. 어느덧 1년이란 시간이 흘렀구나.
  그땐.. 내가 너무 경황이 없었다. 미안하단 말도 제대로 못했지?
  미안해, 단이야.
  앞으로 재희 양육비는 매달 보내줄게. 위자료도 좀 보냈어.
  우리 이혼할 때 위자료 얘기는 끝냈지만.. 아무래도 내 마음이 걸려서.
  부족하겠지만 나한텐 이게 최선이다.
  그리고... 단이야, 정말 미안한데...
  차은호, 걔 다시는 우리집에 못 오게 해주라. 제발 부탁이야.
  너 상처받을까 봐 더 말 못했는데.. 나 사실 캐나다 아니야.
  니가 일일이 다 알아서 좋을 거 없다고 생각했어...
  지금 그때 그 여자랑 한국에서 살고 있어. 와이프가 지금 임신 중이라 엄청 예민하거든.
  차은호 우리 가게 또 오면 진짜 무슨 일 날지도 몰라.
  부탁할게, 단이야. 제발....
  추신. 가게는 와이프 네서 해준 거야. 진짜야.

해린(E)	선배, 지서준 꽃다발 작전 좋았지?
해린(E)	내일 만두 갖고 갈까? 지금 아빠 식당.

– 확인하고 그대로 교정을 보는.

S#5. 해린 부모 식당 (N)

– 손님 나간 테이블 정리하는 해린. 정리 마치고, 한쪽에 서서 핸드폰 확인한다.

해 린	(혼잣말) 답도 없네. 치, 일 얘기 아니라 이거지? (다시 문자 보내려다가 말고) 아니, 지서준 얘기는 일이잖아! 공적인 얘기! 차은호, 퇴근했다고 답도 안 하냐? (핸드폰 노려보는데)
해린모	(다가와 딸을 안됐게 보는) 잘 안 넘어오냐, 편집장?
해 린	(상관 마, 치.. 하고 테이블 치우는데)
해린모	맨날 문자만 보내면 뭐하냐. 결정적인 한방을 날려야지.
해 린	한방이 아니라 여러 방 날려서 숨겨놨어. 어느 날 핵폭탄처럼 터지게.
해린모	뭘 했는데.
해 린	편지 써서.. 선배 서재에 숨겨놨어... 열세 통이나. 언젠가 보겠지, 뭐.
해린모	속 터져.. 그걸로 돼?
해 린	(서운해서 보며) 그럼 어떻게 해야 되는데.
해린모	그 얼굴, 그 몸매로 낳아줬는데, 짝사랑이나 하고 자빠졌냐? 아깝게스리?
해 린	엄마가 선배 몰라서 그래. 얼마나 선을 긋는데! / 뭘 어쨌다가는 정말 나 쳐다도 안 볼 거 같단 말야. 그리고 지금 같이 사는, (하다가 엄마 보고) 상관 마. 엄마도 만난 게 겨우 아버지잖아.
해린모	니 아버지가 어때서?
해 린	(무시) 그래. 두 분 행복하게 오래 사세요.

S#6. 어느 식당 앞 (N)

    – 작고 아담한 식당 앞.

서 준   다 왔어요. (가리키며) 여기예요.

단 이   (보고) 서준 씨 저녁 아직 안 먹었어요?

서 준   원하는 메뉴는 다 해주는 식당. 차도 되고 술도 되요.

    – 서준, 문 열어주면, 단이 먼저 들어서는.

S#7. 식당 안 (N)

    – 바만 있는 원테이블 식당. 따뜻한 느낌의 인테리어.

단 이   (앉아 둘러보며) 동네에 이런 식당이 있는 줄 몰랐어요.

    – 미리 준비한 따뜻한 사케와 개성 있는 안주들 차리는 식당 사장.

서 준   (단이 앞에 놔주며) 집에서 독립하면서 이 동네에서만 살았어요.
                지금이 세 번째 집. 여기도 단골이구요.

단 이   어, 여긴 무조건 이 메뉴예요?

서 준   아니, 그건 아니고 미리 주문해놓은 거요. 전에 따뜻한 사케 잘 마
                시길래.

단 이   맛있겠다.. (젓가락 들어 하나 먹어보고) 맛있어요.

서 준   좋아할 거 같았어요. 근데 나, 이거 만들 줄 아는데. 작년에 여기서
                요리도 배웠거든요.

단 이   그럼 나도 가르쳐줘요. 언제.

서 준   우리 할 거 너무 많다. 파전도 만들어 먹어야 하는데. (옆으로 고개
                내밀며, 단이 보는) 자주 만나야겠어요, 우리.

단 이	(웃으며 시선 피하고.. 사케 들어 마시다가 문득 가는 시선. 작은 예약판에 오늘부터 주르르 일주일간 지서준 이름으로 예약이 되어 있고) 근데 저건, 뭐예요?
서 준	아.. 들켰네.. 오늘 못 만나면 내일 만나려고. 내일도 못 만나면 모레.. / 여기 예약 손님만 받거든요.
단 이	좀 더 애 태울걸 그랬나..? (웃음)
서 준	안 만나주면 어떡하지, 걱정은 됐었어요. 그날.. 하도 실수를 많이 해서.
단 이	...좀.. 놀랐죠?
서 준	음.. 안 놀랐다면 거짓말이고. / 상상도 못했으니까.
단 이	(왠지 미안한데..)
서 준	나이가 잘 가늠이 안됐어요. / 순수해서 그랬나? / 궁금한 건 많지만, 천천히 알아가면 되니까.
단 이	(끄덕이는데)
서 준	그래서 말인데요. 우리 석 달만 만나볼래요?
단 이	!!!

S#8. 은호의 집, 거실 (N)

– 은호, 떨떠름한 얼굴로 TV에서 나오는 영화만 시선 주고 있는데, 혼자 떠들고 있는 단이.

단 이	내가 얼마나 놀랐던지! 너도 생각해봐. 내가 그런 말을 몇 년 만에 들어봤겠니? 옛날에 홍동민이 나한테, 그때가 언제야? 15년도 더 됐을,
은 호	(OL) 그래서 뭐랬어?
단 이	(수줍은 듯 배시시 혼자 웃고)
은 호	(어이없어. 설마 만나겠다는 생각?) 정말 만나볼 거야?

– 인서트, 앞 씬 이어서. 서준, 그렇게 말하고 단이 답을 기다리는데. 단이 사케잔만 만지작만지작..
서 준	잠깐만요. 너무 생각 오래 하지 마요. 나, 그렇게 심각하게 제안한 거 아니니까.
단 이	(이건 또 무슨 소리야? 하고 보는)
서 준	힘 좀 빼고 가볍게-. (하다가 문득 아이디어 떠오른) 이건 어때요? 아침마다 같이 출근하는 거. 퇴근 시간 맞으면 같이 밥 먹는 거.
단 이	회사가 어딘데요?
서 준	월명 출판사요. / 단이 씨네 회사에서 빠르게 걸으면 5분 거리. 우린 한동네 사니까, 딱 좋네요. 아침에 버스 정류장서 만나 같이 가고, 밤엔 시간 맞춰 같이 퇴근하고.
단 이	(재밌겠는데? 점점 가벼운 느낌이고)
서 준	(단이 마음 알아채고) 그럼 내일 아침부터. / 몇 시에 출근해요?

– 다시 거실.

은 호	같이 출근을 한다고? (TV 끄고, 기막혀. 걔 프리랜서인데?) 같이 퇴근을 하구?
단 이	퇴근은 시간이 맞으면.
은 호	(어이없는 놈이네?)
단 이	석 달만 만나자 그럴 땐 살짝 긴장했거든. 뭔가 아직 마음의 준비가 안된 느낌이라서. 근데, 출퇴근 같이 하자니까 그건 또 재밌잖아. 정말 가벼워지더라구.. 걔 나 좋아하는 거지? 그치? (은호 대답할 사이도 없이 북 치고 장구 치고) 솔까, 이게 말이 돼? 강단이 아직 안 죽었단 말이잖아! 내가 아직 괜찮단 말이잖아! 그지? / 옛날에 어떤 영화에서 그랬어. 서른 넘어서 사랑하는 남자를 만날 확률은 핵폭탄 맞는 거 보다 어렵다구. (두 손으로 꽃받침) 근데 날 봐. 내가 좋다잖아. 그것도 이십 대가. 식당도 예약해놓고, (인형) 이것도 만들어오고.
은 호	푼수 나셨네, 푼수 나셨어. / 최근에 기죽어서 좀 얌전해졌나, 했더

니.. 그분이 다시, (기어이 단이한테 등짝 두들겨 맞고) 아!!!

단 이   매를 벌어. / 너 이거 누나한테 얼마나 좋은 일인지 알아? 내 인생에 마지막 연애가 될지도 몰라-!!!

은 호   (화나서 비꼰다) 어. 그럴 거 같애. 이제 곧 할머니잖아. 언제 또 연애를 해보시겠어? / 좋다는 남자들 다 만나봐라--!!

단 이   (노려보는) 말 다했어?

은 호   (심했다..) ..미안해. // 말이 좀 심했어..

단 이   (씨이.. 흘겨보는)

은 호   ...내가 좀.. 아파서.. / 아파서 그래..

단 이   어디가..?

은 호   (한숨 쉬며 고개 숙인다)

단 이   (걱정스러운 듯 은호 머리 만져보고)

은 호   (머리 뒤로 빼며) 왜 이래..

단 이   (자기 머리 만져보고. 온도 손으로.. 갸웃, 다시 은호 이마에 손 대보는) 열은 없는데. (하고 손 떼려는데)

은 호   (손잡아서) 거기 말고 여기. (자기 가슴팍에 단이 손, 끌어와 누르고)

   – 단이, 은호의 가슴에 가 있는 자기 손.. 가까워진 은호의 얼굴을 본다.. 은호, 바짝 긴장한 얼굴로 애타게 쳐다보는데.. 은호, 얼굴 빨개진다.. 그때.. 반전, 갑자기 단이가 은호의 가슴을 더듬더듬.. 만져본다.

단 이   어머, 너 남자다잉? 이거 뭐야. 다 근육이잖아..

은 호   (무슨 말인지 몰라? 화나서 단이 손 밀어서 확 눕히고)

단 이   어어.. (하며 눕혀지는데, 그 위로 바짝 다가온 은호.. 긴장해서 본다)

은 호   ....

단 이   (코앞의 은호를.. 숨도 못 쉬겠고)

은 호   그래. 나 남자야. 제대로 보면 진짜 괜찮은 남자-.

   – 하고 일어나 방으로 들어가는 은호. 단이, 그대로 숨도 못 쉬고 앉

아 있다가.. 은호, 방으로 사라지면 후다닥 일어나는..

단 이   (놀래라..) 아.. 새끼.. 설렐 뻔했네. (가슴) 아우, 심장이야.. 왜 이래..
막 뛰어.. / 미쳤나봐. 남자랑 안 한 지 하도 오래돼서.. (괜히 어질러
진 소파 쿠션 같은 것들 정리하며) 너무 오래 굶었어.. 덥다, 더위..
(휴.. 하고는 화장실 문 열어놓고 불 켜진 거 보며, 은호 방에 대고)
차은호. 너, 화장실 불 안 끄고 다닐 거야?

    – 하는데, 방에서 다시 나오는 은호. 화난 얼굴로 단이 노려본다.

단 이   (왠지 긴장해서) ...불 끄고... 다니라구... (화장실 가리키는)
은 호   (화나서) 사랑은 무슨 사랑이야? 그리고 걔 마음이 뭐가 중요해?
뭐가 신기해, 그게? / 누나 아직 괜찮고. 매력 있고. 남자들 지나가
면서 한번쯤 돌아볼 만큼 이쁜데. / 지서준이 누나 좋아하는 게 뭐
가 그렇게 신기해서 내내 지서준 이야기야?
단 이   ....그게 그렇게 화낼 일이야?!
은 호   그리구. 누나 마음이 중요하잖아. 누나는 그 자식이 좋아? 누난 그
자식이 좋냐구.
단 이   그걸 어떻게 알아? 만나봐야 알지.
은 호   아직 모르겠다면 아니야. 만나봐도 아니라구. (근처 있는 인형 툭
던지듯이 하며) 이딴 게 뭐가 좋다구. 바보같이.
단 이   (왜 저래... 인형 얼른 잡아채며 노려보고)
은 호   (노려보고 다시 방으로 가고)
단 이   (쾅 닫히는 문소리에 찔끔하고 놀라는 데서, F.O)

S#9. 서준의 집, 앞 (M)

    – 서준, 출근 차림. 카메라 들고 문 열고 나오는데.. 금비가 따라 나온다.

서 준	금비야. 안 돼. 형 지금 출근하는 척하고 단이 씨랑 아침 데이트 하고 돌아올 거야. 조금만 기다리구 있어. (하고 금비 쓰다듬고, 밀어 넣고)

S#10. 버스 정류장 + 은호의 차 안 (M)

- 은호가 운전해서 가고 있다. 저만치 버스 정류장에 지서준이 서 있다. 서준 카메라 들고 어디쯤 찰칵 찍고..

은 호	뭐야? 진짜 출퇴근을 같이 하겠다는 거야? / 나는 사람들한테 들킬까 봐 한집에 살면서도 못하는 걸 지서준 저 자식이?!!!

- 버스 정류장 지나치다가 아무래도 안 되겠다. 은호, 브레이크 밟고 차 세운다. 백미러로 지서준을 보다가 내려서 걸어간다.
- 서준, 단이 올 방향으로 고개 내밀고 보다가 시계 보며 시선 돌리는데.. 은호가 걸어오고 있다.

서 준	단이 씬요.
은 호	인사도 안 합니까? 굿모닝도 몰라요?
서 준	(지는 왜 안 해? 노려보다가) 굿모닝...
은 호	....그래요. 좋은 아침입니다.
서 준	단이 씬요.
은 호	그걸 왜 나한테 물어보죠?
서 준	같이 사니까. / 모르면 말구요. (하고 다시 단이 올 길 쪽을)
은 호	이봐 지서준 씨. 사람이 왜 이렇게 유치해?
서 준	뭐가 유치합니까.
은 호	아침에.. 출근이라니. 퇴근을 같이 하다니. / 프리랜서잖아요. 언제부터 출퇴근을 했어요? 월명하고 계약도 끝났으면서.
서 준	설마 그거 단이 씨한테 말했어요?

은 호	안 했어요. 남자로서 뭔가 반칙 쓰는 거 같아서. / 내가 두 사람 만나는 거 방해하는 거 같잖아.
서 준	내가 단이씨 만나는 거 싫다고 했잖아요. 아닌가 봐요?
은 호	싫어. 싫은데. 찌질한 짓은 안 하고 싶다는 거지.
서 준	그럼 모른 척해요. 단이 씨가 데이트 부담스러운 거 같아서 머리 쓴 거니까.
은 호	(덤비듯이 버럭) 부담스러운 게 아니라 부담이야!!!!
서 준	(보는)
은 호	많이 어리잖아!! 강단이가 얼마나 부담스러워 하는지 알아?
서 준	(보다가 어이없고) 왜 이렇게 누나 연애에 관심이 많지?
은 호	관심이 아니라 걱정. 상대가 너무 마음에 안 들어서.
서 준	본인 연애나 잘 하세요.
은 호	……
서 준	(근처 주정차 카메라 가리키며) 삼 분 지났어요. 딱지 끊겼겠다.
은 호	무인카메라 오 분입니다.
서 준	뭐야. 도로에 차 세워놓고, 매너 없이. (고개 돌리다가) 어, 단이 씨 온다.

- 단이가 뛰어오고 있다.

| 은 호 | 넘어지겠네. 뭘 저렇게 뛰어와? |

- 하고, 차로 가는 은호. 차에 탄다. 백미러로 둘이 버스에 타는 거 보인다. 운전석에 뒷머리 한번 찍고.. 아, 돌아버릴 것 같은 은호다..

S#11. 버스 안 (M)

- 단이와 서준이 뒤쪽으로 간다. 2인석 의자 옆 쪽으로 단이 세우고, 그 뒤에 서는 서준인데, 2인석 커플이 정차 버튼 누르고 일어난다.

얼른 앉는 단이와 서준.

    – 단이 가방에서 서준이 7부에서 준 책을 꺼낸다. 서준도 다른 책 꺼
       내다가 웃고. 서준, 이어폰 한쪽 단이 귀에 끼워준다.

단 이   어, 검정치마다.

서 준   좋아해요? 나도 좋아하는데.

단 이   신곡인가 봐요. 되게 좋다.

    – 둘이 음악* 들으며 책 읽으며.. 그렇게 간다.

S#12. 콘텐츠 개발부 (M)

    – 단이가 자리에 앉아 서준이 준 책을 펼친다. 서준의 메모 '2019년,
       달빛 스미는 서점, 강단이 씨의 회사 앞으로 찾아가 전화를 했다.
       함께 이 서점으로 왔고, 이제 곧 저녁을 먹을 것이다. 레스토랑이
       강단이 씨의 마음에 들었으면 좋겠다.' 그 밑에 메모를 적기 시작하
       는 단이. '서준 씨와 함께 아침 출근을 했다. 이 책을 읽으면서. 서준
       씨가 권해준 음악도 책도 다 좋았다'라고 적는데.. 지율이 온다. 얼
       른 가방에서 독자투고 원고와 정리한 문서를 지율에게 주는 단이.

단 이   지율 씨, 독자투고 정리한 거요.

지 율   대박. 세 개나 했어요?

단 이   셋 다 출판하기엔 좀 힘들어 보여요. (앞장에 붙어 있는 레포트 짚
       어 주며) 이 내용대로 반려메일 보내면 될 거 같아요.

지 율   (고맙다) 난 한 권도 못 읽었는데. 점심 살게요.

단 이   재밌었어요. 워낙 읽는 거 좋아해서.

*   검정치마 신곡. 음악감독님과 상의해서 넣어주세요.

– 단이, 지율 업무 준비하는데.. 카메라 뒤쪽으로 이동하면.. 해린이 출근 차림으로 보고 있다.. 오지율!!!! 저걸 그냥..! 싶은 해린. 자리로 걸어간다.

해 린　　좋은 아침!! (하고 지율 한번 노려보고, 앉는데)

지 율　　(단이가 준 독자투고 주며) 대리님. 독자투고 정리한 거요.

해 린　　(세 권 앞쪽에 붙은 레포트 훑어보고) 잘했겠죠... (단이가 했으니까.)

지 율　　주시면 또 읽을게요.

해 린　　알아서 찾아 읽으세요. 오지율 씨는 일을 꼭 시키고 줘야 해요?

지 율　　.....

해 린　　오늘도 뭘 해야 할지 모르겠죠?

지 율　　다른 독자투고 찾아서 읽을까요?

해 린　　(후, 심호흡하고... A4용지 두 장 정도 앞에 있는 것 내밀며) 이번에 출판할 〈당신의 우주〉 저자이력인데, 다시 제대로 알아보고 추가해서 정리해줘요.

지 율　　(받으며) 네...

해 린　　그리고 앞으로 독자투고는 강단이 씨가 맡아서 읽어주세요.

단 이　　네. 대리님.

S#13. 탕비실 (M)

– 단이 탕비실 냉장고 정리하는데.. 해린이 들어와 커피를 내린다.

해 린　　출판할 만한 투고 찾는 거 쉽지 않을 거예요. 긴 시간 투자해서 몇 개나 읽었는데, 건질 게 하나도 없으면 화도 나고.. 이게 뭐하는 짓인가 싶긴 한데.. / 그래도 가끔 정말 괜찮은 원고가 나와요.

단 이　　박정식 작가님도 대리님이 투고원고 중에 찾으신 거라면서요?

해 린　　(뿌듯하다, 끄덕이고) 차은호 편집장님이 그런 말을 했죠. 성실한 편집자는 투고한 원고 중에 해리포터를 찾아낸다–!

단 이	네. 잘 찾아볼게요.
해 린	난 단이 씨 일 욕심내는 거 좋아요.
단 이	네.. (웃는)
해 린	근데 왜 오늘 편집장님 안 오시지? 유 작가님 육필원고 보고 싶은데.

S#14. 콘텐츠 개발부 (D)

– 은호가 보따리를 하나 들고 들어온다.*

영 아	어, 유명숙 작가님 육필원고다!!! (얼른 일어나 은호 쪽으로)
은 호	네. 맞아요. (책상 위에 올려놓고)
단이,해린	(좋아서 마주 보는)

S#15. 대표실 (D)

– 재민, 일하고 있는데.. 내선전화 울리면 스피커폰 누르고.

은호(E)	대표님. 유명숙 작가님께 원고 받아 왔어요.

S#16. 콘텐츠 개발부 (D)

– 은호 책상 쪽으로 다들 기대에 찬 얼굴로 모이는데..

지 율	(얼른 단이 잡고) 육필원고가 뭐예요?

* 지흥 없습니다.

단 이	손으로 원고지에 직접 쓴 원고요.
지 율	헐.. 요즘 세상에요?
단 이	최인호 작가님, 조정래 작가님도 육필원고 쓰셨고.. 박범신 작가님도 최근까지 쓰셨대요. 김훈 선생님은 아직까지 쓰시고. 강병준 선생님도 육필원고셨고.
지 율	(절레절레. 질린다는 듯이)
훈	사무엘 베케트가 쓴 〈고도를 기다리며〉 육필원고는 16억에 팔렸다던데요.
단 이	어, 정말요?
송 이	저거 저거 한 장 살짝.. 킵─ 해두면, 나중에 돈 좀 될 텐데.
단이,지율	(웃고)

― 재민과 유선도 기대가 어린 얼굴로 온다.

재 민	(다가오며) 와.. 묵직하네...?
은 호	(비켜주면)
재 민	(심호흡 하고 두 손 모으고 기도) 대박 나게 하시옵소서!!!! (하고 기운을 모아 보따리에) 얍!!!
유선,은호	(웃고)

― 재민, 조심조심 보따리를 푼다. 원고지*가 가득이다.. 첫 원고지에 제목 '타인들에게'**라고 써 있다. 단이 사람들 틈으로 조심스럽게 발돋움해서 본다.

유 선	제목 좋네. 선생님한테 어울리는 제목이야.
재 민	(끄덕이는데)

* 네이버에 육필원고 검색하시면 작가들의 육필원고가 많이 나와요. 원고지 한 권에 작가이름 인쇄해주세요.
** 유명숙 소설은 8부 대본 뒷부분에 정리해두겠습니다.

승 진	이거 누가 다 옮기는 거예요?
해 린	(얼른) 저요. 저, 저.
유 선	또 송 대리 일 욕심 낸다. 이건 차 편집장 몫이지.
은 호	(웃고)
유 선	옮기는 데 얼마나 걸리겠어요?
은 호	최대한 서둘러봐야죠.
재 민	괜찮겠어? 다른 스케줄도 많은데.
은 호	그래도 저 믿고 주신 원곤데 제가 정리해야죠.
재 민	강단이 씨 붙이자. / 강단이 씨 유명숙 작가 알죠?
단 이	네.
재 민	이거 봐. 우리 업무지원팀 막강하다니까. 모르는 작가가 없고 안 읽은 책이 없어. (은호 가리키며) 한 사람이 읽으며, 교정하고. (강단이) 한 사람은 노트북으로 옮기면 되잖아. 중간중간 확인하고.
유 선	한자도 많은데..
단 이	저 한자 많이 알아요. 이사님.
유 선	그래. 어차피 업무지원이니까.
단 이	(참여하는 것 자체가 설레고) 네. 열심히 편집장님을 도와드리겠습니다!
해 린	크로스로 제가 같이 교정볼게요. 선배가 워낙 빈틈없이 하겠지만.
은 호	(끄덕이고) 그래주면 고맙고.
유 선	어디서 작업하죠? 오며가며 직원들 손 탈 텐데.
재 민	아래층 어린이 콘텐츠팀에 작은 회의실 빈 방 있잖아.
유 선	그냥 레지던스를 하나 얻는 건 어때요?
재 민	그럴까? (은호에게) 그럴래?
은 호	아뇨, 대표님. 집에서 작업할게요.
해 린	(집?)
은 호	최대한 집중해서 작업하고 싶어서요.
해 린	괜찮아요? 강단이 씨가 서포트할 건데?
은 호	(단이에게) 우리집에 오는 거 안 불편하죠, 강단이 씨.
단 이	네.. 편집장님.

재 민	그래. 그럼.
해 린	(여자가 있다고 했는데, 괜찮나?)
영 아	마케팅은 어떻게 잡지? 틀림없이 책이 좋겠지?
유 선	당연하죠.
광 수	제작할 때 뒤편에 육필원고 몇 장 인쇄해서 넣는 게 어때요?
승 진	역시. (엄지 척!)
해 린	그럼 제가 디자이너 지서준을 잡아오겠습니다!
재민,유선,영아	(놀라서 휙 보고, 동시에) 정말?!
은 호	(어쩔 수 없고)
해 린	맡겨주시면 편집장님 교정 끝내기 전에 계약서 받아오겠습니다!
재 민	법인카드 줄게. 꼭 잡아와!!!!
영 아	그런 의미에서... 오늘 나랑 클럽 갈 사람!

– 다들 빠르게 흩어지는데.. 고유선.. 조용히 손을 든다.. 그러나 아무
　도 눈여겨보지 않고.
– 단이도 얼른 자리로 가려는데.. 뭔가가 뒤를 잡아당긴다. 돌아보면,
　영아가 뒷덜미 잡고 있다.

영 아	오늘은 피하지 말지..?
단 이	저.. 그.. 육필원고 작업 지원도 해야 되고..
영 아	다음 주부터 들어갈 거야. 그죠, 편집장님..
은 호	(웃으며 고개 끄덕이고, 보따리 다시 묶는데)
영 아	(단이에게) 그러니까 퇴근하면 나랑 가는 거야. 클럽!
단 이	네...
영 아	(그렇게 말하고 몸 돌려 자리로 가려는데..)
유 선	(떨떠름한 얼굴로 손 들고 있고..)
영 아	(전혀 눈치 못 채고) 왜 그러고 계세요? 팔.. 아프세요..? 어깨??
유 선	(갑자기 겨드랑이를 주먹으로 친다. 다른 팔 들고, 그쪽도 겨드랑이
주먹으로 치고)
영 아	(진지하게) 아, 노폐물 배출? (하며 자기도 치면서 자리로)

S#17. 서준의 집, 거실 (D)

    – 서준, 비밀의 방 앞에 서서 비밀번호 누른다. 번호는 0423이다. 안으로.

S#18. 서준의 집, 비밀의 방 (D)

    – 처음으로 보이는 비밀의 방. 온통 책으로 가득한 방. 한쪽엔 강병준의 책들.. 그리고 한쪽 벽면에 가득 붙어 있는 포스트잇과 메모들.. 책상과 노트북. 작가의 작업실 느낌.
    – 노트북 전원을 누르는 서준인데.. 핸드폰에 문자가 온다. 확인하는 서준.

단이(E)   나, 오늘 퇴근 늦어요. 회사 동료들이랑 어딜 좀 가기로 해서.

    – 서준, 따뜻하게 웃으며 "그럼 오늘은 같이 퇴근 못 하겠네요. 다음 주에 만나요." 하는 보내기 버튼을 누르는데. 해린의 문자가 온다.

해린(E)   도서출판 겨루의 송해린입니다. 저한테 신세와 실수, 갚을 기회를 드릴게요. 언제 만날까요?

    – 플래시백. 7부, 47씬.
해 린   (꽃 들어서 턱 안겨주며) 저한테 신세 지셨어요.
    – 플래시백, 7부 49씬.
해 린   제가 치한으로 보이세요?
해 린   그렇게 보셨네. / 실수하셨네, 나한테.
해 린   한 번은 신세, 한 번은 실수. 두 번 갚아요.

    – 떠올리고 귀엽다는 듯이 픽 웃는 서준.

S#19. 콘텐츠 개발부 (D)

– 은호 옆에 서서 서준의 핸드폰 문자 보여주고 있는 해린.

서준(E)   그래요. 만납시다. 유 작가님 책 이야기도 좀 하고요.

해 린   (계약 할 건가?) 잡을 수 있을 거 같아요. 지서준. 그쪽에서 먼저 유
        작가님 책 이야길 했어!

은 호   잘됐네..

해 린   이번에 딱 코를 낚아채서 계속 우리 출판사 일, 하게 만들어야지!

은 호   그래 보든가.

해 린   근데. (옆에 놓이 보따리 가리키며) 유 작가님 일 정말 집에서 할 거
        야? 집에.. 다른 사람도 있다면서.. 괜찮아? 강단이 씨..

은 호   또 사생활 이야기야?

해 린   (기획안 챙기면서) 알았어. 신경 끌게. (하고 가고)

은 호   (가는 해린 보며 픽 웃는데)

– 단이 책상. 전화벨 울리면 단이, "네 이사님." 하고.

S#20. 이사실 (D)

유 선   (전화) 강단이 씨. 세탁소에서 내 옷 좀 찾아줘.

S#21. 겨루 출판사 일각 (D)

– 책 보는 지율. 떨어진 곳에서 책을 보다가.. 슬금슬금 지율에게 다가
  가는 훈.

훈   (책만 시선 두며, 가볍게) 우리도 클럽 갈까?

지 율	며칠 전에도 친구랑 갔는데.. 그럼 오늘은 너랑 놀까?
훈	(느끼하게 웃으며) 콜-!
송 이	갈려면 강남 미드나잇이라는 데 가봐요.
훈	미드나잇이요?
송 이	오늘이 세 번째 금요일이거든요. 강남표범이 나오는 날.
훈,지율	(마주 보고) 강남표범이요?
송 이	거기 가면 십 년째 세 번째 금요일마다 나타나서 화끈하게 노는 여자가 있대요. 나이도 짐작이 안 되고, 이름도 몰라서 강남표범이라고 불리는 여자. / 그 여자 볼려고 세 번째 금요일마다 남자들이 난리도 아니잖아요. 원나잇도 가끔 한다는 소문 때문에.
지 율	같이 가요. 선배님도.
송 이	안돼요. 난 남자친구 때문에.
훈	남자친구가 못 놀게 해요?
송 이	아뇨. 내가 다른 약속을 잡으면 기회는 이때다, 하고 친구들하고 밤새워 놀기 때문에 같이 있어야 돼요. 혼자 놔두면 안돼요. (하며 가고)
지 율	(안됐게 보며) 집착하나 보다.. 남자친구한테. (훈에게 절레절레)
훈	신경 쓰지 마. 오늘 밤 클럽만 생각해. (적당히 춤추는 시늉)

S#22. 세탁소 (D)

- 옷을 찾는 단이. 그 중에 호피무늬 짧은 반바지 눈에 띄고.

단 이	이거 우리 이사님 옷 맞아요?
세탁소	맞는데요?
단 이	(이런 걸 어디서 입지? 갸웃)

S#23. 어느 클럽 (N)

- 들어서는 훈이와 지율.

지 율   걱정돼!!! 서 팀장님이랑 강단이 씨 만날까 봐!!

훈   걱정하지 마. 입뺀 당할 거야. 입구뺀치. (엑스자 그어 보이고)

S#24. 클럽 입구 (N)

- 클럽 입구가 보이는 길가. 화려한 차림의 사람들이 바글바글한 입구를 긴장한 듯 보는 단이인데... 영아, 그런 단이에게 선글라스 하나를 탁 내민다.

영 아   널 위해 준비한 거야. 긴장하지 마. 우리 아직 살아 있어. (자신도 선글라스 하나 꺼내 쓰고 고개 들며) 당당하게. 오케이?

단 이   (결심한 듯 영아가 준 선글라스 쓰고 따라 고개 들며) 당당하게. 오케이!!

- 마치 런웨이를 걷듯 클럽 입구를 향해 걷는 단이와 영아. 당당하게 걸어가지만, 무언가가 그들을 탁 막는다. 가드다!

가 드   잠깐. 두 분은 안 되시겠는데요?

영 아   왜 안 되는 건데요? / 우리가 뭐 어때서. 나는 그렇다 치고, (단이 내세우며) 내 친구는 모델인데.

단 이   (어설프게 모델포즈)

가 드   죄송한데 저희 클럽이랑 스타일이 안 맞아서... 입장은 어렵습니다.

단 이   (뻘쭘, 영아에게) 그냥 다른 데 가요. 근처 가서 차나 한잔,

영 아   (OL) 그런 게 어딨어?! 들여보내줘요. (윗도리 어깨 정도 벗어 재끼며) 나 오늘 옷도 화끈하게 입었는데!

- 하는데, 뒤쪽에서 "어어, 강남표범이다!" 하는 소리 들리고. 웅성이는 사람들. 뒤돌아보는 단이와 영아. 호피무늬 핫팬츠 입고, 가죽부츠 신고 선그라스 장착한 유선!!! 턱 치켜들고 시선 한 몸에 받으며, 등장. "누나 너무 멋있어요!" "우리 언니 보러왔어요!" 줄 서 있는 20대들, 환호하고.
- 단이와 영아, "강남표범?" 하고 서로 보는데.. 가드 앞까지 걸어오는 유선.

가 드	누님. 오셨습니까?!
유 선	이 사람들, 내 일행인데-.
단이,영아	(헉. 우리가?)
유 선	(선글라스 벗고, 단이와 영아를 본다)
단이,영아	(동시에) 이.. 이사님!!!
유 선	(다시 선글라스 쓰고, 가드에게) 안 돼? 그럼 나도 오늘부터 다른 데 가구.
가 드	아, 들어가십시오. 죄송합니다!!!!!

- 가드 유선 안내하고.. 유선, 도도하게 단이와 영아 한번 보고, '따라와-' 하는 느낌으로 안으로.
- 단이와 영아.. 압도당해서 따라가는.

S#25. 클럽 안 (N)

- 지율과 훈이 춤추고 있다. 지율에게 다가서는 남자들, 춤추며 능숙하게 막아내는 훈. 둘이 신나게 논다.

- 일각. 들어와 미리 세팅된 자리 안내받는 유선. 서 있는 사람들, 유선 가리키며 서로 수군대고. "표범이 왔어!" 어정쩡.. 따라 들어온 영아와 단이.. 가죽 재킷, 확 벗어서 가드에게 던지는 유선. 표정으로

"뭐 해? 안 벗고?" 하며 영아와 단이를 보는. 영아도 벗어 재낀다. 그래봤자 유선에게 턱도 없겠지만.. 어정쩡.. 단이도 외투를 벗어서 맡긴다. 앞에 놓인 술 원샷 하는 유선. 영아도 단이에게 건배하고 원샷. 단이도 에라, 모르겠다, 마시고 죽자- 싶은. 이제 나가자는 턱짓을 하는 유선. 유선이 나가자 서 있던 사람들, 홍해처럼 갈라지며 길을 내주는. 영아와 단이 어정쩡 따라간다. 누군가 탁자 위에 올라가 소리를 지른다. "강남표범이 나타났다!!!!!" 이십 대들 미친 듯이 환호하고..!!!

- 미친 듯 춤추다가.. "표범 왔대!" 하는 훈과 지율. 보는데.. 빛을 받으며 중심부로 들어오는 유선. 양쪽으로 단이와 영아.
- 더욱 빠른 음악으로 바꾸는 DJ!
- 그녀들 알아보고 헉! 하고 마주 보는 훈과 지율. 얼른 팔이나 옷으로 얼굴 가리고.. 구석으로. 그리고 빼꼼 고개 내밀고 보면..
- 조명과 시선을 한눈에 받으며 미친 듯이 춤추기 시작하는 유선!!! 둘러싼 사람들 환호하며 분위기 뜨거워지는데.. 어정쩡 서 있는 영아와 단이를 가운데로 이끄는. 따라 해봐-! 하는 느낌으로 양쪽에 두 여자 세워놓고, 동작을 선보이는. 에라, 모르겠다.. 따라해 보는 영아. 해봤자 막춤이고. 단이도 따라해 본다. 하지만 어설플 뿐이고.
- 그래도 미친 듯이 셋이 논다. 이제 너 나 할 거 없이 막춤의 단계로 넘어간다...
- 훈과 지율. 구석에 숨어서 그런 셋을 본다.. 나가자는 지율.

S#26. 클럽 입구 (N)

- 뛰어나오는 지율. 지하에서 먼저 통 튀어 오르다가... 문득 앞에 서성이고 있던 엄마의 비서를 본다. 얼른 뒤돌아 막 올라온 훈의 팔을 딱 낀다.

훈   왜 이래..

지 율	웃어. 웃어. 열한 시 방향 우리 엄마 비서. / 내 자유가 걸린 문제야.
훈	(얼른 살피면 딴청 피우고 있는 비서!) 그렇다면 이렇게.. (능청스럽게 얼른 지율의 어깨 휘감고)
지 율	(훈의 허리 휘감고) 너랑 난 정말 마음이 잘 맞아.
훈	(웃으며 다정히 내려다보고)
지 율	(다정히 올려다본다)
훈	(가며) 왜 미행하는 거야?
지 율	안 믿기는 거지. 너랑 정말 사랑에 빠졌다는 게.
훈	왜? 내가 얼마나 연기를 리얼하게 했는데.
지 율	응. 너 너무 못생겼잖아. (전혀 주춤거리지 말고)
훈	(멈추고. 보는)
지 율	아니, 나름대로 괜찮은데. 내 타입은 아닐 거라는 거지. 우리 엄마 생각에는.
훈	(씨이..)
지 율	(턱짓으로) 저기서 택시 태워줘.
훈	어. (하고 가며) 택시 타기 전에 뽀뽀도 한번 할까.
지 율	돌았냐.
훈	(헤헤)
비 서	(얼굴 가리고 있던 머플러 내리고 목 빼고 보고, 핸드폰) 네, 사장님. 둘이 사귀는 게 확실한 거 같습니다. (소리 빽 지르는지, 귀에서 핸드폰 떼었다가) 아가씨가 취향이 바뀐 거 같습니다.. 자꾸 보니까 귀여워요, 저 남자도.

S#27. 낚시터 (N)

- 고요한 한밤의 낚시터.. 바람이 횡- 분다. 초췌한 지홍이 낚시의자에 앉아 낚싯대 끝만 보고 앉아 있다.

재민(E)	형, 그동안 결근은 다 연차 처리 했어.

재 민	(이마에 전등. 옆에 낚시의자에 앉아 지홍 쪽을 보며, 만두 정도 먹으며) 그 말 하러 왔어. (턱짓으로) 쟤는 걱정 돼서 따라온 거고.
은 호	(지홍의 다른 사이드에서 책 읽고 있다. 이마의 전등 빛으로) 아닙니다. 안 따라가면 목 조른다고 해서 왔어요.
재 민	(그러거나 말거나, 지홍에게) 다음 주에도 출근 안 하면 내가 형 자를 거야. (목 그으며) 해고.
지 홍	인생사 일장춘몽, 일취지몽, 초로인생, 남가일몽. 헛되고 헛되며 헛되고 헛되니 모든 것이 헛되도다.
은 호	옳으신 말씀. (책 넘기고)
재 민	(한숨 푹 쉬고) 이런다고 죽은 최 시인이 돌아오는 것도 아니고, 형 버린 서 팀장이 받아주는 것도 아니라니까.
은 호	(시선은 책만) 그것도 옳으신 말씀.
지 홍	(말없이 호수만)

S#28. 클럽 앞 (N)

— 하이힐까지 벗고 놀았는지, 힐을 들고 나오는 영아. 그 뒤에 단이, 유선. 차례로 나오고. 영아, 신발 바닥에 내려놓고 신는다.

영 아	우리 이제 어디 갈까?
단 이	저는.. 집으로...
유 선	(OL) 이 차 가야지. 금요일인데.
20대남	(나오며) 누님들 오늘 짱!!! (엄지 들어 보이고)
영 아	(손가락 총 쏘며, 윙크 날리고) 우리 이 차 갈 건데 같이 갈까?
20대남	미안요. 여자친구랑 같이 와서.
20대여	(쪼르르 달려와 노려보며 팔짱끼고 가고)
영 아	(가는 뒷모습 노려보며) 세상에 커플들은 다 헤어졌음 좋겠어...
유 선	(역시 흘기며) 냅둬. 어차피 오래 못 갈 거야...
단 이	저기.. 그럼 저는 집으로...

유 선	(쓱 본다)
단 이	농담 한번 해봤어요. 셋이 캐릭터가 겹치면 재미없으니까. / 이 차 어디로 갈까요, 이사님? 어디든 오늘 밤 이 한 몸, 이사님과 팀장님을 위해 불살라보겠습니다!!!

S#29. 유선의 집 (N)

- 어두운 집에 유선이 들어선다. 비틀거리며 신발을 벗는다.

유 선	들어와. 놀라지들 말고. (불을 켜고 안으로)

- 뒤이어 영아와 단이 들어서고. 엉망진창인 거실이다. 널려 있고 펼쳐져 있고 쌓여 있는 책, 책, 책들. 펼쳐져 있는 그대로 말라 있는 피자. 치킨.. 소파엔 앉을 자리가 없이 걸쳐져 있는 옷들..

단 이	어디 이사 가세요?
영 아	에헤, 무슨 그런 말을. 이사 왔나부지.
유 선	(발로 밀치고, 옷들 치우고) 대충 앉아. (적당히 위스키랑 컵 가져오며) 이사한 지 삼 년 됐는데, 미니멀리즘을 추구하다 보니 이렇게 됐어. 가구들을 대충 버렸더니, 둘 데가 없어? 어차피 혼자 사는 거, 무슨 상관이야.

- 유선 위스키 온더록스 잔에 반이 넘게 따라놓고.

유 선	첫 잔은 원샷.
영 아	안주는.. (하다가 근처 땅콩캔) 여기 있네.. 좋은 거. (먹다 남은 오징어도 어디쯤에서 주워 들고) 곰팡이도 없고.

- 셋, 건배하고. 유선과 영아 원샷한다. 단이는 입만 대었다 떼고 시계

를 보는데.

유 선   왜? 불편해?

단 이   (앗, 하고 얼른 원샷) 아니, 전혀요. 우리집 같아요. 친근하고 편안
         한게.

영 아   불편하지, 이사님. / 야자타임이라도 시원하게 하면 모를까.

유 선   해봐. 그럼, 서 팀장부터.

영 아   ....계급장도 떼야지, 유선아.

유 선   (쿨하게) 그래. 계급장도 떼.

영 아   (단이 쿡 찌르고)

단 이   (조심스럽게 시작해본다) 오늘 재밌었어.. 강남표범.. 멋있더라..

영 아   (쿡 찌르며) 사실 말을 놔도 무섭지? 월요일에 후폭풍 몰아칠까 봐.

유 선   무슨 소리야. 나, 뒤끝 없는 거 몰라?

단 이   맞아. 얘 뒤끝 없이 생겼잖아. (유선에게) 오늘 너 좀 마음에 들어.
         회사선 되게 재수탱이였는데.

유 선   (어이없고)

영 아   밖에서 보니까 만만하다. 집도 엉망이고. 먹을 건 술밖에 없고.

단 이   자주 같이 놀았음 좋겠어. 세 번째 금요일마다.

영 아   그런 의미에서 한잔 더. (하며 원샷 제안하고)

셋   (건배하는데)

유 선   근데, 이혼은 왜 했니, 봉 팀장이랑.

영 아   ..... (멈추고 본다)

단 이   (영아 눈치 보며 유선에게) 야.. 그런 말을 왜 물어, (봐, 하려다가
         유선과 눈 마주치면 얼른 영아에게 고개 돌려) 나도 궁금하다, 왜
         했어?

영 아   (갑자기.. 삐죽삐죽 울 준비...)

유 선   이상하잖아, 갑자기. / 봉 팀장님 없는 집 둘째 아들인 거 몰랐던 것
         도 아니고. / 형 회사 부도나면서 감옥 가구 그 뒷바라지 봉 팀장 차
         진 거 다 이해한다며? 조카 데리고 여행도 다니고, 시조카들이 자기
         자식 같다며? 근데 갑자기 이혼이라니, 이상하잖아.

영아	(눈물 툭 떨어지는데)
단이	(어떡하지.. 유선, 영아 가운데서 눈치 보는데)

S#30. 낚시터 (N)

- 은호, 재민, 지홍 둘러앉아있다. 소주잔 들고. 모닥불 가능하면 있으면 좋겠고.

지홍	나도 몰라.. / 이혼 서류 다 준비해와서 도장 찍으라고 하길래.. // 찍어줬어.. (히고 마시고)

S#31. 유선의 집 (N)

영아	(눈가 완전히 젖어서, 멀리 보다가.. 쓸쓸히..) 내 편이.. / 내 편이 아니었어..

S#32. 지하상가 (D) - 과거

- 이미 쇼핑을 한 듯, 양쪽 가득 쇼핑백 들고 걸어가는 영아와 지홍.

영아	돈은 많이 썼어도 속은 후련하다, 그치? 애들 옷이랑 어머님 내복까지.. (어느 옷 가게 앞에 멈춰서) 돈 더 있으면 형님 코트도 하나 샀으면 좋겠는데..
지홍	됐어. 무슨 형수님 옷까지 챙겨. 생활비도 드리는데.
영아	(코트 만지며) 살까? 형님한테 어울리겠는데. (하는데, 가게 여자 나온다) 이거 얼마에요?
가게녀	십구만 원이요.

영 아	(그렇게까지는 생각 못했다) 지하상가도 비싸구나...
가게녀	(안 사겠다. 흘기며 안으로 들어가고)

    – 영아랑 지홍이 다시 걸어간다.

영 아	(말, 이어가는) 아주버님 생일 돌아오던데..
지 홍	교도소에 있는 사람, 생일이 무슨 대수라고-.
영 아	안에 있는 사람도 걱정이지만 형님이랑 애들이 더 걱정이야.. 입장을 바꿔 생각해봐. 내가 거기 들어가 있는데, 내 생일이 돌아왔다면 당신 기분이 어떻겠어?
지 홍	말도 안 되는 걱정을 왜 해? (하고 걷는데)
영 아	어, 저거 예쁘다.

    – 영아, 신발가게 앞에 나와 있는 여자 신발을 본다.

영 아	(하나 들고, 지홍에게) 이거 이쁘지?
지 홍	(무심히) 예쁘네.. 갖고 싶으면 하나 사.
영 아	(다른 것도) 이것도 이쁘다. 여기 예쁜 거 많다, 여보.

    – 하는데, 나오는 주인남(40대 후반, 우락부락).

영 아	(집어서 보여주며) 이거 얼마예요?
주인남	안에 들어와서 봐요. 더 이쁜 거 많으니까.
영 아	(지홍에게 웃어 보이며) 보구 가자. 나 신발 하나 사야 돼.

S#33. 지하상가, 신발가게 (D) – 과거

    – 자장면쯤 먹고 있었던 주인남, "구경해요." 하고 구석에서 자장면 다시 먹는다.

‒ 지홍 그 옆 어디쯤 앉아서 시집을 펼쳐 읽고.. 영아, 구경한다.

영 아	이거 다 수제예요?
주인남	예.. 다 직접 만든 거예요.
영 아	아.. 그럼 비싸겠다.. (하고 예쁜 거 하나 집어서) 이건 얼마예요?
주인남	살 거면 깎아주고요.
영 아	(발 사이즈, 적당히) 240, 있어요?
주인남	(젓가락 놓고 어디쯤에서 꺼내주고)
영 아	(받아들고, 다른 걸 보면서 다른 것도 집어서) 이건 얼마예요? 이것도 사이즈 있어요?
주인남	(화가 나는 듯 입술 닦으며) 저기요. 마음에 들면 먼저 신어보세요. 이거저거 만지지만 말고.
영 아	(시집만 보고 있는 지홍을 한번 보고는) 아니 가격도 모르고 어떻게...
주인남	왼쪽 건 십구만 원. 오른쪽 건 이십이만 원.
영 아	.....비싸네... (조심스럽게 놓는데)
주인남	요즘 다른 데도 수제는 그 정도 해요. 사지도 않을 거면서 만지작만지작. 첫 손님부터 재수가 없을라니까. / 나가요, 그냥. 나도 안 팔라니까.
영 아	아저씨. 무슨 말을 그렇게 해요?!!!
지 홍	(소리에 조금 성가시다는 듯이 주인남 편들 듯) 그냥 하나 사.
영 아	(서늘해진) 지금 그런 말이 나와? / 아저씨. 뭐가 재수가 없는데요? 가격 물어본 게 뭐가 어때서요?
지 홍	그냥 주세요. 처음 잡았던 거.
영 아	안 사! 안 산다니까!!!

S#34. 지하상가 계단쯤 (D) ‒ 과거

‒ 영아가 화가 나서 걸어오는데. 봉지홍이 따라온다.

433

영아	진짜 기분 나빠. 내가 뭘 얼마나 까다롭게 굴었다구.
지홍	밥 먹는데 짜증났겠지..
영아	(그 말에 서운해서 멈춰 돌아보는데)
지홍	장사하다 보면 별 손님 다 있을 거잖아.
영아	(그 말에 어떤 마음이 들었는지... 어이없는 얼굴로.. 지홍을 서늘하게 본다)
지홍	솔직히 당신 그거 살 마음 없었잖아.. 계속 가격 묻고,
영아	지금 누구 편을 들어? 누굴 감싸?!!!!! 저기 저 지하상가 신발장사가 니 아들이야, 형이야?!!! 처음 보는 놈이 마누라한테 재수가 없니 마니 하는데! 시집이나 읽고 자빠져 있다가.. (눈물이 나와서 말을 못 잇겠다) 내가.. 남이야?!!! 니가 누구 편을 들어야 돼?!!! 니가 이해해야 하는 사람은 그 사람이 아니라 나라고, 나. 니 마누라!!

S#35. 낚시터 (N)

지홍	진짜.. 난 별일 아니라고 생각했거든.. 근데 사람들 오가는 지하상가에서 미친 여자처럼 소리를 지르는데... / 오는 사람 가는 사람 다 쳐다보고... (이거 화난 느낌은 아니에요. 착잡하고 오히려 상처받은 느낌에 가깝습니다)

S#36. 유선의 집 (N)

영아	지한텐 별일 아니었겠지.. 근데 나는.. 그때 딱 깨달았어. 서영아, 인생 헛살았구나... / 이 세상에.. 딱 하나.. 내 편이라고 생각하고.. 죽을 때까지.. 내 옆에 있을 사람이 내 남편 봉지홍이라고 생각했는데... 옆에 있으면 뭐해? 마누라 마음은 단 한순간도 모르는데. / 나도 구두 사고 싶지.. 내 월급이 작아? 구두 하나를 못 사겠어? 왜 안 사는데?! 왜 자꾸 가격을 물어보는데??? (흐느끼다가) 그 마음은

몰라도... 그 집 남자가 재수 없다고 쫓아내려는데, 지가 남편이면.. 내 와이프한테 무슨 말을 그렇게 하냐고... 따져 묻기라도 해야지.. 그래야 남편이지..

S#37. 낚시터 (N)

지 홍   다음날 이혼서류를 만들어왔더라고. 도장 찍으라고 하길래.. / 그래, 내가 영아랑 살면서 잘못한 일이 그 일 하나뿐이겠냐.. (싶어서) / 그래서 찍어줬어. 나 같은 놈 만나서 고생만 했는데, 내가 뭘 어쩌겠어..

S#38. 유선의 집 (N)

    – 영아도 울고 단이도 울고 유선도 울었다.. 유선, 생각해보니 슬프다는 듯이 갑자기 평소의 유선답지 않게 엉엉엉..

영 아   근데 너넨 왜 울어?

유 선   너무 슬퍼..

단 이   (손 들며) 나. 할 말 있어. / 나도 이혼했어.. (흑흑흑)

유 선   결혼을 했었어?

영 아   그건 또 몰랐네..?

단 이   난 더 기구해. 남편이.. 바람나서..

영 아   미친놈. 이렇게 예쁜 앨 두고.

단 이   그치..?? 다시 생각해도 분하고 화나, 정말..

유 선   어떤 년이랑 붙었는데?

단 이   그건 다 지나간 일이야. 근데... / 나는.. 가끔 그때를 떠올리면... 내가 너무 불쌍해..

- 플래시백, 1부 30씬. 동민이 떠나고 혼자 울던 단이..

단 이   그렇게 울어봤자.. 이미 끝난 결혼인데.. 거기서 무슨 희망이 남았다
         고.. 매달려도 보고, 울어도 보고... 그랬던 내가.. 너무 안됐어..

영 아   (티슈 빼서 단이 주고)

단 이   (눈물 닦으며) 이왕 깨진 거 이단옆차기라도 실컷 해주는 건데.

유 선   지금이라도 찾아가서 해.

단 이   같이 가줄래?

유선,영아 응응. (고개 끄덕이고)

유 선   너네는 결혼이라도 해봤잖아. 애도 낳아봤고.

영 아   정희진 작가 오십에 딸 낳았어-.

단 이   그래. 희망을 가져.

유 선   됐어. 어차피 난 그거 싫어서 혼자 살기로 결심한 거니까.

영 아   그래. 그럼 무소의 뿔처럼 혼자 가든가.

유 선   잠깐만. 나 너네한테 보여줄 거 있어.. (하고 방문 열고 사라진다)

영 아   (유선 사라지면) 근데 쟤 은근 귀엽다.

단 이   응. 너도 귀여워.

영 아   (하트)

단 이   (역시 하트 날리는데)

- 유선 방에서 액자 들고 나온다. 결혼사진이다.. 둘에게 내밀고 앉는
  다. 단이 받아서 유선과 함께 보고 헉, 하는.

단이,영아 결혼했었어?

유 선   아니. 웨딩촬영만.

단 이   남자가 죽었어?

영 아   헤어졌겠지..

유 선   날 잡아놓고.. 도망쳤어.

단 이   (사진) 이 새끼가?

유 선   아니. 내가. (해놓고 술 마시고..)

단이,영아	(어이없다는 듯이 보는)
유 선	시월드도 무섭고.. 애 낳아 키우는 것도 무섭고... 공부도 더 하고 싶고.. 일도 잘하고 싶고... 그래서, 혼자 사는 게 낫겠다.. 싶더라고. 나 혼자 화려하게 독신으로 평생 살면 행복하겠구나...
단이,영아	(엉망진창인 주변을 둘러본다)
유 선	그래. 그래서 이렇게 엉망진창으로 살아. 나 혼자서. 아침에 나갈 때도 나 혼자.. 들어올 때도 나 혼자.. 아파도 나 혼자, 슬퍼도 나혼자.. (갑자기 엉엉엉엉)

– 단이와 영아도 갑자기 손을 잡고 운다. 청승이 넘쳐나는 밤이다..

S#39. 은호의 집, 거실 (N)

– 은호가 어두운 집에 들어선다. 불 켜고.. 힘든 밤이었다.. 한숨 쉬는 은호.

은 호	(단이 방으로 가며) 누나.. 누나 들어왔어?

– 하고, 단이 방을 노크한다. "자?" 하며 슬쩍 열어본다. 빈방이다. 다시 닫고,

은 호	(돌아서며, 주머니에서 핸드폰 꺼내는) 아직 안 들어왔, (어? 하려다가 멈추고)

– 은호의 시선이 닿는 곳. 거실 바닥 한곳에 단이가 쓰러져 있다!!!!!

은 호	누나!!!!!! (얼른 달려가 본다)

– 단이 마치 죽은 듯이 고요하다. 놀란 은호, 단이 몸 반만 일으켜 세

위 살펴본다. 단이의 땀에 젖은 머리칼과 가는 호흡에 걱정이 커지는 은호.

은 호   (단이 흔들며) 누나! (애타서, 걱정으로) 누나!! 왜 이래? 누나...

단 이   (여전히 반응 없고, 축 처져서)

은 호   어떡해.. 누나. 누나, 정신 좀 차려봐... 어떡하지? 어, 그래. 119. (핸드폰 들어 119 누르고, 다급한) 거기 119죠? 사람이 쓰러져 있어요! / 여기가, 마포구 연화로..

    – 하는데, 갑자기 들려오는 단이의 드르릉 코 고는 소리. 은호, 으응? 놀라서 단이 보면, 단이가 코를 골고 있다. 그제야 은호 시선으로 보이는 단이의 물건들. 열린 채 엎어져 있는 가방, 아무렇게나 내팽개쳐진 코트, 이쪽저쪽으로 던져진 구두. 미치겠는 은호!

은 호   아니.. 저기.. 죄송합니다.. 괜찮은 것 같아요.. 출동 안 하셔도 돼요. / 아닙니다. 술 먹고 잠이 든 것 같은데.. (듣다가) 장난전화는 아니지만 죄송합니다.

    – 전화 끊고, 귀엽기도 하고 어이없기도 한 마음으로 물끄러미 단이 보는 은호. 낚시터에서는 봉지홍 하소연 다 들어주고... 겨우 집에 왔는데... 울고 싶은 은호다..

S#40. 단이의 방 (N)

    – 방문 열고 들어오는 은호. 품엔 세상 모르고 자고 있는 단이를 안고 있다. 단이를 조심스럽게 침대에 내려놓는 은호. 이불 덮어주고.. 베개도 고여주고, 손도 이불 속으로 넣어주고... 한참 내려 보는 데서, F.O

S#41. 은호의 집 외경 (M)

S#42. 은호의 집, 거실 + 주방 (M)

- 주방에서 해장국을 끓이고 있는 은호. 한 국자 퍼서 간을 본다. 단이가 방문 여는 소리 들리면, 작게 한숨 쉬는 은호.

단 이   은호야....

- 단이, 눈도 못 뜨고 나온다. 앞 씬에 쓰러져 누워 잤던 그 자리쯤에 드러눕고.

단 이   아 속 쓰려. (그대로 눈감고 누운 채) 나 죽을 거 같애..
은 호   (힐끗 보고) 딱 어제 누운 그 자리네. 거기가 명당인가 봐? 진상부리기 좋은 명당.
단 이   (못 들은, 일어나 앉으며) 뭐라구?
은 호   (상 차리며) 와서 밥 먹어.
단 이   (은호 쪽으로 엉금엉금 기어가며) 아무것도 못 먹겠어.
은 호   (컵 들고 와서 먹여주며) 꿀물부터 마셔봐..
단 이   (마시고) 나, 어제 어떻게 들어왔니?
은 호   잘. 너무 잘 들어왔어, 멀-쩡하게.
단 이   어제 고 이사님 때문에 죽는 줄 알았어. 집까지 끌려가서, (하다가 어떤 생각이 떠올랐는지 헉!!!) 어머, 어떡해..
은 호   ?

S#43. 유선의 집 (N) - 어젯밤 상황

유 선   내가 얼마나 잘나갔는지 알아? (웨딩사진) 이거 봐. 진짜 이뻤어.

439

영 아	나도 날렸어. 난 이쁘다고 소문나서 옆 학교에서 구경왔다니까.
단 이	(오징어 다리 하나 물고, 지칠 대로 지쳤다) 얘들아. 근데 우리.. 집에 가자, 이제.. 나 너무 졸려..
유 선	(사진) 이 남자.. 결혼은 했을까...?
영 아	했겠지, 그럼. 지금까지 너만 생각하고 있을까 봐?
단 이	집에 좀 가자....
유 선	왠지 결혼 안 했을 거 같애. 난 지금도 가끔 생각한다? 오다가다 길에서 이 사람 만날 거 같은 그런 느낌.. 있잖아.. / 만약 만나면 그땐.. 정말 운명이라고 생각하고,
단 이	(OL, 고함 빽 지르는) 제발-!!!! 집에 좀 가자고! 너네 둘이 지금 몇 시간째 미친년들 같애!!!
유선,영아	(놀라서)
단 이	(이마로 입김 불어 머리 넘기며) 아 진짜 *나 빡치네, 시*, 청승맞은 *들끼리 모여서 뭐하는 짓거리야. 아무리 내가 신입사원이라 니*들 기분 맞춰준다지만!!*

S#44. 은호의 집, 거실 (M)

 - 단이, 두 손으로 얼굴 감싸 쥐며 미치겠단 표정이다.

은 호	(휴.. 뭔가를 또 했겠지....) 왜? 또 욕했어?
단 이	(끄덕이고) 응. (울고 싶다..)
은 호	에휴. 점점 날라리 강단이로 돌아오는구나.. / 잘 했어. 어차피 이번 생은 망한 거 같으니까 그냥 그렇게 쭉 살아.
단 이	(고개 들어 노려보는)

- 대본으로 차마 쓸 수 없는 *에 다 삐처리-

S#45. 낚시터 입구 (M)

– 들어서는 영아의 소형차.. 영아, 내린다. 황량한 겨울 낚시터를 보는 영아. 뒷좌석에서 커피든 보온병 삐죽 나와 있는 가방을 꺼낸다. 그 옆으로 새벽에 은호가 보낸 핸드폰 문자..

은호(E)   봉 팀장님 낚시터에 계세요. 어젯밤 대표님이랑 함께 뵈러 갔었어요.
은호(E)   혹시 몰라서 주소 보내드립니다. 팀장님.
은호(E)   주말 잘 보내세요.

S#46. 낚시터 (M)

– 작은 버너에 라면을 끓이고 있는 지홍. 대충 휘저어보는데.. 시선으로 들어오는 여자의 발.. 천천히 올려다보면 영아다. 말없이 서로를 본다. 왜 왔는지, 여기 있는 건 어떻게 알았는지 묻지도 말하지도 않는다. 서로를 불쌍하다는 눈으로.. 한참 본다..
– 지홍이 의자 하나를 꺼내어 펼쳐준다. 영아가 앉는다. 영아가 말없이 호수를 본다.
– 지홍이 라면을 떠서 영아에게 내민다. 영아가 받는다. 둘이 라면을 먹는다.
– 시간 경과. 영아가 가져온 커피를 따라서 지홍에게 건넨다. 지홍이 받는다.

영 아   봉 팀장님..
지 홍   (눈가 젖어서. 나를 봉 팀장이라고 부르는구나, 이제)
영 아   출근 하세요. // 먹고는.... 살아야죠. / 최 시인이 죽고, 이혼을 했어도... 살아야죠.. / 찬민이 큰아빠 나올 때까지.. 그쪽 가족도 돌봐야 하고... / 우리 아들.. 찬민이도 있는데.
지 홍   ....

영 아   (커피잔 놓고) 월요일에 회사에서 봅시다.

– 하고, 영아가 일어나서 간다. 지홍.. 가는 영아를 눈가 젖어서 보는
데.. 눈물 그렁그렁한 영아, 뒤도 돌아보지 않고 걸어간다..

S#47. 은호의 집, 몽타주 (D)

– 서재방. 은호가 큰 책상을 중간으로 옮기고, 위를 말끔히 치워놓았
다. 아니면 새 책상을 가운데 들였거나. 뭔가 경건하게 시작하는 느
낌으로. 그 위에 유명숙 작가의 육필원고 보따리를 올려놓는다. 펼
치는 은호.. 잠깐 눈 감는.
– 주방. 단이가 쟁반에 차와 커피포트 담고 물잔 등등 올려서 서재방
으로 들고 간다.
– 서재방. 은호가 노트북이며 육필원고며 연필과 지우개, 빨간펜, 등
등을 세팅한다. 책꽂이에서 한자사전, 국어사전, 맞춤법 책 뽑아내
는 은호. 사전들을 책상 위에 옮겨놓으면, 단이가 쟁반을 들고와 한
쪽에 놓는다. 은호가 의자에 앉는다. 앞에 원고 한뭉치를 덜어내 앞
에 놓는다. 단이가 오디오를 튼다. 이 음악 괜찮지? 하는 느낌으로
은호를 보고... 은호 웃으며 고개 끄덕이고. 단이는 은호의 옆자리,
노트북 앞에 앉는다.
– 은호가 원고를 읽기 시작 한다˚. 한자가 섞인 원고를 막힘없이 읽어
나가고, 단이가 노트북에 은호가 불러주는 대로 다시 입으로 되뇌
며 타이핑한다. 원고는 악필이다. 글자를 못 알아봐서 막히는 은호,
단이에게 보여주고. 자연스러운 문맥에 맞춰 글자를 제대로 읽어내
는 둘이고.. 적당히 모르는 한자가 보이면 둘이서 찾아가면서.
– 다른 날. 역시 서재방. 은호가 원고를 들고 오락가락하며 읽고 단이
가 타이핑하고.
– 다른 날. 서재방 바닥에서 자고 있는 은호. 단이가 인쇄되는 원고들
을 본다.

- 다른 날. 주방에서 단이가 밥을 차리고 있고. 은호는 단이가 인쇄한 원고를 보며 빠르게 교정부호를 적어가며 교정한다. 밥 푸다가 "많이 틀렸어?" 묻는 단이. 은호, 보여주며.. "이렇게 다시 고쳐. 띄어쓰기가 왜 이렇게 엉망이야?" 단이가 하품을 한다. 은호가 "힘들어?" 묻고 웃는다.
- 또 다른 날. 다시 서재방. 은호가 원고를 줄줄이 읽고 단이가 타이핑한다. 단이가 대답이 없자, 다시 한 문장을 읽는 은호.. 그때 은호, 읽기를 멈추고 철렁하는 얼굴.. 고개를 돌려보면 단이가 은호의 어깨에 기대고 잠이 들었다.. 은호가 그대로 단이를 본다.. 가만히 단이가 자게 내버려둔다..

S#48. 어느 카페 (D)

- 서준이 앉아 책을 읽고 있다. 창밖으로 해린이 걸어오다가 창 안의 서준을 발견하고 꾸벅 인사한다. 웃고, 다시 시선을 책으로 주는 서준. 해린이 걸어온다.

해 린   (앉으며) 일찍 오셨네요.
서 준   (책 들어 보이며) 책 좀 읽으려구요.

- 육필원고 〈타인들에게〉 원고: 원고는 한문 표기 중간중간 되어 있어야 합니다.
  내가 태어난 날은 눈이 내렸다고 해요. 눈을 꼭 감은 못생긴 아이. 아주 작고, 마르고, 까만 아이. 당신이 빈 젖을 물려도 나는 입을 열지 않았다고 해요. 나는 울지도 않았대요. 사람들은 八個月(팔개월) 만에 태어난 내가 곧 죽을 거라고 말했대요. 누군가는 나를 엎어놓아야 한다고 말하고, 누군가는 마당에 내놓겠다고 했대요. 당신은 高熱(고열)에 시달리고 있었대요. 밖에 누가 와요. 발자국 소리가 들려요. 男便(남편)이 오고 있는 것 같아요. 당신이 말하자 사람들은 門(문)을 열어요. 그러나 당신의 남편은 그날 오지 않았어요. 당신은 그날이 聖誕節(성탄절)이었다고 記憶(기억)하지만, 나와는 아무런 相關(상관)이 없는 날이에요. 태어나고 싶어서 태어난 것은 아니니까요. / 그 모든 것을 내가 記憶(기억)할 리는 없어요. 모두 당신들이 내게 전해준 이야기지요. 하지만 모든 것이 鮮明(선명)해요. 하얀 눈이 내리는 가난한 마당, 담요에 쌓인 채 장독대 위에 올려진 어린 나, 느린 내 숨소리, 볼에 와 닿으면 녹던 함박눈의 溫度(온도).

해 린	어, 우리 출판사 책*!
서 준	겨루 신간이 궁금해서요.
해 린	어때요?
서 준	생각보단 괜찮은데요. 마저 다 읽어야겠지만.
해 린	(한 손 자신 가슴에 공손히 얹으며) 제가 편집한 책입니다.
서 준	(판권면 펼쳐보고, 괜히) 처음부터 꼼꼼히 읽고 다시 피드백 할게요.
해 린	(자신 있다는 듯) 네, 기대할게요.

– 서준, 픽 웃으면, 따라 웃는 해린.

S#49. 은호의 집, 서재 (D)

– 은호의 어깨에 그대로 기대어 잠든 단이.. 은호, 그대로 있다.. 은호, 조심조심 고개 돌려 단이를 본다. 단이의 얼굴이 코앞에 와 있다. 툭 떨어지려는 단이의 얼굴. 은호가 손으로 받친다. 그리고.. 그렇게 단이의 얼굴을 감싼 손으로.. 단이의 얼굴을 만져본다.. 천천히 머리 카락을 넘겨주다가... 눈썹.. 콧날.. 그리고 입술... 단이의 입술에서 한참을 머무는 은호의 손가락인데... 은호, 망설이다가 단이의 입술 쪽으로 입을 가져가는데... 단이의 핸드폰이 진동으로 울린다!!! 은호, 얼른 바로 앉고, 단이도 그 소리에 깬다. 은호, 원고 보는 척...

단 이	잠들었었나 봐.. (하고 핸드폰으로)

– 서준의 문자가 와 있다.

서준(E)	단이 씨. 나 지금 송해린 대리 만났는데. 유명숙 작가님 책 디자인

• 혼글, 〈내가 소홀했던 것들〉, RHK

　　　　　　　내가 할까요?

서준(E)　　　단이 씨가 하라면 하고요.

　　　　　　－ 단이 답 문자를 보낸다. 그리고 은호를 돌아본다.

단 이　　　　과일 좀 갖고 올까?

은 호　　　　(원고만 보면서, 무심히) 그러든지..

　　　　　　－ 단이가 주방 쪽으로 나가면.. 열린 문으로 가는 단이를 보며 안도의
　　　　　　한숨을 쉬는 은호.

S#50. 어느 카페 (D)

　　　　　　－ 서준이 단이가 보낸 문자를 본다. "해요. 무조건." 보고 웃는 서준
　　　　　　이다.

해 린　　　　이렇게 시작부터 잘 통하면 우리 계약 이야기 잘 되겠다. 그쵸?

서 준　　　　합시다. 계약.

해 린　　　　(그래도 너무 쉽다) 정말이요?

서 준　　　　해야 할 거 같네요. 유 작가님 일은.

해 린　　　　그럼.. 이왕 계약하는 김에.. 두 작품 더 하시는 건 어때요? 다른 작
　　　　　　가님 꺼랑 합해서 세 작품.

서 준　　　　작품은 제가 선택할 수 있어요?

해 린　　　　당연하죠.

서 준　　　　그럼 세 작품..

해 린　　　　(입 딱 벌어지고) 아침에 오늘 눈 온다는 말을 들을 때부터 뭔가 오
　　　　　　늘 이야기가 잘될 것 같았어요.

서 준　　　　눈이 온다구요? (창밖 보는)

해 린　　　　일기예보는 온댔는데. 올 거예요, 내 느낌이 그래요.

– 하는데.. 직원이 메뉴판을 들고 온다.

직 원	주문하시겠습니까? (두 개 나눠주며)
서 준	(하나 펼치며) 커피는 아침에 마셨고..
해 린	(다른 메뉴 보면서) 저도요..
서 준	여기 아포카토,
해 린	(동시에) 전 아포카토,
둘	(마주 보고 웃고)
서 준	그걸로 두 개요.
해 린	저랑 되게 비슷한 취향이신가 봐요..
서 준	그러게요. 일할 때도 마음이 맞으면 좋을 텐데.
해 린	일기예보대로 눈이 오면 일이 잘 된다–에 만 원 걸겠습니다.
서 준	(웃고)

S#51. 은호의 집, 주방 (D)

– 과일이 예쁘게 담겨 있는 접시. 테이블에 올려져 있고, 커피를 내리
는 단이. 문득.. 열린 서재방에서 일하는 은호를 쳐다본다.. 한참.. 그
런 단이 위로,

| 단이(E) | 나는.. 잠들지 않았다... |

– 플래시백, 앞 씬. 단이의 입장. 피곤한 단이..

단이(E)	눈이 조금 아팠고.. 피곤했다.. (은호에게 기대는 단이) 언제나 그랬
	듯 은호의 어깨는 든든하고 편했다.. 그래서.. 잠깐 눈을 감았을 뿐
	인데... (단이의 얼굴을 더듬는 은호의 손길) 그 손은 뭐였지...? 불처
	럼 뜨거웠던 그 손은.

– 주방의 단이.. 은호를 다시 본다. 은호는 단이의 생각도 모른 채, 일
하고 있는 중이다.

| 단이(E) | 그것은 꿈이었을까..? 나는 정말 잠이 들었던 걸까? |

S#52. 어느 카페 (D)

    – 아포카토가 나온다. 먹으며 서로를 보는 서준과 해린.

서 준   (문득 창밖) 어, 눈 온다..
해 린   (창밖을 본다)

    – 그렇게 둘이 눈 내리는 창밖을 본다..

S#53. 은호의 집, 서재 (D)

    – 커피와 과일 쟁반을 들고 들어서는 단이. 문득 멈춰서 창밖을..

단 이   은호야. 밖에 눈 온다.
은 호   (창밖을 돌아본다) 어, 그러네?
단 이   (창밖을)
은 호   (환하게 웃으며) 그럼 커피는 마당에서..

S#54. 은호의 집, 마당 (D)

    – 단이와 은호가 마당의 처마나 테라스에서 커피가 든 머그잔을 들고 서 있다. 눈이 내리는 걸 함께 본다.

단 이   아름답다..
은 호   그래. 아름답네..

    – 단이가 문득 떠올린다.
    – 플래시백. 4부, 51씬.

은 호	(하늘 보며) 달이 너무 예뻐서..
단 이	(올려다보면 슈퍼문이 떠 있다) 그러네..
은 호	(웃으며 다시 달을 올려다본다) 달, 아름답지?
단 이	(다시 올려다본다) 그러게.

단 이	아름답다는 말 들으니까.. 그날 생각난다. / 니가 달이 아름답다고 했던 날. / 니가 SNS에 사진 올렸었잖아.
은 호	(끄덕이며 커피 마시고)

    – 다시 플래시백, 5부, 1씬. 은호의 트위터 화면.

은호(E)	'사랑합니다'라는 말을 '달이 참 아름답네요'라고 말했던 나쓰메 소세키가 생각나는 밤이었습니다.

단 이	그거, 내가 가르쳐준 거잖아. 기억나?
은 호	알아. 그랬어. 나 고등학교 땐가? / 작가 나쓰메 소세키가 학교 선생일 때 제자한테 번역 숙제를 내줬대. 근데 그 제자가 아이러브유를 일본어로 번역하면서, (단이를 보며) 나는 당신을 사랑합니다- 라고 번역해왔었대. 그래서 그 작가가 제자한테 뭐랬냐면.. 일본인은 그런 말 잘 안하니까.. 달이 아름답군요-, 그렇게 번역하는 게 낫겠다고 했다는 말.
단 이	기억하는구나?
은 호	(환하게 웃으며, 늘 단이는 자기 마음 몰랐으므로, 언제나처럼 가볍게) 그래서 내가 누나한테 말했잖아. 달이 아름답다고.
단 이	(어떤 느낌에... 은호를 천천히 보는)

S#55. 어느 카페 (D)

    – 창밖의 눈을 말없이 보고 있는 서준과 해린.

S#56. 은호의 집, 마당 (D)

은 호   지금도 말하잖아. 눈 내리는 거, 아름답다구. / 아름답다, 그치?

단 이   (쿵!!!!!)

     – 은호, 단이를 보며 활짝 웃어 보인다. 단이.. 그런 은호를 보는 단이..
단이 얼어붙어 있는데.. 은호, 환한 얼굴로 단이의 머리 위에 눈송이
떨어지는 걸 본다. 손 가져가 털어주려는데, 긴장해서 그 손 피해서
뒤로 물러나는 단이.

은 호   (그런 단이 재미있게 보며 놀리듯 다가가) 뭐야. 갑자기 내가 남자
로 보여? (툭, 눈 털어주고. 웃으며 다시 눈 내리는 마당으로 시선
주며 커피 마시는데)

단 이   ..너, 혹시.. / 너.. 혹시.. 나 좋아하니?

     – 은호, 천천히 고개 돌려 단이 보는 데서, 8부 엔딩!

 유명숙 작가의 〈타인들에게〉 원고

타인들에게
〈휘파람 소리가 나던 이름을 가졌던 사람에게〉

1 '죽음'이라는 단어를 소리 내어봅니다. 그 단어의 발음은 참으로 묘해요. 생명이란 것이 절연히 닫히는 소리가 나요. 입이 다물어지는 것과 동시에 완전히 모든 것이 끝나는 듯한 그런 발음, 죽음.

2 한 사람의 자살에 대해 세상이 말하는 걸 믿지 못하겠어요. 60대의 강모 씨는 자궁암에 걸렸대요. 항암치료를 고통 속에서 계속 해오다가 다시 재발했다는 말을 의료진으로부터 들었대요. 그래서 자살을 했다고 신문에는 쓰여 있었어요. 또 누군가는 회사가 부도가 나서, 또 누군가는 산후 우울증에 걸려서, 또 누군가는 친구들로부터 왕따를 당해서, 또 누군가는 애인이 변심을 해서 목을 매달고 죽었다고 해요. 말도 안 돼요. 자살의 이유를 설명할 수는 없어요. 어떤 유언장도 그 이유를 말해줄 수는 없어요.

• 원고지에 자필로 떠어쓰기는 은호가 교정 보기 전이니 적당히 교정 전 원고로 준비하시면 되구요.
11부에 낭독회도 있어서 책도 제작해야 합니다. 표지나 책 제작에 관해서는 지서준이 계약한 후에 대본대로 준비해주시면 됩니다.
소설은 제가 쓴 거라서, 부분 부분 우리 드라마의 컬러와 안 맞는 것도 있어서, 육필원고는 전부 준비하되, 색으로 처리한 부분만 은호가 읽거나 낭독회에 노출해주세요.

3 나는 내내 자살 충동에 시달렸어요. 가끔은 베란다의 창을 열고 검은 아스팔트를 내려다보기도 했고, 가끔은 머플러를 연결해 긴 줄을 만들어 욕실의 샤워부스에 매달아보기도 하고, 술에 취해 집으로 돌아오던 어느 밤에는 사차선 교차로에서 혼자 우두커니 서 있기도 했어요. 그래서 당신이 나에게 곧 죽을 것이라고 말해주었을 때도 나는 놀라지 않았어요. 슬프지 않았어요. 끝이 났구나, 드디어. 잘 있어라, 당신들. 잘 있어라, 불안한 밤들아. 나는 당신들을 떠나 저 먼 곳으로 가버리고야 말거니까, 라고 생각했어요.

4 내가 태어난 날은 눈이 내렸다고 해요. 눈을 꼭 감은 못생긴 아이, 아주 작고, 마르고, 까만 아이, 당신이 빈 젖을 물려도 나는 입을 열지 않았다고 해요. 나는 울지도 않았대요. 사람들은 팔개월 만에 태어난 내가 곧 죽을 거라고 말했대요. 누군가는 나를 엎어놓아야 한다고 말하고, 누군가는 마당에 내놓겠다고 했대요. 당신은 고열에 시달리고 있었대요. 밖에 누가 와요, 발자국 소리가 들려요, 남편이 오고 있는 것 같아요, 당신이 말하자 사람들은 문을 열어요. 그러나 당신의 남편은 그날 오지 않았어요. 당신은 그날이 성탄절이었다고 기억하지만, 나와는 아무런 상관이 없는 날이에요. 태어나고 싶어서 태어난 것은 아니니까요.

5 그 모든 것을 내가 기억할 리는 없어요. 모두 당신들이 내게 전해준 이야기
   지요. 하지만 모든 것이 선명해요. 하얀 눈이 내리는 가난한 마당, 담요에
   쌓인 채 장독대 위에 올려진 어린 나, 느린 내 숨소리, 볼에 와 닿으면 녹던
   함박눈의 온도. 아마 멀지 않은 곳에 리기다소나무가 있었을 거예요. 내가
   달빛에 비친 그 그림자를 봤다니까요.

6 군인이었던 당신은 아이가 태어난 다음 날 아침에야 집에 도착해요. 그때
   이미 아이는 마당에 버려져 있었대요. 아이가 죽었나요, 아직 살아 있나요,
   고열에 들뜬 아내는 꿈인 듯 잠인 듯 자꾸 아이의 안부를 물어봐요. 당신은
   그럴 때마다 말없이 눈 내리는 마당을 돌아봐요. 당신은 자주 나에게 와요.
   눈을 감고 있지만 나는 발자국 소리로 당신이라는 것을 알아요. 도장을 찍
   듯 힘을 주어 걸어오는 발걸음, 장독대를 한참 서성일 때는 당신의 호흡이
   가팔라져요. 당신이 젖은 눈동자로 나를 내려다보는 것을 알아요. 힘주어
   꾹 다문 입술의 끝이 작게 떨리는 것을 본 것도 같아요. 여덟 형제의 막내
   로 태어난 당신은 다섯 살에 어머니를 잃었다고 해요. 담 너머 큰형수가 말
   했대요. 이제 어떻게 해도 그 아이는 살리지 못해요. 그 아이는 어차피 죽을
   아이예요. 당신은 그때 처음으로 '어머니가 살아 있었다면…' 이라고 생각했
   대요.

7 나는 사흘 후에도 살아 있었대요.

8 안 믿을 사람 많을기라. 그 추운 디서 사흘을 아무것도 못 먹었는디도 살아
   있었다는 말을 누가 믿긋노? 내가 그 집 마당을 들어갔을 띠는 아가 새파래
   가 얼음덩이가 돼 있었는기라. 야 큰어무이도 어지간히 당황스럽었는지 내
   눈을 못 보더라꼬. 차라리 빨리 죽으라꼬 내논 아가 죽지도 않고 살아 있시
   니 사돈들 보기 안 민구했긋나. 내 딸이사 열이 올라서 죽을동 살동 하고 있
   었다캐도 사우놈은 뭐하고 있었노 말이다. 지 큰형수가 무서워가 꼼짝달싹
   못하는기라. 내가 그 집안 인간들 보란 듯이 말했구마. 이 집안에서는 이 아
   이 죽은 목숨이라 생각하이께 내가 데꼬간다고. 데꼬가서 죽이든지 살리든
   지 우리 집안에서 한번 키워보겠다꼬.

9 당신은 낮술에 취하면 자주 그날의 무용담을 늘어놓아요. 시집간 큰딸의
   아이를 마당에서 구해온 이야기, 친가에서 포기한 목숨을 외가에서 살려
   놓은 이야기. 앵두나무 그늘에 앉아 있는 나를 가리키며 '그 아가 쟈다!'라
   고 소리쳐요. 나는 내 이야기가 아니라는 듯 무심히 마루에 앉아 있는 당신
   들을 봐요. 그 집은 디근자의 기와집이었어요. 마당에 우물이 있었고, 우물
   의 곁엔 큰 앵두나무가 있었어요. 나는 한여름에도 긴팔을 입어요. 자꾸 춥
   다고 말해요. 밤에는 솜이불을 덮어요. 자주 토하고, 자주 그늘에 누워 있는
   이상한 아이. 동네 사람들은 내가 언제 죽을지 모른다고 말하곤 했어요. 아
   무렇지도 않게 내 앞에서, 천연덕스럽고 명랑하게, 이미 이 세상에 존재하
   지 않는 것처럼 말이에요. 나는 그런 말들을 못 들은 척해요. 언제나 당신들
   과 적절한 거리를 유지해요. 그래서 나는 당신들을 미워하지 않을 수 있었
   고, 가끔은 사랑한다고 착각하곤 했어요.

10 내가 외가의 담벼락에 쪼그리고 앉아 있으면 당신들은 말해요. 엄마가 보고 싶구나, 집에 가고 싶구나, 그럴 때면 나는 표정 없이 당신들을 쳐다볼 뿐 대답을 안 해요. 당신들의 짐작과는 달리 나는 엄마를 보고 싶어 했던 적이 없어요. 잘 모르는 사람들을 그리워할 수는 없으니까요.

11 나는 당신들의 짐작 뒤에 꼭꼭 숨는 법을 배워요. 다른 사람들은 나를 모른다고 생각해요. 당신들이 그럴 거라고 상상하는 것과 나는 늘 다르다는 것을 느껴요. 나는 단지 처미 밑의 그늘과 거기 앉아있으면 보이는 저 먼 곳의 은사시나무가 햇빛에 반짝이는 오후 두시가 좋았을 뿐이거든요.

12 나는 자주 대나무 숲으로 가요. 바닥에 드러누워 눈을 감아요. 대나무 이파리들이 서로 부딪히는 모습이 눈을 감으면 더 선명하게 보여요. 내 코끝을 스치는 바람과 이파리들이 부딪히는 소리가 아름답다고 생각해요. 눈에 보이지 않으면서 보이는 아름다움, 나는 그런 것들에 매혹되요.

13 당신에게는 짐승의 냄새가 나요. 그래서 나는 당신을 좋아했어요.

365° 타인들이여, 안녕. 나는 외로웠어요. 그러나 혼자라서 완벽했어요. 그러니 나를 그리워한다는 역겨운 말은 하지말기를.

신이 있다는 것을 믿지 않아요. 하지만 당신만은 나를 기다리고 있기를, 그리고 우리가 서로를 알아볼 수 있기를, 그리하여 이 세상에는 없는 그것.

나는 처음으로 말해봅니다. '사랑'이라고.

그곳에서는 당신을 사랑한다고 말할 수 있기를. (끝)

• 11부 낭독회에 쓰일 마지막 부분입니다.

은호의 가슴팍을 만지는 단이와 보는 은호 (8씬)

많은 시간들을 함께 보냈어도 서로가 간직하는 기억은 다르다.

감정도 마찬가지다. 많은 순간들이 내겐 사랑이었지만

그녀에게는 아니었듯이. 이미 오래전부터 알고 있던 사실이지만

그렇다고 해서 아프지 않은 것은 아니다. 그렇기에 더 아프고 더 애틋하다.

은호에게 꽃받침 해 보이는 단이 (8씬)

아마도 은호는 모를 거다.

맞은편에 은호가 지켜보고 있기 때문에

내가 이런 표정으로 웃을 수 있다는 것을.

유명숙 작가의 육필원고를 설레서 보는 겨루 직원들 (16씬)

어젠 없었던 것을 오늘 만들어낸다는 자부심.

우리의 노력이 누군가의 삶을 풍요롭게 만들 수 있다는 믿음.

그 믿음이 우리 삶의 원동력이 되어 생겨나는 일상의 기쁨.

한 권의 책을 만든다는 것은 그런 것이다.

낚시터에서의 은호, 지홍, 재민 (27씬)

제대로 읽고 있다고 생각했는데 마지막 장에 이르러서야

여태까지 읽어온 것들이 사실은 오독이었음을 깨달을 때가 있다.

다시 맨 앞 장으로 돌아간다 해도 이미 지금의 나는

처음 책을 펼쳤을 때의 나와 같아질 수 없음 또한 깨닫게 된다.

하지만 그렇기 때문에, 그때는 읽히지 않던 것들이 읽힐 수 있다.

독서란 그런 것이다. 인생이란 그런 것이다.

함께 버스에 타 나란히 앉은 단이를 예쁘게 보는 서준 (11씬)

새로운 책을 펼칠 때의 기분은 가장 좋아하는 것들로만

가득한 방을 눈앞에 둔 것과 같다. 첫 장을 넘길 때의 그 설렘,

눈앞에 펼쳐지는 새롭고도 낯선 풍경에 대한 경이,

그 방에서만 언제까지고 오래오래 지내고 싶은 그 기분.

그래서 서점이나 도서관에 들른 날은 항상 귀가가 늦었다.

못 참고 버스 안에서 열어버린 그 방에서

좀처럼 빠져나오기 힘들었기 때문이다.

술에 취해 서로 부둥켜안고 우는 영아, 단이, 유선 (38씬)

사람은 저마다 터널을 지난다. 오랜 시간 헤매는 자가 있고,

보다 빨리 걸어 나오는 자가 있다.

까만 어둠 속에서 함께 속도를 맞추자며 손을 뻗는 사람도 있다.

더듬대며 찾아 잡은 손의 온기,

그 온기 하나에 우리는 두려움을 잊고 또 살아간다.

어깨에 기댄 단이를 보는 은호 (49씬)

언젠가 함께 보러 간 바다에 또 가고 싶다고 하자

강단이는 또 가면 되지 뭐가 걱정이냐고 말했다.

내가 보고 싶은 건 바다가 아니라 그때의 강단이라는 것도 모르고.

나는 오늘의 강단이도 오랫동안 그리워하게 될 것이다.

아마 강단이는 또 모르겠지만.

정현정 대본집 **1**

로맨스는 별책부록

1판 1쇄 발행 2019년 4월 22일
1판 5쇄 발행 2022년 9월 30일

지은이 정현정

발행인 양원석
펴낸 곳 ㈜알에이치코리아
주소 서울시 금천구 가산디지털2로 53, 20층 (가산동, 한라시그마밸리)
편집문의 02-6443-8842   **도서문의** 02-6443-8800
홈페이지 http://rhk.co.kr
등록 2004년 1월 15일 제2-3726호

ISBN 978-89-255-6614-6 (04810)